KB104713

인내 이야기

SHINOBU MONOGATARI

는 (주)학산문화사가 일본 와 제휴하여 발행하는 소설 브랜드입니다.

인내 이야기

忍物語

니시오 이신

西 尾 維 新

FAUST
BOX

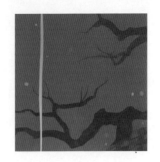

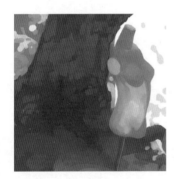

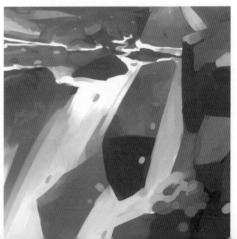

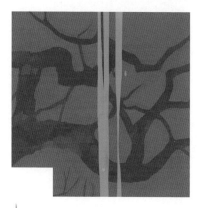

제1화 시노부 마스터드

OSHINO SHINOBU

DEATHTOPIA
VIRTUOSO SUICIDE MASTER

001

하리마제 키에貼交歸依는 올 봄에 사립 나오에츠 고등학교에 갓 입학한 1학년으로, 여자 농구부에 소속되어 있으며, 물론 그 양 쪽을 어마어마하게 후회하고 있었다. 나오에츠 고등학교처럼 평균 수준이 높은 입시명문교에 입학한 것도 후회하고 있었고, 입시명문교의 운동부라고는 도저히 생각할 수 없는 스파르타식 여자 농구부에 입부한 것도 후회하고 있었다.

듣기로는 옛 나오에츠 고등학교의 여자 농구부에는 초超고교 급 슈퍼스타가 있어서, 농담이 아니라 전국대회에서 열심히 싸 웠다고 하는데, 앞서 말한 대로 이미 그 선배는 은퇴했지만, 그 영향으로 하드한 연습만이 후진에게 이어지고 있었다.

강하지도 않으면서 연습이 고된 운동부.

최악이다.

황금시대의 이미지를 떨쳐 내지 못한 구시대적인 트레이닝, '같은 인간이니까 나도 가능하지 않을까'라는, 부풀려진 자기투 영의 이미지.

애초에 그 슈퍼스타 선배도 최종적으로는 왼팔을 다쳐서 조기 은퇴했다고 하니, 스파르타식 트레이닝에는 아무런 의미도 없 는 건 물론이고, 오히려 역효과가 실증된 것이 아닐까…. 그런 데도 어째서 그 농구부는 아직도 토끼뜀 같은 훈련을 채용하고 있는 것일까.

그렇다고 해서 퇴부 신청서를 제출할 생각도 들지 않는다. 만약 감독이나 주장에게 '재능이 없으니까 그냥 때려치워'라는 냉혹한 선언을 들었다면 마침 잘됐다며 기쁜 마음으로 발을 빼겠지만, 아무래도 슈퍼스타가 재적하던 시절의 영향인 모양인데, 유감스럽게도 이 스파르타식 여자 농구부는 연대감도 강했다.

연대감이 강하다는 것은 연대책임이 무겁다는 뜻이다.

자신이 그만두는 것이 팀메이트에게 어떤 영향을 줄지를 생각하면 푸념도 하기 힘들다…. 만약 '그만두고 싶어'라고 입 밖에 내면, 그것이 자기 한 사람만의 문제가 아니게 되어 버린다.

잘못되었다고밖에 생각되지 않는 고지식한 전통이라도, 그 전통이 끊어지게 만드는 원인이 되고 싶지는 않다…. 바라건대 내 탓이 되지 않는 범위 내에서 고약한 전통이 자연소멸되었으면 좋겠다. 연대책임에 근거한 책임전가. 아마도 다른 팀메이트도 비슷한 동기에 비슷한 속박에 얽매여 하드한 트레이닝을 견디고 있는 것이라 생각하면, 정말 다들 바보 같다.

이러쿵저러쿵하면서도 오늘도 변함없이, 그날도 하리마제 키에는 하교 시간 직전까지 이루어지는 동아리 활동에 마지못해 참가하고, 어두운 밤길을, 최근 몇 달간 하루도 근육통이 사라지지 않는 두 다리를 질질 끌다시피 걸으며 귀갓길에 접어들고 있었다.

팀메이트들은 귀가하는 방향이 제각각이고, 같은 반 친구들과는 하교 시간이 전혀 달라서(솔직히 말해, 동아리 활동이 너무

하드해서 반 친구들과는 소원해지고 있다) 안전하다고는 말할 수 없는 여자 혼자만의 하교였지만, 그녀는 차라리 건달이 습격해 주지 않을까 하는 생각을 하고 있었다.

크게 다친다면 거리낌 없이 동아리에서 빠져나올 수 있을 텐데.

스스로도 지나친 생각임을 알지만, 이미 자신의 사고를 컨트롤할 수 없다…. 무의미하게 남은 마이너스의 유산을, 역효과라고 생각하면서도 이어 나가는 것에 몹시 지쳐 있었다.

성적도 하락 일로였다.

아무리 그래도 시험 전에는 동아리 활동을 쉬게 되지만, '알아서 연습할 것', '몰래 연습할 것'이라는 무언의 압력에서 벗어나기는 어려워서, 고등학교 첫 중간고사는 중학교 때는 생각도 할 수 없을 만큼 눈을 돌리고 싶어지는 참혹한 성적이어서, 이대로라면 기말고사 순위는 세 자릿수를 기록할지도 몰랐다.

뭐, 전부 동아리 활동 탓으로 돌릴 수도 없다.

고작 몇 달 전까지, 어쩌면 나는 신동이 아닐까 하고 남몰래 스스로를 높이 평가하고 있던 것이 부끄러워질 만큼, 사립 입시 명문교에 집결하신 여러분들의 성적은 우수하셨다…. 나는 나오에츠 고등학교 개교 이래의 낙오자가 되는 것이 아닐까 하고 낙심할 정도로.

아아, 그러니까 건달에게 습격당하고 싶다.

나를 공격해 줘. 상처 입혀 줘.

내 인생을 엉망으로 만들어 줘.

동아리 활동을 그만둘 이유도 될 테고, 분명 기말시험도 면제될 것이 틀림없다…. 입원 중에 열심히 공부해서 뒤처진 성적을 만회하자. 그래, 신동은 아니라 해도 나는 그럭저럭 똑똑한 아이였을 테니까.

지금이라면 아직 재기할 수 있을 거야.

이런 생각은 현실도피일까?

'현실도피… 현실에서 도망치는 것을 말하던가? 아니면 현실로 도망치는 것을 말하던가?'

꿈이나 소원을 버리고, 현실에 집중하는 것.

그것 역시 현실도피라고 부를 수 있겠지…. 어느 쪽이라고 해도 바람대로 그녀의 머리를 곤봉으로 후려쳐 줄 건달은 하리마제 키에의 하굣길에 나타나 주지 않았다. 몇 번을 빌어도, 며칠을 계속 빌어도.

아아, 그렇다면 이제는 건달이 아니어도 괜찮다.

골목에서 자동차에 치여도 괜찮고, 비행기가 머리 위로 추락해도 괜찮다…. 나를 편하게 해 준다면 뭐든지 좋다.

현실이 아니어도… 환상이라도 괜찮다.

이를테면.

그렇다, 이를테면 요괴라도….

"이 나라에 와서 절절히 생각한다만… '감사히 먹겠습니다'라는 인사 정도로 불만스러운 문구는 없지…. 잘 먹었습니다, 라는 인사 따위, 정말 보잘것없이."

그렇게.

삼거리에 발을 들인 그때, 등 뒤에서 건달이 덮치기 쉽도록 일부러 스마트폰 화면을 보면서 걷고 있던, 아니, 아픈 두 다리를 질질 끌고 있던 하리마제 키에에게, 정정당당하게 정면에서 말을 거는 자가 있었다.

마치 그렇게 자기소개를 하는 것이.

양보할 수 없는 에티켓이라도 된다는 것처럼.

"나는 데스토피아 비르투오소 수어사이드마스터. 결사決死이자 필사必死이자 만사万死의 흡혈귀다."

희망이 이루어졌다. 혹은 절망이 이루어졌다.

그렇게 생각하며, 하리마제 키에는 간신히 고개를 들었다.

002

병원에 들르는 것은 오래간만이었다.

이렇게 말해도 나, 아라라기 코요미는 특별히 주사를 싫어하는 것도 아니고 백의 공포증도 아니다. 백의는 오히려 좋아한다. 여기서만 하는 말인데, 여자친구에게 백의를 입혀 본 적도 있다…. 샤프펜슬을 이용한 주사기 놀이를 하며 놀았다.

그럼에도 불구하고(그런 욕구불만에 빠질 정도로) 최근 들어 여러모로 병원에서 멀어져 있었던 이유는, 고등학생 시절인 열일곱 살의 봄방학에 등골이 얼어붙을 정도로 아름다운 금발금안의 흡혈귀에게 피를 빨려 2주 정도 흡혈귀화 했던 이후로, 그 후유증으로 인해 상처나 병과 인연이 없어졌기 때문이었다.

지겨울 정도로 건강우량.

오히려 섣불리 병원에서 진찰 같은 걸 받았다간, 상식을 벗어난 재생능력이나 무시무시한 시력 등이 백일하에 드러나 인체실험의 샘플이 되어 버릴지도 모른다…. 그런 이유로, 대학 입학 때의 건강검진조차 핑계를 대며 빼먹었을 정도였다.

화려한 캠퍼스 라이프를 보내기 위해서는 아무리 조심해도 지나칠 것 없다…. 그럼에도 불구하고 이번에 이렇게 나오에츠 종합병원으로 걸음을 옮긴 이유는, 내가 부모님보다도 거역할 수 없는 어른에게 직접 호출을 받았기 때문이다.

가엔 이즈코 씨다.

"좀 어때? 코요밍. 이 환자."

제4병동 5층의 어느 방에서, 마치 의사 같은 말투로 가엔 씨는 말했다. 내 의견을 물었다. 나는 이과이지 의과가 아니었지만, 그런 이야기를 하자면 가엔 씨 역시 의사는 아니다. 뭐, 이 사람이라면 의사면허를 몇 개씩 가지고 있더라도 이상하지 않다고 생각하지만…. 물론 지금은 의사놀이에 한창인 것도 아니므로, 어쨌든 재촉을 받은 나는 침대 위의 '환자'에게 시선을 향했다.

사실은 그리 넓지 않은 이 1인실에 들어온 시점에서 그 '환자'가 시야에 들어왔지만, 솔직히 직시하기가 어려웠다. 반사적으로 눈을 돌리고 말았다.

봐서는 안 될 것을 보고 말았다는 기분이 들었던 것이다.

침대에 누워 있는 '환자'는,

"…미라."

였다.

입원용 환자복을 입고 있기는 하지만, 적어도 살아 있는 인간은 아니다. 그렇게 보였다.

"미라군요, 이건. 그것도 사람의 미라."

고등학생 시절에 원숭이의 미라라는 것을 본 적이 있는데, 골격이나 머리에 남아 있는 머리카락을 보기로는, 바짝 말라붙어 있기는 해도 이 미라가 인간의 그것임은 틀림없었다.

살아 있는 인간은 아니지만.

죽어 있는 인간이기는 하다.

"아니, 아니. 이게 말이지, 죽어 있는 인간도 아니야, 코요밍."

"…저기요, 가엔 씨. '코요밍'이라고 부르는 거, 이제 그만해 주실 수 없을까요? 저도 이제 대학생인데요."

"대학교 1학년은 갓난아기 같은 존재라고. 나도 그랬어. 아부부, 하고 말이야."

말을 붙여 볼 구석도 없네.

하긴, 말해 봤자 헛수고일까. 연령 불명인 이 사람이라면, 설령 내가 성인이 되어도 친애를 담아 계속 '코요밍'이라고 불러 줄 것 같다…. 그건 그렇고 '죽어 있는 인간도 아니야'라니?

"살아 있어. 아직. 이 상태여도."

가엔 씨는 시원스레 말했다. 전문가답게, 그것도 전문가들의 관리자답게, 차분한, 과도하게 심각한 분위기를 띠지 않는 말투다.

하지만 전문가가 아닌 나로서는 조금도 간과할 수 없는 대사였다.

이 미라가 살아 있다? 라고?

어딘가의 절에서 옮겨 온 등신불 같은 것이겠거니 하고 있었는데…. 생각해 보면 그런 것을 병원 침대에 눕혀 놓을 정도로 가엔 씨도 악취미는 아닌가.

"심장도 뛰고 있고 호흡도 하고 있어. 생체반응은 소름 끼칠 정도로 정상이야. 의식은 없지만, 죽지는 않았어…. 거짓말 같다면 확인해 보든가."

"확인해 보라뇨…."

그런 말을 듣고 나는 주뼛주뼛하며 누워 있는 미라의 심장 쪽으로 손을 뻗었다. 건드리기 직전, 가엔 씨에게 "잠깐 기다려, 코요밍."이라며 주의를 들었다.

"여자아이야. 가슴을 건드리는 건 NG야. 신사답게 레이디의 손을 잡고서 맥을 짚는 정도로 해 둬."

여자아이? 어쨌든 바짝 말라 있어서 미라의 성별을 알 수는 없었지만, 하지만 숙녀라는 점은 둘째 치고, 여자아이 즉, 여자라고 하면 흘려들을 수 없다.

"…그러면, 실례하겠습니다."

나는 미라의 오른쪽 손목을 살짝 건드렸다. 어쨌든 미라다.

잘못 건드렸다간 힘없이 바스러지는 게 아닐까 하는 불안도 있어서 상당히 신중한 손놀림에 유념했지만, 그 바짝 마른 피부는 생각했던 것 이상으로 탄력이 풍부했다.

그리고 확실히 맥이 뛰었다. 두근. 두근. 두근.

"말해 두겠는데, 혈액이 흐르고 있는 건 아니야. **심장은 뛰고 있지만, 혈액은 흐르고 있지 않아.**"

공기가 흐르고 있을 뿐이야 라고, 가엔 씨는 말했다.

"공기가 공허하게, 말이지. 텅 비어 있다고 할 수 있겠지."

"······."

나는 가엔 씨의 농담인지 진담인지 알 수 없는 말을 들으며, 미라의 머리카락을 살며시 헤치고 신중하게 '여자아이'의 목덜미 부근을 확인했다. 예상대로.

그곳에는 작은 구멍이 두 개 뚫려 있었다.

마치 뱀에게라도 물린 듯한.

혹은 귀신에게라도 빨린 듯한.

"······."

"하리마제 키에짱이라는 게 그 미라의 이름이야. 코요밍이 다녔던 나오에츠 고등학교의 여학생이지···. 이렇게 말해도 이번 연도의 신입생이니까 코요밍하고는 면식이 없을 거라고 봐."

"···흡혈귀의 습격을 받은 건가요?"

생각지도 못한 곳에서 모교의 이름이 나온 것에 내심 당황하면서도, 나는 가엔 씨에게 굳이 물을 것도 없는 것을 확인했다. 정말 물을 것도 없는 것이라 진저리가 나지만, 그렇다고 해서 묻지 않을 수도 없다.

서서히, 내가 이곳에 불려 온 이유가 판명되기 시작했다.

"아무래도 말이지. 동아리 활동을 마치고 하교하던 중에, 딱 맞닥뜨리고 말았던 모양이야."

"잠깐 동안의 평화였네요."

그런 코멘트밖에 나오지 않았다.

달관한 척을 할 생각도 없다.

하지만 내가 흡혈귀의 습격을 받았던 그 봄방학으로부터 시작된 일련의 소동에는, 어쨌든 졸업식까지로 마침표가 찍혔을 텐데, 겨우 몇 개월 뒤에 이런 별개의 사건이 일어나다니.

아니, 내가 모를 뿐이지, 세상에는 이 정도의 사건이 빈번히 일어나고 있는지도 모른다. 그렇지 않다면, '무엇이든 아는 누나'인 가엔 씨의 직업이 성립되지 않을 것이다.

말도 안 되는 비즈니스 찬스도 다 있다.

틈새산업産業이 아니라 틈새사업死業이라고 해야 할까.

"그러니까, 이 아이는… 하리마제 키에라고 했던가요? 하리마제는 **흡혈귀화** 하고 있다는 건가요?"

"**흡혈귀화에 실패했다**고 봐야겠지."

가엔 씨는 어깨를 으쓱해 보였다.

"흔한 일이야. 코요밍처럼 성공하는 경우가 드물다고. 다만, 네 경우는 너의 피를 빤 흡혈귀 입장에서 보면 대실패였지만 말이지."

그렇게 말하며 가엔 씨는 병원 특유의 리놀륨 바닥에… 내 그림자에 눈길을 떨어뜨렸다.

　물론, 그림자에서 반응은 없었다.

　한낮이다.

　"살아 있기는 하지만, 죽지 않은 것뿐…. 그저 혈액을 전부 빨려 버린 미라. 빈사가 아닌 반생반사. 그렇지만…."

　그때의 나도 이렇게 되었을지도 모르는 거구나…. 그렇다고는 해도, 오싹해지는 한편으로 나는 마음속 어딘가에서 안도하고 있었다.

　흡혈귀에게 피를 빨려, 살아 있는지 죽어 있는지 모를 미라가 된 것이 하리마제에게 행운이라고 말할 생각은 전혀 없지만, 그래도 죽지 않았다면 아직 희망은 있다.

　그야말로 내가 그랬던 것처럼, **인간으로 돌아갈 방법**은 있을 것이다. 성공하지 않았던 것이, 이 경우에는 불행 중 다행이라고 생각되기까지 했다.

　절망 속의 희망이라고까지.

　나 때는 혼자 힘으로 홀로 궁리해 가며 어떻게든 할 수 밖에 없었지만, 이번에는 처음부터 모든 것을 아는 전문가, 가엔 씨가 출장 나온 상황이다…. 낙관은 할 수 없다고 해도, 이 아이를 구할 방법은 있을 것이다.

　"'구한다'고? 우리 알로하는 뭐라고 했더라? 그런 걸 보고."

　"…가엔 씨네 알로하가 어떻게 말했는지는 이미 완전히 잊어버렸습니다만, 가엔 씨, 당신은 이런 말은 하지 않겠죠? '구해주지는 않아. 사람은 혼자 알아서 살아나는 것뿐이야'라고."

"기억하고 있잖아."

가엔 씨는 쓴웃음을 지으며 그렇게 말을 받고서는,

"물론 나는 이 아이를, 하리마제짱을 구하기 위해 여기에 있어. 하지만 코요밍. 원래 집 밖에 나다니기를 싫어하는 내가 이렇게 처음부터 출장 나온 일을 단순히 '믿음직스럽다'고 생각한다면, 역시 곤란해."

라고 말했다.

지금 뭐라고?

"……? 무슨 뜻인가요? 당신이 믿음직스럽지 않다면 다른 누가 믿음직스럽다는 건가요, 가엔 씨."

"기분 좋은 소릴 해 줬는데, 그것을 설명하기 전에, 이동할까?"

"이동? 어디로 말인가요?"

"회진이야. 의사놀이를 싫어하지 않는 눈치인 코요밍에게, **다음 환자**를 소개할게."

003

어째서 이 병원의 의사도 직원도 아닌 가엔 씨가 이렇게나 여유롭게 돌아다닐 수 있는지가 수수께끼였는데, 옆 병실의 침대에도 닮은꼴의 미라가 눕혀져 있는 모습을 보니, 아무래도 이 병원의 원장이 전문가인 그녀에게 이번 일을 의뢰했다고 추측하는 것이 타당하리라 생각되었다.

체내의 수분을 거의 상실한 환자가, 그럼에도 불구하고 어째서인지 죽지 않는 환자가 두 명이나 잇따라 실려 왔다면, 그야 현대의학도 두 손 들 수밖에 없을 것이다…. 오컬트가 나설 차례다.

"그 애는 혼노 아부리本能あぶり짱. 역시 나오에츠 고등학교의 학생인데… 다만 2학년이니까 어쩌면 이 아이는 코요밍도 알고 있을지 모르겠네."

유감스럽게도.

고등학교 시절의 나는 그다지 후배와 교류가 있는 편이 아니었다.

그러기는커녕 다른 학년의 학생 이름을 파악하고 있을 정도로 학교에 익숙하지도 않았다…. 지금 2학년이라면, 내가 3학년이었을 때 1학년인가.

그렇다면 얼굴 정도는 알고 있었을지도 모르지만, 미라화된 데다 환자복을 입고 있으면 인상착의로 판별하는 것도 불가능하다…. 솔직히 말해 옆 병실에 누워 있는 미라와의 구별도 전혀 되지 않았다.

"도로에 쓰러져 있던 하리마제짱의 미라가 지나가던 사람에게 발견된 시점이 그저께. 자택의 이부자리 안에서 미라화되어 있던 혼노짱이 어머니에게 발견된 시점이 어젯밤이었어."

"하루에 한 사람인가요. 상당히 빠른 페이스네요."

"하루에 한 사람이라고만은 할 수 없어. 좀 더 많지만, 단지 대량의 미라가 발견되지 않은 것뿐일지도 몰라. 지금은 나오에츠 고등학교에 다니는 여학생들이 타깃이 되고 있는 것으로 생각되지만, 이건 100명 중 두 명일지도 모를 일이야."

100명 중 두 명. 결코 호들갑은 아닐 것이다.

내가 아는 어느 흡혈귀는 몇 개월에 한 명의 피를 빠는 것만으로도 살아갈 수 있다고 호언했지만, 그러는 한편으로 자제심을 잃으면 전 세계의 인류에게서 피를 빠는 것도 가능한 식욕을 지니고 있었다.

하지만 기본적으로 지금은, 가엔 씨의 추측에 근거해서 생각해야 할 것이다…. 정체불명의 흡혈귀가 나오에츠 고등학교에 다니는 여학생을 노리고 있다.

정체불명… 아니.

내가 알고 있는 흡혈귀.

"저기요, 가엔 씨. 혹시 시노부 녀석이 의심받고 있는 건가요? 확실히 그 녀석은 예전에 나오에츠 고등학교의 여학생들 사이에서 소문이 돌았던 흡혈귀이긴 하지만…."

"아니, 아니. 그런 건 생각해 보지도 않았어. 너에게 듣고서 지금 처음 알았어. 그런 이유로 대학 생활을 구가하고 있는 코요밍을 호출한 게 아니야. 이 지역에 밝은 너의 협력을 얻고 싶었을 뿐이야. 세 번째, 혹은 101번째의 피해자가 나오지 않도록 하기 위해서 말이지."

가끔은 아무런 인연도 연고도 없는 여자를 구해 보는 일도 멋지지 않을까, 라며 가엔 씨는 내 내력을 야유하는 듯한 말을 해 왔다. 뭐라 답할 말도 없다…. 눈앞에 있는, 손이 닿는 범위에서 곤란해하는 녀석들을 돕는 일에만 기를 쓰다가, 그 결과 눈이 닿지 않는, 손이 닿지 않는 장소에 있는 녀석들을 곤란하게 만들어 왔던 나로서는.

하지만, 글쎄.

이렇게 갑자기 미라를 둘이나 연속으로 보게 되면, 심지어 그것이 여고생 미라라는 말을 듣게 되면 나도 도의적인 사명감을 느끼게 되는 것이 필연이지만, 기본적으로 가엔 씨에게서 들어온 요청을 고분고분하게 받아들이는 것은 위험하다.

정체를 알 수 없는 어른은, 어떤 의미에서는 흡혈귀보다 무섭다.

내가 곧바로 대답하지 않고 잠자코 있자, "실은 내 쪽이야말로 코요밍을 의지하고 싶은 국면이야. 믿음직스러운 코요밍을 말이야."라고 말하는 가엔 씨.

"뒤편에 있고 싶은 내가 출장을 나오지 않을 수 없는 상황이야. 이런 표현으로 부족하다면, 이렇게 말하면 될까…. 나는 현재, 요즈루 녀석을 다시 불러오기 위해 손을 쓰고 있어."

"어… 카게누이 씨를요?"

그렇게까지 놀랄 일은 아닐지도 모른다. 하지만 나는 이보다 더할 수 없을 만큼 놀랐다. 연속으로 둘이나 미라를 보게 된 것보다도 놀랐다. 적어도 가엔 씨가 예상했던 이상의 효과가 그 발언에는 있었다.

요즈루 녀석을 다시 불러온다.

확실히 카게누이 씨, 카게누이 요즈루 씨는 불사신의 괴이를 전문으로 하는 음양사지만, 그녀는 정통에 따르는 전문가라고 하기는 어렵다. 그러기는 고사하고, 이 세상에서 가장 정도에서 벗어난 전문가다. 예전에 내가 고등학생이었을 무렵, 가엔 씨와 함께 일을 했을 때에는, 나름대로 불사신의 괴이가 얽힌 상당한 위기적 상황이었음에도 불구하고 가엔 씨는 고집스럽게 카게누이 씨에게 의지하려고 하지 않았다.

즉, 이번 사태는 **그 이상**이라고, 가엔 씨는 추측하고 있는 것이다.

그렇게 되면, 모른 체할 수도 없을까? 모교애 같은 것은 전혀 없는 나지만(오히려 재학 중에는 그 명문교를 싫어했다), 무관계를 가장하는 것에는 양심의 가책이 느껴진다.

게다가 학년을 넘어선 교류는 거의 없었다고 해도, 그래도 하급생 중에 아는 사람이 전혀 없었던 것은 아니다…. 그 애들이 흡혈귀의 습격으로 미라화될지도 모른다고 생각하면, 역시 마음 편히 있을 수는 없다.

"…하지만 현실적인 문제로서, 카게누이 씨가 와 준다면 제가 나설 상황은 없을 거라고 생각해요. 오히려 괜히 방해만 될지도 모를 정도죠. 이런저런 사정으로 흡혈귀화의 후유증이 심각했던 고등학생 시절이라면 모를까, 대학생이 된 뒤로 저는 완전히 안정되었으니까요."

"그런 모양이네. 날이 바짝 서 있던 코요밍이 완전히 차분해져 버린 모양이라, 누나는 아쉬워."

그러십니까요.

"하지만 요즈루는 부르면 바로 와 줄 정도로 풋워크가 가볍지 않으니까. 그 왜, 알다시피 요즈루에게는 특수한 사정이 있잖아. 아무리 서두르더라도 이 마을에 도착하기까지 며칠은 걸리겠지…. 그 며칠이 다이렉트하게 피해자의 수로 연결될지도 몰라."

과연.

그런 점으로 말하면, 나는 시간이 남아도는 대학생이니 말이야. 풋워크의 가벼움은 고등학생 이상이고. 오늘도 이렇게, 수업을 깔끔히 자체휴강하고서 가엔 씨의 호출에 고분고분 응하고 있다.

본심을 말하자면, 카게누이 씨하고는 이런저런 일들이 있었기 때문에 간단하게 얼굴을 마주하기 부담스럽다는 기분도 있었지만, 그렇다면 그 사람이 이 마을에 도착하기 전에 이 괴이 현상을 끝내 버린다는 계획도 있을 법했다.

말할 것도 없이, 가엔 씨로서도 그 편이 편할 것이다.

"아, 그렇지. 카게누이 씨가 오신다면 오노노키에게 알려 줘야… 아니, 그보다 가엔 씨. 오노노키에게 알려 주지 않아도 괜찮은가요?"

"그 애는 그 애대로 지금 다른 일을 하고 있는 중이야. 코요밍에게는 비밀인 일을."

"?"

뭐지.

최근 오노노키는 아무래도 센고쿠와 친하게 지내는 모양인데, 그렇게 되면 나로서는 무슨 일인지 떠보기도 힘들지…. 게다가 이렇게 딱 부러지게 '비밀'이란 말을 듣게 되면.

"큰일 전의 작은 일도 중요하니까. 굳이 말하자면 그건 차기작의 복선이야. 그렇다고는 해도, 나는 늘 그랬듯이 억지로 강요할 생각은 없어. 만약 코요밍이 자신의 트라우마를 자극하는 이런 일에 관련되는 건 절대 사절이라고 정론을 줄줄 늘어놓는다면, 나는 바로 물러나겠어. 그때는 카이키를 부르겠어."

"저에게 맡겨 주세요."

어떻게 생각하더라도 가엔 씨가 이런 타입의 현상을 해결하기 위해 그 사기꾼을 참가자 명단에 넣을 것이라고는 생각하지 않지만, 그 이름을 꺼낸다면 선택의 여지가 없었다.

그 녀석을 이 마을에서 멀리 떼어 놓기 위해서라면 나는 뭐든지 할 거다.

이 마을은 사기꾼 출입금지다.

"대개의 마을은 사기꾼 출입금지라고 생각하는데 말이야. 뭐, 물론 공짜라고는 하지 않겠어. 코요밍에게 적지 않은 리스크를 짊어지게 하고 있으니, 이 프렌들리한 누나는 충분한 리턴을 제공할 생각이야."

적지 않은 리스크, 인가.

하긴 흡혈귀를 상대할지도 모르게 된다면 태평스럽게 안전지대에 계속 머물러 있을 수는 없겠지…. 하물며 시시루이 세이시로의 부활보다도 위험도가 높다고 평가된 이번 일에 관여한다면, 나에게도 나름대로의 각오가 필요하다.

그렇지만 그 리스크에 부합될 만한 리턴을 원하는가 하면, 딱히 그렇지 않다는 것이 솔직한 심정이었다…. 확실히 말해서, 가엔 씨에게 뭔가를 받는 것은 무섭다.

인연이나 은혜가 깊어지면 깊어질수록, 깊이 빠져들게 된다.

이런 식으로 계속 불려 나오고 있다가는 아무리 시간이 지나도 고등학교를 졸업하지 못하고 있는 것이나 마찬가지다. 그런 생각을 하고 있는데, 그런 나의 마음속을 정확히 읽은 것처럼,

"만약 이 괴이 현상 해결에 협력해 준다면, 코요밍. 나는 코요밍이 대학을 졸업할 때까지 약 4년간, 네 앞에 모습을 보이지 않을 거고, 연락도 하지 않겠다고 맹세하겠어…. 괴이와도 전문가와도 인연이 없는, 밝고 즐거운 캠퍼스 라이프를 보내게 해줄게."

그렇게 가엔 씨는 말했다.

"저… 정말인가요?"

"정말이고말고. 나는 거짓말도 트윈 테일도 한 적이 없어."

가엔 씨의 트윈 테일 모습이라니, 볼 수 있다면 어떻게 해서라도 보고 싶었지만, 그러나 그것보다도 훨씬 매력적인 제안이기는 했다…. 아니, 보기에 따라서는 절교선언을 들은 것 같은 상황이므로 그런 맹세까지 해 버리면 섭섭하기도 했지만(내가 보기에도 제멋대로다), 무슨 일이 있을 때마다 이러쿵저러쿵하며 찔끔찔끔 생색내는 소리를 듣던 생활에서 깔끔하게 발을 뺄 수 있다고 한다면 그렇게 기쁜 리턴은 또 없을 것이다.

뭐, 사기꾼의 선배인 가엔 씨의 맹세에 대체 어느 정도의 신

빙성이 있을지는 확실하지 않지만(트윈 테일도 한 적이 있을지도 모른다), 뭐, 그런 약속이 있든 없든 역시 모른 체할 수 있는 시추에이션은 아니다.

완전히 외통수에 몰린 느낌이다.

애초에 가엔 씨에게 나는 결코 움직이기 쉬운 카드가 아니다. 그런 점에서는 카게누이 씨에게 뭐라고 할 수 있는 처지가 아닐 것이다. 풋워크가 너무 가볍다는 점 역시 문제인 것이다. 가엔 씨의 계산대로, 지휘대로 움직이지 않는다는 점에서는 고등학교 3학년의 아라라기 코요미는 스스로 보기에도 끔찍했다. 떠올려 보면, 그 시절의 행동은 반성할 수밖에 없다.

그런 변변치 못한 카드를 가엔 씨가 쓸 수밖에 없는 사건이 자기 고향에서 일어나고 있다면, 더더욱 지나칠 수 없을 것이다…. 그렇다.

가끔은 모르는 사람을 구하는 일도 괜찮겠지.

"알겠습니다. 학업에 지장이 없는 범위에서 거들어 드릴게요. 다만 가족에게 피해를 주고 싶지는 않으니, 그 점만큼은 배려를 부탁드릴게요."

"그래. 물론 그 점은 조처하기로 할게. 요즈루와 츠키히짱의 관계에 대해서는 무엇이든 알고 있는 누나가 특히 신경 쓰고 있으니까. 어이쿠."

가엔 씨가 순조롭게 나의 협력을 받아 낸 그 타이밍에, 그녀의 휴대전화가 착신음을 연주했다. 아니, 여기는 병원이니까 착신이 있었던 것은 PHS일지도 모른다. 항상 통신기기 여러 개를,

여러 종류 가지고 다니는 누나다.

"여보세요? 응. 응. ……응."

통화하면서, 고개를 끄덕일 때마다 가엔 씨의 톤이 내려갔다.

기본적으로 시리어스한 분위기가 어울리지 않는 편안한 스타일의 누나이지만, 아무래도 그런 누나를 웃지 못하게 만들 만한 정보가 전파를 타고 전해진 모양이다.

"안타까운 소식이야, 코요밍."

전화를 끊고, 가엔 씨는 말했다.

"세 번째 피해자가 발견되었어. 역시 나오에츠 고등학교의 여학생이야."

004

사립 나오에츠直江津 고등학교에 다니던 시절의 아라라기 코요미와, 국립 마나세曲直瀬 대학에 다니기 시작한 지금의 아라라기 코요미의 가장 현저한 차이 혹은 변화를 묻는다면, 통학 수단이라는 대답이 가장 적절할 것이다. 기본적으로 자전거로, 그렇지 않을 때에는 도보로 학교에 다니던 고등학교 시절의 내가, 대학에 등교할 때는 자동차 핸들을 쥐고 있는 것이다.

폭스바겐의 뉴 비틀이다. 꾸준히 땀 흘려 아르바이트를 한 끝에 구입한 상태 좋은 중고차를, 다시 한번 직접 수리한 물건이라고 하면 멋진 인상을 주겠지만, 졸업 선물로 부모님이 사 주신 새 차다.

내가 보기에도 참 응석받이다.

의외로 그런 선물을, 반항기다운 반항 없이 순순히 받아들이게 된 것이 가장 큰 차이이자 변화일지도 모른다…. 그것이야 어쨌든, 병원에서 나온 나는 그 뉴 비틀의 뒷좌석에 가엔 씨를 태우고 괴이 현상의 현장으로 향하고 있었다.

어째서 뒷좌석인가 하면, 조수석에는 차일드 시트가 상시 설치되어 있기 때문이다. 내 차의 조수석은 유녀의 지정석이다.

"시노부짱은 겉모습이 여덟 살 정도 아니었던가…? 완전체 모드와는 비교할 수 없다지만, 차일드 시트에 앉기에는 좀 작지 않을까?"

"저는 조금 몸이 커진 아이가 차일드 시트에 비좁은 듯 꾹 앉아 있는 느낌을 좋아하거든요."

"흐음… 그거, 남들에게 말하지 않는 편이 좋을 거야, 코요밍. 무엇이든 알고 있는 누나도 알고 싶지 않았어."

그런 세련된 대화를 경쾌하게 나누며 우리가 향한 곳은, 그것도 역시라고 해야 할까, 나오에츠 고등학교의 통학로였다. 병원에서 그리 멀리 떨어지지 않은 장소여서 금방 도착했다.

미라가 발견된 직후라면 구경꾼이 몰려들어 있거나, 그렇지 않더라도 경찰이 달려와 있지 않을까 했는데, 그 현장에는 오히려 깜짝 놀랄 정도로 인적이 없었다…. 통학 시간이 한참 전에 지났다고는 해도, 생활도로가 이렇게까지 한산해지던가?

나는 의문을 느꼈지만, 그것은 가엔 씨의 조치였던 모양이다.

전문가의 전문영역, 결계에 의한 사람 쫓기다.

당연한 이야기지만, 이 경우 가엔 씨의 수족으로 움직이고 있는 사람은 나 한 사람만이 아닌 모양이다. 팀으로 움직일 수 있는 것이 가엔 씨의 강점이며, 이미 병원에 실려 간 두 사람과 마찬가지로 미라화 한 피해자를 찾고 있던 수색대가 빨리도 성과를 올린 것일까.

빨리도. 아니면 늦게나마, 일까.

세 번째 피해자가 발견되었으니 잘됐다고 말할 수는 없다.

"낯을 가리는 코요밍을 위해 수색대에게도 이 자리를 벗어나 달라고 했으니까, 느긋하게 현장검증을 할 수 있어."

그렇게 말하는 가엔 씨.

그 배려는 기쁘지만 나는 그렇게까지 극도로 낯을 가리지는 않는다.

뭐, 아마도 가엔 씨로서는 심복이라고 할까, '진짜 협력자'에게는 임시 멤버인 나를 소개하고 싶지 않은 것이겠지. 마음은 이해한다.

나는 교육에 좋지 않으니까 말이야.

"그렇다고는 해도, 대낮의 주택가에서는 초상결계超常結界에도 한도가 있어. 리듬이 끊어지지 않게 하며 가자. 시각적으로 임팩트가 강할 거라 생각하니까, 코요밍, 나름대로 마음의 준비를 해 둬."

그렇게 말하면서 가엔 씨는 길 옆에 세운 뉴 비틀의 뒷좌석에서 내렸다…. 두 번 연속으로 여고생의 미라를 보게 해 놓고는 이제 와서 무슨 소릴 하는 걸까, 생각하면서 나는 그 뒤를 따라갔지만, 그러나 직후에 나는 그 조언에 고마움을 느끼게 되었다.

제3의 피해자로 보이는 '그녀'가 발견된 곳은, 정확히는 통학 로변의 가드레일 너머에 있는, 뭔지 모를 판잣집 안이었다.

뭐, 아마도 원래는 어떠한 목적이 있는 목조건물이었겠지만, 지금은 정체불명의 나무장식품처럼 보인다…. 안에 들어가 봤자 간신히 햇볕을 피할 수 있는 정도고, 이렇게 틈새가 많아서는 비는커녕 바람도 막을 수 없을 것이다.

그 안에서 바짝 말라 있는 미라의 모습에 나는 말을 잃었다.

병원의 침대 위에 환자복을 입고 누워 있던 미라와, 이런 영문 모를 수수께끼의 오두막 안에 고등학교 교복을 입고 마치 길가에 쓰러져 죽은 듯 누워 있는 미라는 시각효과가 전혀 달랐다.

신발이 벗겨져 있고, 옷매무새가 흐트러져 있고, 가방이 옆에서 굴러다니고.

그런 디테일이, 이것이 현실이라는 걸 집요할 정도로 깨닫게 만든다…. 아무리 괴이 현상이라고 해도, 결코 판타지도 무엇도 아닌 리얼리티라고.

현실과 망상에 구별 같은 것은 없다며.

솔직히 아마추어가 나서면 안 될 영역에 발을 내딛고 말았다며 후회했다. 약속을 나눈 상대가 가엔 씨가 아니었다면 이 자리에서 꽁무니를 뺐을 정도였다.

그렇다고는 해도, 여기에서 온몸을 동원해 마음의 동요를 표현하는 것은 좋지 않다.

오히려 전문가에게 자연스럽게 허세를 부리고 싶은 참이다….

나는 최대한 냉정한 척을 하고 그 미라에 다가가면서,

"이 아이도, 흡혈귀화에 실패한 것처럼 보이네요."

라며, 뻔한 사실을 잘 아는 척 말하며 쪼그려 앉아, 병원에서 했던 것처럼 '그녀'의 손목을 잡고 맥을 짚으려 했다. 그런데 그 때.

"코요밍, 위험해!"

가엔 씨가 큰 소리로 외치는 것은 몹시 드문 일인데, 그러는 것도 무리는 아니었다.

내가 미라 옆에 쭈그려 앉자 '그녀'가, 마치 등에 용수철이라도 장치되어 있던 것처럼 튀어 올라서는, 오히려 이쪽으로 손을 뻗어 왔던 것이다. 아니, 손이 아니라 손가락.

손가락이 아니라 손톱이었다.

미라가 나를 할퀴려 들었다. 갈기갈기 찢으려 했다.

"우, 우왓! 익…."

여고생에게 내리깔린다는 것은 상황에 따라서는 익사이팅하며 유쾌한 일일지도 모르지만, 그것이 음침한 판잣집 안에서, 게다가 여고생이 미라라는 조건이 붙는다면 도저히 기뻐할 수 있는 일이 아니다. 맥을 짚기 위해 섣불리 미라에 다가간 나는, 다른 목적(방어목적)으로 '그녀'의 두 손목을 꽉 움켜쥐게 되었다.

여고생의, 네일아트를 받지 않은 열 개의 손톱은 그것으로 어떻게든 막아 냈지만, 그러나 송곳니에 대해서는 그렇게 되지 않았다. 오히려 두 손목을 쥐는 것으로 나 또한 자신의 두 손을 봉인당한 것이나 마찬가지였다.

나를 깔아 누른 채로 깨물려 드는 미라를 상대로, 이쪽이 먼저 깨물 수도 없는 노릇이다.

다양한 키스를 해 온 나이지만, 역시 미라 상태의 여자아이는 스트라이크 존을 벗어나 있고 말이지. 그래도 열렬하게 밀어붙여 오는 미라의 입술을, 그리고 그 안에서 번쩍이는 송곳니를 봉한 것은 전문가의 수완이었다.

봉했다고 할까, 가엔 씨는 오히려 해방했던 것이다. 개방했던 것이다, 판잣집 창문에 걸려 있던, 누더기 같은 커튼을.

그것으로 실내에 밀려들어 온 햇살이 마치 스포트라이트처럼 미라를 비추자, '그녀'는 움직임을 멈췄다. 태양전지로 움직이는 꼭두각시 인형과는 완전히 정반대로, 태양빛을 뒤집어쓰자 미라는 동작을 정지했다.

영혼이 빠져나간 것처럼(그런 것이 있다고 한다면) 털퍼덕 하고, 내 위로 쓰러졌다. 이것은 이것대로 무서웠지만, 어쨌든 아무래도 어리석은 나는 아슬아슬하게 궁지에서 벗어난 모양이었다.

최소한의 대처로 아마추어 대학생의 뒤처리를 해 준 가엔 씨의 입장에서 이런 일은 궁지라 할 것도 아니었겠지만…. 그렇군, 실패했다고는 해도 흡혈귀인 이상, 햇빛에는 약한 것이다.

그러고 보니 미라가 누워 있던 병실에는, 역시 커튼이 걷혀 있었다…. 아마 그것 외에도 미라를 봉인하기 위한 대책이 그 병실에는 이것저것 설치되어 있었을 것이다.

설령 의식이 없다고 해도, 실패했다고 해도 흡혈귀는 흡혈귀. 접근하는 것만으로도 위험한 것이다.

"죄… 죄송해요, 가엔 씨. 멋대로 행동해서."

멋대로 행동했다기보다, 허세를 부린 결과가 이거다.

내가 보기에도 정말 성장한 구석이 없어서 진절머리가 난다…. 흡혈귀화에 실패한 미라에게 피를 빨리는 것으로 흡혈귀화 할지 어떨지는 알 수 없지만, 하마터면 17세의 봄방학을 정확하면서도 치밀하게 재현해 버릴 뻔했다.

한심한 기분이 맛보면서 나는 미라 아래에서 기어 나왔다…. 그런 나에게 가엔 씨는 "아니, 공적을 세웠어, 코요밍."이라며 의미를 알 수 없는 위로를 해 주었다.

공적?

"이 아이의 이름은 쿠치모토 쿄미口本教實짱이라는 모양이야. 나오에츠 고등학교 1학년. 키가 커서 3학년일지도 모르겠다 싶었는데, 요즘 애들은 성장하는 것부터 다른가 봐."

이미 나에게는 눈길도 주지 않고, 가엔 씨는 미라 옆에 굴러다니던 가방을 찾아서 학생수첩이라든가 지갑 같은 것을 물색하며 피해자의 개인정보를 수집하고 있었던 모양이다. 첫 번째 미라가 1학년, 두 번째 미라가 2학년이라면 세 번째 미라는 3학년… 같은 수열의 리듬은 없었던 것이다.

"저기… 가엔 씨. 공적이라는 게 뭔가요?"

"쿠치모토짱이 코요밍을 할퀴려고 덮쳤을 때, **그 손에 쥐고 있던** 단어장을 떨어뜨렸거든. 코요밍은 더 이상 고등학생이 아니지만, 단어장, 기억하지? 영어 단어를 암기하기 위한 도구."

그렇게 말하면서 가엔 씨는 뒤돌아보지도 않고 나에게 휙 하고 그 단어장을(물론 기억하고 있다. 입시 공부를 할 무렵에 많은 신세를 졌었다) 던졌다.

받았다. 아무래도 쿠치모토 쿄미는 공부에 그리 열심인 편은 아니었는지, 그것은 거의 새것 같은 단어장이었다. 단어장의 가장 첫 페이지밖에 쓰여 있지 않았고, 빨간 볼펜에 난폭한 필적으로 거기에 적혀 있는 것은 영단어조차 아니었다.

'B777Q'.

"……? 뭔가요? 이건."

"글쎄. 참고로 바로 옆에 그것을 썼다고 여겨지는 필기구도 떨어져 있었어. 펜 뚜껑도 닫지 않고. 마치 흡혈귀가 덮쳐 왔을 때, 쿠치모토짱이 황급히 만사를 제쳐 두고 그런 단어를 암기하려고 했던 것처럼."

가엔 씨는 아무렇지도 않은 듯 그렇게 말하며 스트랩이 달려 있는 여고생의 스마트폰을 만지작거리고 있었다. 아쉽게도 록이 걸려 있는 모양이라, 통신기기에 능통한 전문가도 그 내부를 분석하는 것은 불가능한 듯했다.

그건 그렇고, 단어장.

단어를 암기하려고 했다…고 볼 수는 없다.

그건 오히려….

"그건 그렇고 쿠치모토짱은 요즘에 보기 드문 독서가였는지, 가방 안에 엘러리 퀸의 책이 들어 있었어. '독자에 대한 도전'의 대가인 엘러리 퀸."

그리고 다잉 메시지의 대가인 엘러리 퀸이다. 쿠치모토 쿄미는 흡혈귀화에 실패하기는 했어도, 죽은 것도 살해당한 것도 아니므로 이 경우에 '다잉 메시지'라고 부르는 것은 정확하지 않지만… 'B777Q'인가.

"미스터리 마니아인 오기가 좋아할 것 같은 암호네요. 그렇다고는 해도, 설마 그 아이를 의지할 수는 없겠지만요."

"그렇지. 그 애도 나오에츠 고등학교의 학생이기는 하지만 말이야. 오히려 어둠을 깊게 만들지도 모르니까… 적어도 집행유예 기간 중에는 얌전히 있어 줬으면 좋겠어."

집행유예 기간인가. 정말 재치 있는 표현이다.

그리 얌전히 있지는 않은 모양이지만, 일부러 이쪽에서 그 애의 호기심을 자극할 필요는 없을 것이다. 다만, 이 이상 나오에츠 고등학교의 학생이 피해를 입게 된다면 그 암흑소녀는 스스로 움직일지도 모른다.

난처하게 됐네. 고등학생 시절이라면 이럴 때는 망설임 없이 하네카와에게 의지했을 텐데… 아니, 잠깐.

"가엔 씨. 코요밍에게 명예회복의 기회를 주실 수 있을까요?"

"응? 왜 그래?"

"이 다잉 메시지… 리빙 메시지라고 해야 할지도 모르겠지만, 해독에 대해 짚이는 것이 있어요. 이 단어장을 잠시만 빌려주세요."

"그렇게까지 말한다면 상관없어. 리빙 메시지인가. 멋지네. 다잉 메시지를 다이닝 메시지라고 잘못 말하는 익살은 흔히 있지만, 리빙이라는 표현은 참신해. 그 증거물을 조기에 발견할 수 있었던 것은 코요밍의 공적이니까 말이지. 나는 **이쪽**을 담당할게."

가엔 씨는 간단히 맡겨 주었지만, 그것은 나에게 만회의 기회를 주었다기보다는 감식 중에 더욱 중요한 단서를 발견했기 때문인 듯했다. 가엔 씨는 아직도 쿠치모토 쿄미의 스마트폰에 시선을 향하고 있었다.

엄밀하게 말해 전문가가 예리한 시선을 향하고 있었던 것은, 록이 걸려 있는 스마트폰 본체가 아니라.

문자 그대로 그것에 붙어 있는 스트랩이었다.

"…스트랩이 왜요? 가엔 씨."

아마추어의 눈에는 특별할 것 없는 평범한 스트랩으로밖에 보이지 않는다. 알파벳 'K'를 레터링한 액세서리가 두 개 매달려 있다. 의심할 여지없이, 그것은 쿠치모토 쿄미(KUCHIMOTO KYOUMI)의 이니셜일 것이다.

휴대전화에 록을 걸어 놓아도, 그런 개인정보를 매달고 있어서는 의미가 없지 않나 하는 기분도 들지만….

"물론, 이것뿐이라면 그냥 흔히 있는 귀여운 액세서리야. 하지만 두 번째 피해자인 혼노 아부리짱도 이것과 똑같은 스트랩을 스마트폰에 달고 있었다면 이야기가 달라지지 않을까?"

"네? …똑같다니요?"

"이니셜 액세서리. 혼노 아부리짱이니까 'A·H'일 텐데… 레터링은 똑같았어. 물론 단순한 우연일지도 몰라. 꽃다운 나이가 지난 누나가 모를 뿐인, 단순한 유행일지도 몰라."

첫 번째 피해자인 하리마제짱의 스마트폰에는 아무런 장식도 달려 있지 않았고 말이지, 라고, 가엔 씨는 신중하게 그런 익스큐즈를 덧붙이면서 "그렇지만."이라고 말을 이었다.

"어쩌면 나오에츠 고등학교의 여학생이라는 것 외에도 피해자들에게 공통점이 있다고 한다면… 그 미싱 링크를 특정하는 것이, 곧 정체불명의 흡혈귀를 특정하는 것으로 이어질 가능성이 있지."

005

가엔 씨가 수배한 구급차로 제3의 미라인 쿠치모토 쿄미가 이전의 두 미라와 마찬가지로 나오에츠 종합병원으로 실려 가는 것을 곁눈질하며, 나는 혼자 마나세 대학을 향해 뉴 비틀을 몰았다.

하다못해 오후의 강의만이라고 받으려는 대학생으로서의 기특한 마음가짐이 아니라 남겨져 있던 리빙 메시지의 해독, 그것에 적합하다고 생각하는 사람을 찾아가기 위해서다.

때마침 오늘의 5교시는 마음에 두고 있던 암호학이었다. 그러니까 틀림없이 메니코는 출석했을 것이다.

하무카이 메니코食飼命日子.

대학에서 생긴 새 친구다. 어쨌든 내 친구이므로 언제나 그렇 듯 괴짜이기도 했지만, 중요한 것은 하무카이 메니코가 나에게 는 몇 년 만인지 모를, 요괴나 이매망량, 도시전설이나 괴이담 과는 관계없는 곳에서 생긴 친구라는 점이다. 솔직히 이것만으 로도 대학에 입학한 보람이 있다고 말해도 좋을 정도다.

열심히 공부해서 다행이다.

그건 그렇고, 마나세 대학에 도착해서 암호학 수업이 있는 교 실에 살짝 지각한 느낌으로 들어갔더니, 늘 그렇듯 좋은 뉴스와 나쁜 뉴스가 있었다.

나쁜 뉴스. 휴강이었다.

대학에는 이런 게 있었지.

하지만 좋은 뉴스. 텅 빈 교실 안에 단 한 사람, 책을 읽지도 않고 스마트폰을 만지작거리지도 않는, 책상에 엎드려 자고 있 지도 않고 그냥 멍하니 앉아 있는, 내가 찾던 학생이 있었다.

"안녕, 메니코."

"아. 아라라기쨩. 올라*. 이 수업은 휴강인데?"

"올라. 그런 모양이네. 그런데도 너는 왜 여기 있는 거야."

"여기에서 보낼 예정이었으니까…일까?"

그런 질문을 받고서야 비로소 어째서 자신이 휴강인 빈 교실

※올라 : hola. 스페인어로 '안녕'이라는 뜻.

에 앉아 있는가에 의문을 느꼈는지, 그런 얼빠진 대답을 하는 메니코.

생각해 보면, 이 녀석과 처음 대화를 했을 때도 확실히 이런 느낌이었다는 기분이 든다. 휴강인 수업에 내가 지각했고, 혼자서, 뭔가 하는 것도 없이 멍하니 앉아 있는 메니코와 만났던 듯한.

요컨대 메니코는 결정한 스케줄을 변경하는 것에 결정적으로 서투른 것이다. 설령 휴강이 되었다고 해도, 수업이 이루어지는 한 시간을 이 교실에서 보내기로 결정했다면 그 시간표대로 행동한다.

별난 녀석이다. 나 정도는 아니지만.

게다가, 그 덕분에 이렇게 만났다. 이런 성격의 친구라서 휴대전화로 약속을 잡기가 꽤나 어렵다.

"잠깐 봐 줬으면 하는 게 있어."

아무도 없는 교실에서, 나는 때는 지금이다 싶어 메니코의 옆자리에 앉으며 재빨리 이야기를 꺼냈다.

"좋아~ 뭐든지 볼게~ 아라라기짱의 부탁이라면~"

"이 단어장 말인데."

오래간만의 괴이에 얽히지 않은 친구이므로, 오이쿠라에게 그렇게 하고 있는 것처럼 최대한 괴이에 관련된 이런저런 것에 휘말리지 않도록 신경을 쓰면서 메니코와는 조금씩 친구관계를 이어 나가고 있는데, 뭐 이 정도라면 문제없을 것이다. 아니, 그렇다기보다 역시 대학에 오면 다양한 녀석이 있는데, 전혀 다른 시간의 흐름 속을 살고 있는 듯한 이 느긋한 분위기의 여대생은 미스터리 마니아도 아니면서 암호를 푸는 것이 취미라는, 상당한 괴짜다.

암호 마니아 증세가 심해져서 수학과에 입학했다는 느낌이 드는 녀석으로, 오늘은 휴강이지만 이 암호학 강의를 담당하는 교수에게도 높은 평가를 받고 있는 1학년의 희망의 별이다.

듣기로는 장래에는 경시청의 사이버 범죄 대책과에 취직하는 것을 목표로 하고 있다고 하던가…. 그러므로 하네카와에게도 오기에게도 의지할 수 없는 현재, 이 문제를 상담할 상대로서는 메니코 이상의 지인이 떠오르지 않았다. 물론 이것이 흡혈귀가 되다 만 미라가 남긴, 다잉 메시지가 아닌 리빙 메시지라는 것까지는 밝히지 않았다.

가엔 씨에게도 절대 소개하지 않을 거다.

귀중한 우정을 지키고 싶다면, 선을 긋는 것이 중요하다.

"'B777Q'… 흐응?"

흥미가 생긴 모양이다. 표정으로는 알기 어렵지만, 하지만 기본적으로 메니코는 흥미 없는 것은 마치 눈에 보이지 않는 것처럼 무시한다.

무심코 '뭐든지 볼게~'라고 별 생각 없이 대답한 것을 곧이곧대로 받아들였지만, 그 뒤로 이야기가 전혀 맞물리지 않는 경우도 있는데 이번엔 제대로 봐 주는 모양이라 다행이다.

"단어장이라~ 옛날 생각이 나네~ 응? 이거, 뒷면에도 뭔가 적혀 있네~"

"응? 뒷면?"

그 판잣집에서는 팔락팔락 넘겨 봤을 뿐이라 대부분 백지라고 판단했는데, 그렇구나, 단어장이니까 뒷면에도 필기할 공간은 있겠지….

역시 나는 탐정 역할에는 적합하지 않다.

빈틈과 못 보고 지나치는 것이 너무 많다.

그렇다고는 해도, 백지에 가깝다고 생각한 쿠치모토 쿄미의 단어장 뒷면이 꼼꼼히 사용되고 있었다는 기묘한 반전 따위는 없이, 뒷면도 앞면과 마찬가지로 거의 백지였고, 다만, 메니코의 지적대로 'B777Q'라고 적혀 있던 첫 번째 장의 뒷면에만, 앞면보다 더욱 거친 필기체로 '231'이라고 적혀 있었다. '231'?

'B777Q'와 '231'?

전혀 감이 잡히지 않는데 암호 마니아는 어떨까?

"응. 모르겠어."

"모르겠냐."

"그러네. 모르겠어. 나보다 똑똑한 아라라기짱이 어째서 이 정도의 암호를 풀지 못하는지, 모르겠어."

그건 요컨대, 풀었다는 의미인가?

006

메니코에게 보답으로 차라도 사겠다고 말했지만, 다음 강의가 있다는 정중한 거절이 돌아왔다. 나도 마찬가지로 다음 강의가 있지만, 나는 메니코와 달리 플렉시블하다. 강의를 땡땡이치는 것에 아무런 부담감도 느끼지 않는 일은 고등학생 시절과 마찬가지다.

단순히 시간이 없다는 문제도 있었다.

흡혈귀가 관련된 괴이 현상이니까 날이 저물기 전에 할 수 있는 일은 전부 해 두고 싶다. 유비무환.

살아 있는지 죽어 있는지 모르는, 생사의 경계선상에 있는 미라를 상대로도 하마터면 갈기갈기 찢길 뻔했던 나다.

흡혈귀 자체를 상대로 하게 되면… 뭐, 가엔 씨가 관리하고 있으니 배틀 전개가 되지는 않을 거라고 생각되지만, 그것도 카게누이 씨가 도착하기 전까지 일이 해결될 경우의 이야기다.

그리하여 나는 마나세 대학의 주차장에서 나오에츠 종합병원으로, 내비게이션을 따라 최단거리로 이동했다. 도착한 뒤 개별행동을 시작할 때에 들었던 가엔 씨의 PHS에 연락해서, 쿠치모토가 실려 간 병실의 위치를 알아냈다. 세 번째 미라이니까, 이제는 큰 병실에 전부 입원시키면 되지 않을까 하는 어리석은 생각을 했었는데, 아무래도 가엔 씨는 오히려 전부 따로 떼어 놓고 싶은 모양이었다.

하긴, 여학생들의 관계자(주로 가족일까)가 괜히 정보를 공유하기라도 했다간, 큰 소동으로 이어질지도 모른다. 어디까지나 각자를 '원인불명의 희귀병'으로 개별 취급함으로써, 프라이버시 보호라는 명목으로 온몸의 털이 곤두설 정도로 섬뜩한 괴기

현상을, 패닉을 피하며 비밀리에 처리할 수 있는 것이다.

물론 그것에도 한도는 있겠지만….

"야아, 코요밍. 일찍 돌아왔네."

지난번의 둘과 마찬가지로 환자복을 입고 침대에 누워 있는 쿠치모토 옆에서, 뭔가 주술을 걸고 있던(흡혈귀 봉인?) 것으로 보이는 가엔 씨가 내 쪽을 돌아보았다.

"암호는 풀었어? 풀었다고 말해 주면 기쁘겠는데 말이야. 이쪽에서는 한 가지 좋지 않은 문제가 발생해 버려서, 낭보가 있었으면 좋겠어."

"허어. 제가 없는 동안에 문제가 일어나다니, 별일이네요."

"내 말이 그 말이야."

재치 있게 받아 주지 않는 것을 보면, 정말로 좋지 않은 문제가 발생한 듯하다. 그것에 걸맞을 만한 낭보를, 나는 아쉽게도 가지고 돌아오지 못했지만.

확실히 메니코 덕분에 문제의 암호를 풀기는 풀었지만, 그래도 의미를 알 수 없다는 점은 변하지 않았던 것이다. 다만, 이것 역시 아마추어의 판단이다.

전문가인 가엔 씨에게 메니코의 해답(해독)을 제시하면, 어쩌면 그것으로 간단히 의미를 알아낼 수 있을지도 모른다.

"암호학을 전공할 예정인 대학 친구가 10초 만에 풀어 줬어요. 좀 싱겁기는 했지만, 어쨌든 고등학생이 생각해 낼 수준의 암호니까요."

싱겁기는 했지만 그렇다고 실없는 암호는 아니었다.

나는 단어장을 베드사이드의 책상에 놓고, 간단히 설명했다.

"'B777Q'. 분해하면 'B'하고 'Q'에 777이란 수가 끼어 있는 구조인데요, 그렇다면 이 알파벳 'B'와 'Q'에 공통되는 특징은 뭘까요. 아니, 가엔 씨를 상대로 거드름 피워 봤자 소용없겠죠."

"아니, 재미있게 듣고 있어. 그대로 계속해."

재촉받는 것도 좀….

이미 다 알면서도 나의 명예회복에 함께해 줘서 기쁘다. 이야기를 나눠 보면 의외로 괜찮은 부분이 있네.

"뭐, 요컨대 대문자에서는 형태가 전혀 다른 'B'와 'Q'를 소문자로 쓰면 'b'와 'q', 뒤집으면 모양이 같다는 점이죠. 그리고 모양이 같다는 얘길 하자면, 아라비아 숫자에도 모양이 같은 한 쌍이 있죠."

"그렇지. '우노'로 널리 알려진."

"우노로 널리 알려졌는지 어떤지는 모르겠지만요."

'6'과 '9'다.

그리고 보다시피, '6'과 '9'는 'b'와 'q'와 마찬가지로 같은 모양이다. 즉, 대입에 대입을 거듭하면 'B777Q'는 곧 '67779'라고 표현할 수 있다.

'B777Q' = '67779'.

"흠. 그렇구나, 거기까지는 납득했어. 하지만 '67779'라는 숫자는 뭘 의미하는 거지? 그다음의 해석?"

"암호학 전공을 희망하고 있다고는 해도, 어디까지나 그 친구는 저와 같은 수학과 대학생이니까요. 이런 숫자의 나열을 보면 자기도 모르게 소인수분해를 하고 싶어지는 습성이 있다나 봐요."

"성가신 습성이네."

"네. 다만 소인수분해를 할 것도 없이, '67779'는 세 개의 소수로 분할할 수 있다는 건 안 봐도 보이는 수준이죠. 즉, '67/7/79'예요."

"안 봐도 보이는 수준이 아니잖아. 보려고 기를 써도 안 보이는 수준이라고."

어이없다는 듯 가엔 씨는 어깨를 움츠렸다.

무엇이든 알고 있는 누나도, 암호 마니아에 소수 마니아의 습성까지 꿰고 있다고는 말할 수 없는 모양이다.

"그래서? 그다음은 '67/7/79'를 어떻게 해석하는가, 겠네?"

역시나 소수가 무엇인지 일일이 설명할 필요는 없는지, 가엔 씨는 그다음의 해독을 요구했다. 사람을 부리는 데 능숙한 사람이다.

"흔히 알파벳을 아라비아 숫자로 변환한다는 방법이 있잖아요? 그래서 이번에는 반대로, 아라비아 숫자를 알파벳으로 변환하는 것이 오서독스한 해독이라고 하더라고요."

"음… 요컨대 'S/D/V'란 말인가?"

예리하네.

그렇다…. '67'은 '2'부터 세서 열아홉 번째의 소수. 마찬가지로 '7'은 네 번째의 소수이고 '79'는 스물두 번째의 소수.

열아홉 번째 알파벳은 'A'부터 세서 'S'. 네 번째 알파벳은 'D'

이고, 스물두 번째 알파벳은 'V'.

'67/7/79'='S/D/V'.

"거기까지 10초 만에 해독했다면 요즘 대학생도 얕볼 수 없겠는걸. 지금으로서는 트집 잡을 것이 없긴 한데, 하지만 'S/D/V'가 무엇을 의미하는지는 아직 모르겠네. 이어지는 그다음이 있는 거지?"

"네⋯. 가엔 씨는 알아채셨겠지만, 단어장의 해당 페이지에는 뒷면에도 적혀 있는 것이 있었는데⋯. 앞면과 같은 필체로 '231'이라고 적혀 있었어요."

"그건 깨닫지 못했네. 누나를 너무 높이 평가하지 말아 줄래? 젊은이에게 실망을 안겨 주는 건 괴롭거든. '231'? '3'으로 딱 나누어떨어지니까 당연히 소수는 아니겠네. 모리스 르블랑의 소설 제목*은 '313'이었던가?"

"일부러 뒷면에 적어 둔 것을 봐서는 암호가 아니라 힌트가 되는 서브키라고 해석해야 한다고 하더라고요⋯. 단순히, 순번을 나타내고 있는 것이 아닐까 하고."

"순번이라. 그러니까, 앞장의 암호에서 도출한 세 개의 알파벳을 '2, 3, 1'의 순서대로 다시 나열하라는, 애너그램 같은? 즉 'S/D/V'는 'D/V/S'⋯."

'S/D/V'='D/V/S'.

※모리스 르블랑의 소설 제목 : 모리스 르블랑은 아르센 뤼팽 시리즈로 유명한 프랑스의 추리소설가이다. 『813의 수수께끼』를 비롯한 시리즈가 있다.

아마도 이것은 완성된 모습을 보기 좋게 만들기 위해, 스리세 븐 '777'을 표현하기 위해 변형했던 암호를 원래대로 되돌리기 위한 공정일 것이다.

나 역시, '77QB7'보다는 'B777Q'쪽이 보기 좋다고 생각한 다.

정리하면.

'B777Q' = 'b777q' = '67779' = '67/7/79' = 'S/D/V' = 'D/V/S' 다. '나보다 똑똑한 아라라기'라고 나를 과대평가해 준 것은 솔 직히 기쁘지만, 아니, 하지만 메니코, 나로서는 여기까지 도달 하는 건 불가능해.

다만 암호 마니아인 메니코를 통해서 해독할 수 있었던 것은 여기까지였다. 'S/D/V'가 'D/V/S'였다고 해도, 의미를 알 수 없다는 점은 변하지 않는다.

현시점에서 해독할 수 있는 것은 여기까지.

그러니까 여기서 만약 가엔 씨가 계속해서 '아직 모르겠는걸. 이다음이 있는 거지?'라고 물어본다면 두 손 들 수밖에 없었지 만, 하지만 무엇이든 알고 있는 누나는,

"……."

그렇게, 그다음의 재촉도 하지 않고, 그렇다고 감상을 말하지 도 않은 채 입가에 손을 대고 조용히 생각에 잠긴 모습을 보였 다.

기대했던 대로, 전문가만의 해석이 있는 걸까? 'D/V/S'는 어 쩌면 전문가가 쓰는 전문용어라든가…. 예를 들면 '드라큘라, 뱀

파이어, 슬레이어'의 약자라든가…? 그런 바보 같은 생각을 하고 있던 나를 타이르듯이,

"약자는 약자이지만, 이건 이니셜이야, 코요밍."

이라고 가엔 씨는 말했다.

"예를 들자면 '데스토피아 비르투오소 수어사이드마스터' 같은 이름의, 이니셜이지."

'D/V/S'='DEATHTOPIA VIRTUOSO SUICIDEMASTER'.

007

단순한 예시를 들었다고 하기에는 몹시 구체적인 이름이었지만, 그러나 가엔 씨는 그 이상 설명해 줄 생각은 없는지, "고마워, 코요밍. 덕분에 지침을 세울 수 있을 것 같아."라고 감사를 표하며 이야기를 마무리했다.

"친구에게도 고맙다고 전해 줘."

"네에…."

주도권 있는 리더가 그렇게 정리해 버리면 집요하게 물고 늘어질 수도 없다…. 뭐, 가엔 씨가 설명하지 않는다는 것은 내가 모르는 편이 나은 것인지도 모른다. 적어도 지금은….

어쨌든 제3의 미라인 쿠치모토 쿄미가 남긴 리빙 메시지에 대한 해독작업은 일단 여기서 잠시 놔두고…. 나로서는 이 병실에 들어왔을 때, 가엔 씨가 시무룩한 얼굴을 하고 있었던 쪽이 신

경 쓰였다.

좋지 않은 문제가 발생했다. 그렇게 말했다.

그러니까 낭보가 있었으면 한다고.

감사 인사는 했지만, 결코 가엔 씨의 표정에서 근심이 사라지진 않았으므로 내가 가져온 것은 낭보가 아니라 흉보였는지도 모르지만, 내가 자리에 없을 때 발생한 문제에 대해서는 흥미를 가지지 않을 수 없었다.

"좋지 않은 문제라고 말한 건 너무 호들갑이었을까. 오히려 이렇게 되면 코요밍에게 미리 연락을 해 두길 잘 했다고 해야겠지…. 이건 이것 나름대로 운명이야. 아니, 나는 스트랩에 관해서 피해자들이 같은 학교에 다니고 있다는 것 이상의 공통점이 있지 않을까 하고 생각해서 다시 한번 여고생의 프라이버시를 조사하고 있었는데."

"그 말만 들으면, 가엔 씨가 대체 무엇의 전문가인지 모르겠네요."

"그 결과, 생각지도 못한 사실이 판명되었어. 세 명이 모두, 같은 동아리에 소속되어 있었어."

"같은 동아리?"

아아, 그렇다면 학년이 달라도 같은 종류의 스트랩을 달고 있다는 연결고리가 있어도 이상하지는 않은가…. 나는 동아리 활동에는 참가하지 않아서 다른 학년들과 알고 지내는 일은 거의 없었지만.

그러면 쿠치모토 쿄미와 혼노 아부리뿐만 아니라, 첫 번째 미라인 하리마제 키에도, 공통된 스트랩을 달고 있지는 않았지만 공통의 미싱 링크가 연결되어 있었던 것이다. 하지만 어째서 그것이 좋지 않은 문제일까?

오히려 만만세 아닌가?

내가 저 멀리 대학교까지 찾아가서 친구를 귀찮게 만들면서까지 얻어 온 정보보다도, 훨씬 구체적이고 훨씬 사건을 해결로 이끌 것 같은 단서인데….

"참고로 그 동아리 활동은, 여자 농구부야."

"아아."

납득했다. 완전 납득했다.

그것은, 요괴 전반을 전문으로 하면서 무서운 것이 없는 가엔 씨가, 유일하게 열등의식을 지닌 친언니의 영향력을 느끼게 하는 조직이었다…. 나오에츠 고등학교 여자 농구부.

가엔 토오에.

가엔 씨의 언니, 이 누나의 언니의 이름이자, 그 누나의 언니의 딸의 이름이 칸바루 스루가. 현 나오에츠 고등학교 3학년인 여자 고등학생이자, 여자 농구부의 옛 주장이기도 하다.

나에게 얼마 되지 않는, 교류가 있는 후배다. 정확히 말하자면 내 연인의 후배라는 인연이었지만, 어쨌든 칸바루에 대해 미라라는 키워드는 실제로 상성이 나쁘다.

그리고 그렇지 않더라도 나오에츠 고등학교의 여자 농구부라는 곳은 조금 특수하다…. 그 딱딱하고 고지식한 입시명문교에서, 살짝 이질적인 존재이다.

괴이를 제외하더라도, 특이한 조직이다.

피해자인 여고생 세 명이 전부 그 여자 농구부의 멤버였다고 한다면, 그것을 단순한 우연이라 정리하는 것은 무리가 있을 것 같다…. 그곳에 원인이 있다고 완강히 단정하는 것도 위험하지만.

언제였던가, 전문가가 말했었다.

괴이는 그에 상응하는 이유가 있다. 그렇다.

내가 열일곱 살의 봄방학, 흡혈귀에게 혈액을 전부 빨려 버렸던 것에도 필연적인 이유가 있었다.

이번 케이스에 필연이 있다고 한다면.

"조사를 해 보지 않을 수 없겠네요. 어디 보자, 요컨대… 그 작업을 제가 하는 편이 좋겠다는 거죠?"

"응. 나는 스루가에게는 더 이상 관련되지 말아야 하니까."

그것이 즉, '코요밍에게 미리 이야기를 해 두길 잘 했다'라는 말의 의미겠지…. 예전에 괴이에 얽힌, 그것도 흡혈귀에 얽힌 사건에서 칸바루의 '왼팔'의 힘을 빌리지 않을 수 없었던 때에도, 가엔 씨는 가명을 썼을 정도다.

그 정도로 가엔 씨는 자기 언니의 그림자를 밟는 것을 터부시하고 있다.

오시노와 달리 퍼지fuzzy한 이 사람이, 그 부분에 관한 것만큼은 엄격하다.

"하물며 지금의 스루가는 '왼팔'을 잃어버렸으니까… 아니, '되찾았다'고 해야 하나? 정말이지, 카이키도 쓸데없는 짓을 했어. 덕분에 나는 후계자를 한 사람 잃었다고."

"…예전 일을 생각하면, 그 녀석을 별로 끌어들이고 싶지 않은 건 저도 마찬가지지만요. 하지만."

나는 침대 쪽으로 눈길을 돌렸다…. 미라화한 여고생, 세 번째인 쿠치모토 쿄미.

바짝 말라붙은 그 모습을 재확인하니, 그렇게 말하고 있을 수 없었다.

"다만 칸바루도 여자 농구부를 은퇴한 지 오래되었으니까 최근의 정보를 가지고 있을지 어떨지는 좀 의심스러운데요."

"그래도 좀 부탁할게. 자기 어머니를 닮아서 사교적인 그 애라면, 그래도 현역인 후배를 한 사람도 모르지는 않을 거야. 가능하다면 모든 농구부원의 명단을 입수하고 싶어."

"알겠습니다."

그렇게 받아들이긴 했지만, 마음이 무거워지는 것은 부정할 수 없었다. 이쪽이 아무리 주의를 기울인들, 이상한 어프로치를 한다면 칸바루는 스스로 고개를 들이밀지도 모르는 무모한 구석이 있으니까…. 지난번 일을 반복하는 것만은 사양하고 싶다.

나는 오른쪽 손목에 찬 시계를 확인하고, 현재 시간이 고등학교의 6교시 중이라는 것을 확인했다. 지금이라면 날이 저물기 전에 칸바루와 만나는 것도 가능할까.

메니코와 달리 수험생인 칸바루가 상대라면, 전화로 만날 약속을 하고 가는 편이 낫겠지…. 차라리 그냥 전화통화로 용무를 마칠 수 있을까? 하지만 역시 사정이 사정인 만큼, 직접 만나서 이야기를 하는 편이 나으려나….

"그 밖에도, 소지품들을 물색한 결과로 판명된 것을 코요밍과 공유해 둘까. 현장검증을 마친 단계에서는, 세 번째 미라인 이 아이는 오늘 이른 아침에 흡혈귀의 습격을 받은 것이 아닐까 하고 유추하고 있었는데, 아무래도 피해를 입은 건 어제 새벽인 모양이야."

"어제요? 저기, 그렇다면… 발견된 것은 세 번째여도, 쿠치모토 쿄미는 피해자로서는 두 번째라는 건가요?"

"응. 그렇게 돼. 꼬박 하루 이상, 그 애는 행방불명이었던 거야. 가족에게 연락했을 때 그 사실이 판명되었어. 정리하자면, 나오에츠 고등학교 1학년인 하리마제 키에짱이 습격당한 것은 그저께 밤. 그리고 흡혈귀는 그날 밤이 밝기도 전에 같은 나오에츠 고등학교 1학년인 쿠치모토 쿄미짱을 덮쳤어. 판잣집에 끌고 들어가서 피를 빨았는지, 아니면 피를 빨고 나서 판잣집에 미라를 옮겨다 놓았는지는 불명이지만, 어느 쪽이라 해도 흉행은 밤에 벌어졌어. 흡혈귀답게, 태양이 뜨고 난 뒤의 낮에는 휴식을 취하고, 다시 밤이 찾아오자 이번에는 자택의 자기 방에 있던 나오에츠 고등학교 2학년, 혼노 아부리짱의 목덜미를 깨물었지."

순서는 뒤바뀌었지만, 어느 쪽이라 해도 하루에 한 사람의 피해자라는, 그래도 하이 페이스로 여겨지고 있던 가설은 완전히 붕괴했던 것이다. 이제 와서 새삼스럽지만, 응, 별로 좋은 정보는 아니다.

먹성 좋은 흡혈귀라니.

"그러고 보니 흡혈귀는 다른 사람의 집이나 다른 사람의 방에 들어갈 때에 허락이 필요하지 않았던가요? 두 번째… 아니, 세 번째 피해자인 혼노 아부리는, 자기 방의 이부자리에서 발견되었다고 들었는데요."

"그 점은 베리에이션이 있고, 상황에 따라 다르다고밖에 대답할 수 없겠네. 그럴 때도 있고, 그렇지 않을 때도 있다. 다만, 흡혈귀가 시시루이 세이시로 같은 8등신 초미남에 연 수입 5억 엔이라면, 입실을 거부할 수 있는 여고생은 없겠지."

시시루이 세이시로의 연 수입이 5억 엔이었는지 어떤지는 확실치 않지만, 뭐, 그것 또한 진리이며 섭리인가…. 혹은 쿠치모토 쿄미에 대한 추측과 마찬가지로, 정체불명의 흡혈귀는 길가에서 피를 빤 여고생이 미라화 한 뒤에 자기 방으로 옮겨 놓았는지도 모른다…. 이것 역시 어째서 그런 행동을 했는지는 수수께끼인 상태지만.

"물론 그 밖에도 피해자가 있을지 모르니, 나오에츠 고등학교의 여학생에 한정하지 않고 바짝 마른 미라를 찾아서 마을 안을 눈에 불을 켜고 찾고 있어. 정말이지, 괴이담이 아니라 고대문명이라도 찾고 있는 기분이야. 지금은 수색 범위를 이 마을 안으로 한정하고 있지만, 경우에 따라서는 더욱 확장할 필요도 있을지 모르겠네."

"…하치쿠지에게 도움을 청하는 편이 좋을까요?"

마을이라고 하면, 지금은 마을의 신이 된 그 미아라면 마을

안의 트러블을 훤히 꿰고 있겠지···. 뭔가 알고 있을지도 모른다.

"으음~ 글쎄, 어떨까. 확실히 그럴 가능성은 높지만, 신이라는 건, 그 애는 지금 와서는 확실히 괴이 쪽이라는 얘기니까."

"흠."

옛 인연에 의지해서, 그 녀석을 인간과 괴이 사이에 끼게 만드는 것은 안 좋을까.

신에게도 입장이라는 것이 있으니 말이야. 우정에 호소했다가 만에 하나라도 그 녀석이 신의 자리에서 내려오게 된다면, 그 미아는 어디를 헤매지도 못하고 곧장 지옥으로 직행하고 마는 것이다.

키타시라헤비 신사의 참배로에는, 지옥으로 가는 직행도로가 깔려 있다.

그것은 가슴 아프다는 정도가 아니다.

"그러면, 어쨌든 저는 이제부터 칸바루와 만날 준비를 해 둘게요. 그러는 김에 쓱싹쓱싹 그 녀석 방을 정리하고 올게요."

"그러는 김에 하는 일이 더 힘들어 보이는데? 내 조카가 민폐를 끼치네."

당신 정도는 아니지만요.

뭐, 그런 일족이겠지.

"가엔 씨는 이제부터 어떡하실 건가요?"

"코요밍이나 수색대 여러분이 일해 주는 와중에 미안하지만, 나는 병원의 빈 침대를 이용해서 낮잠을 자도록 하겠어. 밤에 활동해야만 하니까. 아무리 어려 보이게 하고 있어도, 이 나이가 되면 밤샘은 힘들거든."

그야 그런가.

흡혈귀가 야행성인 이상, 그 활동에 대처하기 위해서는 이쪽도 체내시계를 조정하지 않을 수 없다. 자는 것도 업무인 것이다.

참고로 나는 후유증 덕분에 가엔 씨처럼 계획적으로 수면을 취하지 않더라도 하루 이틀 정도 밤을 새우는 일은 그리 힘들지 않다. 입시 공부 기간에는 조금이나마 도움이 되었던 흡혈귀 체질이다.

"아, 맞다. 그런데 가엔 씨, 이번 사건은 시노부에게는 뭐라고 전할까요? 분명히 밤이 되면 그 녀석도 일어날 거라고 생각하는데요."

칸바루와 마찬가지로, 시시루이 세이시로가 부활했을 때에는 오시노 시노부에게도 협력해 달라고 했는데, 그러나 그 멘탈 약한 유녀가 제대로 된 도움을 주었다고는 말할 수 없었다.

제대로 발목을 잡았다고 해도 될 정도다.

뭐, 참작할 만한 사정이 있었으니 그걸 무조건 비난할 수도 없고 그럴 생각도 없지만, 그때의 반성을 성실하게 살리자면 그 녀석은 미리 떼어 놓아야 할지도 모른다.

내 그림자에 봉인되어서 반 흡혈귀화가 아닌 반 노예화되어 있다고는 해도, 애초에 이쪽의 생각대로 움직여 주는 녀석이 아닌 것이다.

"그 왜, 둘 다 흡혈귀니까 서로 아는 사이일지도 모르잖아요. 그야말로 사이에 끼어 버릴지도 모르는 일이고."

"그러네. 서로 아는 사이일지도 모르겠네. 사이에 끼게 될지도 모르겠어."

의미심장한 투로, 가엔 씨는 그렇게 끄덕였다.

"뭐, 그건 자는 동안 생각할게. 일단 날이 저물 때까지는 정보 수집에 집중해 줘."

"알겠습니다."

008

칸바루의 집을 향해 액셀러레이터를 밟으며, 나는 그 단어장에 적힌 글자가 리빙 메시지가 아니었던 것은 아닐까 하는 가능성에 대해 생각했다.

'B777Q'='D/V/S'.

가엔 씨에게는 뭔가 가설도 있는 모양이고, 메니코의 해독 자체는 나도 그것이 정답이라고 생각한다. 다만 피해자가 미라화되기 직전에 갑작스럽게 남긴 암호로 본다면, 너무 복잡하게 느껴지는 것도 사실이다.

암호학으로서는 옳더라도, 역시 미스터리 소설이 아니니까….오기라면 그것으로 납득하겠지만 흡혈귀에게, 그게 아니더라도 괴한에게 습격당하는 상황에서 스물두 번째 소수가 무엇인가,

또는 '777'로 스리세븐이 되는 쪽이 보기 좋다든가 하는 생각을 할 여유가 정말 있었을까?

아무리 학업을 본분으로 여기는 고등학생이라 해도….

확실히 말해, 수학 실력만으로 대학에 들어온 것을 인정하지 않을 수 없는 수학과 소속의 나라도, 소수를 암산으로만 정확히 세어 나가는 일은 이렇게 운전하는 중에는 어렵다…. 하물며 습격을 당해 패닉을 일으킨 상황이라면 불가능에 가깝다.

뭐, 하네카와라면 가능하겠고 메니코도 할 수 있겠지…. 쿠치모토 쿄미가 동서고금에 보기 드문 천재일 가능성은 일단 남아 있다고 해도, 그러나 그 백지 단어장을 보기로는 역시 공부에 열심인 우등생이었다고 생각하기는 어렵지….

하드한 연습으로 널리 알려진 여자 농구부의 일원이었다면 더욱 그렇다…. 이제부터 만날 칸바루도 그랬지만, 그 동아리 활동은 본분을 소홀히 하지 않으면 성립되지 않는 시스템이 되어 있었다.

그렇다면 그것은 리빙 메시지도, 하물며 다잉 메시지도 아닌, '범인'인 흡혈귀로부터의 서명이라고 추리하는 것이, 사실은 적절한 것이 아닐까?

서명, 범행성명, 선전포고, 자기표명.

뭐든 상관없지만, 그렇다면 가엔 씨가 툭 하고, 혹은 깜빡하고 입 밖에 낸 '이니셜'이라는 가설과도 합치된다. 피해자가 '범인'의 이니셜을 남긴 것이 아니라, '범인'이 피해자의 손안에 자신의 이니셜을 남긴 것은 아닐까?

마치 자기를 현시顯示하듯이.

…그렇다면 (현재로서는) 첫 번째 피해자인 하리마제 키에나 (발견된 것은) 두 번째 피해자인 혼노 아부리의 소지품 중에도, 자의식이 비대화된 그런 서명이 발견될지도 모른다.

가엔 씨에게 그렇게 전해 두는 편이 좋을까? 아니, 내가 떠올릴 정도의, 그 정도의 가능성에 그 가엔 씨의 생각이 미치지 않을 리 없다…. 설령 그렇지 않다고 해도, 밤에 움직이기 위해 기력을 보충하고 있는 그 사람을 깨우면서까지 검토해야 할 가설은 아닐 것이다.

지금은 내 임무에 집중하자.

그러고 있는 동안, 뉴 비틀은 칸바루가 살고 있는 일본식 저택에 도착…. 자전거의 매력에서 아직 자유로워진 것은 아닌 나지만, 역시 자동차의 기동력은 수준이 다르다. 이동 중에 추리나 추측을 할 틈도 없다.

주차를 유도해 줄 모양인지, 갓 귀가해서 교복 차림인 후배가 열린 대문 앞에서 나를 맞이해 주었다. 그런데 어라, 후배는 혼자가 아니었다.

역시 나오에츠 고등학교의 교복을 입은 여학생이 칸바루 옆에 서 있었다. 넥타이의 색으로 보면 3학년인 모양인데, 대체 누구일까?

"소개할게, 아라라기 선배. 농구부 시절 동기인 히가사日傘야. 내가 은퇴한 뒤에 농구부의 주장을 맡았어."

인사도 하는 둥 마는 둥 하며 자동차에서 내린 나에게, 칸바루는 같은 반 친구를 소개해 주었다. 바로 얼마 전까지 여자 농구부의 주장을 맡고 있던 같은 반 친구를. 그렇구나, 사전에 전화로 용건을 이야기했으니, 미리 준비를 해 준 모양이다.

정말 똑똑한 후배다. 나에게는 아깝다.

"처음 뵙겠습니다, 아라라기 선배. 히가사 세이우日傘星雨입니다. 소문은 예전부터 들었습니다."

"하하. 어차피 변변한 소문은 아니었겠지?"

"아하하하하하하하하하하."

후배는 부자연스러울 정도로 웃었다. 변변한 소문이 아니었던 모양이다.

"들어와, 아라라기 선배. 여기에 서서 이야기하는 것도 뭣하니. 할아버지 할머니는 여행 중이라 모레까지 집을 보고 있어야 하지만, 나라도 차 정도는 내올 수 있어."

"어. 아니, 하지만 네 방…."

"괜찮아요~ 알고 있으니까요."

당황하는 나에게, 전부 훤히 알고 있다는 듯 히가사는 그렇게 말했다. 똑똑한 후배에게 똑똑한 친구가 있는 모양이다. 그렇게 어질러진 방을 허용해 주는, 동격의 친구가 칸바루에게 있다는 것을 알게 되어서 나로서도 안심이 되었다. 그건 그렇고, 그렇다고는 해도 오래 머물 수는 없다.

왼팔에 품고 있던 문제도 해결되어서 칸바루 녀석은 건강발랄의 베스트 컨디션인 모양이니, 그렇다면 재빨리 용건을 마치고 자리를 뜨자, 선배가 자신의 이모와 놀고 있었다는 것을 들키기 전에.

"자, 차를 내왔어, 아라라기 선배. 수상한 것은 섞지 않았으니까 안심하고 마셔."

"그런 주석은 필요 없잖아."

"아하하하하하하하하하."

단순히 웃음기가 많은 것인지도 모르는 히가사는, 거짓말처럼 어질러진 방에서 처음 만나는 선배와 탁자에 둘러앉아 있다는 것에 거의 부담이 없는 모양이었다. 과연 칸바루의 친구, 아주 시원시원하다.

"아뇨, 아뇨. 낯가림이 완전 심하다고요, 저는. 난잡한 루가하곤 다르게."

그렇게 보이지는 않는데.

그리고 칸바루는 친구에게 '루가'라고 불리고 있나….

귀여운 후배가 난잡하다는 소리를 들은 것에 한순간 자기도 모르게 몸이 튀어 나갈 뻔한 나였지만, 아니, 관계성을 생각하면 나보다 칸바루와 친할 히가사가 그렇게 표현하는 것을 내가 막는다는 것도 이상한 이야기다.

"하지만 아라라기 선배하고는, 오래전부터 알고 지낸 사이처럼 느껴져서 처음 만났다는 느낌이 안 들어요."

"정말로 무슨 소문이 돌고 있는 거지…?"

형사 콜롬보 같은 소리를 한다.

"나오에츠 고등학교를 졸업한 유일한 불량학생이었으니까요."

그건 하네카와 한 사람만의 오해가 아니었나.

큰일 났네.

"그렇다고 해도, 소문만 듣고도 저는 부르르 떨었다고요. 너무 황공해서, 혹시 너무 긴장한 나머지 실례를 한다고 해도 모쪼록 너그럽게 봐주세요. 아, 친구들한테 자랑하고 싶으니 폰 번호 좀 알려 주실 수 있을까요?"

조금도 무서워하지 않잖아.

그러는 한편, 버릇없게 느껴질 정도로 친근하게 내밀어진 휴대전화의 스트랩이 'S·H'로 레터링된 액세서리라는 것을 나는 체크했다…. 흐음, 은퇴 후에도 계속 달고 있는 모양이다.

칸바루는 어떻더라?

아아, 그렇지. 이 녀석이 휴대전화를 갖게 된 것은 나하고 만난 뒤의 일이다. 그런 이야기가 있었다.

"그래서… 여자 농구부 말인데."

"네, 네. 여기에 자료를 준비해 왔어요."

히가사는 가방에서 표지가 딱딱해 보이는 파일을 척 하고 꺼내 들었다. 마치 학급 출석부 같았지만, 문맥으로 생각하면 그건 동아리 명부일 것이다.

"내가 속해 있던 시절부터 동아리 활동을 관리하고 있던 건 히가사 같은 녀석이니까 말이야. 나였으면 그런 명부 같은 건 만들 생각도 하지 않았을 거고, 만들었다고 해도 어딘가에서 잃어버렸을 거야."

그렇게 말하는 칸바루.

응, 요전에 청소했을 이 방의 참담한 상황을 보면, 그것이 친구의 낯을 세워 주기 위한 겸손이 아니란 건 알 수 있지.

히가사 역시 3학년이 되어 은퇴했다고는 해도, 4월의 동아리 권유 시즌까지는 나가고 있었는지 지금의 1, 2학년 부원들에 대해 잘 파악하고 있는 듯하다…고 생각했는데, 반사적으로 손을 뻗은 나에게, 그녀는 휙 하고 만세를 해 명부를 내 손에서 멀리 떨어뜨렸다.

마치 스틸을 피하려는 농구선수처럼…도 아닌가.

"왜 그래. 아무도 'put your hands up!'이라고 말하지 않았다고, 히가사."

"네. 그게 말이죠, 아라라기 선배. 말할 것도 없지만, 이거, 여자 고등학생 100명분의 개인정보잖아요?"

명부를 들어 올린 채로, 히가사는 미소를 지으며 말했다.

100명?

나는 칸바루 쪽을 돌아보았다. 칸바루는 고개를 끄덕이며 수긍했다.

진짜로? 100명이나 되는 거야? 여자 농구부.

1, 2학년만으로 100명이라니… 한 학년에 부원이 50명이나 있어? 숫자가 구체적으로 드러나자, 불특정 다수의 피해자를 상정하고 있을 때보다 더 망연자실하게 되었다.

100명 중 두 사람이라고 가엔 씨는 말했지만, 그건 어디까지나 예시일 뿐일 테고….

뭐, 하지만 전국대회에 나갈 정도의 운동부가 되면, 그래도 적은 편이려나….

"엄밀히 말하면, 한 학년에 50명씩이 아니라 2학년이 76명, 1학년이 24명으로 합계 100명이에요."

그렇게 말하는 히가사.

"그러니까, 제가 개인적으로 만든 것이라고는 해도, 이런 자료를 유출시켰다는 사실이 알려지면 저는 곱게 안 끝나요."

"응. 하긴 그렇겠지."

동의할 수밖에 없다. 이미 졸업한, 게다가 여자 농구부와는 아무런 관계도 없는 귀가부였던 내가, 여자 고등학생 100명분의 이름과 주소와 연락처를 취득한다니, 뻔뻔스런 부탁이다.

"네. 그때는 제 혈액이 유출되겠죠."

농담으로 한 말이겠지만, 오늘 하루에만 혈액을 전부 빨린 미라를 셋이나 본 나로서는 도저히 '아하하하하하하하하하' 하고 웃을 수는 없다.

"네. 웃을 일이 아니죠. 이름과 주소와 연락처뿐만 아니라, 신장과 체중과 스리사이즈와 파트너의 유무까지 기록되어 있어요."

"번거롭게 만들 것 같아서 미안한데, 히가사. 그 부분은 안 보이도록 검게 칠해 줄 수 있을까?"

"안 그래도 곱게 끝나지 않을 문제인데, 하물며 그 기록을 변태로 이름 높은 아라라기 선배에게 넘기게 된다면…."

"변태로 이름 높아?"

"아뇨, 선배로 이름 높은 아라라기 변태라고 했어요."

그렇게 정정해 봤자 그쪽이 더 심하다.

지금이라도 나오에츠 고등학교에 가서 악평을 정정하고 올까.

"히가사. 변태는 내 영역이라고. 그리고 나의 아라라기 선배하고 너무 사이좋고 즐겁게 대화하지 마."

옆에서 '루가'가 좁은 도량을 발휘하고 있었다.

정말이지 끼가 없는 녀석이다…. 이런 상태로도 농구부의 전설적 에이스였다고 하니.

다만 옛 캡틴으로서 개인정보를 보호할 생각이라면, 히가사는 애초에 칸바루의 요청에 응해 이 집에 명부를 가지고 오지는 않았을 것이다.

"그렇구나. 알았어, 히가사. 그 명부를 갖고 싶다면 길거리 농구로 승부를 내자고 말하는 거지?"

"아뇨, 말 안 했는데요."

그런 게 아니었냐. 괜히 겉옷을 벗었잖아.

"그런데도 제가 피투성이가 될 리스크를 감수하면서까지 아라라기 선배에게 이 비밀 명부를 빌려드리는 이유는, 나오에츠 고등학교 여자 농구부의 현재 상황을 선배라면 타파해 주지 않을까 하고 기대하고 있기 때문이에요."

"……? 여자 농구부의 현재 상황?"

"히가사. 아라라기 변태에게 거기까지 요구하는 건…."

어쩐지 불온함이 느껴지는 대사에 내가 고개를 갸웃거리자, 칸바루가 친구를 나무라듯이 말했다. 너도 나를 아라라기 변태라고 부르고 있다고.

그런 녀석에게 여자 고등학생 100명분의 개인정보를 빌려주는 건 절대 안 되잖아.

"아니, 아니. 하지만 루가도 책임은 느끼고 있잖아? 지금 여농에는. 어쩌면 나보다도."

"그건… 아, 그렇지, 아라라기 변태. 여농이라는 말은 여자 농구부의 약칭이지, 결코 여자 농탕질이라는 의미는 아니야."

"내 악평을 유포하고 있는 사람은 너 아니냐, 칸바루 후배?"

어쨌든, 아무래도 이 두 명의 옛 주장들 사이에서도 의견이 일치되지 않고 있는 모양이지만, 거기까지 듣고서 호락호락 물러날 아라라기 변태가 아니다.

게다가 만일 여자 농구부가 지금, 뭔가 트러블을 내포하고 있다고 하면, 의외로 그것이 이번 연쇄 미라 사건의 원인과 직결되어 있을 가능성도 있다.

"얘기해 봐. 나도 아무런 대가없이 도와 달라고 할 생각은 없어. 곤란한 일이 있다면 힘이 되어 줄게."

"마음은 기쁘지만, 거의 매주 방을 청소하러 와 주는 것만으로도 충분해, 아라라기 선배."

"그건 정말로 충분한 거 아냐, 루가…?"

내가 아라라기 선배에게 부탁하기 어려워지는 소리는 하지 마, 라며 이맛살을 찌푸리고서 히가사는,

"상태가 영 안 좋거든요, 우리들이 은퇴한 뒤의 여농."

하고 털털한 투로 말하며 내 쪽을 보았다.

정말이지, 어디가 낯을 가린다는 거야.

"구체적으로 어떻게 문제가 있다는 것은 아니지만, 분위기가

끝장나게 안 좋은 모양이라…. 입시 스트레스를 풀기 위해 선배 노릇 좀 해 볼까 싶어서 체육관을 엿보러 갔다가, 반대로 스트레스가 쌓여 버렸을 정도로요."

그것이야말로 이 자리의 분위기가 무거워지지 않도록 익살을 부리는 것이겠지만, 그건 그렇다고 쳐도 이 아이도 어지간히 성격이 좋구나…. 칸바루가 친구의 언행에 부끄러움을 느끼는 듯한 몸짓을 보이고 있지만, 아니, 네가 부끄러워해야 할 것은 이 방의 상태라고.

"약체화되었다는 거야? 칸바루나 히가사 같은, 황금세대가 빠져나간 뒤에."

좀 더 말을 골랐어야 했는지도 모르지만, 그러나 어휘가 부족한 나로서는 달리 표현할 말이 생각나지 않았다. 약체화.

그렇지만, 그것은 어떤 의미에서는 어쩔 수 없는 일이 아닐까.

어떤 의미에서, 칸바루가 너무 특별한 것이다.

슈퍼스타라고 불리고 있었을 만큼, 본래 사립 입시명문교인 나오에츠 고등학교에서 이 녀석은, 나 이상으로 자리에 어울리지 않는 학생이었다….

"그렇지. 나는 동경하던 센조가하라 선배를 좇아, 입시 공부에 힘썼던 것뿐이니까."

"참고로 저는 따로 힘쓰지 않아도 공부를 잘했던 체육 계열 학생이었어요."

히가사는 두 손을 들어 올린 채로 자랑스럽게 가슴을 폈다.

그런 녀석도 있구나.

"하지만 약체화한 게 아니에요. 오히려 그러는 편이 나았을 정도죠…. 그러니까, 분위기가 나빠진 거예요."

"분위기가…."

"밝고 즐거운, 연대감 있는 여자 농구부가 아니게 되었다는 거야."

칸바루가 어울리지도 않게, 아주 떨떠름한 투로 설명했다.

"연대감은 사라지고, 연대책임만이 남았어."

구체적으로 말하자면, 이라고.

그렇게 운을 떼며 칸바루 스루가는 말을 이었다.

"명부에 게재되어 있는 100명의 멤버 중, 다섯 명이 행방불명이 되었어."

009

히가사가 말하길, 행방불명이라는 표현은 너무나도 나의 경솔한 후배다운, 조금 과장된 인식이었던 모양이지만, 요컨대 현재 소재를 알 수 없는 부원이 1, 2학년을 합쳐서 다섯 명 있다는 뜻이었다.

놀랍게도 그 다섯 명 중 세 명의 이름을, 나는 이미 알고 있었다. 놀랄 일도 아닌가.

하리마제 키에. 혼노 아부리. 쿠치모토 쿄미.

거기까지는 아직 납득할 수 있다.

가엔 씨의 절묘한 정보조작, 그리고 교묘한 정보봉쇄의 성과라고 해야 할지, 미라화된 각각의 여학생은 '희귀질병'이라는 취급을 받고 있으므로 가족으로서도 그것을 공공연히 알리지는 않았을 것이다. 그러니까 세 명 모두 이유가 애매한, 외부에서는 사정을 짐작할 수 없는, 뭔가 사연이 있는 듯한 결석 취급이다.

'행방불명'.

거기까지는 어떤 의미에서 예정조화라서 놀라지도 경악하지도 않았다. 문제는, 거기에 추가로 **두 명 더**, '행방불명'된 여학생이 있는 모양이라는 사실이었다.

마주하고 싶지 않은 사실이었다.

여기서 그 두 명도 흡혈귀의 피해를 입었으리라고 생각하는 것은 역시나 성급한 판단이겠지만, 하지만 설령 그렇지 않다고 해도 학생이 다섯 명이나 '행방불명'되었다고 하면, 이미 충분하고도 남을 정도로 대사건이 아닐까, 라고 이미 고등학교를 졸업한 나는 생각하지만, 그러나 재학 중에 있었던 이런저런 일들을 떠올려 보면, 꼭 그렇지만은 않다고 결론 내리지 않을 수 없었다.

내가 고등학교 수업을 신나게 **빼먹었다**는 것은 앞서 이야기했지만, 그런 '불량학생'이 드문 입시명문교에서 나 말고 모든 학생이 모범생이었는가 하면 그렇지도 않다.

수업을 따라가지 못하게 되어서, 성적 제일주의인 교풍이 맞지 않아서 낙오한 학생이 어떻게 되었는가를 한마디로 말하면, '없어졌다'…고 할 수 있다.

전학 가거나, 자퇴하거나.

혹은 오이쿠라 소다치처럼 자기 집에 틀어박히거나 했다. '없어졌다'.

히가사가 하는 말이 정말 정확한 것이, 나처럼 '나오에츠 고등학교를 졸업한 불량학생'은 정말로 드물기 때문이다.

'유일한'이라는 말은 역시나 과장이라도, 대개는 졸업하기까지 버티지 못한다.

없어진다. 사라져 버린다.

마치 처음부터 없었던 것처럼. 그러니까 나오에츠 고등학교에서 학생의 모습이 '보이지 않게 되었다'는 것은, 특별히 이상한 현상이 아닌 것이다.

보이지 않는 취급을 받는 것은, 낙오한 학생이 아니라 입시명문교에 낙오자가 있다는 현실이다. 현실 문제다.

뭐, 나오에츠 고등학교에 한정된 이야기가 아니라, 사립 고등학교라는 곳은 불상사를 무조건 덮으려고만 하니까….

다만 여자 농구부에서의 이번 트러블이 그중에서도 조금 이질적인 것은, 수업이나 시험의 난이도에서 생겨나는 트러블이 아니라 트레이닝이나 팀워크에서 생겨난 트러블이라는 점일 것이다.

"루가 본인은 부정하겠지만, 딱 부러지게 말하자면 나오에츠 고등학교의 여농은 칸바루 스루가에 의한, 칸바루 스루가를 위한, 칸바루 스루가의 동아리 활동이었으니까요…. 입부했을 때부터 제가 적극적으로 그렇게 유도했던 부분도 있고요."

히가사는 그렇게 말했다.

"그 사실 자체는 지금도 틀리지 않았다고 생각하고, 그랬기에 저희들은 전국구까지 갈 수 있었어요. 문제는 루가가 왼팔을 다치고 은퇴한 뒤로도 그 시스템이 그대로 이어져 버렸던 것이고… 제가 주장을 맡고 있던 동안에는 그래도 이리저리 얼버무리며 잘 넘기고 있었는데, 4월에 제가 은퇴하자마자 순식간에 문제가 터진 모양이더라고요."

너무 높은 목표, 하드한 트레이닝, 도망칠 수 없는 동조압력….

연대감이 아닌, 연대책임.

"스포츠란 건 괴로워하면서까지 할 일은 아니니까, 그렇게 힘들면 차라리 그만두는 게 어떠냐고 나는 생각하는데 말이야."

어쨌든 자신의 존재 때문에 시작된 동아리의 상황이라 완전히 부정하기도 어려운지, 대쪽 같은 성격일 칸바루가 여기에서는 조금 약한 분위기로 그렇게 말했다.

"그만두고 싶다는 마음이 있어도, 여기서는 맨 처음 그만둔 녀석이 되고 싶지 않은 거겠지."

"이해되지 않는 감각이네."

"그야, 루가는 뭐."

어이없다는 듯이, 혹은 얼버무리듯이 히가사는 말했다.

"그만둔 아이도 있어, 물론. 퇴부원을 내고 그만둔 게 아니라, 연습 중에 다쳐서 그만둔 거지만."

일부러 다쳐서 그만둔 것이라는 듯한 히가사의 말이었다….

나로서는 그 마음을 모르겠다는 말은 할 수 없다.

결코 똑같다고 이야기할 수는 없겠지만, 나도 입시 공부를 하던 시절에 일부러 몇 시간이고 계속해서 문제집을 풀며 무리해서 건강을 잃자는 유혹에 빠졌던 적이 있다. 흡혈귀 체질 때문에 성과는 없었지만, 그러나 그때는 정상이 아니었다고밖에 말할 수 없다.

즉, 정상이 아닌 것이다.

지금 여자 농구부는.

칸바루 세대라는 지주가 빠져나간 것으로, 아니, 핵이 빠져나간 것으로.

"그래서, 어떻게든 해야 한다며 3학년 OG모임에서 이것도 아니다 저것도 아니다 하며 의논하고 이런저런 대책을 실행하지 않았던 건 아닌데요, 완전 역효과였는지 며칠 사이에 부원들이 하나둘 학교에 오지 않게 되어서… 어쨌든 표면상으로는 아무런 문제도 일어나지 않은 것처럼도 보이니까 손쓰기가 참 난처해요. 농구부 활동이 괴롭다고 생각하던 아이들도, 일단락이 나고 나면 알 수 없는 충실감이랄지, 행복감에 가득 차서 감각이 마비되니까요. 무심코 약한 소릴 했던 아이를 다 같이 비난하면, 그게 또 묘하게 즐겁기도 하다는 모양이라."

"우리들이 그 체제를 바꾸기 어렵다는 점도 있어, 아라라기 선배. 애초에 그 체제는 우리 세대가 만들었고, 그 애들이 하고 있는 일은 우리가 하던 것과 거의 같은 일이거든."

"맞아요. 어떻게 느끼고 있는지가 다를 뿐이에요. …아니, 우리도 역시 틀렸던 건지도 몰라요. 체벌이나 지나치게 엄격한 상하관계가 횡행하던 시절을 경험한 지도자가, '요즘 시대에는 맞지 않을지도 모르지만, 그건 그 나름대로 좋았지'라고 자기의견을 굽히지 않는 것처럼. 아니, 저는 입부했던 날부터 은퇴하던 날까지 매일 즐거웠지만요?"

글쎄.

성과를 거두게 되면 과정을 부정하기 어려워지는 것도 사실이고, 똑같은 말을 해도, 똑같은 행동을 해도, 실행하는 인간이 달라지면 인상도 달라지는 것은 부정할 수 없는 현실이다. 하지만 그런 상황이라면 칸바루나 히가사가 자기들을 따라 하고 있을 뿐인 후배들을 지도하기 어렵다는 입장이 이해가 간다.

"학교 측에서는 입막음을 하려고 하고, 이제 정말 막다른 골목이다 싶던 타이밍에 아라라기 변태로부터 어프로치가 있었던 거예요. 이건 정말 하늘의 도우시는구나 생각했죠."

변태로부터 어프로치가 있었던 것이 하늘의 도움이라고 생각할 정도라면 어지간히도 궁지에 몰렸던 모양인데, 그건 그렇고, 어떡할까.

타이밍이 좋았던 것은 확실하다.

요즘 같은 세상에 이런 타이밍도 아니었다면, 히가사는 그런 명부의 존재조차 나에게 알려 주지 않았을 것이다. 하지만 이것이 필연인지 우연인지는 아직 뭐라고도 말할 수 없다.

여자 농구부가 품고 있는 그런 트러블이, 현재 이 마을에서 일어나고 있는 흡혈귀 소동에 직접적인 관계가 있는 걸까, 없는 걸까. 히가사도 설마 내가 그 트러블을 해결하기 위해 악착같이 움직이고 있다고 생각하는 것은 아니겠지만.

"…으~음."

하지만, 잠시 생각하게 된다.

작년의 내 경험과 대조해 보면, 이 아니다… 떠올리는 것은, 나의 동급생인 하네카와가 했던 말이다.

역시 당시에 트러블을 품고 있으면서, 도저히 그렇게는 보이지 않았지만 궁지에 몰려 있던 마음을 가슴속에 품고 있던 하네카와 츠바사는, 17세의 봄방학에 '흡혈귀와 만나고 싶다'라고 생각했다고 한다.

갈망했었다고 한다.

절망했었다고 한다.

현실이라는, 현실 문제라는, 움직일 수 없는 장벽을 단숨에 박살 내 줄 상식을 초월한 괴물을… 고등학교를 졸업한 뒤에 해외로 날아간 하네카와조차 그랬던 것이다.

동아리 활동에 고민이 있던 여학생이, 고등학교 생활을 힘들어하던 여고생이, 하네카와와 마찬가지로 '차라리 흡혈귀라도 덮쳐 준다면 편해질 수 있을 텐데'라는 생각을 했던 것 아닐까 하고 추리하는 것은 지나친 견강부회牽强附會일까, 어떨까…?

하지만 만일 그런 강한 갈망, 혹은 절망이 피해자들을 연결하는 미싱 링크였다고 한다면.

행방불명된, 나머지 두 사람의 소재를 밝혀내지 않을 수 없다. 아직 미라화되지 않았을 경우의 이야기지만, 아니, 이미 피를 전부 빨려 버렸다 해도.

"알았어, 히가사. 벽창호인 내가 여자 간의 델리케이트한 문제에 관여할 생각은 없지만, 그 명부를 빌려준다면, 적어도 너희들의 후배 중에서 행방불명되는 멤버가 더 이상 나오지 않도록 최선을 다할 것을 약속할게."

"그렇게 말씀해 주시는 것만으로도 충분해요."

히가사야말로, 아무런 위안도 되지 않는 내 말에 그렇게 말하고는, 계속 들어 올리고 있던 두 팔을 내리고 명부를 내 쪽으로 내밀었다.

"그런데 아라라기 선배, 여자친구 있나요?"

010

없다고 대답했다면 어떻게 되었을까 하고 당황하면서, 처음 만난 여자 고등학생에게 놀림받은 스스로를 부끄러워하며 나는 다시 나오에츠 종합병원으로 돌아갔다.

졸업생으로서 기분이 어두워지긴 했지만, 결과만 보면 순조롭게 여자 농구부의 멤버 리스트를 입수했으므로, 가엔 씨는 아직 밤을 대비해 자고 있을 거라 생각하면서도 칭찬해 주지 않을까 하는 기대를 품고 도착해 보니, 전문가는 이미 활동 중이었다.

30분 정도밖에 안 잔 거 아냐?

밤샘이 힘들다는 소릴 했는데, 위인들 중에 흔히 보이듯이 이 사람도 쇼트 슬리퍼인 걸까···. 어쨌든 나는 오늘 처음 방문했던 병실인, 나오에츠 고등학교의 1학년이자 여자 농구부원, 하리마제 키에의 미라가 눕혀져 있는 1인실에서, 입수해 온 정보를 마치 전서구처럼 가엔 씨에게 전했다.

"흐응. 청춘을 즐기고 있었네."

첫 한마디는 그런 코멘트였다.

뭐, 나오에츠 고등학교에 다니고 있던 것도 아니고 세대도 완전히 다른 가엔 씨가 보기에는 그런 느낌이겠지.

칸바루 스루가가 슈퍼스타로서 팔면육비의 대활약을 하던 시대를 보아 왔던 내 입장에서는, 지금의 나오에츠 고등학교 여자 농구부의 꼬락서니는 솔직히 듣는 것만으로도 가슴이 아파 왔지만, 이 기분을 제삼자와 공유하고 싶다는 것은 무리한 욕심일 것이다.

반짝반짝 빛나는 대학교 1학년인 나에게 근로라든가 결혼이라든가 하는 테마를 제대로 된 의미로 이해될 수 없는 것고, 백터는 다를지언정 상황은 분명 비슷할 것이다.

"그건 조금 뜻밖인걸. 이 누나도 청춘시대가 있었다니까? 오시노나 카이키, 카게누이와 함께 보냈던 청춘이 말이지··· 언니와 보냈던 청춘이기도 했지만, 응, 그건 문자 그대로 안색이 새파래지는 봄이었지."

"···그건 실례했습니다."

하지만 가엔 씨와 지인들의 십 대 시절이 상상되지 않는 것도 틀림없는 사실이다…. 하물며 칸바루의 어머니인 가엔 토오에 씨의 십 대 시절이 되면.

"코요밍이 말한 대로 현재 그것이 소녀들의 미라화와 관계가 있다고 단정할 근거는 없지만, 관계가 없다고 잘라 버릴 만한 근거 역시 없지. 확실히, 어째서 더 이상 목표로 해야 할 선배도 없는데, 공부를 희생하면서까지 가혹한 농구 연습으로 고생해야만 하냐며 스트레스를 느끼던 여자 농구부원들의 마음속 어둠이 흡혈귀를 끌어들였으리라는 가설에는 일정한 설득력이 있어."

"괴이에는 그것에 상응하는 이유가 있다… 인가요."

"뭐, 스루가가 속해 있던 시절도 그렇게까지 건전하고 아름다운 청춘시대였던 건 아니었을 거라고, 무엇이든 알고 있는 누나가 다 안다는 척 말해 볼까? 본인들의 반성은 둘째 치고, 그 조카도 결코 포지티브한 이유로 발이 빨라졌던 건 아니니까."

그랬다.

슈퍼스타는 태어날 때부터 슈퍼스타였던 것이 아니라, 그러기는커녕 슈퍼스타가 **되지 않을 수 없었던** 소녀인 것이다.

원숭이에게 소원을 빌었기에.

"그런 원숭이로부터 해방되어도, 사춘기다운 고민으로부터는 해방되지 않은 거야. 뭐, 후배 때문에 걱정을 하는 건 선배의 숙명이기도 하지. 코요밍이 경솔하게 떠맡은 일을 완수하기 위해서도, 여기에서는 힘 좀 내야겠는걸."

우선은 '행방불명'된 나머지 두 명의 부원을 중점적으로 수색

할까…라며 가엔 씨는, 내가 건넨 명부를 팔락팔락 넘기며 일독하고는 그렇게 방침을 정했다.

"물론 약 100명, 모든 부원의 소재를 확인하는 것은 당연하다고 치고. 칸구 미사고官宮鴇짱하고, 키세키 소와木石総和짱. 둘 다 2학년인가."

"만약, 이미 그 두 명이 흡혈귀의 피해를 입었다고 한다면, 다섯 명의 피해자 중에 2학년이 세 명, 1학년이 두 명이라는 이야기가 되네요."

그래서 어떻다고 말하는 것도 아니고, 미라가 된 모습이 발견되지도 않았는데 그렇게까지 생각하는 것은 너무 섣부른 행동인지도 모르지만.

다만 비관적으로 되는 것이 마음이 무거워진다고 해서 바라지 않는 가능성에서 눈을 돌릴 수도 없다. 최악의 사태에도 대처할 수 있도록, 생각할 수 있는 것은 전부 생각해 두고 싶다.

3 : 2…. 부원수의 비율로 보면 이런가.

"맞다, 가엔 씨. 나중에 생각난 건데요, 혹시 쿠치모토가 단어장에 적은 거라고 생각했던 리빙 메시지, 흡혈귀가 남긴 서명이었을 가능성은 있을 수 있다고 생각하시나요?"

"엄청 가능성 있다고 생각해."

역시 한참 전에 검토를 마친 가능성이었는지, 가엔 씨는 나의 제의에 간단히 끄덕였다. 이니셜이라.

'D/V/S'.

"다만, 여기에 있는 하리마제 키에짱의 소지품이나 옆방에 있는 혼노 아부리짱의 소지품에서는 그럴싸한 서명은 발견되지 않았어. 물론 리빙 메시지도 그랬지만, 만약 그 단어장에 적혀 있던 'B777Q'가 서명이라면 모든 미라에 같은 암호가 남겨져 있었을 거야."

그런가…. 이미 그 점도 검토를 마쳤다는 건, 정말로 이 사람은 내가 자리를 비운 동안 낮잠을 자기는 한 걸까?

"쿠치모토의 경우에는 야외의 공공도로나 민가의 방과는 달리 버려진 판잣집 안이었으니까, 흡혈귀도 다른 사람의 눈을 신경 쓰지 않고 느긋하게 작업할 수 있었던 것이 아닐까요?"

그렇게 말하면서도 위화감을 금할 수 없었다.

다른 사람의 눈을 신경 쓰지 않고? 느긋하게 작업?

다른 사람의 눈을 신경 쓰며 허둥지둥하는 흡혈귀라니, 마치 슬랩스틱 코미디 같지 않은가…. 그렇다면, 암호라는 걸 알 수 없을 법한 암호를 하리마제와 혼노의 미라에 남겼다고 생각하는 편이 그나마 설득력이 있다.

"잘 이해되지 않는 점이라면 그것 말고도 또 있어, 코요밍. 마치 예술가가 작품에 사인을 새기는 것처럼 흡혈귀가 서명을 남겼다는 해석은, 뭐, 괴이담으로서는 오싹하니까 그럴싸하지만, 그랬을 경우에 작품은 **자신 있는 작품**이어야 한다고는 생각하지 않아?"

적어도 **실패작**이어서는 안 되겠지…라며, 가엔 씨는 명부에서 고개를 들고 침대 위의 미라에 시선을 향했다.

그렇구나.

이런 끔찍한 미라를 본 시점에서 나 같은 아마추어는 사고가 정지되고 말았지만, 어디까지나 이 미라들은 흡혈귀화에 '실패'한 미라였지. 아무리 자기과시욕에 가득 차 있다고 해도, 실패작에 여봐란듯이 사인을 남기는 예술가가 있다고는 생각하기 어렵다.

역시 심플하게, 그것은 쿠치모토가 남긴 리빙 메시지라고 해석해야 할까?

"일단 필적 감정을 해 봤어. 가방 안에 있던 노트에 적힌 글자와 단어장에 빨간 펜으로 적힌 글자하고 대조해 봤지. 하지만, 확실한 결론을 내릴 수는 없었어. 양자의 필적이 일치하는 것처럼 보이지는 않았지만, 흡혈귀의 습격을 받으면서 휘갈겨 썼다면, 필체가 망가지는 것도 당연하니까."

"그렇겠죠…. 뭐, 리빙 메시지였다고 해도 서명이었다고 해도, 그걸로 어떻게 되는 것도 아니지만요."

"추적하는 측으로서는 자기과시욕이 강한 흡혈귀 쪽이 찾기 쉬우니까 아주 고맙지만 말이야. 그건 그렇고, 나는 지휘관으로서 코요밍에게 오늘 밤의 커맨드를 입력하고 싶어."

"아. 네. 뭔가요?"

슬슬 일몰이 다가왔다. 시간이 다 되었다.

밤의 세계다.

정보 수집이나 디스커션을 마치고, 아무튼 드디어 괴이 현상에 대해 실질적인 대응을 시작해야만 한다. 칸바루나 히가사와 이야기를 나눔으로써 사건 해결을 향한 모티베이션은 기분이

저하되었던 폭과 같은 수준으로 올라오기는 했지만, 그건 그렇고, 나는 뭘 하면 될까?

"이걸 너에게 부탁할지 말지 많이 망설였는데…. 아무래도 부탁할 수밖에 없을 것 같아. 코요밍, 이건 코요밍밖에 할 수 없는 일인데 말이지."

가엔 씨는 진지한 얼굴로 말했다.

"시노부짱을 하룻밤 동안, 잡아 두고 있어 줘."

011

"너, 나에게 뭔가 숨기고 있지 않느냐?"

금발금안의 유녀.

흡혈귀의 영락한 몰골이자 흡혈귀의 찌꺼기. 예전에는 철혈이자 열혈이자 냉혈의 흡혈귀라 두려움을 사던 괴이의 왕, 600년 가까이 살아온 괴물 중의 괴물, 키스샷 아세로라오리온 하트언더블레이드가 일변한 현재의 모습인 오시노 시노부는, 아라라기 가에 위치한 코요미의 방에서 그런 의문을 던져 왔다.

"야, 난데없이 무슨 소리야, 시노부짱. 그런 의심을 할 지경이라면 서로를 의지하던 우리의 관계도 끝장이라고."

"끝장이냐? 아주 질척질척한데 말이다. 나는 보다시피 네 녀석의 그림자에 아주 강고하게, 못 박힌 것처럼 묶여 있는 중이다."

"에이, 그런 얘긴 됐고. 자, 시노부쨩. 네가 좋아하는 도넛을 잔뜩 준비해 뒀어. 봐, 골든 초콜릿이라고?"

"그런 점들이 수상한 구석 천지라는 게다, 내 주인님아. 아양 떠는 목소리 내지 말거라. 난데없이 얼버무리려 들고 있지 않느냐."

예리한 녀석이다. 송곳니처럼.

열일곱 살의 봄방학, 나의 목덜미를 물어서 나를 노예로 만들었던 전설의 흡혈귀는, 그 뒤에 역으로 흡혈귀가 된 나에게 물려서 반대로 노예가 되어 버렸다. 전설의 노예가 되었다.

다만, '내 주인님'이라고 말하면서도 전혀 내 명령에 복종해 주지 않는 이 노예는, 논리 정연하며 흠잡을 데 없는 나의 태도에 요만큼도 납득하지 않고, 오히려 더욱 큰 의심을 품은 모양이었다.

젠장, 가엔 씨도 참 무리한 요구를 한다.

시노부에게 뭔가를 숨기라니, 부모님에게 뭔가를 숨기는 것보다도 어렵다고. 이 녀석하고 나는, 떨어지려야 떨어질 수 없는 일심동체니까.

그건 그렇다 쳐도, 열일곱 살의 봄방학 때와 마찬가지로 흡혈귀를 상대로 한 정신없는 배틀로 밀고 들어가는 편이 간단했을지도 모르지만, 역시 평화주의의 전문가이자 온건파 전략가가 지휘하게 되면 그런 왕도적인 전개는 되지 않는 모양이다.

해가 뜰 때까지 시노부를 잡아 둔다.

어째서 그런 짓을 해야만 하는지는 모르겠지만… 내가 낮에 물어봤던 '시노부에게 이번 사건에 대해 어떻게 전해야 하는가'에 대해 가엔 씨가 자면서 생각해 낸 답이, 협력을 구하기는 고사하고 오히려 최대한 떨어뜨려 놓는다는 작전인 모양이었다.

정말로 따돌림당하고 있네, 이 녀석.

나오에츠 고등학교 여자 농구부 이야기를 하는 건 아니지만, 이매망량에도 집단 따돌림이 있는 건가…. 하아, 불쌍하기도 해라.

"딱한 것을 보는 시선을 나에게 향하지 말거라. 연민의 정을 듬뿍 보내지 마라. 낮에 대체 무슨 일이 있었던 게냐. 대체 누구와 만난 게지?"

"야, 시노부. 내가 다른 사람을 만날 거라고 생각하냐?"

"생각한다. 다른 사람 정도는 좀 만나고 다녀라."

"아니 뭐, 그건 됐고. 자, 미스터 도넛, 하프&하프야."

"너 말이다, 그런 소릴 하며 얼버무리려고 해도… 엥? 절반이 폰데링이고 나머지 절반이 올드패션? 뭐냐, 이 꿈의 도넛은! 쩌는구면!"

우물우물 먹기 시작하는 그녀를 흘끗 보면서, 나는 날이 밝기까지 남은 시간을 계산했다. 지금이 오후 10시니까, 일출까지 약 일곱 시간인가.

잘 할 수 있을까….

궁극적으로 말하면, 시노부는 내 그림자에 봉인되어 있으니까 내가 이동하지 않는 한 계속 감금할 수는 있겠지만, 억지로 머물러 있게 하는 것도 좀 아니다 싶고.

아무리 많은 신세를 진 가엔 씨의 의뢰라고는 해도, 시노부와의 이후 관계에 금이 갈 만한 짓을 하고 싶지는 않다.

나야말로 질척질척한 관계를 이어 나가고 싶다.

"아, 맞다. 시노부, 너와의 깊은 추억이 있는 봄방학부터 계속 물어보고 싶었던 것이 있는데 말이지."

"1년 반이란 오랜 시간에 걸친 의문이 있었다면, 어째서 좀 더 일찍 묻지 않았지…?"

그렇게 말하며 미간을 좁히는 시노부였지만, 시간을 벌기 위해 지금 막 떠올린 질문이기 때문이라고는 말할 수 없다.

"나는 그 봄방학에 너에게 피를 빨려서 불사신의 흡혈귀가 되었잖아. 그 왜 있잖아, 기억나? 지금이라도 소멸할 것 같았던 너에게 '이런 죽음도 나다워서 나쁘지 않아'라며 니힐하게 웃으면서 스스로 목을 내밀고…."

"기억력은 어쨌느냐? 입시 공부인가 뭔가로 다 써 버린 게냐?"

실제로는 울면서 했습니다.

울었는가 울지 않았는가는 제쳐 두고, 그때, 나는 흡혈귀화했다…는 이야기인데, 하지만 그것이 실패할 가능성도 충분히 있었다는 대화를 병원에서 가엔 씨와 나누었다.

오히려 흡혈귀의 권속 만들기는 실패하는 케이스 쪽이 많고, 여자 고등학생의 미라를 셋이나 검증한 지금 와서는, 등골이 오싹해질 정도로 통감하는 사실이다.

그런 이야기가 되면, 문득 신경이 쓰이기 시작하는 것은,

"만약 그때 내가 흡혈귀화에 실패했다면, 어떻게 되는 거였지? 애초에 흡혈귀화의 실패는, 흡혈한 주인에게 있어서는 어떤 의미를 지니지?"

라는 문제다.

"카캇. 드디어 그것을 이야기해야 할 때가 온 건가."

하프&하프를 포함, 내가 준비한 도넛을 잽싸게 먹어 치운 시노부가, 아주 거드름을 피우기 시작했다. 아니, 그렇게 굉장한 비밀에 대해 언급했다고는 생각하지 않는데.

"성장했구나, 내 주인님아. 아니, 불로불사니까 성장은 하지 않지만 말이다!"

"혼자 말하고 딴죽 걸고 하지 마. 성장하게 좀 놔둬, 이미 불로불사도 아니니까. 너는 이 1년 동안 어떤 성장을 보이고 있다는 거야."

성장은커녕, 퇴행하고 있다.

뭐, 아름다운 외모의 요녀에서 귀여운 모습의 유녀로 변모한 부분에서, 말 그대로 이 녀석은 퇴행하고 있는 것이지만…. 하지만 이 질문은, 단순한 시간 벌기 이상의 의미도 포함되어 있다.

만약 그때 흡혈귀화에 실패했다면.

나 역시, 미라처럼 되었던 걸까. 그리고 그랬을 경우 오시노 시노부라고 이름 붙기 전인 키스샷 아세로라오리온 하트언더블레이드는, 죽어 가던 그녀는 그대로 숨이 끊어지고 말았을까.

흡혈귀에게 인간의 혈액은, 말하자면 영양소라 할 수 있는데,

흡혈 대상의 흡혈귀화에 실패한다는 것은 동시에 영양 섭취에도 실패했다는 뜻이 되는 걸까?

그 봄방학 때, 괴이의 왕은 분명 이렇게 말했다.

흡혈귀가 피를 빨면, 누구라도 예외 없이 흡혈귀가 된다. 취사선택이 아니라, 먹어 치우는가 먹다 남기는가의 차이라고.

반대로 말하면, 권속의 **쓸데없는 증식**을 막기 위해서는 먹다 남겨서는 안 되는 것이다. 그것은 소화불량인가?

결국 여자 고등학생들의 미라화는 성공한 것일까 실패한 것일까. 만든 이에게 있어 사인을 남길 가치가 없는 실패작인가. 그것을 지금 전혀 알 수 없다.

지금 가엔 씨가 뒤쫓고 있는 흡혈귀가 과연 무엇을 목적으로 (혹은 어떤 동기로) 나오에츠 고등학교 여자 농구부원의 피를 빨고 있는가, 그것을 알 수 있다면 기준도 세울 수 있다.

잠정적으로라도 보조선補助線이 필요하다.

단순한 영양 섭취를 위한 식욕이었다고 한다면 뼈와 가죽의 미라라 해도 남기는 것은 이상하고, 권속을 늘리고 싶었다고 한다면 너무나도 꼴사나운 실패의 연속이다. 이 흡혈귀는 과연 뭘 하고 싶은 걸까?

"결론부터 말하면, 만약 그때 네 녀석이, 나의 권속, 나의 노예가 되는 것에 실패했다면 사고력을 잃은 좀비가 되었겠지. 그 왜, 기억하고 있느냐? 언제였던가, 다른 시간축에서 보았던, 살아 있는 시체의 무리를."

"아아. 있었지, 그런 일이."

그렇구나.

오히려 그 케이스는 흐물흐물하고 끈적끈적한, 높은 습도에서 부패한 고깃덩어리로서의 불사신이라는 이미지가 강했기 때문에 그것을 이번의 미라와 연결시켜 생각하지 못했는데, 그러고 보니 나는 이미 전례를 알고 있었다.

그렇게 강렬하며 인상 깊은 체험이라도, 의외로 다른 각도에서 연상할 때에는 간과해 버리는 법이구나. 그러면 사고력을 잃은 것과 의식을 잃은 것은 비슷한 느낌이라고 가정하고, 그것이 실패 사례, 그것도 대량의 실패 사례로 본다면…. 그 시간축의 '다른 루트에서의 오시노 시노부'는, 말하자면 일종의 자포자기 상태로 목적도 동기도 없었다.

이번 사건의 흡혈귀도 자포자기 상태일까? 자포자기에 기초한 폭음폭식… 스토익한 선행사고나 스마트한 목적의식과는 거리가 먼, 될 대로 되라는 느낌의 대폭주.

뭐, 이것저것 패턴화 할 수 있을 정도로 내가 흡혈귀를 잘 아는 건 아니다…. 고등학교 시절 친구들의 수와 마찬가지로, 한 손으로 셀 수 있다.

흡혈귀였던 기간이 (나에게는 영원처럼 느껴졌다고는 해도) 단 2주 정도였던 나 자신은 세지 않는다고 치고, 일단 철혈이자 열혈이자 냉혈의 흡혈귀, 키스샷 아세로라오리온 하트언더블레이드.

동족을 사냥하는 흡혈귀 헌터로서, 그 괴이의 왕을 쫓아 일본으로 찾아온 거한 프로페셔널인 드라마트루기…. 마찬가지로 흡혈귀 헌터인 하얀 교복 차림의 프로페셔널, 에피소드는 엄밀히 말하면 뱀파이어 하프이지만, 뭐 담피르*라면 수에 넣어도 되겠지.

그리고 키스샷 아세로라오리온 하트언더블레이드의 첫 번째 권속인 시시루이 세이시로….

네 명인가. 사람이 아니라면 네 마리라고 해야 하나? 어쨌든 샘플로서는 수가 너무 적어서 이번의 흡혈귀에 대해 분석하려고 해도 참고가 되지 않는다…. 뭐, 보통의 인간이라면 일생에 흡혈귀와 만나는 것은 한번으로 충분하고도 남을 테니, 1년 남짓한 시간 동안 흡혈귀 넷(이번 것도 포함하면 다섯)과 가까이하고 있는 만큼, 아라라기 코요미의 흡혈귀 라이프는 실로 윤택하다고 해도 괜찮지 않을까.

모두가 시노부에 연관되기는 했지만…. 음… 아니, 잠깐.

잠깐잠깐잠깐잠깐.

그렇지, 이것도 이것대로, 틀림없이 간과했던 사실이다….

시노부에 연관된 걸로 말하자면 직접적인 접점은 없다고 해도, 나는 **다른 하나**, 흡혈귀의 존재를 파악하고 있지 않은가.

만난 적은 없지만.

알고 있다.

간과하고 있을 상황이냐.

과장하는 것이 아니라, 표현상으로가 아니라, 만약 그 흡혈귀

※담피르 : dhampir. 흡혈귀와 인간 사이에서 태어난 혼혈.

가 없다면 지금의 나는 없었다고 말해도 좋다. 왜냐하면.

"그러고 보니 시노부. **너를 흡혈귀로 만든 흡혈귀**, 나에게는 조상이 되는 흡혈귀에 대해, 아직 들은 적이 없는데 말이야."

"카캇. 드디어 그것을 이야기해야 할 때가 온 건가."

시노부는 조금 전과 똑같은 연출을 반복해 어휘력의 부족을 드러내면서,

"결사이자 필사이자 만사의 흡혈귀. 과거에 나를 낳은 부모이자 이름을 준 부모, 데스토피아 비르투오소 수어사이드마스터에 대해 이야기해야 할 때가."

라고 말했다.

뭐라고 말했지?

012

데스토피아 비르투오소 수어사이드마스터.

의외로, 그것은 처음 듣는 이름이 아니었다. 처음 듣는 것은 고사하고, 오늘 낮에도 들었던 이름이다.

'D/V/S'.

어쩌고저쩌고.

그것으로 모든 것을 알게 되었다. 아니, 모든 것은 아니지만 대강 알게 되었다. 그래서 가엔 씨는 나에게 오늘 밤 시노부를 잡아 두라고 명령했던 것이다. 임무인지 아닌지 도무지 감이 안

잡히는, 이런 표현으로도 괜찮다면 피곤한 것치고는 보람 없는 역할이라고 생각했는데, 말도 안 되는 소리였다.

이렇게 중요한 미션은 없다.

애초에, 과거 생이별한 첫 번째 권속인 시시루이 세이시로가 부활했을 때에 시노부가 발목을 신나게 잡아 댔기 때문에, 이번 사건에서는 협력을 요청할지 말지 어려운 판단에 몰렸던 가엔 씨다. 그런데, 이번에는 권속 정도가 아니라 **옛 주인**이 행차하신 것이다.

나에게 '내 주인님'이라고 장난 반 농담 반으로 말하는 것하고는 전혀 다른, 진정한 의미의 '주인님'이다.

발목을 잡는 것 정도로는 끝나지 않을지도 모르겠지만, 최악의 경우 무해인증을 받았을 오시노 시노부가, 적극적으로 저쪽에 붙어 버린다. 도넛만 먹을 수 있으면 기분이 마냥 좋아지는 이 유녀가, 다시 사람의 생피를 마시는 전설의 흡혈귀로….

어둠 속성으로의 회귀.

뭐, 그렇게 전설처럼 이야기되는 존재였으니 그 전설의 원천이라고 해야 할 흡혈주吸血主의 이름을, 전문가들의 관리자인 가엔 씨가 모를 리가 없다. 무엇이든 알고 있는 누나.

그렇기에 암호의 해답이 'D/V/S'라고 추정되었을 때, 순식간에 그것이 이니셜이라고 직감했던 것이다.

과거에 계속해서 괴이담이 생겨나던, 신이 부재했던 시절이라면 모를까, 어째서 이렇게 전혀 특별할 것 없는 지방도시에, 마치 꾸준히 쌓아 올린 평화를 비웃는 것처럼 또다시 흡혈귀가 출현한 것인지 이상하게 생각했는데(이상하니까 괴이담이라고 이해할 수밖에 없다고 생각했는데) 그런 이유가 있었다면, 상황은 일변하여 일단 설명은 된다.

데스토피아 비르투오소 수어사이드마스터라는 흡혈귀가, 옛 권속인 키스샷 아세로라오리온 하트언더블레이드를 **방문**했다고 한다면. 요도 '코코로와타리'를 되찾겠다며 시노부에게 어프로치를 시도했던 시시루이 세이시로처럼.

뭐, 그 남자의 경우에는 원래부터 고향으로 돌아왔다는 의미도 있었지만….

"응? 무슨 일이냐, 너. 무서워진 게냐? 나처럼 강하고, 아름답고, 그렇지만 덧없는 느낌의 흡혈귀를 낳은 오너가 과연 어느 정도의 나이트워커였는지, 듣는 것이 두려워진 게냐. 카캇, 무리도 아니지. 시체성의 성주를 둘러싼 괴담은 실로 피도 얼어붙을 만큼 섬뜩하니 말이야. 보다시피 나도 덜덜 떨고 있다."

호들갑스럽게 소름이 끼친다는 몸짓을 보이는 시노부는, 어째서인지 의기양양했다. 오랫동안 사귀어 왔던 나도 별로 본 적 없는 분위기다.

더욱 오래 사귀었고, 관계성이 밀접한 상대 이야기를 하고 있기 때문일까. 칸바루와 히가사가 주거니 받거니 하는 모습을 봤을 때 같은 기분이 든다.

사이좋은 후배가, 더 사이좋은 친구와, 나보다 더 속을 터넣고 대화하는 것을 보았을 때와 같은, 나 같은 녀석을 제대로 선배로서 대우해 준, 요즘에는 보기 드문 똘똘한 후배인 히가사에게, 너 이 자식 나의 칸바루에게 왜 그렇게 들이대는 거냐는 생각이 전혀 없었느냐면 거짓말이 된다. 질투라는 것과는 또 다르지만.

이제 와서 생각해 보면, 시시루이 세이시로와의 대결 때에는 같은 권속으로서 확실히 질투에 가까운 감정이 있었다. 그것이 나를 정색하게 만들었고, 가엔 씨에게 민폐도 끼쳤다.

시노부에게 뒤지지 않을 정도로, 그때는 나도 발목을 잡았다. 하지만 흡혈주가 되면 더 이상 질투의 대상이 되지 않는다.

그런 것은 여자친구의 아버지에게 질투하는 상황 같지 않은가…. 오히려 시노부의 인간 시절 일화 같은 것을 들려줬으면 좋겠다고 생각할 정도로, 시노부에게도 그런 식으로 이야기할 수 있는 자랑스러운 대상이 있음을, 나는 기쁘게 생각해도 될 정도다. 시추에이션만 달랐더라면.

시노부가 즐겁게 이야기하는 괴이담의 주인공이 나오에츠 고등학교의 여학생을 잇달아 독니로, 귀신의 송곳니로 물었다고 하면, 역시나 그다지 훈훈한 기분으로 듣고 있을 수는 없다.

"뭐, 나도 작년에 너와 이런저런 일이 있을 때까지, 자신이 원래 인간이었다는 걸 잊고 있었을 정도니 말이다. 수어사이드마스터와도 600년 가까이 만난 적이 없다. 카캇, 자기 멋대로 살았던, 그 녀석이야말로 진성 흡혈귀이니 말이야. 오래전에 숨이 끊어졌겠지만."

"…저기, 시노부. 자기 멋대로 산다는 거, 구체적으로는 어떤 느낌이었어?"

조심조심 묻는다.

물론, 괴담이 무서운 것이 아니다. 무서운 것은 진실과 마주하는 일이다. 진정해라, 모든 것이 내 어림짐작일 가능성도 있다.

흔히 있는 일이지 않은가, 나 혼자 넘겨짚는 것은.

"그렇다. 괴이든 뭐든 아무것이나 먹어 치우는 나와는 달리, 미식가인 흡혈귀였지. 한 번 메뉴를 정하면 그 이외의 음식에는 입에 대지 않는 완고함을 지닌 자였다."

호오오.

그건 요컨대, 어떤 고등학교의 어떤 동아리에 소속된 여학생의 피만 빨겠다고 마음먹으면 다른 인간에게는 눈길도 주지 않을 정도의?

"실제로, 당시 아직 인간이었던 시절의 나의 피를 빨겠다고 결의했던 수어사이드마스터는, 그 결심 때문에 하마터면 아사할 뻔했으니 말이야. 뭐, 나는 그것을 가엾게 여겨서 피를 빨게 해 주었다고 할 수 있지. '이런 죽음도, 나다워서 나쁘지 않다'라며 니힐하게…."

"나하고 똑같은 소릴 하고 있다고."

"피는 속이지 못하는구먼."

글쎄. 이대로라면 속이는 건 고사하고 피로 피를 씻는 전개가 될지도 모른다…. 그런 사태를 피하기 위해 가엔 씨는 방침을 바꿔서 나에게 시노부를 마크시킨다는 포메이션을 취했겠지만….

다만, 그렇다면 나는 그 사실을 모르는 편이 나았다…. 무엇이든 알고 있는 누나가 그렇게 꾀했던 것처럼, 아무것도 모르는 대학생으로 있어야 했다.

아니나 다를까, 지금까지 들떠서 신나게 떠들고 있던 시노부가 문득 정신을 되찾은 듯,

"…근데? 어째서 갑자기 이제 와서 새삼스럽게 수어사이드마스터의 이야기를, 나는 하고 있었던 거지?"

라면서 고개를 갸웃거렸다. 큰일이다.

"확실히, 너에게 질문을 받은 것이 발단이었던 듯한…."

"이거야 원. 묻는 것엔 대답 안 하고 안 물어본 것도 대답 안하고, 하지만 되묻는 것에는 대답하다니, 나라는 녀석은 언제나 역설적이란 말씀이야."

"아니, 평범하게 물어본 것에 대답하고 있지 않느냐."

으음.

핀치를 벗어나기 위한 미스터 도넛도 이미 씨가 말랐다(DO-NUT인 만큼). 무엇이든 알고 있건 아무것도 모르건, 아라라기 코요미도 역시나 대학생이 되어 버리면 이탈리아 남자처럼 키스로 얼버무리는 수법은 쓸 수 없다. 사실 고등학생 시절에도 그것에는 무리가 있었다.

아직 날이 밝을 때까지 시간이 한참 남았음에도 불구하고, 이렇게 진퇴양난에 빠졌을 그때 나에게 구원이 찾아왔다.

방문을 짧게 노크하는 소리가 들려온 것이다.

"네, 네~ 지금 엽니다~ 카렌이려나~ 츠키히려나~? 나의 아

이가 태어났다는 뉴스이려나~?"

"그런 분위기로 문을 열었는데 어머니였다면 어쩔 셈이냐."

"여동생이 엄마가 되었다는 뉴스라면, 당연히 축복해야지. 들어오세요~ 혹은 해피 버스데이~"

하지만 문을 열어도 복도에는 아무도 없었다.

"이쪽이야, 귀신 오빠."

창문에서 동녀가 등장했다.

"해피 버스데이."

013

흡혈귀와는 비슷하면서도 다른 불사신, 인형 동녀이자 시체 인형(조금 전에 했던 이야기는 아니지만, 존재로서는 좀비에 가까운 프랑켄슈타인 괴물 같은 육감계肉感系 괴이다), 현재 저 먼 곳에서 일본으로 귀국하고 있는 중인 전문가, 카게누이 요즈루 씨의 식신인 오노노키 요츠기는, 현재 아라라기 가에 있는 츠키히의 방에 봉제인형으로서 숙식하고 있다.

무해인증이 과연 적절했는가, 나와 시노부를 엄격하게 가까이에서 감시하는 역할을 맡고 있지만, 지금 이때만은 동녀 식신은 나에게 있어서 구원의 여신이었다.

"이야, 이게 누구야, 오노노키잖아? 마침 좋을 때 왔어. 자, 사양하지 말고 내 무릎 위에 앉아. 내 무릎은 너의 차일드 시트야."

"너, 징그러운 소리 하기 전에, 문에 노크를 해 놓고 창문 밖에서 나타난 인형 아가씨의 콩트 기법에 딴죽을 걸어라."

"느긋하게 쉬다 가시게나, 오노노키 경卿."

"귀족?"

시노부는 점점 더 미심쩍다는 듯이 나를 보았지만, 옆에서 침입해 온 천적 때문에 일단 의심은 제쳐 두기로 한 듯했다. 다행이네, 다행이야.

징그럽다는 소리를 듣건, 징하다는 소리를 듣건, 이 분위기를 유지하며 고등학교 시절을 방불케 하는 유녀와 동녀와의 차일드 시트 대화극으로 끌고 들어가려 꾀하던 나였지만,

"다행히도, 귀신 오빠의 무릎 위에서 쉴 정도로 한가하지는 않거든."

라고 오노노키는 무표정으로 무정하게 말했다. 아니, 이 아이는 ('이 아이'라고 해도, 100년간 사용된 시체의 츠쿠모가미다) 늘 무표정이지만.

시체니까 말이지.

"덕분에, 나의 고용주인 음양사 언니가 부재중이어도 바쁘게 부려 먹히고 있어. 제대로 한몫 잡고 있지. 우하우하야."

우하우하라는 분위기의 얼굴은 아니지만(무표정).

"우하우하의 노하우야."

"있다면 알려 줬으면 좋겠네, 그런 노하우."

하지만 가엔 씨도 말했었지…. 오노노키는 현재 다른 일을 담

당하고 있다고.

큰일 전의 작은 일도 중요하다고 했던가.

그렇다면 우연히 타이밍이 딱 맞았을 뿐이고, 딱히 가엔 씨의 지령을 받고서 시노부를 마크하는 나를 서포트하러 와 준 것은 아닌 모양이다. 그렇다면, 무슨 용무로?

"왜? 용무가 없으면 오면 안 되었다는 느낌?"

"소꿉친구냐. 내 소꿉친구는 그렇게 어리광 부리는 느낌이 아니라고. 하네카와의 옹호가 없었다면 대학에도 가지 못했을 느낌의 소꿉친구야."

"어쩐지 문득 귀신 오빠의 상판대기가 보고 싶어져서."

"상판대기라고 하지 마. 그냥 얼굴이라고 불러."

정말 혼돈 그 자체의 타이밍이었지만 말이지. 문제는 그것이 아직 종식의 기미를 전혀 보이지 않고 있다는 것이다.

"호잇."

창틀을 타고 넘어 실내로 들어온 오노노키. 흡혈귀가 아니므로 들어오는 데 허가는 필요 없다.

노크는 정말로 어떻게 했지? 속임수인가?

"아니, 정말로 용무는 없어. 일 때문에 잠깐 외출했다가 돌아와 보니, 바보 츠키히가 방 안에 있는 모양이라서. 공부 같은 걸 하고 있지 뭐야."

바보라고 불려도 어쩔 수 없는, 횡포하며 방약무인한 중학교 3학년이지만, 남이 보지 않는 곳에서는 의외로 성실하지, 그 여동생인 츠키히는 오노노키를 등신대 봉제인형이라고 생각하고 있으므로 창문으로 들어갈 수도 없고, 하는 수 없이 츠키히의 방 창문이 아니라 내 방 창문이라는 다른 루트로 귀가를 시도한 것이다.

그러면 진짜에 진짜로 노크는 어떻게 한 거냐. 요괴 야나리*의 힘이라도 빌린 건가. 랩rap 현상이냐.

"하지만 나도 방해가 되었던 모양이네. 뭐, 한가하지 않은 나는 천장 뒤편에라도 가 볼 테니, 그대로 디스커션을 계속해. 아, 맞다, 그렇지."

재빨리 자리를 뜨려고 하는 오노노키를 어떻게든 잡아 둘 방법이 없을까 하고 지혜를 짜낼 틈도 없던 와중에, 그녀는 문득 생각났다는 듯 품속을 뒤적였다.

동녀가 품 안에서 뭘 꺼낼 생각이지?

"설마 예외 쪽이 많은 규칙, '언리미티드 룰 북'으로 흉부를 키울 생각이야? 관둬, 관두라고. 세상에는 넘어서는 안 되는 선이라는 것이 있다고, 오노노키."

"인류의 K점*을 넘은 귀신 오빠에게 듣고 싶지는 않아. 자, 이거. 기념품."

"기념품?"

그렇게나 멀리 다녀온 건가? 아무리 도시전설에 동분서주한 오노노키 요츠기라 해도, 카게누이 씨가 없는 현재의 행동범위

※야나리 : 家鳴り. 일본 전승에 나오는 괴이의 하나로, 집이나 집 안의 가구를 흔들어 소리를 낸다고 한다.
※K점 : 스키 점프 용어로, 이 포인트를 넘어서 비행하면 위험하다는 극한점을 뜻한다.

는 이 부근에서 크게 벗어나지 않을 거라 생각하고 있었는데.

하지만 이쪽으로 내민 것을 받아 들고 보니 별것 아닌, 'ㅇㅇ 에 다녀왔습니다'라는 느낌의 전병이나 쿠키가 아니라 아주 얇은, 접혀 있는 전통종이였다.

있는 그대로 말하면, 신사에서 흔히 보이는 오미쿠지*다.

설마 어딘가의 신사에서 뽑았던 오미쿠지를, 기념품으로 주자는 심산인가? 제비뽑기나 부적 같은 것은 버리기 힘드니까? 그런 건 대길大吉이 아니면 가만 두지 않겠다고 생각하며 펼쳐 보았더니,

"뭐냐. 미아 아가씨가 신을 맡고 있는 키타시라헤비 신사의 제비뽑기가 아니냐."

라며 내 손안을 엿본 시노부가, 일부러 알기 쉽게 말로 설명해 주었다. 참고로 '양길良吉'이었다.

양길.

좋은 건지 나쁜 건지 잘 모르겠는걸.

"뭐냐. 일이라고 말하고서, 너, 미아 아가씨가 있는 신사에 놀러 갔던 게냐. 그렇다면 나도 부르지 그랬냐."

"놀고 있던 게 아니야. 신인新人(신신新神)이라고는 해도, 마요이 언니는 그래 봬도 일단은 이 마을을 통치하는 미아니까. 일을 하는 이상 절차를 따르지 않으면 지독한 꼴을…."

시노부와 오노노키가 사이가 좋은 건지 나쁜 건지 서로 익숙

※오미쿠지 : 일본의 절이나 신사 등에서 길흉을 점치기 위해 뽑는 제비.

한 느낌으로 대화를 주고받는 가운데, 나는 기념품인 오미쿠지의 내용을 살펴본다.

/////////////////////////////

연애―지금의 여자친구를 소중히!

학문―방심은 금물, 한숨 돌릴 생각 말고 힘내!

건강―마음이 완전히 병들었네요!

대인―먼저 자기 쪽에서 만나러 갑시다!

사업―남이 시키는 대로 하는 것은 위험합니다!

//////////////////////////

어쩐지 기운 넘치는 신탁이네….

시원시원한 것이 하치쿠지답다면 하치쿠지답지만… '사업'이, 지금 내가 가엔 씨에게서 부탁받은 역할을 말하는 거라면, '남이 시키는 대로 하는 것은 위험'은 그야말로 원하던 어드바이스라는 느낌도 든다.

기분 좋네.

이거야 원, 아라라기阿良々木를 위한 좋을 량良의 양길이었군, 양라라길이었어… 가 아니라.

주목해야 할 것은 그 부분이 아니라… 아니, 그 부분도 중요하겠지만 더 주목해야 할 것은….

"오노노키. 지붕 밑 같은 데 가지 말고, 츠키히가 방을 비울 때까지 여기에서 느긋하게 있어도 괜찮아."

나는 일어섰다.

"차일드 시트와 차일드는, 지금부터 심야 드라이브를 하고 올

거거든."

　사람 좀 만나고 올게.

014

　나와 처음 만났던 작년 어머니의 날엔 미아 초등학생이었던 하치쿠지 마요이도 지금은 번듯한 신이므로, 너무 가벼운 마음으로 만나러 가는 것도 입장상 좋지 않다며 이번 흡혈귀에 관한 일 이전부터 그녀에게 섣불리 의지하지 않도록(문자 그대로 신에게 의지하는 것이니) 신경을 써 왔지만, 저쪽에서 불렀다고 하면 이야기가 달라진다.

　가엔 씨에게는 시노부를 감시하라는 말을 들었는데, 꼭 내 방에서 감시하라고 했던 것은 아니다. 전과가 있다고는 해도, 시노부가 칩거라는 형에 처해지지는 않은 것이다.

　리빙 메시지도 다잉 메시지도 아닌, 암호화되어 있다고도 말할 수 없는 오미쿠지를 사용한 전언을 오노노키에게 부탁했다는 것은, 참으로 신답지 않은가….

　키타시라헤비 신사.

　산 정상에 세워진, 나에게 있어서도, 이 마을의 누구에게 있어서도 인연이 깊은, 업이 깊은 신사.

　만약 내가 '루팡 3세'였다면 뉴 비틀을 탄 상태로 경쾌하게 산을 올랐겠지만, 도로교통법과 상식에 따르지 않을 수는 없었으므로 애차는 도로변에 세워 두고, 시노부를 목말 태워서(내 어깨도 차일드 시트다) 어두컴컴한 산길을 낑낑거리며, 등산을 시작했다.

흡혈귀의 후유증으로, 나는 야행성이라고 할 정도는 아니어도 밤에는 강하다. 이럴 때에 암시暗視 고글은 필요 없다.

"그건 그렇고, 그 미아 아가씨야말로 네 녀석에게 무슨 용무가 있는 게지? 다들 그렇게나 내 주인님의 상판대기를 보고 싶은 게냐?"

그렇다, 신경 쓰이는 것은 그 부분이다. 아니, 내 상판이 아니라 용건 쪽인 하치쿠지 쪽도 소양이 있으므로(그렇다기보다 가엔 씨에게 인정사정없이 소양을 주입받아서), 옛날만큼 자유분방하게 행동하지는 않는다.

별다른 용무도 없는데 일반 시민을 산 정상까지 불러내지는 않는다. 역시, 현재 이 마을에서 비밀리에 일어나고 있는 연쇄 미라 흡혈귀 소동에 대해, 한말씀 해 주고 싶으신 걸까?

어째서 나한테? 화내기 쉬운 사람에게 화내지 말라고 하고 싶은 상황이지만, 흡혈귀가 내방한 원인이 또다시 시노부에게 있다고 하면, 나에게 관리자 책임을 묻는다고 해도 어쩔 수 없는 일이다.

선관주의의무善管注意義務 위반이다. 내가 선량한 관리자인지 어떤지는 둘째 치고.

솔직히 하치쿠지의 호출에 응한다는 형태로 시노부의 추궁에서 모양새 좋게 도망쳤다는 느낌은 있었지만, 산을 다 오른 뒤에 그 이야기가 나오게 된다면 그야말로 막다른 골목이다.

앞문에 소녀, 뒷문에 유녀다.

완전히 다른 이야기를 빌 수밖에 없다. 예를 들면 하치쿠지가 나를 차일드 시트가 아니라 신좌*로 임명할 것을 결심했다든가 (그렇다면 삼가 명을 받들기로 하자).

정말이지, 어떻게 된 걸까, 이 오락가락하는 인생. 이리저리 오락가락하는 정도가 아니라, 이쪽저쪽에 좌충우돌하는 인생이라고. 딱히 묘안이 떠오르는 일도 없이, 등정 완료.

하치쿠지가 하얀 소복 차림으로 폭포수를 맞고 있었다.

"어이쿠, 부끄러워라. 끝내 보이고 말았군요. 제가 다른 사람 몰래 수련을 쌓고 있는 모습을."

"어디가 다른 사람 몰래야. 이 정도로 보란 듯이 하기도 어려울 거라고. 폭포수가 아니라 스포트라이트를 뒤집어쓰고 있는 것 같았다고, 너."

폭포 같은 건 없었잖아, 이 신사.

신의 힘을 남용하지 마, 이렇게 시작부터.

자유분방함이 고쳐지지 않았다.

"이거 참, 싱그러움이 넘쳐흐르는 멋진 여자라는 건, 이런 걸 가리키는 게 아니었네요."

아닌 거야.

첨벙첨벙하며 폭포의 물웅덩이에서 기어 나오는 하치쿠지….

※신좌(神座) : 신위가 있는 곳.

이건 분명 물에 빠진 생쥐 꼴이라, 요염함과는 인연이 없었다. 트레이드마크인 트윈 테일도 물에 젖어 납작해졌고, 하얀 소복이 몸에 찰싹 달라붙어 그냥 움직이기 불편해 보였다.

뭐, 기본적으로는 달팽이니까 그래도 습기에는 익숙한지, 본인은 거의 신경 쓰지 않는 듯했다.

그 도량의 크기가, 그야말로 신급이다.

"그리되어서, 오랜만이네요. 바다의 토끼, 아메후라시* 씨."

"확실히 오랜만이지만, 영원한 초등학교 5학년 하치쿠지, 아무리 자기가 물에 푹 젖었다고 친구를 복족류 무순목 군소과의 연체동물처럼 부르지 마. 네가 푹 젖은 건 내가 보라색 먹물을 뿜었기 때문이 아니라고. 그렇게 부르고 싶은 마음에 폭포수를 맞고 있었다면 몹시 미안하지만, 내 이름은 아라라기야."

"실례했네요. 혀를 깨물었어요."

"아냐, 일부러야."

"껴무어무여."

"일부러가 아냐?!"

"여무어무껴."

"거꾸로 말해도 일부러가 아냐?!"

아니, 그건 일부러겠지.

그리하여, 이러쿵저러쿵하며 정말로 오랜만이기는 했지만, 전혀 공백이 느껴지지 않는 항례의 대화를 거쳐, 나와 하치쿠지는

※아메후라시(雨虎) : 군소를 뜻하는 일본어.

서로 재회를 축하했다.

"당신과도 만나고 싶었어요, 노부시野武士 씨."

"누가 노부시냐. 애너그램의 결과, 닌자나 무사 같은 이름이 되어 버리지 않았느냐. 내 이름은 시노부다⋯. 아니, 나도 하는 거냐, 이거?"

"실례했네요, 혀를 깨물었어요."

"아니, 일부러겠지."

"껴무어무여."

"일부러가 아니었냐?!"

"여우머우껴."

"애너그램인데도 일부러가 아니었냐!"

유녀와 소녀가 꺄아꺄아 하며 즐거워 보였다. 애니메이션 부음성副音聲 세계관과는 달리, 훈훈하게 사이가 좋다.

어째서 번외편 쪽에서 사이가 나쁜 거냐고, 보통은 반대잖아.

하긴, 시노부도 오래전 키스샷 아세로라오리온 하트언더블레이드 시절에 경사스럽게도 신으로 받들어진 적이 있었으니, 그런 의미에서 저 둘은 유녀와 소녀라는 관계성뿐만 아니라 선후배에 해당할지도 모른다.

후배인가. 흐음.

"괜찮으신가요, 애너그래 씨?"

"계속 이어지고 있잖아. 혀를 깨물었다면서 거기서 또 깨무는 것으로 연결되면, 영원히 끝나지 않는다고, 이 상황."

"다시, 괜찮으신가요, 아라라기 씨? 더욱 괜찮으신 아라라기 씨. 공사다망한 오노노키 씨를 번거롭게 만들면서까지 이렇게 늦은 시간에 산 정상까지 부른 것은, 다름이 아니에요."

갑자기 빠릿한 태도가 되어서 하치쿠지는 말했다. 이 흐름에서 갑자기 진지한 척을 해도 반응이 곤란해지지만(폭포수 맞기를 하는 것도 아닌데, 찬물이 끼얹어진 기분이다), 뭐, 이름 말하다 혀 깨물기의 새로운 버전이 생각났기 때문에 인형 동녀에게 호출을 부탁했을 리는 없다.

그건 나중에 부탁해야겠네.

"실은 아라라기 씨에게, 소개하고 싶은 유녀가 있어요."

"호호오? 아무래도 사정이 있는 모양이네."

"별 사정도 없이 유녀를 소개받는다면, 그건 진짜로 위험한 녀석이겠지."

등정이 끝나도 목말 포지션에서 내려오려고 하지 않는 유녀가, 내 정수리를 팔꿈치로 찍었다

"정확히 말하면 아라라기 씨가 아니라 시노부 씨에게지만요."

"후훗. 아무래도 진짜로 위험한 건 네 쪽인 모양이라구, 시노부."

"유녀를 목말 태운 채로 의의양양해하지 마라. 어깨를 축 늘어뜨리지 마라, 찰싹 달라붙게 되지 않느냐. 어깨를 축 늘어뜨리다니, 너, 해도 되는 일과 안 되는 일이 있다는 걸 모르느냐?"

"그, 그런 소릴 들을 만한 일인가? 나는 그냥 어깨를 움츠렸을 뿐인데?"

"그건 그렇고, 미아 아가씨. 나에게 소개하고 싶은 유녀라니?"

"네. 이쪽이에요."

그렇게 말하며 하치쿠지는 경내의 참배로를 걸어서 본전本殿 쪽으로 향했다. 물에 젖은 맨발로 찰싹찰싹 찍혀 가는 어린 신의 발자국을 뒤따르듯, 우리들은 그 뒤를 걸었다.

"네. 바로 어제 보호한 미아인데요… 참고로, 알몸이에요."

"허어, 알몸의 유녀인가. 애니메이션으로 만들 수 있을지 없을지, 미묘한 라인이네."

"여유 있게 아웃이겠지. 유녀라지 않느냐."

말장난을 섞으며 딴죽을 걸어왔다.

"유녀이니 여유다."

유녀가 있으니 여유도 있는 거냐고.

말장난하는 여유를 보이는 유녀였다.

"그렇다기보다, 사실은 소설이라 해도 아웃이지 않나."

"하지만 피하기만 해서는 안 된다고. 봐, 우리들은 터부에 뛰어드는 사회파잖아."

"터부에 뛰어드는 사회부적합파겠지?"

하지만 진지한 이야기를 하자면, 안도했다.

알몸의 유녀라는 것이 무엇인지는 전혀 짐작이 가지 않았지만, 아무래도 내가 지금 가엔 씨에게 협력 요청을 받은 업무와는 다른 일인 모양이다. 데스토피아 비르투오소 수어사이드마스터에 대한 문제와는 다른 일인 모양이다.

미아의 보호는, 그 출신을 생각하면 하치쿠지의 입장에서는 신업神業이 아닌 생업生業이고 말이야.

철혈이자 열혈이자 냉혈의 흡혈귀를 낳은 부모이자 이름 붙인 부모가 사실은 유녀였다. 심지어 알몸의 유녀였다. 그런 참신함을 넘어 바보 같은 전개가 아닌 이상에야 이번 일과는 관계가 없을 것 같다. 산꼭대기까지 오르자 시곗바늘도 꼭대기를 지나서, 날이 밝기까지 앞으로 다섯 시간.

하치쿠지의 유녀가, 아니, 용무가 시노부를 상대로 한 용무였다면, 그 일로 관심을 돌리는 사이에 가엔 씨(일행)가 미식가 흡혈귀 관련 사건에 마침표를 찍어 주는 것이 이상적이다.

카게누이 씨가 아직 귀국하지 않은 동안에는, 수어사이드마스터 씨도 난폭하게 퇴치되거나 하지는 않을 테고⋯ 그런 부분에서 가엔 씨의 평화주의는 그저 고마울 뿐이다.

"그런데 아라라기 씨 쪽에서는 저에게 뭐 없으신가요?"

"응?"

"그런 얼굴을 하고 계신다고요."

으음, 아직 커리어가 짧다고는 해도 역시 신⋯ 내 마음의 혼돈을 꿰뚫어 보았단 말인가.

그렇다고는 해도, 이 일에 대해 상담해서는 안 된다고 마음먹고 있다. 지위가 없던 시절과는 다른 것이다. 신이 된 지 얼마 되지 않은 하치쿠지를, 괴이와 인간 사이에 끼게 만들게 하고 싶지 않다.

"핫핫하. 의외로 저라는 녀석을 모르고 계시네요, 아라라기 씨. 사이에 끼거나 하지는 않아요. 저는 항상 아라라기 씨 편이에요. 설령 지옥에 떨어지게 될지라도요. 아라라기 씨와 함께라면 지옥도 그리 나쁜 곳은 아니에요."

그렇게 우정이 두터운 듯한 소리를 하면서 도착한 본전의 문을 연 하치쿠지였지만, 나는 그런 친구에게 제대로 배신당한 듯한 기분이 들었다.

본전 내부의 마루에, 마치 신성한 신체神體처럼 눕혀져 있던 것은, 알몸의 유녀는 알몸의 유녀였지만.

미라가 된 알몸의 유녀였다.

015

미라이든 미라가 아니든 알몸의 유녀는 알몸의 유녀라는 의견도 분명 있을 것이고, 반대로 유녀든 유녀가 아니든 알몸은 알몸이라는 의견도 분명 있을 것이다. 물론, 옷을 입고 있든 알몸이든, 미라는 미라라는 의견도 있다.

고등학교 교복을 입고 있든 환자복을 입고 있든 미라는 미라인 것처럼. 하지만 시추에이션이 한밤중의 신사 경내, 전기 조명과는 인연이 없는 전통적인 신사 본전 안이 되면 완전히 미리 준비했던 것처럼, 그 작은 미라는 너무나도 강하게 와닿았다.

무대효과가 발군이다.

괴이 현상이라기보다는, 중요문화재라도 보고 있는 듯했다. 그렇게 말해도 괜찮다면, 일시적으로 패닉에 빠져 버린 나의 정신을 되찾게 한 것은,

"수… 수어사이드마스터?"

라는, 내 머리 위에서 들려온 작은 목소리였다.

중얼거리는 소리.

그때 나는, 오노노키를 '인형 아가씨'라 부르고, 마을을 통치하는 신으로 변했어도 하치쿠지를 '미아 아가씨'라고 부르는 오시노 시노부가, 전문가도 아닌 상대를 이름으로 부르는 것은 상당히 드물다는 것을 뒤늦게 깨달았다.

수어사이드마스터.

데스토피아 비르투오소 수어사이드마스터… 라고?

"어… 어찌 이런 영락한 몰골이…."

"이, 이봐. 시노부. 너, 무슨 소릴."

"이얍!"

바짝 마른 미라 상태여도, **옛 주인**은 알아보는 건가?

산 정상에 도달해서도 어깨 위에서 고집스레 내려오려고 하지 않던, 영락한 모습으로 따지자면 다른 이에게 뒤지지 않는 시노부가, 내 몸을 뜀틀로 본 것처럼 머리 위에 두 손을 짚고 좌우로 두 다리를 화려하게 벌려 폴짝하고 크게 뛰어넘었다.

그런 뒤 공중에서 2회전 한 뒤에 착지하고는, 알몸 유녀의 미라에게 달려가려고 했다. 유녀가 유녀에게 달려가려고 했다.

"위험해! 시노부, 조심…."

낮에 통학로 주변의 판잣집에서 겪었던 자신의 씁쓸한 경험을 떠올리면서, 나는 당황하며 주의를 촉구했다. 하지만 걱정한 일은 일어나지 않았다.

미라는 꼼짝도 하지 않았다. 이렇게 표기하면 당연한 이야기로 들리겠지만… 으응? 옷을 입고 있다든가 입고 있지 않다든가, 여자 고등학생이라든가 유녀라든가 하는 문제가 아니라, 미라 자체로서 이 개체는 다른 섭리에 기초하고 있는 건가?

나도 가까이 다가가서 그 미라의 맥이나 호흡을 확인했는지도 모르지만, 몸을 제대로 움직일 수 없었다…. 자신의 몸이 자신의 것이 아닌 것 같다. 정말로 차일드 시트, 그게 아니면 뜀틀이 된 것 같은 기분이었다.

"하치쿠지…."

"말해 두겠는데요, 아라라기 씨를 위해서 제가 미리 유녀를 알몸으로 만들어 둔 건 아니에요. 유녀의 미라는 처음부터 알몸이었어요."

아니, 딱히 그런 걸 묻고 싶었던 건 아닌데….

"그리고, 처음부터 미라였던 것도 아니에요."

"무슨 의미냐. 대체 무슨 일이 있었던 게냐."

반사적으로 달려오긴 했지만, 그다음에 어떡할지를 정하지 못했는지, 시노부가 미라 주변을 무의미하게 빙글빙글 돌다가 하치쿠지를 뒤돌아보며 말했다.

"신이여. 대체 지금, 이 마을에서 무슨 일이 일어나고 있는 게지?"

내가 받은 질문은 아니었지만, 그러나 지극히 이례적인 시노부의 그 말투에 나는 긴장을 금할 수 없었다.

이러고 있는 지금도, 전문가들의 관리자인 가엔 씨는 정체불명의 흡혈귀를 쫓아서 한밤중의 마을 안을 이리저리 돌아다니고 있을 것이고… 그런데도 어째서, 많은 미라를 생산한 범인으로 지목되는 정체불명의 흡혈귀, 데스토피아 비르투오소 수어사이드마스터가, 하필이면 미라의 모습으로 신사 본전에 숨겨져 있는 거지?

숨겨져 있다…고 봐야겠지, 아마?

"……."

어쨌든 이미 가엔 씨의 의도와는 크게 벗어난 상황에서 나와 시노부가 와 버린 것은 틀림없는 모양이었다.

미라를 만들어 댄 용의자가 미라로 발견되었다. 마치 미라를 찾으러 간 사람이 미라가 된다는 속담 같지만, 아니지, 이 속담대로라면 이번에 미라가 되는 것은 내 쪽이다.

"시노부. 어떤 상태야, 그 미라는? 알몸의 유녀는. 너를 낳은 부모이자 이름을 붙인 부모이기도 한 수어사이드마스터가, 애초에 유녀였다는 것도 경악하고 있지만, 그 형상은 흡혈귀가 되다 만 모습. 좀비 같은 컨디션이야?"

가장 유력한 용의자가 다음 피해자가 되었다.

미스터리 소설 스타일로 표현하자면, 그렇게 되려나?

"아니. 말하자면 이건, 건면乾眠이다."

시노부는 신중한, 그러면서도 신묘한 말투로 대답했다.

묘한 신이라면 저쪽에 있는데.

건면.

혹은 크립토바이오시스cryptobiosis.

그야말로 흡혈귀급의 불사신이라 불리는 현실의 생물, 괴물 아닌 생물인 곰벌레Water bears가 생명 보전을 위한 긴급조치로 행하는 궁극의 가사 상태를 말했던가. 어딘가의 책에서 읽은 적이 있다.

"살아 있는 시체가 아니라, 위독 상태 같은 것이지…. 그러니 우리를 부른 것이겠지, 미아 아가씨?"

"네. 해외에서 오신 손님이 객사하시는 건 통치자로서 꿈자리가 나빠지는 일이니까요. 지금 이 마을에서 대체 무슨 일이 일어나고 있는지 알고 싶은 것은, 저도 마찬가지예요."

그러니까 사건의 진상을 알기 위해서라도.

아라라기 씨는 이분은 **회복**시키기 위한 **약**을 조달해 주셨으면 해요, 라고, 하치쿠지는 말했다.

"약이라니, 뭔데? 조달이라니, 어디서?"

애초에 불로불사인 흡혈귀에 대한 약효성분을 지닌 특효약을 처방하는 약국 같은 것이 이 세상에 있나?

"이 세상에는 없어요. 하지만 저세상에는 있죠. 알고 계시다시피."

"저, 저세상? 알고 계신다고 말해도, 난 그런 거 모르는데?"

"알고 계실 거예요, 아라라기 씨는. 그도 그럴 것이 요전에 여행을 하고 오셨잖아요. 지옥이에요."

피의 연못 지옥이에요.

하치쿠지는 말했다. 피의 연못 지옥.

확실히 그것은, 의사 선생님도 쿠사츠의 온천물도 효과가 없는 흡혈귀의 병에는 참으로 적절한 약효성분이었다.

016

아라라기 씨와 함께 떨어진다면 지옥도 그리 나쁜 곳은 아니에요, 라고 조금 전에 하치쿠지가 한 말은, 아무래도 조금도 비유가 아니었던 모양이다. 아무래도 나는 다시 지옥으로 향하게 될 모양이었다.

미라 상태, 건면 상태의 흡혈귀를 회복시키기 위해, 바로 조금 전까지 나오에츠 고등학교의 여자 농구부원들을 노리는 악귀나찰이라고 생각했던 상대의 건강을 위해 움직인다는 것은 인지적 불협화를 금할 수 없었지만, 하지만 진상 규명을 위한 일이었다.

그 봄방학을 그렇게나 후회했던 내가, 또다시 죽어 가는 듯 보이는 흡혈귀를 구하기 위해 고생하려 하다니…. 안 그래도 궂은 일인데, 얄궂기까지 하다.

애초에 여자 고등학생들과 똑같은 (것은 아니라고 해도) 미라 상태로 발견되었다고 해서, 그녀(아무리 생각해도 'D/V/S'가 유녀였을 줄이야)의 의혹이 불식된 것은 아니지만, 아무래도 사태가 오리무중에 빠진 것은 분명한 사실이다.

나의 그것은 물론이고, 가엔 씨의 예상까지도 뛰어넘고 있다. 조금 전에 시노부가 입 밖에 냈던 의문은, 그대로 모두의 의문이기도 했다.

지금, 이 마을에서 무슨 일이 일어나고 있지?

과연 어떤 괴이 현상이?

…'본인'에게 물어보는 것이 가장 빠르다는 것 정도는, 정신 산만한 대학교 1학년인 나도 알 수 있다.

그렇지 않더라도, 가령 시노부의 부모인 자가 여자 고등학생들을 미라로 만든 장본인이었다 해도, 이대로 알몸의 유녀 상태로 놔두는 것이 좋다고는 도저히 생각할 수 없다…. 확실히 밝히지 않으면, 나오에츠 고등학교 여자 농구부의 명부를 제공해 준 히가사에게도 면목이 없고 말이지.

무당 같은 명탐정이 피해자의 영혼을 자기 몸에 빙의시켜 수수께끼를 푸는 타입의 미스터리 같은 이야기지만, 물론 그렇게 편한 것은 아니다.

그도 그럴 것이, 또다시 유녀를 위해 지옥으로 가는 것이다…. 게다가 이번에는 알몸의 유녀를 위해 피의 연못 지옥으로.

"그렇지만 지옥으로 떨어진다니, 어떡하면 되는데? 성인군자인 나에게는 방법이 전혀 떠오르지 않아."

"평소대로 유녀나 여동생과 천박하게 놀다 보면 자연스럽게 지옥행이 아닐까?"

현재 봉인되어 있다고는 해도, 괴이이기에 지옥까지는 동행할 수 없는 시노부는 그런 소리를 했다.

남의 일이라고 가볍게 말하는군.

아니, 남의 일은 아닌가.

자신의 부모 같은 존재였던 흡혈귀가 죽느냐 사느냐의 갈림길에 있으니 말이야. 아직 시노부도 상황을 실감하고 있지 못하는지 그렇게까지 무거운 분위기를 발하고 있지는 않지만, 너스레를 떨고만 있을 수는 없는 모양이다.

하지만, 하치쿠지는 어떻게 되는 거지?

원래는 미아였지만 지금의 하치쿠지는 신이니까, 예전처럼 지옥에 둘이 함께 가는 것은 불가능할 것이라 생각된다.

요컨대, 그렇게 기분 좋은 소리를 해 주었지만, 결국 이번에는 가이드도 내비게이션도 없이 나 혼자 지옥으로 떨어지게 된다. 뭐야, 아무것도 이상하지 않은, 지극히 당연한 이 사태는.

"그렇지만 이거 정말, 어쩔 수 없네. 아무래도 갈 수 밖에 없는 모양이야. 나의 제2의 고향, 지옥으로."

"하마터면 다시 한번 반해 버릴 뻔했다만, 폼만 잡는 소리 하지 마라. 네 녀석이 지난번 지옥에 가 있던 것은 고작 한 시간 정도였다."

"계절에 어울리지 않는 귀향이네."

"본가에서 통학하는 대학생이 무슨 소릴 하시는 건가요."

유녀와 소녀가 신랄하다. 이제부터 지옥에 떨어지려 하는 남자에게.

"뭐, 체재시간은 그렇다 쳐도, 두 번째라면 아라라기 씨도 익숙하겠네요."

"익숙하다고는 못 하겠지만…. 확실히, 마음대로 왔다 갔다 하는 전문가도 있었고 말이지."

하지만 진지하게 말하자면, 구체적으로는 어떤 교통수단으로? 한 시간이라곤 하지 않아도 날이 밝기 전까지는 돌아오고 싶은데.

"그런 태평스런 정신 상태로 지옥에 떨어지려고 하다니, 염라대왕도 체면이 말이 아니네요."

라고 말하는 하치쿠지.

발안자인 주제에 나를 거리낌 없이 비난하시는걸.

"뭐, 평범해서 재미는 없지만, 지난번과 같은 방법을 쓰는 게 좋지 않을까요?"

"지난번과 같다니…."

나는 기억을 돌이켜본다. 그렇다, 그것은 작년, 입시 당일의 이른 아침이었다.

묘하게도 지금 내가 있는, 이 키타시라헤비 신사의 경내에서 있었던 일이다. 그때는 가엔 씨에게, 불의의 공격처럼, 거의 아무런 설명도 없이 지옥으로 보내졌던 것이다.

그녀가 들고 있던 요도 '코코로와타리'로, 온몸이 산산조각 나는 것으로. 그런 교통수단.

그렇구나, 그것으로 말하자면 '괴이살해자'라고도 불리는 그 요도의 본래 소유주가 지금 이 자리에 있다는 이야기로….

"엥? 어라? 그러면, 나, 이제부터 시노부에게 산산조각이 나는 거야? 열일곱 살의 봄방학 때에도 당했던 적 없는, 그런 깜짝 전개?"

"전개라기보다는 전개도겠네요. 인체의. 시노부 씨, 부탁드릴게요."

"그래, 알았다."

순조롭게 나를 토막 낼 준비가 이루어져 간다. 시노부는 아 앙, 하고 크게 입을 벌리고 자기 손을 목구멍 깊숙이 쑤셔 넣었 다.

평범해서 재미없다는 말을 했지만, 그 곡예는 오래간만이다. 트릭도 속임수도 없는 요술처럼, 소리 없이 몸 안에서 발도된, 요사스럽게 빛나는 커다란 칼.

요도 '코코로와타리'. 괴이살해자.

"후후후의 후. 이렇게 네 녀석에게 굴욕을 갚을 기회를 줄곧 기다리고 있었다. 잘도 나를 차일드 시트 따위에 앉혀서 모욕을 주었겠다!"

"기, 기뻐하고 있을 줄로만 알았어! 어째서 지금 와서 괴로웠 다고 하는 거야! 후후후의 후라니! 평소의 웃음소리는 어쩐 거 야!"

"복수란 식힌 뒤에 먹는 것이 맛있는 수프다*."

"나는 너와 수프가 식지 않는 거리*를 유지하며 지내고 있다 고 생각하고 있었어! …그건 그렇고, 이러니저러니 해도 네가 실제로 칼을 휘두르는 모습은 거의 본 적이 없는데…. 지금으로 서는 몰래 할 수 밖에 없으니 가엔 씨에게 부탁할 수는 없겠지

※복수란 식힌 뒤에 먹는 것이 맛있는 수프다 : '복수라는 요리는 식힌 뒤에 먹는 것이 맛있다'는 프랑스의 속담을 인용한 것.
※수프가 식지 않는 거리 : 수프를 만들어서 옮겨도 먹기 좋은 온도를 유지할 수 있는 거리. 즉, 가 까운 거리를 뜻한다.

만, 그 사람처럼 능숙하게 오장육부를 산산조각 낼 수 있는 거야?"

"카캇. 나를 얕보지 마라. 확실히 지금까지, 극장판에서조차 그럴 기회를 얻지 못했지만, 지금이야말로 나의 오의를 보여 주마. 모든 것은 지금을 위해서였다. 오로지 네 녀석을 지옥에 보내기 위해서."

"정념이 너무 깊지 않아?"

"400년 간 연찬해 온 검술을 똑똑히 맛보거라. 말해 두겠는데, 오장육부가 산산조각이 나는 수준이 아니다. 나의 생사류生死流에는 일곱 개의 오의가 있다."

첫 번째 오의·'경화수월鏡花水月'.

두 번째 오의·'화조풍월花鳥風月'.

세 번째 오의·'백화요란百花繚乱'.

네 번째 오의·'유록화홍柳綠花紅'.

다섯 번째 오의·'비화낙엽飛花落葉'.

여섯 번째 오의·'금상첨화錦上添花'.

일곱 번째 오의·'낙화낭자落花狼藉'.

"그리고 일곱 개의 오의를 동시에 구사하는, 생사류의 최종오의, '칠화팔렬七花八裂'!"

전부 풀코러스로 말해 버렸잖아, 라고 딴죽을 걸었을 무렵에는, 다만 나는 산산조각이 나 있었을지도 모른다.

017

흡혈귀화의 후유증과 싸우고 있던, 말하자면 투병생활을 하고 있었다고도 할 수 있는 고등학교 3학년 무렵, 나는 멍청하게도, 죽는 것에 익숙해져 버린 구석이 있었다.

인간으로 돌아와서도 짙게 남은 흡혈귀의 불사신성에, 지금 생각하면 나는 지나치게 의지했다. 표현을 바꾸면 의존했다.

사망중독이 되었다.

그 결과, 구사일생이라는 정도가 아니라 만에 하나라는 확률로 인간으로 돌아왔을 나는, 이번에는 누구에게 피를 빨리는 일도 없이, 자연발생적으로 또다시 흡혈귀가 되었다. 그것을 리바운드 현상이라고 말해도 좋고, 단순히 질리지도 않는 바보라고 말해도 좋다.

가엔 씨가 사지를 남김없이 토막 내서 나를 지옥으로 떨어뜨린 이유는, 그 불사신성, 괴이성을 내 영혼으로부터 분리하기 위해서였지만, 생각해 보면 나는 또다시 같은 전철을 밟으려 하고 있는지도 모른다.

죽음에 익숙해져 버렸던 것과 마찬가지로.

지옥에 **떨어지는 데 익숙해져 간다**는 상황이라면, 두 번째니까 안심이라든가, 이제 익숙한 일이라든가, 그런 실언도 없을 것이다.

오기라면 '어리석네요'라면서 웃을 것이고, 오이쿠라였다면

'죽어 버리면 좋을 텐데'라며 화를 내겠지.

어느 쪽이든, 이리하여 나라는 질리지도 않는 바보는, 인류의 생사권을 밑바닥부터 박살 낼지도 모르는 지옥순례에 다시 손을 뻗고, 발을 내딛어….

"…어라?"

각성했을 때, 혹은 영면했을 때, 내가 있던 곳은 천국이었다.

천국.

혹은 극락인지, 오히려 정토인지, 혹은 낙원인지, 아니면 헤븐인지.

표현은 많이 있다고 해도, 어쨌든 전에 토막이 났을 때와는 전혀 다른, 그리고 지금까지 한 번도 본 적 없을 만한, 이국적 풍경이 아닌 환상적 풍경이 내 눈앞에 펼쳐져 있었다…. 뭐지, 이건?

일반적으로 그림으로도 그릴 수 없는 아름다움이라는 표현이 있는데, 하지만 마치 그림 속으로 뛰어 들어가 버린 듯한 광경이었다. 빛으로 가득 찬 경치, 표현을 바꾸자면 이런 광경은 그림에서밖에 본 적이 없었다.

빈곤한 어휘를 사용해서 형용한다면, 뭐, '아름다운 대자연'이라고 해야겠지만…. 하지만 받은 인상은 '나 같은 녀석이 여기에 있어도 되나?'라는, 자리를 잘못 찾아온 듯한 느낌이었다.

자리를 잘못 찾아온 듯한, 뭔가 잘못된 듯한.

백화점 안을 어슬렁거리다가 길을 잃고 주얼리 에어리어에 들어가 버린 듯한.

싱그러운 초록빛이 펼쳐진 대초원에 아득히 먼 곳에서 특징적인 능선을 그리는 산맥, 구름 한 점 없이 비쳐 보일 듯 아름다운 하늘. 탐스러운 과일이 영근 푸르른 나무들, 가지각색으로 피어 있는 꽃.

어쩐지 공기도 맛있게 느껴진다.

안개를 먹고 산다는 신선은 아니지만, 호흡을 하는 것만으로도 100년은 수명이 늘어날 것 같았다⋯. 하지만 수명이 늘어나기는커녕, 나는 사지가 토막 나 절명했을 텐데?

지옥에 떨어졌을 텐데?

"큭⋯ 요컨대 지옥에 떨어졌어야 했지만 뭔가 잘못되어서 천국에 올라 버렸다는 건가? 아~ 정말이지, 어떻게 이런 일이. 아는 녀석은 알고 있나 본데, 내 평소 행실을."

"그 말씀대로입니다. 당신께서는 스스로 생각하는 만큼 나쁜 인간은 아닌 것이랍니다."

혼란에서 벗어나, 현재 상황을 타파하기 위해 일단 시치미를 떼고 혼잣말을 하며 마음을 진정시키려고 하는데(나의 셀프컨트롤 기술이다. 의외로 효과는 있다), 아니, 이럴 수가! 주변에 아무도 없을 거라 생각했는데 등 뒤에서 누군가가 말을 걸어왔다.

내 혼잣말을 듣고 반응해 버렸다!

평소 같으면 수치심에 괴로워할 참이지만, 그러나 주위의 분위기와 비슷한 정도로, 혹은 그 이상으로 맑고 부드러운 목소리가 나의 마음을 진정시켰을망정, 동요시키지는 않았다. 뒤를 돌아보고.

그 자리에 있는 것이 알몸의 미녀였음에도, 나는 당황하지 않았다.

알몸 유녀에 이은 알몸 미녀.

무슨 연타냐.

그렇지만 알몸의 유녀가 미라였던 것처럼, 알몸의 미녀에게도 제3의 요건이 있었다…라기보다, 좀 더 엄밀히 말하자면 알몸의 미녀가 정말로 미녀인지 어떤지는 단정할 방법이 없었다.

미녀가 **귀면**을 쓰고 있었기에.

귀면鬼面… 쉽게 풀어 말하자면 귀신 얼굴 가면.

아낌없는 전라이면서도 얼굴만은 귀면으로 완전히 가리고 있는 성인 여성…. 고등학교 생활을 마치고 대학에 입학하여, 18금이 아니라 18해금이 된 나의 사생활도 앞으로는 어덜트해지는 것이 아닐까 하고 은근히 기대하고 있었지만, 어쩐지 이상한 방면으로의 어덜트화가 진행되고 있었다.

이건 18금의 18K 정도가 아니라, 에도가와 란포적인 느낌의 에로틱&그로테스크한 24K다.

"……."

하지만 기분 탓일까.

나는 그 성인 여성을… 그 귀면에 전라인 미녀를 본 기억이 있는 듯한 기분이 들었다. 얼굴은 알 수 없어도, 귀면 뒤편에서 비어져 나오는 길고 긴 금발을, 그리고 아무것도 입지 않았음에도 얇은 옷을 걸치고 있는 듯한 그 아름다운 보디라인을, 나는 어딘가에서 본 듯한….

"이런 차림으로 실례합니다, 아라라기 님."

알면서 이러지는 말았으면 좋겠다.

…라고는 말할 수 없었다.

가면 너머에서 전해져 오는 그 상냥하고 따스한 목소리에, 패닉에 빠지지는 않았지만 솔직히 뭐라 반응하기가 곤란하다…. 이런 인물이 내가 아는 사람일 수가 있나?

여기가 **어디**여야 그럴 수 있지?

귀신 형상을 한 가면이라는 것은, 역시 지옥인가? 지옥의 옥졸인가? 책을 찾아보면, 지옥이라는 곳은 정말로 다양성에 가득 차 있어서, 갖가지 베리에이션을 망라하고 있다고 해도 좋을 정도다…. 그중에는, 알몸에 금발에 쭉쭉빵빵한 장신의 섹시한 미녀가 귀신 가면을 장착하고 망자를 때려눕히는 지옥도 있을지도 모르잖아.

"가면을 쓰고 있다니, 부끄럽습니다."

알몸을 보이고 있는 쪽이 아니라 얼굴을 가리고 있는 쪽이 부끄러운 모양이었다. 아니, 옥졸이 아닐까 하고 의심해 놓고서 이런 말을 하긴 좀 그렇지만, 이 미녀도 주위에 펼쳐져 있는 풍경과 마찬가지로 예술적 회화 안에 그려져 있는 미녀 같아서, 그 알몸 중 어디에서도 꺼림칙함이나 천박함을 찾아볼 수 없었다.

그렇다기보다…. 주위 일대의 풍경은, 이 귀신 가면의 미녀를 위한 배경인 것처럼 느껴지기까지 했다. 그만큼, 그녀의 나신은 빛나고 있었다.

아니, 실제로 만약 귀신 가면을 쓰고 있지 않았더라면 그 눈부신 광채에 나 같은 사람의 눈은 멀어 버리는 게… 아아, **그래서** 그녀는 이렇게 얼굴을 가리고 있는 걸까?

그 아름다움으로 나를 상처 입히지 않기 위해… **아름다움**?

"아… '아름다운 공주'?"

"네. 저를 그렇게 부르시는 분도 계십니다. 하지만 부디 이곳, 천국에서는 아세로라 공주라 불러 주세요."

그녀는 말했다.

오시노 시노부가 되기 전의, 키스샷 아세로라오리온 하트언더블레이드가 되기 훨씬 전의… 그 유례없는 심신의 아름다움으로 나라를 멸망시킨, 문자 그대로의 경국지색, 아세로라 공주는 말했다.

천국의 미녀는 말했다.

018

"여기는 천국이니까 알몸으로 있는 쪽이 자연스럽답니다. 자연 중의 자연이지요. 주제넘은 말씀을 드리겠습니다만, 아라라기 님처럼 옷을 입고 있는 쪽이 부자연스럽답니다. 어떠신가요, 아라라기 님도 벗으시는 것이?"

"그런가요? 알겠습니다."

"말하자마자 벗지는 말아 주세요."

어쩌라는 거야.

다만, 그렇게나 당당하게 발가벗고 있으면, 이쪽이 잘못하고 있는 것 같은 기분이 드는 것도 사실이었다. '아름다운 공주', 아세로라 공주인가.

그것으로 떠올렸다.

엄밀히 말하면, 나는 이 여신을 만난 적이 있는 것은 아니다…. 적어도 현세에서는, 현실 세계에서는.

실제로 만난 것이 아니므로 자세한 내용은 생략하더라도, 나오에츠 고등학교를 졸업하고 마나세 대학에 입학하기 전 단절된 시기에, 거울 나라에 건립된 성에서 나는 영광스럽게도 '아름다운 공주'를 알현했었다.

마주하는 것만으로도 죽고 싶어지는 아름다움이었다. 그때도, 커튼을 사이에 두고 나눈 대화였는데도 나는 하마터면 자살할 뻔했다. 그녀가 멸망시킨 왕국의 국민처럼.

"뭐… 납득하자면 납득되네요. '아름다운 공주'… 아세로라 공주님이 천국의 주민인 것에 어찌 불평을 할 수 있겠사옵니까."

큰일이다. 금세 나의 말투가 이상해져 간다.

그럴 만도 하다.

천국의 주민은커녕, 천국의 여왕님이라는 말을 들어도 납득할 수 있다.

이렇게 보는 한, 이렇게나 탁 트인 대초원임에도 불구하고, 그 밖에 아무도 보이지 않는다는 것을 생각하면 이미 여왕님은 천국마저도 멸망시켜 버린 것일지도 모른다…. 뭐, 이건 농담이지만.

어쨌든 아세로라 공주가 여기에 있다는 것은 조금도 이상하지 않다…. 이상한 것은, 아라라기 코요미가 여기에 있다는 점이다.

하치쿠지 마요이가 음으로 양으로 단정하고 있었던 것처럼, 나는 내가 죽으면 지옥에 떨어지리라 생각했었다. 그런데 어째서 내가 천국에 와 있는 거지?

"그 이유는, 제가 아라라기 님을 초대했기 때문입니다."

"아아, 과연. 그런 이유였나요. 그렇다면 오히려 당연하겠네요."

"후훗. 그렇게 빨리 납득하실 수 있을 리 없잖습니까, 아라라기 님도 참."

부드럽게 웃으면서, 참으로 품격 있게 딴죽을 걸어 주었다.

제대로 상대해 주고 있다는 점에서, 아름답고 상냥할 뿐만 아니라 좋은 사람이기도 하다. 후훗, 이라고.

카캇, 하고 웃는 유녀와는 이만저만한 차이가 아니다.

정말로 이 사람이 그 방약무인한 유녀幼女의, 혹은 극악무도한 요녀妖女의 전신인가?

"…제가 몇 개월 전 흡혈귀성에서 분리되어 지옥에 떨어졌던 것처럼, 아세로라 공주는 600년 전, 키스샷 아세로라오리온 하트언더블레이드화 했을 때, 그때 '죽었던' 아름다운 영혼이, 분리되어 천국으로 승천했다는 건가요?"

억지로 유추해 보면, 그런 이야기가 된다.

귀신 가면 때문에 표정은 알 수 없었지만, 훌륭하게도 알몸의 인체라는 것은 의외로 웅변이 되는 것이었다. 아세로라 공주는 말없이 몸을 굽히는 것으로, 나의 어림짐작을 긍정해 주었다.

그렇다기보다 이 여신, 아주 자연스럽게 포즈를 취하면서 이야기하고 있다. 본인은 그것을 분명 싫어했던 모양이지만, 그러나 좋든 싫든 간에 그 아름다운 몸짓이 뼈의 골수가 아닌 영혼의 골수까지 배어 있는 듯했다.

나도 지고 있을 수는 없지.

색다른 느낌의 회화극會話劇이다.

"하지만 그런 당신이 어째서 황공하게도 저를…."

"…아무래도 귀신 가면만으로는 부족한 모양이군요. 아라라기 님, 신발을 빌릴 수 있을까요?"

"네. 바라시는 대로."

시키는 대로 공손하게 내민 나의 스니커즈를, 아세로라 공주는 그 발에 신었다…. 알몸의 미녀가 남성용 스니커즈를 신고 귀신 가면을 장착하고 있다.

흐릿하게 천박한 느낌이 생겨나고, 나는 불현듯 정신을 차렸다.

그 모습에 제 정신을.

천박한 모습에 제정신을 차린다는 건 인간으로서 좀 뭐하다고 생각되는 장면이었지만.

적어도 천국에서 비자가 발행되리라고는 생각되지 않는다.

"어째서 아세로라 공주님은 저를 천국으로 부른 건가요? 저는

피의 연못 지옥의 물을…이 아니라, 피를 채취해서 가져가야만
하는데요….”

“그렇게 매정한 말씀 마시고, 부디 세상물정 모르는 저의 이
야기 상대가 되어 주세요, 아라라기 님. 이곳은 저의 고향을 모
사하고 있습니다.”

좋은 사람이기는 하겠지만, 역시 공주님인 만큼 마이페이스
였다…. 풍경의 논평에 들어갔다.

아름다운 공주가, 아름다운 풍경의 논평에.

“저의 고향이라는 말은, 즉 제가 멸망시킨 나라들 중 첫 번째
라는 뜻입니다.”

“…….”

나라들.

그리고 첫 번째…라는 것이 참으로 무거운 발언이었다.

경국지색 중에서도 공전절후다.

“공전절후라 말씀하시면 대답할 말도 없군요. 달게 받아들일
수밖에 없겠지요. 다만, 아무래도 아라라기 님의 친구가 비슷한
일을 하실지도 모릅니다만.”

……? 누구를 말하는 걸까.

국가 레벨의 영향력을 가진 친구라니, 기껏해야 하네카와 정
도밖에 떠오르지 않는데….

“…아름다움 때문에 나라가 멸망한다는 말이, 저 같은 녀석에
게는 좀처럼 와닿지가 않네요…. 그건 아세로라 공주, 당신이
없어도 언젠가는 멸망할 나라였던 것이 아닐까요?”

상대의 마음을 배려하지 않는 듯한 말투였지만, 그렇게 말하지 않을 수 없었다…. 그런 식으로 모든 것을 자기책임으로, 그것도 무한책임으로 짊어질 필요는 없다.

여자 농구부의 연대책임 이야길 하는 건 아니지만, 모든 것을 짊어지기엔 그 공주의 등은 너무나도 가냘팠다. 다만, 가냘프기는 했지만 건드리면 부서져 버릴 듯한 빈약함과는 달랐다.

전라이기에 알 수 있었다.

그 등은 곧게 뻗어 있었다.

"성자필쇠盛者必衰. 아니, 아무리 아름다운 것이라 해도 언젠가는 사라진다. 이렇게 말씀하고 싶으신 건가요? 아라라기 님은. 그렇다면 수어사이드마스터에게 피를 빨린 것으로 영원을 획득해 버린 저는, 너무나도 탐욕스럽다는 말을 들을 수밖에 없겠지요."

아세로라 공주는 어깨를 축 늘어뜨렸다. 아름다운 어깨를.

그렇다. 시노부가 말했던 데스토피아 비르투오소 수어사이드마스터의 전설은 꽤나 치우쳐 있어서, 흡혈한 자의 인품을 드문드문 말해 주긴 했지만, 어째서 '아름다운 공주'가 '키스샷 아세로라오리온 하트언더블레이드'가 되었는지, 어째서 '아름다운 공주'가 '철혈이자 열혈이자 냉혈의 흡혈귀'가 되었는지, 그 구체적인 부분에 대해서는 거의 언급하지 않았다.

일부러 언급하지 않았던 걸까.

아니면, 600년 전의 일이라 잊어버렸던 걸까. 보통 그런 중대한 사건을 잊을 리가 없으므로, 그냥 말하기 어려웠던 것이라고 해석해야겠지만, 어쨌든 시노부이니 후자의 가능성도 충분히 가능하겠네.

자신이 원래 인간이었다는 사실도, 그 장대한 인생 속에서, 삶 속에서, 잊어버리고 지냈을 정도로 대충대충 산다. 인간으로 돌아가고 싶다고 소망하는 나를 보고, 오랜만에 떠올렸다는 듯한 이야기를 했었다.

…그때는 어땠을까?

하치쿠지가 지금 그렇게 된 것처럼, 혹은 센고쿠가 그렇게 되었던 것처럼, 과거에 신의 자리에 떠받들어지게 되었을 때, 키스샷 아세로라오리온 하트언더블레이드는 그것을 거절했다, 귀신은 귀신으로 있었다는 이야기가 있었는데, 인간에서 흡혈귀가 되었을 그때, 그 녀석의 심경은 어땠을까?

인간으로 되돌아가고 싶다고 생각했을까.

아니면 금세 인간이었던 사실을 잊은 것일까.

앞서 말했던 것처럼 재빨리 용무를 마치고 되살아나야만 하는 형편상, 딱 부러지게 말하면 알몸 미녀와 피크닉 기분으로 담소를 나누고 있을 상황은 아니었지만, 이렇게 갑작스레 질의 응답의 기회를 얻어 버리면 자기도 모르게 이것저것 묻고 싶어져 버린다.

한 가지만 물어볼까. 그중에서도 중요한 것을.

"죄송합니다. 그 풍요로운 바스트의 사이즈를 알려 주실 수 있겠습니까. 아, 천박한 의미가 아닙니다. 꼭 좀 란제리를 진상하고 싶어서."

"아라라기 님. 처음 만나는 여성에게 그런 질문을 하는 것은 그리 칭찬받을 일이 아닙니다. 분위기를 띄우기 위한 장난이라는 것은 알고 있습니다만, 10년 뒤, 20년 뒤, 오래 살아가면서 후회할 만한 발언은 피해야 하지 않을까 합니다."

평범하게 엄청 혼나 버렸다. 공주에게. 알몸의 공주에게.

자신의 왜소함을 아는 것으로 자살하고 싶어지게 되어 버리는 레벨의 프린세스를 앞에 두게 되면, 분위기를 편하게 만들기 위한 말이라기보다, 불경한 농담은 생존수단이겠지만… 하지만 천국에서 자살하지 않도록 조심해야만 하는 녀석 따위, 나 정도밖에 없겠지.

"저는… 후회했습니다. 오래 산 것을."

"……."

"일찍 죽었어야 했습니다. 수어사이드마스터를 만나기 전에."

그 말은, 흡혈귀 같은 것이 되고 싶지 않았다, 나처럼 인간으로 되돌아가고 싶다고 빌었다는 의미인가 하고 생각했는데, 계속되는 이야기로 완전히 정반대의 의미였음을 알게 되었다.

"그 때문에 저는, 수어사이드마스터에게 아주 무거운 업을 짊어지게 만들고 말았습니다."

이 공주, **피를 빨린 것**이 아니라.

피를 빨게 만든 것을 후회하고 있다.

…나는 열일곱 살의 봄방학을, 흡혈귀와 서로의 목숨을 구하고 흡혈귀와 서로를 목숨을 빼앗으려 했던 봄방학을, 지금 이날까지 단 하루도 후회하지 않는 날이 없었지만, 그런 식으로 후

회했던 적은 한 번도 없었던 것 같다.

"그러하니 주제넘은 짓이라고는 생각하면서도, 저분을 위해 지옥에 떨어지려 하는 당신을 끌어올리지 않을 수 없었습니다."

이야기는 이어지고 있었던 모양이다.

뭐, 겉모습뿐만 아니라 머릿속까지 아름다운 프린세스는, 마이페이스이기는 하더라도 자기본위의 화술 같은 것을 선보일 리가 없다.

"만일, 당신의 파트너가 된 지금의 저, 당신이 알고 있는 제가 이곳에 있는 저를 잊고 있다면, 그것은 600년의 삶 속에서 기억이 마모되었기 때문이 아니라, 이러한 제가 너무 너무 싫어서 견딜 수 없었기 때문이겠지요."

"…후회, 인가요? 그것도."

아니.

후회하는 것조차도 기피했다.

그렇기에 없었던 것으로 했다.

태어날 때부터 흡혈귀였다고 믿어 버렸다.

…뇌를 마구 주물러 잊었던 지식을 불러내는 경악스러운 기억술을 가진 흡혈귀다, 어쩌면 그 반대도 가능할지도 모른다.

"그러네요. 제가 이 몸이 터질 듯이 후회했던 이유는, 흡혈귀가 되었기 때문이 아니라 그 이전에, 인간이었던 것. 공주님이었던 것. 저 자신이었던 것이라고 말할 수밖에 없습니다."

"그 가슴이 터질 듯이…."

"아라라기 님."

이름을 불린 것만으로도 풀이 죽어 버렸다. 무례를 가장한 조크도, 이건 이것 나름대로 자살의 위험이 있을 것 같다.

그렇다고는 해도, 나도 대학교 1학년이 된 지금, 부녀자의 나체를 봤다고 그렇게까지 허둥지둥하지는 않지만, 이 상황에서 당당하게 행동하는 전라의 여성 앞에서 흔들림 없이 태연히 반응하는 것도 실례라는 느낌이 들어 난감한 상황이다.

은근히 신사의 에티켓을 시험받고 있다는 생각이 든다.

"그렇기에 저는 본인의 영혼에서 분리되어 혼자, 아니, 반 사람분의 영혼으로 천국에 보내진 것이겠지요. 저에게는 어울리는 벌입니다."

천국조차 벌이 되는 영혼인가.

그 감각을 이해하는 것은 범속한 인간에게는 어렵겠지만, 내가 오시노 시노부와 끊으려야 끊을 수 없는 관계인 것처럼, 아세로라 공주와 수어사이드마스터에게도 끊으려야 끊을 수 없는 관계가 있었던 모양이다. 분리할 수밖에 없을 정도로.

막상 기억해 낸 시노부는, 그렇게까지 장렬한 관계성이 있었다고는 생각되지 않을 정도로 가볍게, 마치 고향 선배에 대해 이야기하는 대학생처럼(흔히 있다. 부럽다) 흡혈주에 대해 이야기했었지만, 그건 요컨대 어째서 잊어버리고 말았는지, 어째서 잊고 싶었는지조차, 전부 한꺼번에 뭉뚱그려 잊어버린 것일까.

그런 식으로 표현하면 멍청해 보이지만, 분리된 아세로라 공주를 이렇게 목전에 두고 있으면 웃을 수도 없다.

"납득하고 이곳에 계시는 것이니 위로할 생각도 없고 그럴 자격도 없습니다만, 하지만 역시 그렇다는 건 당신이 괴로워지지 않나요…? 흡혈귀는 피를 빠는 것이 숙명이니….”

“저 자신이 흡혈귀가 되었으니 할 수 있는 말입니다만, 흡혈 귀가 피를 빠는 것은 사자 아저씨나 곰 아저씨가 사람을 덮치는 것과는 역시 의미가 다르답니다.”

사자 아저씨, 곰 아저씨라니.

어째서 그 부분만 어린이 동화의 공주님처럼.

“인간을 포식하는 흡혈귀를, 육식동물처럼 이야기하며 상대 화하는 것은 역시 무리가 있다고 생각해요. 말씀만은 기쁘게 받 아들이겠습니다만.”

“아뇨… 말이 부족해서, 죄송합니다.”

아니, 말이 너무 많았다고 할 수 있을 정도다.

아마도 나에게 아세로라 공주를 위로할 생각은 정말로 없었 고, 언뜻 둘이 대화를 나누고 있는 것으로 보이지만, 사실 나는 자기 자신에게 말하고 있었는지도 모른다.

괴로워할 일은 아니다, 라고.

하지만 괴로워해야 하겠지. 평생. 어쩌면 영원히.

“그렇지만.”

그렇게 말을 이어 나가는 아세로라 공주.

“만약 그 점이 동일하다고 한다면… 저는 멸종위기종의 **생태 계**를 바꾸어 버렸다는 이야기가 되네요. 그쪽이, 죄로 말하자면 그쪽이 무거울지도 모르겠습니다.”

“……?”

무슨 뜻이지? 생태계?

일단 이과 계열로서는 흘려들을 수 없는 그 독백의 의미를 묻기 전에, 그녀는 "지금 와서는 이미 늦었을지도 모릅니다만, 멸종위기종을 보호한다는 의미에서도, 저는 수어사이드마스터를 구하고 싶습니다."라고 강하게 선언했다.

아름답게 선언했다.

"그것으로 저의 죄가 가벼워지는 일은 없겠고, 어쩌면 보다 강하게 후회할지도 모릅니다. 그렇더라도 저는 제가 해야 할 일을 하겠습니다."

해야 할 일을.

후회해야 할 일을.

"이대로 사태를 간과하여 수어사이드마스터를 저런 상태로 방치한다는 선택지는, 제 앞에 없습니다."

알몸 유녀.

아니, 알몸은 상관없다. 미라 유녀.

바짝바짝 말라붙은 눈뜨고 보기 힘든 미라.

"요컨대 공주님은, 결코 특효약을 구하려는 저의 지옥행을 막으려 했던 것이 아니라, 하물며 지옥에 떨어질 것 같은 저를 '저 남자는 그렇게 나쁜 녀석이 아니야'라며 거미줄로 끌어올려 준 것도 아니라, 수어사이드마스터 씨를… 수어사이드마스터 여사를 구하기 위해서 저를 끌어올렸다는 거죠?"

"네. 당신을 그렇게 나쁘지 않은 녀석이라고는, 사실은 생각하고 있지 않습니다."

정직도 미덕인 모양이다.

요전에 가까워진 미소년 탐정단 멤버에게 소개해 주고 싶을 정도였다.

"만약 제가 당신의 친구였다면, 지옥에는 다른 기회에 장기체류하는 편이 좋다고 권할 거라 생각합니다."

나라를 멸망시킨 공주님에게 그런 바캉스를 추천받게 되면 나도 스스로의 삶을 재평가하지 않을 수 없지만, 그런 일이라면 조력은 감사히 받고 싶다.

빌릴 수 있는 것이라면 고양이 손이라도 빌리고 싶은 참이지만(아라라기 스타일로 말하자면, '고양이 손만은 빌리고 싶은 참'이지만), 공주님 쪽에서 그 손을 내민다면 머리를 조아리지는 않더라도 무릎을 꿇고 키스를 하지 않을 수 없다.

"이 풍경은 아세로라 공주의 고향을 본뜬 것이라고 하셨는데요. 저기, 천국에도 피의 연못 지옥이라는 게 있나요? 그쪽이 가깝고, 조달하기 쉽다든가…."

"천국에 피의 연못 지옥은 없답니다. 이 세계에서, 저나 아라라기 님이 머무를 곳만큼이나 없습니다."

고약한 소릴 들었네.

하지만 뭐, 그것도 그런가…. 그렇다면 피의 연못 천국이 되어 버릴 테니 말이야. 피의 연못 천국은 주지육림 같은 배덕의 이미지를 금할 수 없다.

천국답지 않다.

그렇다면 그런 어떤 종류의, 효과는 같아도 가격이 싼 제네릭 의약품을 권하는 것처럼 불러들여서는, 나를 머무를 곳 없는 천국으로 초빙하려고 했던 것이 아니라고 한다면….

"혹시, 저희들이 하고 있는 행동이 완전히 빗나간 행동이라는 충고인가요? 피의 연못 지옥에서 한 컵 가득 약을 떠 왔다고 해도, 그것은 수어사이드마스터 여사를 회복시킬 특효약이 되지 못한다고?"

생각해 보면 『가정의학』에 적혀 있을 법한 치료법은 아니다…. 신이자 지옥의 경험자이기도 한 하치쿠지 마요이의 발안이다.

말하자면 민간전승이 생각한 민간전승 같은 것이고, 좀 더 말하자면 나는 기우제를 위해 지옥에 떨어지려고 했던 것 같은 상황인지도 모른다.

의미 없는 산제물이라든가, 제비뽑기로 뽑힌 희생물 같은….

"아뇨아뇨, 그렇지 않습니다. 그런 몰골의 수어사이드마스터에 대한 치료법으로서는… 그렇죠, 고난이도 퀘스트입니다."

공주가 나 같은 젊은이의 어휘에 맞춰 주었다…. 공교롭게도 상당한 오차는 있었지만 그 배려만큼은 기쁘다.

"이렇게 말해도 된다면, 사람들의 업이 끓여 낸 수프라고도 할 수 있는 피의 연못 지옥은, 수어사이드마스터뿐만 아니라 모든 흡혈귀에게 건강식품이 되겠지요… 그렇지만."

그분은 그것을 입에 대지 않겠지요.

받아들이는 일은 없겠지요.

아세로라 공주는 그렇게 단언했다.

"그분은 미식가이니까요. 남 못지않은 일류 식도락가로서 마음에 들지 않는 메뉴는 섭취하지 않습니다. 먹지 않습니다."

그런 말을 듣고, 나는 시노부에게 들었던 수어사이드마스터의 개성을 떠올렸다.

자신이 죽인 생명밖에 먹지 않는다.

그런 스토익한 흡혈귀였다고.

"말하자면, 피의 연못 지옥은 온갖 베리에이션의 사람들의 피가 담긴, 마음대로 골라먹는 뷔페입니다. 아라라기 님은 뷔페를 좋아하시나요?"

"네. 뭐, 좋아하죠."

내가 아는 뷔페는 연인에게 끌려가는 디저트 뷔페가 대부분이지만, 화려한 파티 같은 분위기에는 흥이 절로 난다.

어쩌면 피의 연못 지옥에는, 그런 플라시보 효과도 기대할 수 있는 것이 아닐까 했지만,

"데스토피아 비르투오소 수어사이드마스터는, 일품요리를 좋아한답니다."

라고 공주님은 비유를 들기 시작했다.

"새로운 신의 아이디어는 과연 유연한 발상이라, 그 자체는 신선하다고 평가할 수 있습니다. 하지만 세상에는 합리적인 치료를 거부하는 환자도 있습니다. 치료는커녕, 의사와 만나는 일 자체를 거절하는 분도."

'자연스럽게 죽고 싶다'라는 건가.

운명에 거스르면서까지 오래 살고 싶지는 않다. 뭐, 깊이 들어가면 안락사나 존엄사의 문제가 되기도 할 테니 나 같은 풋내

기가 가볍게 참견할 수는 없겠지만, 그런 사고방식도 분명 존재한다.

"풋내기라니요. 그렇게 포기하지 마시고 계속 생각해 주세요. 이미 선거권도 가지고 계시죠?"

어째서 일본의 정치형태에 해박한 거지.

이번 일도 포함해서, 우리들의 동향은 천국에까지 그대로 누설되고 있는 건가? 그렇다면 이번 사건의 이면도, 프린세스는 파악하고 있다는 이야기일까. 나는 은근슬쩍 떠보았다.

"그런 미식가, 가 아니라 편식가인 수어사이드마스터 여사이니, 흡혈귀로서 습격할 대상도 편향되어 버리는 건가요?"

이를테면 여자 고등학생이라든가. 특정 고등학교의 여자 농구부원이라든가.

"제 속을 떠보려 하지 말아 주세요. 이렇게 당신과 접점을 가지는 것 자체가, 본래 그리 칭찬받을 만한 일이 아니랍니다."

으으. 정면에서 대놓고 그런 말을 들으니 추궁하기가 어렵네.

그렇다기보다, 떠보려 했던 것을 들켜서 부끄럽다.

"저는 어쩔 수 없이 수어사이드마스터의 편을 들게 되어 버리니까요. 말하자면 가족의 증언 같은 것이랍니다. 저의 말은 도움이 되지 않을 거라 생각해 주세요."

"……"

"다만, 모든 것을 알고 있는 것은 아닙니다…. 제가 아라라기 님에게 할 수 있는 어드바이스는, 수어사이드마스터에게 있어 감로가 되는 특효약이 있다고 한다면, 그것은 베리에이션이 풍부한 혈액 드링크바가 아니라, 선별을 거친 누군가 한 사람에게서 추출된 혈액이라는 것입니다."

예를 들면.

예를 들면 저의 혈액 같은.

그렇게 말하고 '아름다운 공주'는, 전라의 공주님은 유일하게 그 몸에 걸치고 있던 귀신 가면에 손을 뻗었다.

……? 가면을 벗으려고 하는 건가?

이 상황에 와서, 왜?

"눈을 감아 주세요."

그런 재촉을 듣고, 나는 새삼스럽게(본래 성인 여성이 전라로 나타났을 때에 우선 그렇게 해야 했던 것처럼) 두 눈을 감았다.

너무나 눈부셔서 그 존안을 직시하면, 흡혈귀 아닌 일반인의 눈도 멀어 버린다. 그만큼 '아름다운 공주'의 아름다움은 보는 것 자체가 위험하다.

그것은 처음부터 알고 있던 사실.

그렇기에 알몸을 보이는 것이 기본인, 전라가 드레스코드인 이 천국에서도, 그녀는 귀신 가면을 쓴 모습으로 내 앞에 나타났던 것이고. 그런데 어째서 이제 와서, 아무런 맥락도 없이 갑작스럽게 그 가면을 벗으려고 하는 걸까?

"그것은 물론."

그렇게 공주님은 입을 열었다.

시야가 가려져 있으므로 단정할 수는 없지만, 아마도 이미 가면을 벗은 모양인지 그 목소리는 아름다움이 더욱 증가해 있었다. 가면을 썼을 때 어쩔 수 없이 발생하는 목소리가 흐려지는 현상이 사라졌기 때문이다.

그리고 그 목소리는 아주 가까웠다.

어느새 이런 거리까지 다가왔을까, 호흡이 서로 닿을 듯한 거리에.

입술이 닿을 듯한 거리에서, 그 미성이 발해졌다.

"가면은 쓴 채로는, 입맞춤을 할 수 없으니까요."

"하?"

"눈을 감아 달라고 부탁드린 것은, 그런 의미랍니다."

아세로라 공주에게 그렇게 타이르는 듯한 말을 들어도 뜻을 알 수 없어서, 좀 말이 많아지더라도 그 진의를 물으려 했던 나였지만.

키스로 입막음을 당했다.

019

자신이 저지른 일은 언젠가 자신에게 되돌아온다.

이제 와서는 추억 속에서만 존재하는 학원 옛터의 폐건물에서, 오시노 시노부를 키스로 입막음한 적이 있는 내가, 시간이 흐른 뒤의 천국에서, 그녀의 전신인 아세로라 공주에게 키스로 입막음을 당하고 말았다는 인연은, 돌고 도는 자업자득 같은 것이었다.

정말 엉뚱한 화풀이다.

가면을 쓰고 있었던 만큼 데면데면한 상황 속에서 벌어진 일이었지만, 그래도 영광이라 생각해야 할지도 모른다…. 수많은 나라를 멸망시키고 다닌, 전설이라기보다 신화, 좀 더 말하자면 동화 속의 등장인물 같은 공주님도, 그 아름다운 입맞춤으로 국민을 죽인 적은 없었을 것이다.

손등에 하는 그것이 아닌, 입술과 입술의 키스.

다만, 천국에서 벌어진 일이다.

어쩌면 내 망상 속에서 벌어진 일일 가능성도 있지만(그렇다면 흡혈귀 체질이 들킬지도 모른다는 잠꼬대 같은 소리 하지 말고, 한시라도 빨리 병원에 달려가는 편이 좋을 것이다. 귀신 가면에 전라인 공주님을 망상했다면, 내 정신은 상당히 심각한 상태다), 지옥에서 그랬던 것처럼, 천국에서는 죽는 것도 사는 것도, 죽이는 것도 없다.

있다고 한다면.

되살린다…이다.

"……."

정신이 들었을 때, 나는 키타시라헤비 신사의 본전 안에 있었다. 조금 전까지 보고 있던 풍경과는 일변한, 새까만 실내였다. 중세의 대자연이 아니라, 아무리 봐도 현재의 일본 건축물이다.

익숙한 광경.

하지만, 주위의 환경이 익숙하지 않았다.

아무래도 지옥순례가 아닌 천국순례에서 조기귀환한 듯한 나를 맞이한 것은, 파트너인 귀신·오시노 시노부와, 친구인 신·하치쿠지 마요이의 눈물이었다.

"너, 너냐! 내, 내 주인님아! 내 주인님아! 되살아났느냐!"

"아, 아랏… 아라랏… 아라라기 쒸이…!"

울부짖는 유녀와 소녀가 안겨 들었다.

뭐지, 이 상황은. 하치쿠지가 평범하게 내 이름을 말하다 혀가 꼬이다니….

"코요밍이 소생할 기미가 전혀 보이지 않아서, 실패하고 파트너 혹은 친구를 죽여 버린 것이 아닌가 하고, 이 아이들은 계속 자책하고 있었어, 지금 이때까지."

그렇게.

엉엉 우는 두 사람 너머에, 어이없다는 듯이 서 있는 어떤 인물의 형체가 있었다. 그 누군가는, 뽑아 든 커다란 칼…이 아닌 작은 칼을, 무뚝뚝하게도 무작하게도 가볍게 어깨에 얹고 있었다.

가엔 이즈코 씨였다.

나를 코요밍이라고 부르는 사람은 이 사람뿐이다. 예전에 요도 '코코로와타리'와 짝을 이루는 요도 '유메와타리'로 나를 되살려 주었던 사람도.

"실제로, 실패했었지만 말이야. 봉인되었던 입장인 시노부짱이라면 자신과 코요밍 사이에 있는 페어링이 끊어지지 않았으니까, 어중간한 임사체험을 시키게 되었던 거야."

요컨대 나를 산산조각 내는 것까지는 좋았지만, 그 뒤에 내가 지옥에서 되돌아올 기미가 전혀 없어서, 시노부와 하치쿠지는 황급히 가엔 씨에게 도움을 요청했다는 건가?

"엄밀히 말하면, 이 아이들이 도움을 청한 상대는 요츠기였지만. 그 녀석으로부터 나에게 연락이 왔어. 한가하고 한가하고 한가하고 한가하고 한가하고 한가하고 한가하고 한가해서 어쩔 도리가 없었던, 한가한 나에게 연락이 왔어."

가엔 씨, 설마 화나신 건가요?

아니, 그야 당연히 화가 나려나. 체면 불고하고 도움을 청하기 위해서는, 시노부도 하치쿠지도 가지고 있던 모든 정보를 오노노키, 더 나아가서는 가엔 씨에게 모조리 털어놓았을 것이다.

적어도 이 신사의 본전에 유녀의 미라가 즉, 데스토피아 비르투오소 수어사이드마스터가 숨겨져 있다는 일은 가엔 씨에게 전해졌다.

가엔 씨가 오늘 밤, 밤새 포획하려고 했던 태고의 흡혈귀가⋯. 말이 나온 김에 덧붙이자면, 나는 가엔 씨에게서 부탁받았던 임무를 전혀 완수하지 못한 채로, 제멋대로 지옥에 떨어지려 했던 것이니 뭐라 할 말도 없다.

대학을 졸업할 때까지는 더 이상 관계하지 않겠다는 그 약속은 이미 무효겠지⋯. 아니, 오히려 평생에 걸쳐 절교를 당하더라도 어쩔 수 없을 정도의 배신행위다.

화를 내는 것이 당연하다.

"화를 내는 게 아니라, 나는 상처를 입은 거야. 좀 더 신뢰해 주고 있을 거라 생각했어."

가엔 씨는 그렇게 말하고, 여전히 훌쩍이고 있는 시노부에게 요도 '유메와타리'를 반납했다. 괴이를 죽이는 칼과 한 쌍을 이루는, 소생의 칼.

당연히 시노부나 하치쿠지도 그 작은 일본도로 나를 소생시킬 생각이었겠지만, 지옥으로 보냈을 때와는 달리 그 일이 순조롭게 이루어지지 않았던 것이다. 그것도 그럴 만하다.

애초에 나는 지옥에 떨어지지 않았으니까.

제삼자의 간섭이 들어와서, 지옥이 아니라 천국으로 대폭적인 노선 변경이 이루어졌다. 하치쿠지의 계획은 그 시점에서 파탄 나 있었다.

그래도 이렇게 되살아났다는 것은, 가엔 씨는, 무엇이든 알고 있는 누나는, 내가 어떤 체험을 하고 왔는지 파악하고 있다는 걸까. 소녀와 유녀에게 동녀를 통한 조력을 요청받고, 세밀한 계획에 근거한 철야작업을 긴급히 중단했을 가엔 씨의 심중은 추측하기 어렵다.

입안한 작전을 내팽개치다니, 지휘관으로서의 체면도 엉망이 될 것이다.

상처 입었다는 말을 듣게 되면 역시나 괴롭다. 그렇다. 학교가 거의 전부였던 고등학교 시절이라면 모를까, 대학교 1학년이 되어 조금이나마 세상을 보는 눈을 넓히고 보면, 어린아이뿐만 아니라 어른도 상처 입는다는 사실을 알게 된다.

무엇이든 알고 있는 누나라 해도 슈퍼맨은 아니니까. 어른을 상처 입히고, 소녀를 슬프게 만들고, 유녀를 울려 버리게 되면,

죄책감에 이번에야말로 지옥에 떨어지고 싶을 정도다.

대체 어떤 심정으로 나의 토막 시체를 봤을까를 생각하면, 천국에서 귀신 가면을 쓴 알몸 미녀와 대화를 나누고 있었다는 것따윈, 이 두 사람에게는 절대 말할 수 없다.

낙차와 온도차가 장난 아니다.

천국과 지옥 정도의 낙차.

피의 연못과 입술 정도의 온도차다.

"왜 그래? 코요밍. 이 누나는 사죄의 말을 기다리고 있는데말이야? 용서할 준비는 되었으니까, 이럴 때는 얼른 화해하고깔끔히 정리하자고."

속으로 어떻게 생각하고 있을지는 둘째 치고, 그 부분은 어른답게, 혹은 누나답게 넓은 도량을 보여 주었지만, 하지만.

하지만 나는 사죄의 말을 입 밖에 낼 수는 없었고, 시노부나하치쿠지에게 자상한 말을 걸어 줄 수도 없었다. 아니, 당연히나중에 하겠지만, 그러기 전에 최우선으로 해야만 하는 일이 있었다.

해야만 하는 일.

그 일을 하지 않고서는, 나는 아무것도 말할 수 없다.

나는 눕혀져 있던 몸을 일으키고, 새로운 신과 옛 귀신 사이를헤치듯이, 전문가들의 관리자에게 등을 돌리듯이, 이 신사 본전에 숨겨져 있던, 화제의 중심이자 문제의 중심인 미라에게 다가갔다.

알몸 유녀의 미라.

미식가 흡혈귀.

데스토피아 비르투오소 수어사이드마스터의 미라. 나는 그 머리를, 부서지지 않도록 살며시 붙잡고, 하지만 달려간 기세 그대로 입을 맞추었다.

미라에게 입맞춤.

대학 편은 하여간 어덜트하구만.

020

입을 맞춘 것이 아니라, 정확히 말하면 입으로 옮긴 것이다.

나는 천국에서, 거의 갑작스럽게, 아무런 예고 없이 아세로라 공주에게 키스를 당했을 때, 대체 무슨 일인가 하고 생각했다. 나는 자신의 매력을 깨닫지 못했을 뿐, 나에게는 공주님을 매료할 만한 엘레강스가 몸에 배어 있었던 건가, 하는 생각까지 들었지만 그런 것이 아니었다.

지옥에 떨어지려 하고 있던 나를, 억지로 불러들인 나를, 되살리기 위한 단계, 테제these로서의 베제*였다는 점은 확실하겠지만(요도 '유메와타리'로 되살아났다는 것은 어디까지나 현실 세계 측에서의 해석이며, 저쪽에서의 해석도 필요해지는 것은 지옥에서 테오리 타다츠루가 그렇게 했던 것과 마찬가지일 것이

※베제(baiser) : 입맞춤하다는 뜻의 프랑스어.

다), 하지만 그 외에도 의미는 있었다.

어찌 이럴 수가. 공주님은 나에게 입으로 옮겨 주기를 부탁한 것이었다. **특효약**을.

피의 연못의 수프를 대신할 약을.

다시 말하자면… 음식을.

미식을 제일로 여기는 흡혈귀가, 그것을 위해서라면 치료조차 거부할 흡혈귀가, 그러나 틀림없이 입에 댈 음식.

그것은 이를테면.

아세로라 공주의 혈액이 대표적일 것이다.

어쨌든 이미 한 번 먹었으니까. 다만 천국에는 피의 연못 지옥이 없는 것과 마찬가지로(혹은 내가 자리할 곳이 없는 것과 마찬가지로), 천국에서의 유혈사태도 있어서는 안 된다.

그러므로 혈액 대신 제네릭 의약품으로, '아름다운 공주'가 나에게 부탁한 '하사품'은 타액이었다.

혈액이 아닌 타액.

하지만 혈액과 마찬가지로 거기에는 개성이 담겨 있는데, 실제로 나는 과거에 하네카와 츠바사나 오이쿠라 소다치에게, 흡혈귀의 회복력에 기초한 타액에 의한 치료법을 시술했던 적이 있다.

다만 입으로 옮기기 쉬운 약이라고도 할 수 있다…. 그런 이유로 나는, 소녀가 찰싹 달라붙어도, 유녀가 눈물을 흘리며 호소해도, 어른에게 혼나더라도, 우선 입 안에 가득 머금게 된 타액을 뱉지 않으면, 위로하는 것조차, 사죄하는 것조차 불가능했던 것이다.

입에서 입으로.

아세로라 공주와 수어사이드마스터의 간접 키스를 중개하고 있는 것 같아서 어쩐지 복잡한 기분이 들었지만, 어쨌든 나는 스트라이크 존을 벗어난 미라에게 키스를 했다.

정말이지, 이렇게 손해 보는 익살꾼 역할, 구급조치를 하기 위한 게 아니었다면 절대 사양이다.

"너, 너 말이다⋯. 끝내 그 정도로까지 눈에 뵈는 것이 없어진 게냐⋯."

되살아나자마자 실행된 나의 행위를 숭고한 의료조치라고 이해하지 못했는지, 쇼크에 울음을 멈춘 듯한 시노부가 경악했지만, 나는 입 안에 계속 머금고 있던 타액을 한 방울도 남김없이 내보내는 것에 전념했다.

볼주머니에 도토리를 채워 넣은 다람쥐의 기분을 맛보았다⋯. 뭐, 정말로 맛본 것은 공주님의 타액이었지만.

나에게도 희미하게나마 흡혈귀 성분은 남아 있었으므로, 그것을 삼키지 않도록 하는 것에는 상당한 정신력이 요구되었다.

스스로의 자제심을 칭찬하고 싶다.

시식 역할을 맡게 되었던 내가 말하자면(그래서 되살아날 수 있었던 걸까), 취향이 몹시 까다로운 미식가 흡혈귀라 해도, 이거라면 만족시킬 것이 확실한 수프였다⋯. 뭐, 결과적으로 내 타액도 조금 섞여 버렸을지도 모르지만 그건 그거고, 나는 '아름다운 공주'의 이후 모습인 키스샷 아세로라오리온 하트언더블레이드의 권속이었던 남자이다.

맛을 강조하기 위해 추가한 스파이스라고 생각해 준다면.

이리하여, 나에게 입으로 옮긴 약을 투여받은 미라는, 입안에 넣어진 그것을 토해 내려고 하지는 않았다.

문자 그대로 '입에 넣었다'.

그리고,

"오오오, 어쩐지 그거 같네요, 말린 미역을 물에 불릴 때의 그거…."

라는, 아직 울먹이는 목소리인 하치쿠지 마요이의 코멘트는, 과연 표현력에 정평이 나 있는 그녀답게 아주 정확했다.

미라가 점차, **복원**되었다.

바짝 말라 있던 **뼈**와 피부가, 싱그럽고 윤기 나는 피부와 살로 돌아간다. CG를 과도하게 사용한 트리트먼트 광고처럼, 그 머리카락도, 탄력과 윤기가 넘치는 그것으로.

금발금안의 키스샷 아세로라오리온 하트언더블레이드를 낳은 부모이자 이름을 붙인 부모이기 때문은 아니겠지만, 눈앞이 아찔해질 정도의 금발이었다.

"이거 훌륭한걸. 하지만 여고생들의 미라에게 같은 방법은 쓸 수 없겠네. 요컨대 이 '원상복구'야말로 **흡혈귀화**니까."

가엔 씨가 전문가다운 비평을 했다. 그것도 역시 정확했다. 확실히, 같은 치료를 사건의 피해자에게 실시한다면 흡혈귀화에 실패하여 미라가 된 그 아이들을, 말하자면 '성공 사례'로 완성시키게 되고 만다.

그래서는 본말전도다.

"수어사이드마스터. 였던 것인가. 역시."

초超회복을 이루어 가는 미라를 바라보며 시노부가 중얼거렸다. 우선 나의 치료행위에서 받은 쇼크는 잠시 제쳐 두기로 한 모양이었다. 그대로 잊어 준다면 좋겠다, 옛 자신의 모습처럼.

보자마자 그 이름을 불렀다고는 해도 역시 그 미라 상태에서 100퍼센트 단언할 수는 없었던 모양이라, 수선되어 가는 모습을 보고서야 그것이 과거의 흡혈주였다고 간신히 확신을 가질 수 있었던 듯했다.

"영락해 버린 모습이라는 점에 변함은 없지만."

……? 무슨 의미일까?

겉으로 보는 한, 별다른 문제없이 알몸 유녀의 미라가 알몸 유녀로 '원상복구'를 마친 듯 보이는데, 흡혈귀라는 건 모두 그런 것일까. 미라였던 조금 전의 모습이 거짓말이었던 것처럼 사랑스러운 유녀다. 알몸의 유녀다.

역시나 눈 둘 곳이 없어서, 나는 상의를 벗어 그녀 위에 덮었다.

여기는 낙원이 아니다. 신성한 신사 경내다.

"여섯 살…정도인가? 겉모습은. 어린아이 흡혈귀도 있구나."

차일드 시트에 딱 맞을 듯한 사이즈다.

뭐, 시노부의 이야기에서 유추하기로는, 이 흡혈귀는 현재까지 거의 1000년 가까이 살고 있다는 이야기가 되므로, 겉으로 보이는 그대로의 나이일 리 없다.

인간의 나이와 개의 나이를 다르게 세는 것처럼, 흡혈귀의 나이와 인간의 나이도 달리 봐야 할 것이다. 하지만, 흡혈귀는 성장이 빠르다는 이미지인데.

겉모습 그대로가 아니라고 하면, 뱀파이어 하프 흡혈귀 사냥꾼인 에피소드는 중고생 정도의 나이처럼 보이지만, 그야말로 약관 여섯 살이었다고 한다.

"애늙은이 같은 느낌일까요."

이것 역시, 겉모습 그대로의 나이가 아닌 하치쿠지의 이번 표현에는, "아니."라며 시노부가 엄하게 고개를 저었다.

평가도 엄했지만 표정도 엄했다.

"이 유녀 모습은, 내가 만났을 때의 수어사이드마스터가 아니라는 얘기다. 흥. 유녀 모습은 서로 마찬가지로군."

"……? 그건, 무슨….."

시노부가 그 이상 말하려 하지 않아서, 본인에게 물을 수밖에 없는 장면이었지만, 그러기 위해 부활시킨 것이다. 그러나 육체는 윤기를 되찾았어도, 지금으로서는 눈을 뜰 기색이 없었다.

치료 실패인가?

"수분이 모세혈관에, 그중에서도 뇌 구석구석까지 흘러 들어가기까지는 조금 시간이 걸려. 이 상태라면 만 하루까지는 걸리지 않겠지만. 흠… 코요밍 쪽의 사정은 대충 파악했어."

가엔 씨가 말했다. 언제나처럼 무서운 파악력이다. 그런 누나도 내가 천국에서 귀신 가면을 쓴 알몸 미녀와, 영광스럽게도 뜻밖의 키스를 하고 왔다는 것까지는 파악하지 못했을 거라 생각하지만, 방심은 할 수 없다.

만 하루까지는 걸리지 않는다.

즉 , 내일 밤 정도까지… 라는 이야기일까.

"그러면, 그 흡혈귀. 내가 수색하고 있던 유력 용의자인 데스토피아 비르투오소 수어사이드마스터가 각성하기 전에, 내 쪽의 사정도 파악해 주실까. 이제는 돌이킬 수 없으니까."

"어… 잠깐만요. 그렇다는 건, 저는 아직 모가지를 당한 게 아닌가요?"

"코요밍이 생각하는 것 이상으로, 나는 너를 신뢰하고 있거든. 한두 번 배신당한 정도로, 그 신뢰는 흔들리지 않아."

칭찬하는 듯한 빈정거림을 듣고 말았다.

달게 받아들일 수밖에 없겠지… 그 빈정거림을, 그리고 무겁게도 느껴지는 신뢰 또한.

"잠깐 기다려라. 용의자라는 건 무슨 소리지? 나의 옛 동반자가."

시노부는 또다시 놀란 듯했다. 야단났네, 이번 일에서 배제하고 있던 것을 들켜 버리겠다.

그렇다기보다, 가엔 씨는 그 부분을 아직 설명하지 않았구나. 그럴 계제가 아니었다고는 해도, 그렇다면 어떻게든 미라 상태, 요컨대 위독한 상태에서 막 벗어난 옛 친구(옛 동반자?)가 괴이현상의 용의자라는 말을 들으면 마음이 편할 리 없을 것이다.

"홋."

하치쿠지가 마치 자신은 처음부터 모든 것을 이해하고 있었다는 것처럼 대범한 태도로 팔짱을 끼고서는 고개를 연신 끄덕였지만, 과연 어떨까, 수상하다.

이 녀석은 이 녀석 나름대로, 현재 신의 자리에서 실추될 위기에 있다. 지금 이 마을에서 가장 핀치에 몰려 있는 자는 의외로 하치쿠지인지도 모른다.

하치쿠지의 핀치는 곧 이 마을의 핀치이지만….

"하치쿠지짱에게 의지하지 않으려 했던 코요밍의 의지도, 시노부짱을 떼어 놓으려 했던 나의 계획도, 아무래도 포기할 수밖에 없어 보이네. 이제부터는 일치단결해서, 다 같이 사이좋게 담론풍발談論風發하자. 그래, 다 같이 말이야. 잠들어 있는 흡혈귀 수어사이드마스터짱도 포함해서."

수어사이드마스터도 포함해서?

생각지도 못한 예상 밖의 발언에 그 심중을 물어보려 하는 나를 부드럽게 제지하면서, 가엔 씨는 "우선, 보고부터."라고 입을 열었다.

"여기에 숨겨져 있었던 이상, 당연히 나는 마을 안 어디를 찾아봐도 탐색 대상인 용의자, 수어사이드마스터를 발견할 수는 없었지만…. 요츠기에게 어프로치를 받을 때까지, 아무것도 발견하지 못했던 것은 아니야."

제4의 미라가 발견되었다.

여자 고등학생의 미라가.

그것이 성과가 아니라 실점이라는 점을 포함해서, 가엔 씨는 그렇게 고했다.

021

제4의 미라인 수어사이드마스터 여사의 미라를 포함해서 센다면 제5의 미라가 되는 것일까. 아니, 역시 여기서는 제4의 미라라고 세어야 할 것이다.

가엔 씨는 바라던 바가 아니었던 모양이지만, 냉정하게 말하자면 이것은 사건의 진전이라기보다는 수사의 진전임이 틀림없었다. 찾아냈건 찾아내지 못했건, 그 아이가 이미 미라화되었던 것에 변함은 없으니까.

다만, 발견된 상황으로 보아 범행시각을 오늘 밤중으로 좁힐 수 있다면, 수어사이드마스터에겐 알리바이가 성립되는 것일까?

이 신역에 숨겨져 있었다는 것은, 그녀가 이 신역에서 감시되고 있었던 것이나 마찬가지니까.

"제4의 피해자, 제4의 미라는 칸구 미사고짱. 말할 것도 없이 나오에츠 고등학교 여자 농구부원이면서 '행방불명'되었던 두 사람 중 한 명이야. 그러니까 늦게나마 조기발견으로 이어졌다는 의미에서는, 코요밍의 정보 수집은 헛수고가 아니었어."

그것도 어떤 의미에서는 예정조화라고도 말할 수 있다. 위로가 된다고는 말할 수 없다고 해도, 행방을 알 수 없었던 한 명의 행방을 알려졌다, 미라라는 형태로.

"어디에서 발견되었나요? 제3의 미라이며 제2의 피해자였던 쿠치모토가 발견되었던 판잣집보다 발견하기 어려운 장소였나요?"

만일 그렇지 않다면, 범행이 오늘 밤이었다고 추측할 수 있다. 전날 밤 시점까지는 아직 생존하고 있었고, 나아가서는 오늘 밤, 수어사이드마스터에게 알리바이가 있는 기간에 미라화되었다고 한다면.

어쨌든 미라는 흡혈귀화에 실패한 미라이므로 사망 추정시각 같은 건 알아낼 수 없다. 살아 있는 것이 아닌 대신, 죽은 것도 아니니까.

다만, 그것을 아쉬워하는 것도 어쩐지 이상한 이야기지만, 제4의 미라인 칸구 미사고가 발견된 것은 '판잣집보다 발견하기 어려운 장소'였다.

"저수지 바닥이야. 물속 밑바닥에 추를 매달고 가라앉아 있었어. 발견되지 않은 피해자가 있을 개연성이 높다는 전제로 수색하지 않는 한, 발견되지 않을 장소지."

발견되지 않을 장소이며, 고약한 장소다.

악의가 느껴지기까지 한다.

그렇다기보다⋯. 그렇다면, 알리바이는 성립되지 않을지도 모르지만 '여자 고등학생을 습격해서 저수지 바닥에 가라앉힌다'라는 계획에는 흡혈귀답지 않은 사건성이 느껴진다.

방에 침입해서 자고 있는 것을 덮친다든가 서명을 남긴다든가, 그런 것이라면 아직 괴이다움이 풍부하게 발휘되고 있다고 하지 못할 것도 없었지만… 저수지 바닥?

그런 건, 인간을 피의 연못 지옥에 던져 넣는 짓 같은 거잖아.

그것도 산 채로.

시노부나 '아름다운 공주'가 이야기했던 수어사이드마스터의 인상에서는 크게 벗어난, 음험하며 왜소한, 그리고 상당히 일반적인 **인간성**이 느껴진다.

아니면, 이것은 감화되어 있을 뿐인가?

나 같은 천하의 대역죄인을 천국으로 불러내면서까지 수어사이드마스터를 부활시키려 했던 아세로라 공주에게 영향을 받아, 결사이자 필사이자 만사의 흡혈귀가 범인이 아니라는 가설을 짜내려 하고 있을 뿐인가?

"물론, 물속에 잠겨 있었다고 해서 '원상복구'가 되지는 않았지만."

가엔 씨는 그렇게 말하고 수어사이드마스터가 잠들어 있는 방향을 흘끗 보았다. 부활한 그 알몸에는, 지금은 내 상의가 아니라 하치쿠지가 옷장에서 가져온 하얀 소복이 입혀져 있었는데, 어쩐지 그건 그것 나름대로 시체라는 느낌을 증가시키고 있었다.

뭐, 눈을 떴을 때 갑자기 날뛰거나 하지 않도록 하는 가엔 씨 나름의 간소한 봉인인지도 모른다…. 그렇다고 하면 '옛 동반자'가 간소하다고는 해도 봉인되어 있는 것을, 시노부가 특별히 아무 말도 하지 않고 넘기고 있는 것이 이상하지만.

"…이렇게 되면, 또 한 명의 행방불명된 부원도 어딘가에서 비밀리에 미라화되어 있다고 생각해야 할까요."

"적어도 낙관할 수 있는 요소는 없어 보이네. 다섯 명째에서 끝나리라고 단정할 수도 없고."

다섯 명째 키세키 소와.

지금, 전력을 다해 수색하고 있는 중이겠지만….

"저였다면 땅에 묻겠어요. 훨씬 찾기 어렵겠죠."

아무렇지도 않게 하치쿠지가 소름 끼치는 추리를 선보였다. 아무리 소름 끼친다고 해도, 생각해야만 하는 가능성이다.

"네. 높은 가능성이라고 생각해요. 이렇게 말하는 것도 제가 수어사이드마스터 씨를 보호했을 때의 상황이 거의 그런 느낌이었거든요."

"…땅에 묻혀 있었나? 수어사이드마스터가?"

시노부가 미심쩍다는 듯이 묻자, "땅에, 라기보다는 산에, 지만요."라고 하치쿠지는 대답했다.

"이 산에, 그랬죠. 묻혀 있었다는 것은 일면적인 견해고, 스스로 파고 들어갔을지도 몰라요. 미라라는 것은 그런 부분도 있으니까요."

흐음… 뭐, 스스로 땅에 묻혀서 미라화 하는 듯한 의식은, 옛날부터 각지에서 발견되는 것이기는 하지만.

"그런 이론으로는 납득이 되지 않는군. 애초에 흡혈귀가 증거 인멸을 위해 시체를 숨기려 한다면, 자기 배 속 이상으로 좋은 곳은 없을 터인데."

시노부치고는 냉정한 의견이었다.

진짜로 시노부치고는.

아니, 다소 언짢아 보이기는 하지만 그건 이때까지 사건에서 제외되어 있었다는 것에 대해 기분이 상했고, 딱히 수어사이드마스터를 감싸려 하는 것으로도 보이지 않는다.

시노부가 이번에 사건에서 제외된 이유는, 멘탈이 불안정한 옛 괴이의 왕이 자신을 낳아 준 부모이자 이름을 붙여 준 부모의 일본 방문을 알았을 때, 어떻게 행동할지 예측할 수 없으니까, 라는 점이 있었을 테지만, 이렇게 보니 특별히 그런 불안이 적중한 눈치는 아니다.

최악의 가능성. 수어사이드마스터 편에 서서, 가엔 씨 쪽의 전문가들과 다시 격렬히 대립한다는 전개가 될 법한 기색은, 지금으로서는 전무하다…. 어째서?

알고 있기 때문인가?

감쌀 필요 따윈 없다고. 그녀의 전신인 아세로라 공주와 마찬가지로, 수어사이드마스터의 무죄를 확신하고 있다?

"뭐, 하치쿠지짱과 수어사이드마스터의 관계에 대해서는 나중에 다시 듣기로 하고, 우선 코요밍에게 전해 두고 싶은 게 있어."

일의 순서를 중시하는 가엔 씨가, 물 흐르듯이 원래 하던 이야기로 돌아갔다. 나처럼 이야기의 정리가 안 되는 인간에게는 고마운 MC다.

뭐, 하치쿠지의 의견뿐만이 아니라, 시노부의 의견도 당연히 나중에 듣게는 되겠지만, 그런 이야기만으로 수어사이드마스터의 무죄를 입증할 수는 없다.

애초에 흡혈귀에게 흡혈은 죄가 아니라는 전제는 일단 제쳐 두다고 해도, 현재 행방을 알 수 없는 여자 고등학생이 피를 빨리다가 통째로 삼켜지지 않았으리라는 보증도 없으니까.

그런 것을 생각하면서,

"저에게 전하고 싶은 것?"

이라고 복창하듯이 되물었다. 그런 말을 들어도 전혀 짚이는 것이 없었기 때문인데, 가엔 씨가 보기에는 지극히 당연한 흐름이었던 모양인지,

"암호야."

라고 말했다.

"제4의 미라, 칸구 미사고쨩이 발견되었던 현장에는, 제3의 미라였던 쿠치모토 쿄미쨩 때와 마찬가지로 암호가 남겨져 있었어. 그것이 코요밍이 명명했던 리빙 메시지인지, 아니면 흡혈귀의 사인인지는 확실하지 않지만 말이야."

022

과연, 내가 모가지를 당하지 않은 이유를 알았다. 정서적인 이유로 이야기된 '신뢰'라는 단어에 거짓은 없었겠지만, 실질적인 이유로, 나는 암호 해독반으로서 수사진에 잔류하는 것을 허가받은 것이다.

고마워, 메니코! 우정 만세!

친구를 만들었더니 인간의 강도가 올랐다고!

…이런 손바닥 뒤집기와도 같은 방침 전환이 있어도 되는지 어떤지야말로 확실치는 않지만, 어쨌든 칸구 미사고가 남긴(혹은 흡혈귀가 남긴) 메시지(혹은 사인)는 다음과 같은 것이었다.

'820/280/610/160'.

수학과에게는 그야말로 안성맞춤.

아니, 나에게 그렇다는 이야기가 아니라 메니코에게 그렇다는 의미이지만, 이번에는 알파벳이 섞여 있지 않은 숫자뿐인 암호였다.

숫자가 네 개.

현재 발견된 여자 고등학생 미라의 수와 같은 것은, 뭔가 암호를 풀 열쇠가 되는 걸까?

이번에도 소수에 얽힌 건가? 아니, 짝수인 시점에서, 그리고 1의 자릿수가 0인 시점에서 소수는 절대 있을 수 없나….

"그렇다기보다, 사인이라고 생각한다면 수어사이드마스터는 소수가 무엇인지도 모를 거라 생각한다만."

나도 모르고 말이지, 라며 시노부가 옆에서 끼어들듯이 말했다. 그 성의 없는 태도는 마음에 들지 않았지만, 의논의 자리에조차 들어오려 하지 않았던 시시루이 세이시로 때와는 커다란 차이이다.

이것은 이것대로 방침 전환인가?

생각해 보면, 지금은 순수한 괴이라고는 할 수 없는 시노부에게는, 변화나 변심이 허락되고 있다. 그것으로 소멸되어 버리는 일은 없다.

인연이 있던 시시루이 세이시로와 요도 '코코로와타리'를 둘러싼 공방을 거치면서, 유녀에게도 뭔가 성장이 있었다고 보는 것은 그리 이상하지도 않을까. 내가 그렇게 생각한 것을 전문가인 가엔 씨가 어떻게 생각할지는 모르겠지만,

"응. 실은 나도 그렇게까지 수어사이드마스터를 의심하고 있지는 않았어. 저런 암호가 발견된 이상, 무시할 수 없는 유력 용의자였던 것은 확실하지만."

그렇게 찬성의 뜻을 보이는 말을 했다.

가엔 씨에게 있을 수 없는 전언철회는 아닌지, 애초에 가엔 씨는 수어사이드마스터가 용의자로 떠오른 것 자체를 나에게 감추고 있었다.

확신이 없었다고 말한다면, 정말로 그런 것이겠지.

"그럼, 다른 용의자로서는 어떤 흡혈귀를 상정하고 있었나요?"

범인이 흡혈귀라는 것은 틀림없다.

예전에 흡혈귀였고 지금은 그 찌꺼기라고 해도, 그런 의미에서는 시노부도 일단 용의자 후보다.

"구체적인 언급은 피하겠지만, 수어사이드마스터에게 죄를 덮어씌우려 하는 흡혈귀의 존재는 상정할 수 있지."

"죄를 덮어씌운다."

아니.

그러니까, 흡혈귀가 피를 빼는 것을 죄라고 볼지 어떨지는 또

다른 논의가 되어 버린다. 사자가 사람을 잡아먹는 것은 나쁜 일인가?

아세로라 공주와도 잠시 이야기를 나누었던 테마다.

"이름이 널리 알려진 수어사이드마스터를 가상범으로 날조하면, 자신은 안전하게 흡혈행위를 할 수 있다. 그렇게 생각한 흡혈귀가 있다면."

그것을 목적으로 수어사이드마스터 본인을 미라로 만들었다?

그렇다면 'B777Q'가 서명이었다고 할 경우, 그 서명은 가짜 서명이었다는 건가? 그렇다면 수어사이드마스터가 소수가 무엇인지 모른다고 해도 있을 수 있는 서명이다.

다른 사람이 남긴 가짜 서명이니까.

"리빙 메시지였다고 해도 그래. 만약 흡혈귀가 여자 고등학생에게 '나야말로 결사이자 필사이자 만사의 흡혈귀, 데스토피아 비르투오소 수어사이드마스터로다'라고 이름을 말해 주었다면, 그것을 의심 없이 받아들인 피해자가 그 이름을 남겼을 공산이 크겠지?"

"으~음⋯."

확실히, 암호를 푸는 일에 만족하지 말고 거기까지 머리를 굴렸어야 했다⋯. 애초에, 나는 자기 힘으로 암호를 푼 것도 아니다.

다만 그런 말을 듣게 되면 괜한 고생을 했다는 느낌이 드는 것도 부정할 수 없다. 나는 대체 무엇을 위해 시노부를 감시하고 있었던 건가, 하는 이야기가 된다.

"그 결과, 지옥에 떨어질 수 있었으니 다행이라고 볼 수는 있지만."

"어디를 다행이라고 봐야 하는 거냐."

시노부가 딴죽을 걸어왔다.

뭐, 보다 정확히 말하면 승천하게 되었던 것이지만, 그 이야기를 꺼내면 이야기가 점점 엇나간다. '아름다운 공주'와의 해후를, 시노부에게 어떻게 이야기해야 하는가도 어려운 문제다.

그러므로 현재, 나는 입 안에 피의 연못 지옥의 수프를 담고서, 두 번째 부활을 이루어 냈다는 설정이 되어 있다. 공주님의 타액이 아니라.

뭐, 천국이 됐든 지옥이 됐든, 시노부나 하치쿠지를 그렇게 슬프게 만들었다는 것을 생각하면, 역시 가볍게, 는 아니라 해도 안이하게 죽는 것은 사람으로서 용서받지 못할 일이었다.

오기에게도 신물 나게 지적받았던 점이다. 죽거나 되살아나거나 하는 일은, 역시 리스크가 있다. 리스크 이상이며, 리스크 이전의 일이다.

또다시 잘못된 길에 들어설 뻔했다.

자신에게 내리는 벌로써, 오이쿠라의 새 하숙집에 놀러 갈 것을 여기서 맹세한다.

"다만, 수어사이드마스터는 시노부짱과 달리 무해인증이 되지 않은 흡혈귀니까, 설령 이 사건에 대해 무죄였다고 해도 전문가의 퇴치 대상이기는 해. 뭐, 우리들은 온건파니까 그런 짓은 안 하겠지만. 이렇게 되면, 이번 일에 에피소드를 부르지 않기를 잘했네."

에피소드라고.

확실히, 시시루이 세이시로 때처럼 에피소드를 이 마을에 초빙했더라면 봄방학의 재현이 될지도 모르는 일이다. 그런 의미에서는 평소와 같은 가엔 씨의 선견지명이라고 말하지 못할 것도 없지만, 다만 잊어서는 안 되는 문제가 있다.

그 선견지명으로, 가엔 씨는 카게누이 씨를 불렀다.

온건이라는 단어가 고스로리보다도 어울리지 않는 그 폭력음양사를, 불사신의 괴이를 때려죽이는 것이 가능하다는, 업계 유일의 인간병기를.

"그 점에 대해서는 별로 생각하고 싶지 않네~"

가엔 씨가 손으로 뒤통수에 깍지를 끼면서 현실도피 같은 말을 했다.

"그렇지만 여차할 때에 그 녀석의 힘이, 그 녀석의 폭력이 필요한 것도 확실하니까. 지금이라도 타다츠루를 부를 수 있다면 상쇄할 수 있을지도 모르지만, 그 녀석은 독립독보獨立獨步니까 말이야."

어쨌든 간에 카게누이 씨가 도착하기 전까지 사태를 수습할 수 있다면 그보다 나은 일은 없다는 사정에 변화는 없는 듯했다.

그건 그렇다고 해도… 암호란 말이지.

남긴 사람이 피해자였다고 치고, 그렇다면 칸구 미사고 역시 엘러리 퀸의 애독자였을까? 뭐, 가능한 일인가. 같은 동아리 활동에 속한 사람들끼리 연대의식을 가지고 같은 추리작가를 애독하는 일도….

상당히 탐닉하지 않으면 꽤나 공을 들인 그런 다잉 메시지(리빙 메시지)를 남기겠다는 생각도 할 수 없겠지만. 풀어 나가면, 이번에도 'D/V/S' 혹은 '데스토피아 비르투오소 수어사이드마스터'를 의미하는 단어가 되는 걸까?

아니면 전혀 다른 답이 유도되는 걸까…. 이것만으로는 뭐라고 말할 수 없다. 나로서는. 하지만 메니코에게 다시 한번 부탁한다 해도, 조금 더 해독을 위한 재료가 있었으면 좋겠는걸.

"이 암호는 어떤 상황에서 발견되었나요? 칸구 미사고의 미라는 저수지 밑에 가라앉아 있었다고 하셨죠… 뭐라고 해야 하나, 고여 있는 물속에서 어떻게 암호를 남긴 건가요?"

저수지 바닥의 진흙에 손가락으로 썼다든가? 그런 거라면, 미라를 물속에서 건져 내는 작업 중에 엉망이 되어 버렸을 것 같은데….

물속에서도 쓸 수 있는 필기구라는 것도 존재하지만, 그것을 단어장처럼 여자 고등학생이 평소에 사용하고 있을 거라고는 생각되지 않는다.

"역시 코요밍, 멋진 추리야. 역시 여고생의 프로야."

"여고생의 프로가 아니에요. 저기, 뭐가 멋진 추리라는 건가요?"

"여고생이 평소에 사용하는 도구에 메시지를 남겼어…. 휴대전화야."

"휴대전화? 아니, 그런 물건이야말로 물속에서는….."

아닌가.

내가 사용하는 휴대전화는 그렇지 않지만, 종류에 따라서는 완전방수의 터프한 기종도 존재한다. 방수방진, 물속에 빠져도 문제없고, 수압에도 문제가 없다면, 물속에서도 육상과 마찬가지로 사용할 수 있는.

"화면에 표시되어 있던 번호야. 처음에는 저수지 바닥에서 도움을 청하기 위해 전화를 걸려고 하다가 발신 전에 힘이 다한 것일까 하고 생각했는데, 숫자가 너무 많고 국번에도 맞지 않아서 말이야. 그래서 이건 메시지가 아닐까 하고 해석했어. 암호가 아닐까 하고."

'820 / 280 / 610 / 160'.

하긴, 전화번호라기보다는 암호 같네.

하치쿠지가 휴대전화에서 연상했는지,

"가엔 씨 세대에는 삐삐… 무선호출기로 이런 암호를 친구에게 보내지 않으셨나요?"

라는 말을 했다.

쓸데없는 말을 했다.

나이 측정이 안 되는 가엔 씨를 상대로, 나도 그렇게 생각했지만 입을 다물고 있었는데.

"핫핫하. 내 세대에서도 무선호출기는 이미 쓰이지 않았어. 하치쿠지짱, 실수를 거듭해 왔던 네가 계속 신으로 있을 수 있을지 없을지는, 현재 내 마음에 달려 있다는 것을 부디 잊지 말도록 해."

"히익."

권력자가 권력을 휘두를 것 같은 눈치에 하치쿠지가 새파랗게 질렸다. 역경에 약하다.

이 부분이 하치쿠지가 치노짱*이 될 수 없는 이유다.

"자, 잠깐만요, 아라라기 씨. 그 표현으로는 제 쪽이 그 쓰레기보다 후발주자처럼 되어 버리는데요…."

"선배 행세를 하고 싶다면, 슬슬 후진의 행진에 길을 비켜 주라고. 언제까지 꼰대가 자리를 꿰차고 있을 거냐고."

"꼰대라뇨! 전 세계의 누구보다도 당신에게 만큼은 듣고 싶지 않아요, 아라라기 씨. 조금은 헛소리꾼이나 리스카짱의 깔끔한 모습을 본받아 주세요."

"리스카짱은 아직 다 끝나지 않았잖아."

"소문을 듣기로는 17년 뒤에 최종권이 나온다는 모양이에요."

그렇다면 아직 한참 남지 않았어?

어쨌든 선발이냐 후발이냐의 시시비비는 제쳐 두고, 하지만 뭐, 무선호출기의 암호 같다는 것도 사실이다. 그렇게 되면 수학이 나설 자리는 없어진다. 말 지어내기의 차례다.

메니코는 말 지어내기도 특기이니까 그것으로 고전할 일은 없겠지만, 문제가 있다고 하면 그 메니코야말로 나와 같은 세대이면서도 휴대전화나 스마트폰을 연락도구로 활용할 수 없는 녀

※치노짱 : 치노 노미(地濃鑿). 니시오 이신의 또 다른 소설 〈전설 시리즈〉의 등장인물.

석이라는 점이다.

만약 그 녀석에게 도움을 요청하려면, 내일 1교시까지 기다릴 수밖에 없다. 직접 만나는 것 외엔 방법이 없다고 해도, 오이쿠라의 하숙집과 달리 밤중에 밀고 들어갈 수도 없다.

좋은 친구로 있고 싶으므로, 남녀의 우정을 성립시키기 위해서도 남녀의 선은 제대로 그어 두고 싶다.

"알겠습니다, 가엔 씨. 저도 일단 할 수 있는 만큼은 도전해 보겠는데, 이런 것은 같은 사람이 해독하는 쪽이 통일성 있는 답이 나오리라고 생각하니, 내일 오전 중까지 해답을 기다려 주실 수 있을까요?"

마나세 대학의 1교시는 8시부터 시작하므로, 메니코는 그 5분 전에 교실의 자리에 앉을 것이다. 내가 강의를 땡땡이친다는 전제로 행동하면, 오전 중이랄 것도 없이 오전 9시까지는 진전이 있을 것이다.

"너의 새로운 학교 친구는 시계 같은 거야? 그렇지만 그런 쪽은 네게 맡길게. 나는 무엇이든 알고 있지만 암호에는 서툴거든. 괴이담에는 그거 비슷한 것들도 종종 등장하지만, 그런 건 오시노 군 쪽이 특기였지. 다만, 암호를 남긴 것 자체보다 암호를 휴대전화에 남겼다는 것 쪽이 재료로서는 중요해."

지금까지의 피해자와는 달리 록이 풀려 있었으니까. 그렇게 말하며 가엔 씨는 조용히 미소를 보였다. 삐삐가 아닌 휴대전화 권위자의 실력발휘가 예상되는 스마일이었다.

"이것으로 피해자의 개인정보를 내가 휜히 들여다볼 수 있게 되었어. 코요밍을 돕기 위해 문자 그대로 허겁지겁 뛰어왔으니까 아직 분석은 시작하지 않았지만, 상당한 정보가 기대돼."

연신 압박을 넣어 오고 있다.

뭐랄까, 필요한 일이겠지만 제멋대로 휴대전화를 뒤지는 일은 합법적이라고도 윤리적이라고도 말할 수 없고, 이 이상 엿보고 싶지 않은 여자 농구부의 어둠을 엿보게 될 것 같아 솔직히 기뻐할 수가 없다.

"그러면, 내가 가진 소상한 정보 공개는 이것으로 끝이니까, 이제는 기다리던 하치쿠지짱의 이야기를 들어 볼까."

가엔 씨가 가지고 있는 정보가 이것으로 전부 소상히 밝혀진 것일 리 없겠지만, 그 부분은 흘려듣고, 나는 하치쿠지 쪽을 바라보았다.

암호도 신경 쓰이지만 그 이상으로 신경 쓰이는 부분이다. 이 마을신이, 대체 미라 유녀를 어떠한 경위로 보호한 걸까.

수어사이드마스터의 미라가 산에 묻혀 있었다는 것은 어떻게 된 일일까. 불려 온 직후에는 일단 긴급구명을 우선했지만 아직 모르는 일투성이다.

그것을 설명해 주지 않으면, 나도 천국에 갔던 보람이 없다.

"긴급사태라는 점도 있었지만요, 입막음을 당했으니 아라라기 씨 쪽에는 그 부분의 설명을 나중으로 돌리고 싶지만…. 하지만 그런 용의가 걸려 있다고 한다면, 그럴 수도 없겠네요."

묵비권을 포기하고 유포권을 활용하겠습니다.

한숨을 섞으며 새로운 신은 그렇게 말했다. 그런 권리가 어디 있어.

023

"그건 지금으로부터 일주일 전의 일이었어요. 제가 평소대로, 일과인 폭포 수행을 하고 있는데….

시작하자마자 거짓말하지 마, 라고요?

실례라고요, 아라라기 씨. 저는 거짓말과 트윈 테일하고는 엮인 적이 없어요.

트윈 테일이지만요.

확실히, 폭포 수행이 일과라는 건 거짓말이라고 해도, 일주일 전의 일이라는 말은 거짓이 아니에요.

실제로는 경내에서 멍하니 있었을 때였어요. 멍하니 있는 건 일과이고말고요.

마을을 보호하는 결계를 통과하는 괴이를, 저는 알아차렸어요. 설명은 필요 없을 거라고 알고 있습니다만, 잊어버리셨을지도 모를 흐리멍덩한 설정을 일단 말씀드리자면, 이 결계는 예전에 오시노 오기 씨가 오시노 메메 씨나 카게누이 요즈루 씨를 쫓아내기 위해 쳐 두었던 결계의 재활용이에요.

지금 생각하면, 결계를 치는 일이 특기인 두 분을 쫓아내는 결계를 사용하고 있었다는 건, 오시노 오기 씨다운 빈정거림이 느껴지지만요, 그것을 재활용, 그리고 평화롭게 이용할 수 있다는 것은 좋은 일이죠. 물론 제가 아니라 여기에 계신 위대한 전문가, 가엔 이즈코 님의 착상입니다만.

권력자에게 아양 떨지 말라고 하셔도요.

생명이 걸려 있으니까요, 제 경우에는 생명이 아니라 사명인가요. 어쨌든 결론부터 말씀드리자면 그때 찾아온 괴이가 다름 아닌, 결사이자 필사이자 만사의 흡혈귀, 데스토피아 비르투오소 수어사이드마스터 씨였던 거예요.

조금은 혀를 깨물라는 얼굴 하지 마세요. 실례했네요, 깨물지 않았어요, 라는 말이라도 할 거라고 생각하셨나요?

뭐, **여섯 살 아이의 겉모습**에 방심할 생각은 없었지만, 위협은 느껴지지 않았어요. 그도 그럴 것이, 수어사이드마스터 씨는 경내에 착지하실 때 일부러 저를 피해 주시는 듯한, 그런 배려를 보여 주었으니까요.

일부러 저를 피한 탓에 착지에 실패해서, 산산조각이 나 버렸지만요. 아하하하.

웃을 일이 아닌가요? 네. 실제로 그것으로 그분, 한 번은 죽어 버렸으니까요.

흡혈귀라서 금세 회복했지만요.

아무래도, 또 죽어 버린 것 같다…라는 말씀을 하셨어요, 입버릇일까요, 고정 레퍼토리 대사일까요?

허세도 겉멋도 아닌, 정말로 수도 없이 죽는 만사万死의 흡혈귀일지도 모르겠네요, 죽는 데 익숙하다는 눈치였어요. 흡혈귀의 불사신성인가요?

그래서, 부활한 그 사람은 저에게 방문한 목적을 말했어요. 어쩌면 저를 입국관리인 같은 것으로 오해했는지도 몰라요. 그 왜, 저는 그렇게 느껴지는 구석이 있잖아요?

어쨌든 점잖은 말씨로 찾아온 목적을 물었더니, '옛 친구인 키스샷 아세로라오리온 하트언더블레이드를 찾아왔다'라고 말씀하셨어요. 뭐, 말씀하실 것도 없이 그 훌륭한 금발을 보자마자, 예리한 저는 시노부 씨의 관계자이겠거니 하고 알아차렸지만요.

하지만 시시루이 세이시로 씨에 관한 일도 있었으니까요. 관계자라는 것만으로 우대할 수는 없어요. 가엔 님께서 말씀하신 대로, 흡혈귀는 그 자체로 위협이 되는 괴이니까요.

다만, 본래 달팽이의 미아였던 제가 괴이라는 이유만으로 그 사람의 입국을 거부하는 것도 우스운 이야기죠.

'옛 동반자'를 만나러 온 수어사이드마스터 씨를 문전박대할 구실도 딱히 없었고요.

거짓말을 하고 있는 것처럼 보이지는 않았어요.

무엇보다, 저는 길을 물어보면 알려 주지 않을 수 없어요. 그런 신이니까요. 미아를 인도하는 것이 제 역할이에요.

시노부 씨의 현재 상태는 굳이 언급하지 않고, 그 사람을 배웅했어요. 그래서 저는, 그 뒤에 감동의 재회를 했을 거라고 생각하고 있었지만요.

일주일 뒤, 그러니까 오늘.

벌써 어제일까요.

무참한 모습으로 이 산에 묻혀 있던, 미라화된 방문자를, 제가 발견했던 거예요.”

024

그리고, 황급히 오노노키에게 부탁해서 우리를 불러내는 흐름으로 이어진 듯하다.

어째서 거기서 오노노키가 나오는지는 수수께끼였지만, 아무래도 예전에 오노노키가 실수를 해서 핀치에 몰렸을 때에 구해 주었다는 빚이 있는 모양이다…. 오노노키의 실수라는 것을 나는 믿을 수 없었지만, 뭐, 그런 말을 들으면 가엔 씨 앞에서 깊이 따지고 들기 힘들다.

“과연 그렇구나. 태고의 흡혈귀는 일주일 전에 이미 이 마을에 왔다는 뜻인가. 결계를 돌파해서… 흠.”

가엔 씨는 하치쿠지의 이야기를 천천히 음미하듯이 그렇게 말했다.

“네. 자세한 것은 단단편 「마요이 웰컴」을 읽어 주세요. 단단편들 중에서도 입수가 곤란한 한 편이지만요, 단단편도 17년 쯤 뒤에는 책으로 엮여 나올 것이라고 생각되니, 기다려 주세요.”

“그렇게 기다릴 수 있겠냐.”

오늘내일 중에 해결하고 싶은 사건이라고.

그렇다기보다, 17년 뒤의 우리들이 그때도 이런 짓을 하고 있다면 그쪽이 문제다. 진지하게 진퇴를 생각할 필요가 있다.

"뭐, 상정했던 범위 내야. 도항의 목적도 포함해서 말이지."

그렇다.

시노부가 원인, 혹은 동기라는 의미에서는, 계급의 차이는 있다고 해도 수어사이드마스터와 시시루이 세이시로는 역시 같다고 말할 수 있다. 아니.

그렇게 말할 수도 없나.

시시루이 세이시로의 경우에는, 시노부를 만나러 온 이유에 요도 '코코로와타리'가 얽혀 있었다. 수어사이드마스터가 어째서 시노부를 만나러 왔는지는, 지금 들은 이야기만으로는 확실치 않다.

600년 동안 한 번도 만나지 않았는데, 어째서 지금… 어째서 이제 와서.

그 부분이 확실치 않은 상태에서는 결코 방심할 수 없다…. 아세로라 공주와의 대화를 떠올려 보는 한, 시시루이 세이시로 때처럼 일그러진 인연은 없어 보이기는 하지만….

다만, 시노부를 해칠 생각은 없더라도, 시노부를 다시 동료로 끌어들여 좋지 않은 일을 꾀하고 있을 가능성이 없다고는 말할 수 없다.

아마도 그 부분을 포함해서 '상정 범위 내'라고 말한 가엔 씨지만, 하지만 이렇게 말을 이어 나갔다.

"다만, **결계를 돌파해서**라는 부분은 신경 쓰이네. 아니, 하치쿠지짱 모르게 이 마을에 오는 일은 불가능하다고는 생각하지만, 하지만… 뭐랄까, 그렇게 정면으로 올 거라고는 생각하지 않았어."

흡혈귀니까 몸을 안개로 만들거나 그림자 속에 잠기거나, 방법은 얼마든지 있을 텐데 말이야, 라고 말하는 가엔 씨.

"확실히, 그런 대 점프로 산 정상에 착지하다니, 눈에 띄고 싶어 안달하는 자의 못된 장난, 더없이 멍청한 짓이지."

남의 일처럼 말하고 있네.

입을 확 막아 버릴까.

그래도 수어사이드마스터는 하치쿠지를 피할 만큼 현명하다고도 말할 수 있다(그 결과, 한 번 죽은 모양이라는 점을 어떻게 받아들일지는 제쳐 두기로 하고). 하치쿠지는 그 회피행위를 봐서 어느 정도의 신뢰를 두고 마을로의 입장을 허가한 모양이지만.

"하지만 시노부짱의 이야기를 들으면, 그런 화려하기 이를 데 없는 등장이야말로 수어사이드마스터의 수어사이드마스터다움일 테고, 나도 소문 수준으로는 그렇게 들었어. 다만 결계를 통과할 수 있었던 이유가 말이지…."

……? 그것은 요컨대 수어사이드마스터가, 강력한 흡혈귀였기 때문이 아닐까. 결계가 됐든 마계가 됐든, 힘으로 밀어붙여 돌파하는 것은 무리한 일이 아닐 것이다.

"뭐, 그렇지. 그 부분은 본인에게 질문하면 알 수 있는 일이고, 코요밍이 모처럼 고군분투 끝에 저세상에서 가지고 돌아온 특효약을 헛수고로 만들 수는 없어. 제대로 참고인 조사를 하도록 하자."

 '지옥'이 아니라 '저세상'이라고, 천국을 포함하는 형태로 말하는 것이, 어쩐지 훤히 꿰뚫어 보고 있는 듯한 기분이 든다. 꿰뚫어 보는 것에 너무나도 달인이었던 오시노의 선배라는 느낌이다.

 "만약 지금 시점에서 가장 가능성이 높은 재료만으로 가설을 세운다면, 하치쿠지짱에게 배웅을 받으며 마을로 들어간 수어사이드마스터가, 시노부짱을 만나기 전에 **어째서인지** 사건을 마구 일으키고 있다는 이야기가 돼. 그리고 **어째서인지** 미라화되어 버렸다는 이야기가 되고. 의미불명이네."

 "의미불명이네요."

 의미불명이다.

 다만, 그 두 개의 '어째서인지'는 제대로 분리해서 생각해야만 한다. 전자는 단순한 생태生態이며, 여자 농구부원만 노리고 있는 것은 불합리하지만 그것을 흡혈귀의 편식이라고 생각한다면 그 '어째서인지'는 무시해도 된다.

 문제는 후자의 '어째서인지'다.

 어째서 시노부를 만나러 왔을 예전 주인님이, 흙속에 묻힌 상태로 발견된 거지? 그야말로 마을을 다스리는 신인 하치쿠지가 아니라면, 그 산에 사는 하치쿠지가 아니라면 그리 간단히 발견되지 않았을 은폐공작이다.

 죄를 덮어씌운다.

 그러기 위해, 그 본인에게는 죽어 달라고 한다.

미스터리 마니아의 흥미를 끄는 다잉 메시지도 그렇고, 그럴 경우 진범은 추리소설 팬인 흡혈귀가 되는 걸까?

그건 그것 나름대로 편식이자, 편애이지만.

"본인에게 이야기를 들을 수밖에 없다는 건 틀림없겠군. 나도 적지 않게 신경 쓰이기 시작했다. 살아 있었던 것만으로도 놀랐지만 말이야. 허나, 내 주인님아. 그 미스터리 드라마의 줄거리를 법정물로 바꿔 준다면, 나는 역시 피고인의 변호석에 서게 될 게다."

유녀가, 최근에 익힌 말을 늘어놓았다.

변호석에 선다. 오시노 시노부가, 수어사이드마스터 편에 선다.

그것은 상정 범위 내라기보다는 걱정하던 사태일 테지만, 내가, 혹은 가엔 씨가 뭔가를 말하기 전에, "그도 그럴 것이, 이 녀석이 범인일 리가 없다. 너에게는 조금 전에 말했다고 생각하지만."이라고 시노부는 말을 이었다.

"지금의 이 녀석은, 나라는 음식 외에는 먹을 수 없으니 말이다."

025

뷔페가 아니라 일품요리를 좋아한다는 미식가 흡혈귀의 편식은, 하지만 시노부가 넌지시 말했던 것 이상의 무게와, 아세로라 공주가 가르쳐 준 것 이상의 비참함을 갖추고 있던 듯했다.

맛있는 음식밖에 먹지 않는다, 가 아니라.

맛있는 음식밖에 **먹을 수 없다**.

스토익함을 완전히 뛰어넘은 그 습성은 수정이 불가능할 정도로 철저해서, 실제로 '아름다운 공주'를 잡아먹기로 마음먹었던 수어사이드마스터는 그것을 위해 수없이 아사하기까지 했다고 한다.

"나도 이미 그 시절의 기억이 희미하지만, 내 앞에서 수어사이드마스터는 점점 약체화해 갔다. 유녀화되어 갔다. 귀여운 유녀로 퇴행했다. 원래의 모습은 나의 완전체보다도 연상의, 장렬하면서도 요염한, 성숙한 여성이었는데."

"성숙한…."

"코요밍, 성숙한 여성이라는 단어에 반응해서 내 쪽을 쳐다본 일을, 이 누나는 성숙한 여성이 될 때까지 잊지 않을 거야."

시원시원한 성격의 누나로부터, 정념이 가득 찬 리액션이 있었다.

"뭐하면 코요밍도 열아홉 살이 되었으니, 이 누나가 누나의 수많은 기술로 혼을 쏙 빼 줄까? 현재의 코요밍이 가진 인간관계를 전부 박살 내 줄까?"

무서워! 그렇게까지 화내지 않아도.

뭐, 어때, 성숙한 여성도.

장렬하면서도 요염한 성인 여성도.

"보기로는 그 시절보다도 더욱 퇴행한 모양이로고. 그도 그렇겠지. '아름다운 공주'의 혈액을 맛보아 버리면, 다른 인간의 피 따위야 물보다도 묽게 느껴지겠지."

시노부의 기억이 희미하다는 것은 '아름다운 공주'를 천국으로 분리했기 때문이라고 추측할 수 있지만. 뭐, 무슨 말을 하는 건지는 알 것 같다.

나는 혈액이 아닌 타액을 입에 담게 되었을 뿐이지만, 그것도 삼켰으면 어떻게 되었을지 모를 일이다.

"영험한 피의 연못, 지옥의 피라 할지라도 수어사이드마스터에게 의식이 있었다면 절대 삼키지 않았을 게야."

시노부는 그 아세로라 공주와 똑같은 말을 했지만, 실제로는 그러기는 고사하고 피의 연못 지옥의 약으로는 효과조차 없었을 거라 생각된다.

적어도 공주님은 그렇게 짐작했다.

수어사이드마스터를 편식과 편애의 거식증으로 몰아넣었던 공주님은, 생태계를 변질시켜 버렸다, 라고 말했다.

생태계生態系. 사체계死體系.

원래 육식동물인 개가 사람과 함께 살아가는 동안 잡식이 되어 버린 것 같은 일일까. 독성이 있는 유칼립투스 잎을 먹게 된 코알라라든가, 영양가가 낮은 대나무밖에 먹지 않는 판다라든가.

"응…? 아니, 하지만 잠깐? 지옥의 피의 연못이라고 해도, 의식이 없다 한들 수어사이드마스터의 입에 맞을까…? 내 주인님이 수어사이드마스터에게 먹인 것은, 혹시…?"

큰일이다.

시노부가 전에 없이 날카로운 감을 발휘하기 시작했다. 그 치료법의 발안자인 하치쿠지도 그 자문에, '그러고 보니 그러네요'라는 얼굴을 하고 있다.

어쩔 수 없다, 타이밍을 노리고 있을 상황이 아닌가, 시노부의 설을 보강하기 위해서라도 이쯤에서 끼어들어 나의 사후체험을 말하도록 하자.

"무슨 소릴 하고 있는 거야, 시노부짱! 코요밍이 그런 거짓말을 할 리가 없잖아, 영원한 파트너 관계인 시노부짱과 절친인 하치쿠지짱에게! 아니면 코요밍이 너희를 속이고 있다는 말이야?"

가엔 씨가 불필요할 정도로 과장스럽게 거들어 주었다. 그냥 초연하게 있어 달라고요, 부탁이니까.

말할 시기를 놓쳐서 입을 다물고 있었을 뿐인데, 의도적으로 속였다는 것처럼 기정사실이 날조되고 있잖아.

억지로 도와주려고 하지 말라고.

"그것도 그렇군." "그건 그러네요."

은근히 나의 신뢰는 두터웠다.

전방위적으로.

뭐, 하치쿠지의 실패를 묻는 모양새가 되고, 시노부의 전신과 만났다는 이야기는 설령 절호의 타이밍이 찾아왔다고 해도 능숙하게 할 수 있을 만한 이야기가 아니지만….

시노부가 하던 이야기를 다시 시작했다.

"그렇기에 이미 오래전에 죽었을 거라 생각하고 있었는데, 과연 맛좋은 이 몸의 피로군. 더욱 쪼그맣게 유녀화되었다고는 해도 아직 건재했다니 놀랐다. 그러니, 그렇기에, 수어사이드마스터가 마을에 있는 여자 고등학생을 덮치다니, 그런 폭음폭식에 자진해서 나서리라고는 나는 생각할 수 없다."

이 세상에서 가장 의지가 안 되는 것을 고른다면 그것은 시노부의 단언이겠지만, 그러나 이때의 단언에 한해서는 일정한 설득력이 있었다.

600년 전의 사건을 증언할 수 있는 증인 따윈 그리 흔하지 않다는 어쩔 도리 없는 사정도 있다고 해도, 가엔 씨 역시,

"흠. 뭐, 들을 가치가 있는 증언이야."

라며 끄덕였다.

사적인 감정을 풍기지 않고 수긍했다…. 시원시원한 누나다.

"'시체성'의 성주, 데스토피아 비르투오소 수어사이드마스터는, 그 높은 악명과는 대조적으로 실제 피해는 풍문으로도 거의 들리지 않는 기묘한 흡혈귀였는데, 그 언밸런스한 기묘함이 더욱 악명을 높이고 있었지만 이유를 알 것 같은 기분이 들어. 그 여자의 눈에 걸맞은, 그 여자의 독니에 걸린 음식이, 지나치게 레어했던 거야."

그 레어한 음식이 이번에는, 설마 일본의 여자 고등학생들이었다는 가능성을 부정할 재료가 없는 이상, 수어사이드마스터의 용의가 완전히 풀린 것은 아니다.

역시 본인에게 이야기를 들을 때까지는.

"'먹지 못하는 것에는 두 종류가 있다. 좋아하니까 먹지 못한다. 싫어하니까 먹지 못한다'라는, 그거군요."

"그거군요, 라고 클리셰처럼 말하는데, 그건 누가 한 말이야, 하치쿠지?"

"제가 한 말이에요."

"그렇겠지."

그거, '제가 한 말이에요'라는 말을 하고 싶어서 한 말이지?

"같은 것을 반대로 말할 수도 있어. '먹고 싶은 것에는 두 종류가 있다. 좋아하니까 먹고 싶다. 싫어하니까 먹고 싶다'. 하치쿠지짱이 한 말이야."

"뭐라고요! 공적을 저에게 양보해 주시는 건가요! 가엔 님, 당신은 신이에요!"

네가 신이라고.

역시 별의별 괴짜들이 모여 있는 전문가 집단의 톱에 서 있는 만큼, 사람의 마음을 장악하는 테크닉이 신을 장악할 수 있는 레벨에 달하고 있었다.

다만 그런 격언과 마찬가지로 수어사이드마스터가 연쇄 흡혈 범으로 날조되려 하고 있다고 해도, 혹은 그렇지 않다 해도, 시노부의 그 증언은 기대하지 않았던 한 가지 새로운 가능성을 낳고 있다.

낳아 준 부모이자, 이름을 지어 준 부모. 결사이자 필사이자 만사의 흡혈귀가 어째서 지금, 어째서 이제 와서, 약 600년 만에 철혈이자 열혈이자 냉혈의 흡혈귀를 찾아온 것인가.

굶주리고 약해져서 유녀가 된 끝에.

한계까지 유녀가 된 끝에.

유일하게 먹을 수 있는 '옛 동반자'를, 먹으러 온 것은 아닐까.

026

그 후, 사태는 특별한 진전이 없는 채로 일출을 맞이했다. 제 5의 피해자로 보이는 키세키 소와의 미라가 발견되었다는 보고는 가엔 씨에게 전해지지 않았고, 또한 수어사이드마스터가 아닌 '진짜 범인'이 발견되었다는 보고도 들어오지 않았다.

위안이 되는 것이 있다면 아직 발견하지 못한 다른, 생각지도 못한 피해자가 발견되거나 가엔 씨의 협력자가 역습을 당했다거나 하는 보고도 마찬가지로 들어오지 않았다는 것일까. 그렇게 되어, 조사는 처음부터 다시 시작이었다.

"해가 떠오른 이상, 수어사이드마스터가 완전 부활해서 눈을 뜨는 것은 예상대로 밤이 되겠지. 그때까지 새로이 판명된 사실을 입수해서, 새로운 방침을 세워야겠다고 누나는 생각하고 있어… 라고는 해도, 낮 동안에 할 일은 어제와 마찬가지. 최대한 많은 정보의 수집이야."

"저는 칸구 미사고가 남긴 리빙 메시지 담당이네요."

"칸구짱이 남겼을지도 모르는 리빙 메시지, 범인이 썼을지도 모르는 서명, 범인이 수어사이드마스터의 범행처럼 보이게 만들기 위해 남겼을지도 모르는 위장공작, 의 담당이지. 그걸 하나로 뭉뚱그려서 암호 담당. 누나는 우선 그 암호가 기록되어 있던 휴대전화의 해석. 여자 고등학생 동아리 활동의 어둠을 엿보고 올게."

"삼켜지지 않도록 조심하세요."

인생의 단맛과 쓴맛을 다 아는 어른에게 할 충고는 아니었지만, 그렇게 말하지 않을 수는 없었다. 뭐, 가엔 씨가 '어린아이는 모두 귀엽고 순수'라는, 그야말로 귀엽고 순수한 생각을 하고 있을 리도 없지만.

"저는 늦기는 했지만 마을 안의 순찰이라도 하고 오도록 할까요. 애초에 저는 미아의 신이고 산책의 신이니까요."

신의 시점에서 조사 협력을 해 드리도록 하죠, 라고 말하는 하치쿠지. 그것도 '신의 시점'이라는 말을 하고 싶었던 것뿐인지도 모르지만, 자신이 입국시킨 해외에서 온 괴이가 마을에서 피해를 발생시키고 있을 가능성이 시사된다면 중립을 자처하고 있을 수도 없을 것이다.

사람과 괴이 사이에 끼인다기보다, 이렇게 되면 하치쿠지는 괴이와 사람 사이를 잇는 역할을 맡아 주어야만 한다.

거기까지는 어떤 의미에서 예정조화의 인원배치였는데,

"낮 동안에는 나도 자기로 할까."

라고 시노부가 말했다.

"밤이 되면 나도 협력하겠다. 수어사이드마스터에게서 이야기를 들을 때, 내가 있는 쪽이 낫겠지. 뭐하면 내가 대화를 담당해도 좋다."

"…그러면, 부탁할 수 있을까."

어째서 봉인된 괴이가 그렇게 협력적인 말을 꺼내는지, 여기에서 굳이 의문을 드러내지 않은 가엔 씨는 과연 대단하다고 해야 할 것이다.

오히려 시노부의 마음이 바뀌기 전에 결정하려는 듯 두말 않고 그 제안을 승인했다. 확실히, 용의자 흡혈귀와 이야기를 나눌 때에 예전에 알던 사이인 흡혈귀의 동석은 바랄 나위 없는 일이다.

다만 조금 전에 내가 떠올렸던 가능성. 수어사이드마스터는 시노부를 잡아먹으러 온 것이 아닐까 하는 가능성을 생각하면, 그 동석은 시노부에게 위험하지 않을까…?

어찌 되었든 리더의 결단에는 거스를 수 없다. 잊어서는 안 된다, 나와 시노부와 하치쿠지는 '팀 실패'라는 점을.

이 이상의 실점을 거듭하면 무해인증이 해제되거나 신의 자리에서 끌어내려지거나 할지도 모른다. '팀 실패'라는 표현이 듣기 거북하다면, '팀 보호관찰'이다.

능력 있는 모습을 보이지 못하면, 비슷한 정도로 위험하다.

다만, 시노부는 그렇게 시시콜콜한 계산으로 가엔 씨에게 협력을 제안한 것은 아니겠지만(시노부는 계산을 못 한다)….

델리케이트한 문제이니, 그것은 단둘이 되었을 때에 이야기하기로 할까.

"그러면, 저는 이대로 집에 돌아가지 않고 대학에 가려는데,

어디에서 다시 만날까요? 암호 해독을 맡았으니, 어제처럼 직접 설명하는 편이 좋을 거라고 생각하는데요."

그림이나 식으로 써서 설명해야만 하는 암호라면, 역시 전화 상의 대화로는 전하기 어려운 부분이 있을 것이다.

"그럼 나오에츠 종합병원에서 모이자. 제4의 미라, 칸구 미사고짱을 소개할게."

소개를 받는다고 해도 설마 악수를 나누는 것은 아니겠지만, 그렇지만 그야말로 직접 봐 두는 편이 좋을까….

괴이 현상의 피해자를 숫자로밖에 인식하지 못하게 된다면, 모든 것을 돈으로밖에 계산하지 못하는 사기꾼을 비난할 수 없게 된다.

"발견된 피해자도 네 명째가 되면, 역시나 정보 조작도 정보 분석도 한계야. 무엇이든 알고 있는 누나의, 무엇이든 숨길 수 있는 결계의 효과에도 한계가 있어. 사건은 복잡하게 되어 버렸지만, 진상이 어떻든 간에 오늘 밤에 결판을 내야만 하겠지."

천지가 발칵 뒤집히는 대소동이 벌어지고 말 거야, 라고 말하는 가엔 씨.

다만, 해결을 서두르고 싶은 이유는 대소동이 벌어질 거라는 이유만은 아닐 것이다…. 이 이상의 피해자를 내고 싶지 않다는 정의감도 있겠지만, 그것만도 아니다.

만일 내일 아침에 이르러도 일련의 사건을 해결하지 못한다면.

카게누이 씨가 마을에 도착해 버린다.

027

불러 놓고 이런 말을 하는 것도 뭐하지만, 만약 유명한 데스토피아 비르투오소 수어사이드마스터가 관련되어 있다는 걸 사전에 알았더라면, 나는 그런 살아 있는 폭탄을 불러들이지는 않았을 거야, 라는 가엔 씨의 한탄을 떠올리며, 내가 마나세 대학을 향해서 뉴 비틀의 핸들을 돌리고 있는데,

"그 선배 캐릭터로서는, 다루기 힘든 귀여운 후배를 북극에서 불러들일 기회를 계속 엿보고 있었다는 느낌일지도 모르겠군."

이라며 시노부가 조수석에 출현했다.

설치된 차일드 시트에 출현했다.

시노부는 흡혈귀가 영락한 모습이므로, 햇빛에 아주 익숙하지는 않지만 한낮이라고 해서 전혀 활동할 수 없는 것은 아니다…. 엄밀히 말하면 야행성이 아니라 야간형이다.

강한 의지를 가지면 낮에도 출현할 수 있다…. 반대로 말하면, 낮에 깨어 있다는 것은 강한 의지가 있다는 뜻이다.

"뭐야. 시노부. 자던 거 아니었어?"

내가 슬쩍 떠보자,

"곧 잘 거다. 그 전에 네가, 나에게 듣고 싶은 것이 있지 않을까 해서 말이지."

라고 말하며, 가엔 씨에게 맞서듯이 꿰뚫어 보는 말을 했다.

아니, 이건 이심전심이라고 말해야 할 것이다. 주종관계.

질척질척한.

"뭐, 묘하게 협력적이구나, 하고 생각했을 뿐이야. 나에게라면 몰라도 가엔 씨에 대해서. 전에는 그렇게나 협력을 거부했는데."

협력을 거부하기는 고사하고, 도망 다닐 정도였다. 반항적이기까지 했다. 그 전철을 밟는 것을 경계해서, 이번 일에는 계획 바깥에 자리하게 된 것은 이미 설명했던 대로다.

"어떤 심경의 변화야? 단순히, 너도 그 사건을 겪고 성장했다고 받아들이면 되는 거야? 그 차일드 시트를 새로 맞춰야만 할 정도로."

"원래부터 사이즈가 맞지 않는다고 말하고 있다. 온몸을 전족 당하고 있는 기분이다. 뭐, 그거면 됐다. 성장한 게다, 나도. 그때는, 처음부터 순순히 너나 그 관리자가 하는 말을 들었으면 좋았을 거라고, 나도 배웠다."

정말이라면 기쁘고, 완전히 거짓말은 아니겠지만, 어쩐지 바로 납득이 가지는 않네.

"나와 너는 일련탁생의 일심동체이니 말이다. 네가 변한 만큼 나도 변하는 거다. 고등학생의 파트너였던 나와 대학생의 파트너인 나는 이미 다른 사람이라고 말해도 되겠지."

"확실히, 자전거 앞바구니에 앉아 있던 네가, 이제는 차일드 시트에 앉아 있으니 말이지."

"이건 성장이… 아니, 뭐, 이것도 그런 걸로 해도 좋다."

좋은 거냐.

이런 국면에서 괜한 억지를 부리며 뻗대지 않게 된 부분은 확실히 둥글어졌다고 말할 수 있겠지만, 오히려 다루기 어려워졌네.

적당히 맞장구치며 흘려버리는 것 같기도 하다.

성의 없이.

"저기, 시노부. 이상한 생각 하는 거 아니지?"

"이상한 생각? 생각하지, 생각하지. 599살이나 먹고서 차일드 시트에 앉게 되었는데, 제정신을 유지할 수 있는 녀석이 있겠느냐."

"수어사이드마스터에게 먹혀 주자는, 그런 기특한 생각은 하고 있지 않지?"

열일곱 살의 봄방학에, 내가 그랬던 것처럼.

혹은 600년 전, 아세로라 공주가 당시의 수어사이드마스터에게 그랬던 것처럼….

"카캇. 무슨 말을 듣게 되나 했더니만, 깜짝 놀랐다. 그런 발상은 지금 이때까지 전혀 없었다. 이상한 생각을 하고 있는 건 네가 아니냐. 내가 생각하고 있던 것은 너를 여장시켜서 먹이면 수어사이드마스터가 기운을 되찾을지, 아니면 더욱 퇴행하여 네 살 아이 정도가 될지 하는 것이었다."

"어째서 날 먹으면 네 살 아이가 되는데? 그리고 나를 여장시키지 마. 한 번 했으면 충분하잖아."

"버릇이 되기에 충분한 게냐."

"그 이후로 한 번도 안 했어."

관리해 줄 누나가 없어지자, 이야기가 중구난방으로 날아다닌다.

조잡한 잡담이다.

"그 암호인지 뭔지 하는 것으로 수어사이드마스터의 관여가 의심받았을 때, 처음부터 솔직히 나에게 의지하면 되었을 텐데 말이다. 그랬다면 의외로 어젯밤 중에 결판이 났을지도 모른다. 반성하거라, 괴이에 관한 것으로 비밀은 갖지 않겠다던 나와의 약속을 잊은 것이냐."

"내 기억이 맞다면, 나는 그 약속을 연인과 나누었을 텐데…."

흐음.

하지만 일소에 부쳐 버린다면 이야기가 스무드하게 이어지지 않네…. 물론 이건 시노부만의 책임이라고는 말할 수 없다.

입도 열지 않았던 시절보다는 낫다고 해도, 시노부와는 평소에 마음을 터놓은 대화를 너무 많이 하고 있어서 좀처럼 시리어스하게 이야기를 나누는 것이 어려웠다.

오해를 두려워하지 않고 말하자면, 만약 시노부가 나라는 선례를 모방하는 것처럼 한계까지 유녀가 되어 가는 수어사이드마스터에게 스스로 먹히겠다는 판단을 하게 만들 바에야, 인간을 배신하고 연쇄 흡혈마와 같은 일당이 되어 주는 편이 나을 정도라고 말하고 싶지만, 그것을 오해를 두려워하지 않고 말하는 것은 불가능에 가깝다.

나도 고등학생 시절만큼 결벽적이지는 않다.

흡혈귀가 사람을 덮쳐 피를 빠는 것을, 단순히 악하다고 단정할 수 없다. 그 시절처럼, 죽어 가는 흡혈귀에게 '사람을 잡아먹었으니 너는 죽어라'라고는 더 이상 말할 수 없다.

오노노키의 존재를 허용할 수 있게 되어 버린 시점에서, 그런 대사는 목에 칼이 들어오지 않더라도 목구멍에서 나오지 않을 것이다.

그건 그때, 그 타이밍에서밖에 말할 수 없었던, 열일곱 살 청년의 주장이다. 그러면 지금은 이제 다른 대답을 할 수 있게 되었느냐고 하면 그렇지도 않다.

당시, 그야말로 열일곱 살의 하네카와는 흡혈귀가 인간을 잡아먹는다는 일을 두려워하는 것은 소나 돼지가 불쌍하다고 말하는 것과 마찬가지라고 말했다. 중년의 오시노는, 고양이가 쥐를 잡아먹는 것에 환멸감을 느끼는 것이나 마찬가지라고 말했다.

뭐, 그렇기는 하겠지.

하지만 천국에서 만난 아세로라 공주의 의견은 더욱 고차원에 있는 듯했다. 흡혈귀를 사자나 곰과 마찬가지로 이야기하는 상대화는 올바른 것이 아니라고.

내가 그런 경지에 도달하려면, 대학교 1학년으로는 무리다.

그 시절에 비하면 좋은 의미로도 나쁜 의미로도 제법 어른이 되었지만, 그러나 현자나 초인이 되었을 리가 없다.

평생 걸려도 불가능할지도 모른다.

"뭐, 너무 그렇게 깊이 생각하지 마, 시노부. 수어사이드마스터가 눈을 뜨면 우선 미스터 도넛을 권해 보자고. 의외로 달콤한 과자에 눈을 뜰지도 몰라."

"그건 그것대로 생태계의 파괴로군."

"그렇지, 오이쿠라에게 부탁해서 수제요리라도 만들어 달라고 할까. 그 녀석, 자취생활이 길었던 만큼, 실은 요리를 깜짝 놀랄 정도로 잘 해. 그 히타기가 질투할 정도로."

"그 츤데레 아가씨가 질투하는 것은 다른 부분이 아닐까 한다만?"

날카로운 지적이다. 푹푹 박힌다.

뭐, 시노부가 미스터 도넛으로 농락당한 것은 어디까지나 흡혈귀가 아니게 된 뒤의 이야기이다…. 하지만 설령 밑져야 본전이라고 해도, 어프로치해 볼 가치는 있는 것이 아닐까.

코알라가 독성 높은 유칼립투스 잎을 먹는 것도 살기 위한 지혜다. 인간이 복어를 먹는 것과는 상황이 다르다.

"복어도 깜짝 놀랐겠지만 말이다. '엥? 나를 먹는 녀석이 있다고?!'라고 말이지. …뭐, 금방 폭발하는 그 계집애의 수제요리는 언젠가 나도 먹어 보고 싶다고는 생각하고 있었다. 사실상 괴물이 만든 요리는, 괴이의 입에 맞을지도 모른다."

지독한 말을 듣고 있네, 내 소꿉친구.

사실상 괴물이라고 괴이의 왕에게 인정받고 있다.

"…가령 수어사이드마스터가 이번의 연쇄 흡혈마가 아니었다 해도, 오늘 밤 순조롭게 의식을 회복한다고 해도, 결국 전문가에게 퇴치되어 버리게 되는 건가? 무해인증을 받지 않았을 뿐,

옛날의 너처럼 상금이 걸린 건 아닌데 말이야."

"그렇지만, 그 폭력음양사가 출장 온다고 하면 이후 상황을 생각하기 싫어지는군. 그 녀석은 정의를 주먹에 실을 테니 말이다."

"…네가 꼭 좀 부탁한다고 말한다면, 수어사이드마스터를 무해인증하는 방향으로 내가 제안해 줄 수도 있는데?"

대학을 졸업할 때까지 절대 간섭하지 않겠다는 약속을 포기하면, 가엔 씨도 그 정도의 억지는 들어줄 것이다. 물론, 이번 일에 수어사이드마스터가 완전한 무죄였을 경우의 이야기지만.

괴이의 무해인증이 간단하지 않은 것은 잘 알고 있지만, 듣기로는 이번엔 그럴 여지가 있다. 어쨌든 수어사이드마스터는 600년 전, '아름다운 공주'를 권속으로 삼은 이후로 거의 피해를 발생시키지 않았다고 하지 않는가.

리얼타임으로 마을에 실제적인 피해를 냈던 시시루이 세이시로와는 그 부분이 다르다…. 그것은 이미 사자나 곰, 소나 돼지나 고양이의 이야기와, 아세로라 공주에게 지적당할 것도 없이, 리스크의 수준이 다르다.

말하자면 바이오 해저드 수준의 바이러스 같은 것이었다.

의논 전에 대응이 필요했다.

그에 비해, 그 이전에 미식가 흡혈귀가 과연 어느 정도의 피해를 발생시켜 왔는지는 확실치 않지만, 하지만 어쨌든 600년 전이다.

일본 형사소송법에서 살인사건의 시효가 철폐되었다고는 해도, 600년 전의 범죄행위를 재판할 수 있는 법은 세계 어디에도 없다.

퇴치할 수밖에 없다, 라는 상황은 아니다.

이것은 단순한 우연이지만, 현재 유녀화되어 있다는 조건도 시노부와 마찬가지다. 무해인증의 요소를, 적어도 표면상으로는 채우고 있는 것이 아닐까.

"카캇. 수어사이드마스터도 네 녀석의 그림자에 봉인해 보겠느냐? 그림자 속에 두 명의 유녀를 사육한다니, 드디어 네놈이 염원하던 하렘의 형성이 꿈이 아니게 되기 시작했구먼."

염원하던 하렘이라고 말하지 마.

아라라기 하렘이라니, 지금도 옛날도 앞으로도 없다고. 그리고 유녀를 사육한다고 말하지 마.

말을 고르지 않는다면 기생에 가깝다고, 이 상황.

"관둬라. 그 녀석은 나처럼 나중에 된 것과는 달리, 진짜 태어날 때부터 흡혈귀였으니 말이다. 네 녀석이 계속 인간으로 있으려 했던 것처럼, 계속 흡혈귀로 있으려 하겠지. 무해인증 따위, 진성의 흡혈귀에게 모욕밖에 되지 않는다."

무서워하고, 꺼려하고, 두려워하기에… 괴이.

괴상하고, 이상하다.

"그런 것보다, 꼭 좀 부탁한다고 말하고 싶은 것이라면 따로 있다, 내 주인님아. 그 때문에 졸린 것을 참고, 나는 이렇게 차일드 시트에 꾹꾹 들어가 있는 게다."

"생각해 보면, 싫으면 그냥 뒷좌석에 출현하면 되는 거 아닌가 하는데 말이야. 뭔데? 꼭 좀 부탁하고 싶은 다른 일이라는 게."

"음."

시노부는 잠시 입을 다물었다.

그런 뒤에 결심한 듯이 말했다.

"수어사이드마스터에게 참고인 조사를 할 때, 600년 만에 재회하는 옛 동반자에게 허세를 부리고 싶으니, 오늘 밤만큼은 내가 네 녀석의 노예가 아니라, 네 녀석이 나의 노예라는 설정으로 해 주지 않겠느냐?"

028

"칸바루. 미안한데 잠깐 노예가 되어 주지 않겠어? 그리고, 하룻밤만 집을 좀 빌려줘."

[알겠어.]

두 번째 노예, 확보.

"오이쿠라. 오늘 밤에 나의 노예가 되어서 수제요리를 만들어 줘."

[오늘 밤까지 목숨이 붙어 있을 거라 생각하지 마.]

세 번째 노예, 확보 실패.

실패한 이유는, 성급하게 '나의 노예'라고 말해 버렸기 때문이겠지… 뭐, 금발금안 유녀의 노예가 되어 달라고는 말할 수 없다.

가엔 씨와의 관계를 생각하면, 아무래도 칸바루를 본격적으로 말려들게 할 수는 없으므로 집을 잠시 빌리는 것만으로도 충분하다.

괴이의 왕의 '성채'로서.

할아버지와 할머니가 여행 중이라는 이야기는 어제 들었고, 그러면 칸바루는 히가사의 집에서, 뭣하면 아라라기 가의 카렌 룸에서 파자마 파티라도 개최해 달라고 하고 그동안 마음대로 놀게 놔두자.

무법자 같은 말을 하고 있지만 어쩔 수 없는 결단이다. 흡혈귀가, 문자 그대로 근거지로 삼을 만한 건축물. 나는 이 마을에서 칸바루네 저택 정도밖에 떠오르지 않았다.

과거에 결사이자 필사이자 만사의 흡혈귀, 데스토피아 비르투오소 수어사이드마스터가 '시체성'을 거처로 삼았던 것처럼, 철혈이자 열혈이자 냉혈의 흡혈귀, 키스샷 아세로라오리온 하트언더블레이드가 거처로 삼으려면, 그 나름의 품격을 갖춘 유서 있는 건축물이어야 하는 것이다.

상당히 일본 느낌의 성이긴 하지만, 이 아니라 그냥 일본식 저택이지만, 아마도 일본에 처음 방문하는 수어사이드마스터 여사라면 일본 성과 저택의 엄밀한 구별은 하지 못할 것이다⋯. 일본인인 나도 구별하지 못한다.

"아니, 나의 허세만으로 이야기하는 것이 아니다. 까마득히 멀리서 만나러 온 옛 권속이, 무해화되고 유녀가 되어서 변태의, 그리고 인간의 그림자에 봉인되어 있다는 사실을 알게 되었다간, 수어사이드마스터는 마음을 닫아 버릴지도 모른다. 한마디도 사정을 들을 수 없게 되는 게야. 최악의 경우 살해당하게 될지도 모른다. 그래도 괜찮으냐?"

"아니, 괜찮지는 않지만…."

"그렇다면 작년의 봄방학 이후로 오래간만에 나의 노예가 되어, 성과 맛있는 요리를 준비하거라. 나의 군림에 설득력이 생기도록. 하는 김에 가짜 권속을 그 밖에도 두세 마리 정도 확보해 준다면 더 바랄 것이 없겠군."

가슴을 펴고, 그림자에 봉인된 노예는 차일드 시트에서 그렇게 명령했다.

그게, 그러니까….

"그런 패션 주종관계로, 옛 동반자를 맞이하겠다는 거야?"

"손님 대접에 패션은 몹시 중요하지 않느냐. 나는 패션에는 까다롭다. 파리지앵 정도로 말이다."

"아니, 너는 파리지앵이 아니라 허세파리지앵이잖아. 외람되지만 한말씀 올리자면, 시노부. 그런 속임수, 아마도 금방 들킬…."

"오, 벌써 역할에 몰입하고 있지 않느냐. '외람되지만'이라고 했겠다? 카캇, 꽤나 경지에 이른 노예다움이 아니냐. 전에 노예였던 경험이 있는 것이냐? 아니, 경험이 있었지! 카캇, 메인 게임 때에도 그런 느낌으로 부탁한다."

그야말로 아주 자연스러운 주인 느낌으로 소리 높이 웃으며,

시노부는 그림자 속으로 잠겨 들어갔다…. 마치 차일드 시트와 동화되는 듯한 장면이었다.

어떻게 이런 녀석이 다 있지. 나에게서 질문을 받겠다는 느낌으로 출현한 주제에 하고 싶은 말만 하고. 하지만 나는 주차장에 뉴 비틀을 세우자마자, 아직 등교 전이라 아침의 러닝 중이었던 칸바루와, 하숙집에서 늦잠을 자고 있던 오이쿠라에게 연락을 했다.

칸바루는 흔쾌히 승낙해 줬지만(너무 흔쾌히 승낙해 준 것이 무서웠기 때문에, 나중에 다시 한번 제대로 이야기하기로. 그밖에도 이것저것), 오이쿠라에게는 거절당하고 말았다(가만히 놔두면 다시 전화를 걸어 올 테니, 그때 진심으로 적당히 사과해 두자. 수제요리는 따로 부탁하자).

뭐, 시노부의 허세는 어제오늘 일이 아니다.

나에게 좀 더 허세를 부리라고 말하고 싶은 기분도 들지만, 이번에 시노부가 해 주는 협력을 생각하면, 그 기탄없는 말을 저버릴 수는 없다…. 가엔 씨에게도 제대로 이야기를 해 둬야겠다.

생각해 보면 칸바루는 '그 가엔 씨의 조카'이지만, 반대로 생각하면 가엔 씨는 '그 칸바루의 이모'이므로, 이런 이야기를 듣고 갔다가 '그럼 누나도! 될래, 될래, 노예가 될래!'라며 의욕에 넘치면 어쩌지…. 그런 가엔 씨는 보고 싶지 않다.

아무리 생각해도 기묘한 일족이다.

반대로 말하면 우리 부모님은 평범하고 정상적인 공무원이지만, 어째서 자식들은 이 모양이 되어 버린 걸까.

그러고 보면, 나오에츠 고등학교의 여자 농구부원이 타깃이 되고 있다는 상황은 '칸바루의 후배가 타깃이 되고 있다'라고 바꿔 말할 수 있으므로, 그 녀석을 축으로 생각해 보는 것도 한 가지 계책일지도 모른다.

미식가 수어사이드마스터는 '아름다운 공주'밖에 먹을 수 없는 것이 기본이라 해도, 지금은 거의 전설처럼 이야기되는 가엔 토오에의 친딸인 칸바루 스루가의, 어떤 의미에서 권속이라고 말해도 좋을 만큼 영향하에 있는 멤버가 되면, 타깃이 될 자질은….

그러면 칸바루 본인을 노리면 된다는 이야기가 되나? 아니, 그럴 가능성 역시 충분하다. 그렇다면 칸바루의 집을 만남의 장으로 삼는다는 발상은 반응을 본다는 의미에서도 나쁘지 않을 듯하지만, 아무쪼록 칸바루는 멀리 떨어뜨려 놓아야 한다.

그런 생각을 하다 보니 마나세 대학의 구내에 예정보다 빨리 도착해 버려서 시간을 때울 겸 빈둥거리며 산책하고(꽤 넓은 대학이라서 나는 아직 부지 전체를 둘러보지 못했다. 이야기에 따르면, 모든 설비를 돌아보는 데 4년 이상이 걸린다고 한다. 대영박물관이냐), 7시 45분이 가까워졌을 때, 국제언어학 강의실 문을 노크했다.

언어학이라고 붙어 있지만 이른바 어학 수업과 달리 유명무명을 따지지 않고 동서고금, 전 세계의 언어를 동등하게 취급하고 상세히 비교검토를 한다는, 최종적인 착지점이 보이지 않는 소득 없는 수업이다. 대학에는 영문 모를 수업이 많이 있다.

그리고 나는 영문 모를 것을 좋아했다. 이것은 오기의 영향이려나?

수학과에서는 보기 드문 문과 계열 수업이라서, 이른 아침의 강의라는 점을 제외해도 인기가 있다고는 말하기 어려웠지만, 장래에 암호 분야에서 일하고 싶다고 목표를 정한 메니코가 이 수업을 듣지 않을 이유가 없었다. 뭐, 그 녀석에게 국제언어학은 '영문 모를 수업'이 아니겠지만(그 대신 메니코는 평범한 어학이 서툴다).

"올라~ 아라라기짱, 빠르네~ 성실하네~"

"나보다 먼저 자리에 앉아 있던 녀석에게 빠르다는 소릴 들어도 말이지. 올라~"

게다가 나는 이후에 땡땡이를 칠 생각이었다. 유감스럽게도(라고 말할 정도는 아니지만) 오늘의 강의는 휴강이 아니었다.

나중에 메니코에게 노트를 보여 달라고 해야 할 것 같다. 부탁할 것들이 늘어나네. 언젠가 뭔가 답례를 해야지.

주먹을 툭 하고 마주치고서, 메니코 옆에 앉아 "암호 해독, 또 부탁해도 돼?"라고 말하며 나는 내 휴대전화에 표시된 숫자열을 메니코에게 보여 주었다.

[820 / 280 / 610 / 160]

딱히 종이에 펜으로 써도 괜찮았겠지만, 가능한 한 메시지의 본래 모습을 재현하고 싶었다. 어쨌든, 내 휴대전화는 방수 사양이 아니라서 정확한 재현은 불가능했지만.

"음…. 음~ 음~?"

일반적으로 이틀 연속 만나자마자 이런 해독을 의뢰하면 수상하게 생각하고 트라이하기 전에 의도를 묻거나 하겠지만, 이 사람은 하무카이 메니코다. 눈앞에 암호가 있다면 풀지 않고는 못 배긴다.

성가신 성격이긴 하지만 그런 부분이 마음에 든다…. 그것이 무조건 나쁜 것은 아니겠지만, 나라든가, 내 고등학교 시절의 자랑스러운 인맥은 어쨌든 이론이나 목적이 있지 않으면 움직일 수 없었다.

하네카와나 오시노조차 그랬다.

지금 이 마을을 향하고 있는 폭력음양사 카게누이 씨도, 실은 이론적인 사람이다. 독자적인 이론에 묶여서 움직이고 있다.

그러므로 막연히 '인간은 그런 존재구나'라고 생각하고 있던 구석이 있었는데, 그렇지 않은 사람도 있다는 것을 메니코와 친구가 됨으로써 나는 알았다. 계몽된 기분이었다.

메니코 쪽도, 대충대충인 것치고는 이론적이라는 나의 일면을 흥미롭게 생각해 준 모양이니, 그 부분은 서로 피차일반일 것이다.

그 관계성을 유지하기 위해서도, 역시 무슨 일이 있더라도 메니코에게는 나의 인맥, 이를테면 오이쿠라는 소개할 수 없다. 물론 대학에 입학해서 다시 이어진 오이쿠라와의 질긴 인연도 절대 포기하지 않을 생각이지만, 그 녀석은 인연이 끊어지기 이전에 정신줄이 너무 많이 끊어지고 있다.

"휴대전화인가~ 휴대전화에 기록된 암호야?"

"응, 맞아. 뭐, 거기에 의미가 있는지 어떤지는 모르겠지만….'

"그러네~ 요즘에 휴대전화는 완전히 두뇌의 일부 같은 것이니까~ 여행을 가도, 풍경을 보는 건 결국 스마트폰의 조그만 화면을 통해서라는 비판도 있지만, 스마트폰 카메라로 보는 것과 자기 눈으로 보는 것은 거의 같은 의미가 되었으니까~ 전철안에서 휴대전화를 만지작거리는 승객에게 불평을 하는 건, 스마트폰을 자기 자신과 페어링하지 못한다는 증거일지도?"

나도 자유롭게 다루고 있지는 못하므로 쌍수를 들고 동의하기엔 어려운 면이 있지만, 뭐, 무슨 말을 하고 싶은지 이해 못 하는 것은 아니다.

"그건 그렇고, 이번에는 숫자뿐이네~ 응. 풀었어~ 풀기는 했는데."

"벌써? 빠른 건 역시 너잖아. 솔직히 나는 짐작도 안 간다고."

전부 맡겨 버리는 구조에 무력감을 느끼지 않는 것은 아니므로, 가능하다면 자력으로 풀고 싶어 남는 시간에 챌린지해 보려고 했지만, 오는 도중의 시간 대부분을 시노부와의 대화에 낭비해 버렸다.

"역시 기록매체가 종이가 아니라 휴대전화라는 건, 관계없는 모양인데? 숫자는 암호로 만들기 쉽지~ 언어는 어쩔 수 없이 그 지역마다의 문법이나 문화로 변화가 생기지만, 숫자는 만국 공통이니까~ 우주의 어느 별에서도, 1+1은 2고, 소수는 소수인 법이니까~"

"사실은 그렇지도 않지만 말이야. 예를 들면 네팔어로는 아라비아 숫자에서 말하는 '1'이 '9' 같은 형태로 표현되니까, 일본인이 보면 금방 계산이 되질 않아. 다른 이론으로 보이지. 반대로 바를 정正자를 쓰고 '5'로 세는 것은 동양권에서 쓰이는 방식이고, 내 경우에는 '7'을 '1'하고 구별하기 위해서 짧은 가로줄을 그어 쓰는데, 반대로 그것을 '7'이라고 생각할 수 없게 된다든가."

"그렇구나~ 내 경우에는 가로줄이 그어진 '7'은, 뒤집으면 한자의 '七'자처럼 보이니까, 오히려 혼동하게 되는데 말이야~ 아라라기는 그런 부분에서 나보다 위네~"

이런 대화에는 위도 아래도 없겠지만, 아아, 이런 대화가 하고 싶었다.

문득 깨닫는다.

'아름다운 공주'로서 많은 나라들을 멸망시키고 있던 시절의 시노부는⋯ 아세로라 공주는, 하지만 그래도 인간으로서 흡혈귀를 만났을 때, 이것과 같은 기분이 들었을까.

먹느냐 먹히느냐의 관계성이었다고는 해도.

주인님과 권속, 혹은 주인과 노예였다 같은 해석은 당사자가 입 밖에 낸 '옛 동반자'라는 경묘한 표현과는 상반된다.

시시루이 세이시로 때의 반성을 살린 듯한 말을 했었고, 그때와는 주종관계가 정반대이기 때문이라고 해석했지만, 그런 것이 아니라, 시노부에게 수어사이드마스터는 단순히 '친구' 같은 존재였던 것이 아닐까?

혹은 칸바루와 히가사 같은.

하치쿠지의 이야기로는, 수어사이드마스터 쪽은 시노부를 '벗'이라고 불렀다고 한다.

벗. 친구, 인가.

…'상대를 위해 죽을 수 없다면, 나는 그 사람을 친구라고 부르지 않아'라고 단언하기까지 했던, 장렬한 각오의 반장도 있었지만, 만일 시노부가 그런 생각으로 만나려 한다면.

나에게 막을 자격이 있을까?

여기서 자격 같은 말을 하고 있으니 나는 나라는 녀석이겠지. 후회는 앞세울 수 없더라도 이론은 앞세운다. 최종적으로 감정으로 움직일 무렵에는, 진저리 날 정도로 늦어져 있다.

조금은 새 친구에게 배워야만 한다.

필요한 것은 자격이 아니라 자질이다.

"으음~ 아라라기짱, 왜 그래? 무슨 생각이라도 해?"

"아니, 생각하지 않으려고 노력하고 있어. 그래서, 암호의 답은?"

"어저께의 그거하고 마찬가지로, 풀어 봐도 후련해지지 않는 막다른 골목이네~ 모처럼 해독했는데도 스트레스만 쌓여~ 이번에도 알파벳이었어~"

"알파벳… 그러면, 또 'D/V/S'?"

"아니. 이번에는 'F/C'."

'F/C'?

029

"'F/C'도 이니셜이라고 한다면, 여자 농구부원 중에 그런 이니셜을 가지고 있는 사람이 있는지가 문제네."

이론적인 인물들의 대표, 가엔 씨는 나의 보고를 듣고서 그렇게 말했다.

어제의 세 곳과는 또 다른 나오에츠 종합병원의 병실인 칸구 미사고의 미라에 할당된 병실이다.

"휴대전화에 메시지를 남긴 이유에는, 그런 암시도 있었던 걸까. 봐, 같은 이니셜의 스트랩을 달고 있지 않아."

"아아… 그리고 보니, 그러네요."

그런 의미에서 나는 메니코보다 해독에 사용할 재료가 많았는데.

이건 딱히 승부는 아니었지만, 조금 분하다.

"참고로 칸구짱도 스트랩을 달고 있었어. 칸구 미사고이니까, 'M·K'였지."

"어. 하지만 잠깐만요, 가엔 씨. 그러면 우리들이 찾고 있는 흡혈귀는, 설마 여자 농구부원 중에 있다는 건가요?"

다잉 메시지가 아닌 리빙 메시지로 시사한 것이 특정 멤버의 이니셜이라고 한다면, 그리고 수어사이드마스터가 누명을 쓰고 있는 것이라고 한다면, 그런 이야기가 된다.

'F·C'.

"그렇게 되지 않아. 몽롱한 의식 속에서 떠올랐을 뿐인 친구의 이름을 적으려 했던 것뿐일지도 모르고, 이것도 그렇게 생각하도록 만들기 위한 위장일지도 몰라. 수어사이드마스터의 위장공작일 가능성도 있어."

흡혈행위를 인간의 소행으로 만들려 하는 흡혈귀. 어쩐지 좀스러운 느낌이라 애처롭기까지 한 것이 흡혈귀의 이미지와 어울리지 않는 것도 이만저만이 아니지만, 뭐, 수어사이드마스터가 날조된 죄를 뒤집어쓰게 될 상황일 가능성을 고려한다면, 그 반대도 고려해야만 할까.

극단적으로는, 누군가가 누명을 씌우려 하고 있다고 생각하게 만드는 위장공작이라는, 실로 본격 미스터리적인 추리도 지금은 가능하다.

이론적인 인물.

"그러네요. 동아리 멤버 중에 흡혈귀가 있다니, 너무나도 의외의 진상이죠."

"그런 가능성을 부정한 기억도 없어. 코요밍처럼 새침한 얼굴을 하고 학교에 다니고 있는 괴이가 그 밖에 더 없다는 소리는 하지 않았잖아?"

"에이, 무슨 말씀을."

고약한 농담이네.

새침한 얼굴, 이라는 말에서도 가시가 느껴진다.

"농담인 것도 아니지만 말이야. 뭐, 지금은 모든 가능성이 열려 있어. 인해전술의 융단폭격이지. 어젯밤의 사건으로 수어사이드마스터의 용의가 조금 약해진 것도 사실이고 말이지. 'F·C'라는 이니셜은 드문 것 같으니, 100명 있다는 여자 농구부원 중에서도 몇 사람으로 좁힐 수 있지 않을까….”

그렇게 말하며 가엔 씨는 히가사에게 빌려 온 명부를 팔락팔락 넘기며 체크를 개시했다. 복사하지 않겠다는 약속을 했으므로, 원본이다.

“참고삼아 물어봐도 될까? 코요밍. 암호 해독의 수순을. 그 수순 중에 새로운 힌트가 있을지도 몰라.”

“알겠습니다. 하지만 별 관계는 없을 거라 생각해요.”

“관계가 없어도 듣고 싶어. 누나는 이과가 아니지만, 수학 퍼즐을 싫어하지는 않아. 두뇌 운동도 되고, 기분전환도 되니까.”

기분전환?

두뇌 운동은 둘째 치고… 그렇게는 보이지 않는데, 가엔 씨는 지금 기분이 가라앉아 있는 걸까? 예상했던 것 이상으로 문제를 오래 끌고 있는 것이나, 카게누이 씨가 시시각각 이 마을에 가까워지고 있다는 것, 잊어서는 안 되는 나의 배신, 그야 고민할 것들이 끊이지 않겠지만.

뭐, 들은 내용을 밝히는 것으로 조금이라도 기분이 나아진다면 그렇게 하도록 하자.

배신의 속죄다.

“이렇게 말해도, 이번 암호는 숫자 퍼즐이 아니에요. 소수도 관련되지 않았어요. 이과는 이과지만, 수학이 아닌 이과 분야였어요.”

"이과. 이과 분야라고 하면, 일본의 중학교 과정은 1분야, 2분야로 나뉘어 있지."

"그 분류로 따지자면 1분야 쪽이에요. 자연과학. 섭씨와 화씨였어요."

말하자면 온도표기다.

숫자와 마찬가지로 세계 어디에서도, 혹은 우주 어디에서도 고온은 고온이고 저온은 저온, 절대영도는 절대영도일 텐데, 그래도 온도는 똑같이 표기되지 않는다. 단위가 다르다.

그 차이가 섭씨고, 화씨다.

"아아… 그래서, 'F'하고 'C'야?"

역시 이론 쪽 인간은 이해가 빠른지, 가엔 씨는 그렇게 말하며 명부를 팡 하고 덮었다. 아무래도 체크가 끝난 모양이다.

읽는 것도 빠르다.

"하지만 '820 / 280 / 610 / 160'이 어떻게 섭씨와 화씨가 되는 거지? 정확히 말하면 섭씨는 'C'이고 화씨는 'F'인데, '어떻게 해야 화씨와 섭씨가 되는 거지?'라고 해야 하려나."

"섭씨의 경우에도 화씨의 경우에도, 삐딱하게 위쪽에 '도'를 나타내는 ° 표기가 붙어요. 그 왜, 제곱을 적을 때하고 같은 위치에."

"그런 예시는 이과끼리 해 줬으면 좋겠네. 그냥 대각선 위, 라고만 해도 알아들어. 내 예상을 삐딱하게 벗어나지 말아 줘, 코요밍. 그래서?"

"그 ° 를 '0'이라고 해석하는 거죠. 그러니까, 암호문에 있는 모든 숫자 끝자리, '820'의 '0', '280'의 '0', '610'의 '0', '160'의 '0'을, 숫자가 아닌 기호라고 판단하는 거예요. 그러면 '820/280/610/160'은, '82°/28°/61°/16°.'가 되죠."

"아하, 최고기온과 최저기온인가."

그런 것이었다.

남겨진 암호는 어제의 기온을 섭씨와 화씨, 양쪽 표기로 적은 것이었다. 암호 해독의 원조라고도 할 수 있는, 로제타 스톤처럼.

다만, 그렇다고 하면 중요한 알파벳이 생략되어 있다. 'F'와 'C'가.

"그래서 'F/C'가 암호문에 대한 해답문이라는 말이구나. 어이쿠, 이니셜이면 '문'이라고 말할 수 없나. 하지만, 그렇구나. 용케 이런 걸 떠올렸네."

"네. 매일 최고기온과 최저기온을 체크하는 일은 운동부라면 당연할지도 모르지만, 몽롱한 의식 속에서 떠올릴 만한 건 아니죠."

"아니, 나는 코요밍의 학우를 칭찬할 생각일 뿐이었는데."

너무 흥미를 보이면 곤란한데.

탐을 내 버리면.

이건 완전히 사적인 감정이 되어 버리는데, 세 번째 해독을 의뢰하게 되기 전에 사건을 해결해야만 한다….

하치쿠지에게 의지하거나 시노부에게 협력을 받거나, 칸바루의 집을 빌리거나 하면서 어찌어찌 초지일관도 불가능해졌으니,

그냥 포기하고 다음부터는 암호 해독을 오기에게 부탁할까…. 하지만 그 아이는 에둘러 말할 뿐, 메니코처럼 척하고 답을 알려 주지 않으니까.

그 아이도 이론적인 인물이다. 수수께끼의 이론의.

어쨌든, 하던 이야기로 돌아가자.

메니코를 지키기 위해서라도, 사건을 해결하기 위해서라도, 돌아가자.

"그보다 여자 농구부 부원 중에 이니셜이 'F·C'인 학생은 몇 명이었나요? 그 아이가 스트랩을 달고 있는지 어떤지는, 또 조사해야 하겠지만요…."

제1의 미라, 하리마제 키에가 스트랩을 달고 있지 않았던 것을 보면, 반드시 모두가 장착하고 있지는 않을 것이다. 동조압력에 대한 그 정도의 소소한 반항은, 동아리 내에서도 허용되고 있는지도 모른다.

"제로였어."

"네? 뭐라고요?"

"미안, 이상한 표현을 써서. 제로. 없었다는 의미야. 이니셜이 'F·C'인 여고생은."

030

"반대의 경우도 조사해 보셨나요? 그러니까요, 사람의 이름을 이니셜로 표기할 때는 '성/이름'인 패턴과 '이름/성'인 패턴이 있잖아요?"

"물론이지. 그래도 없었어."

메니코의 해독이 틀렸던 걸까.

아니, 그건 아니다.

"검색 범위를 넓히는 편이 좋을까. 은퇴한 3학년도 후보에 포함시켜 볼까?"

"으~음…."

칸바루를 통해 히가사에게 부탁하면 졸업생의 명단을 입수하는 것도 불가능하지는 않겠지만, 글쎄, 그렇게까지 손을 벌리면 끝이 없다는 느낌도 든다.

억지를 부리면서까지 이니셜이 'F·C'인 인물을 찾는 것도 별로 생산적이지 않고…. 드물어 보인다고 해도, 찾지 않을 만한 이니셜도 아닌 것이다.

"스트랩을 단서로 여자 농구부원이라고 짐작했었는데, 'D/V/S' 때처럼, 문득 떠오른 유명한 흡혈귀의 이니셜은 아닐까요?"

"이 경우의 흡혈귀는, 해외의 괴이이니까 말이지. 보통은 미들네임이 포함돼…. 알파벳 두 글자로는 조금 부자연스러워."

"그런가요…."

메니코를 귀찮게 하고(기뻤했지만) 수업을 땡땡이친 것에 비해(그렇지 않더라도 땡땡이쳤을지도 모르지만) 별로 힌트가 되지 않았네…. 뭐, 필드 워크는 헛수고의 반복이라고 오시노도 말했었다.

꾸물거리지 말고 방침을 전환하는 것도 중요하다.

"그런데요, 가엔 씨. 별로 기분이 좋아 보이지 않으신데, 제가 없는 사이에 또 뭔가 나쁜 뉴스라도 있었나요?"

"응? 그렇게 보였나? 태연한 척하고 있다고 생각했는데, 코요밍이 걱정하게 만들어 버려서는, 무엇이든 알고 있는 누나도 체면이 말이 아니네. 나는 너에게 언제까지나 믿음직스러운 누나이고 싶었는데."

"아뇨, 아뇨, 가엔 씨라면 분명 믿음직스럽고 성숙한 여성이…"

"나는 믿음직스럽고 성숙한 여성이 되고 싶은 게 아니야. 아니, 그야말로 코요밍의 걱정이 완전히 적중했어. 여고생의 휴대전화 내용 같은 거, 보는 게 아니었어."

그런 것치고 현재로서는 성과도 좋지 않아서 좌절할 것 같은 참이야, 라고 말하며 가엔 씨는 침대 위의 미라이자 화제의 휴대전화의 주인인 칸구 미사고에게 눈을 돌렸다.

환자복을 입은 상태로 침대에 눕혀져 있는 모습은, 눈에 익었다고 할 정도는 아니어도 이제는 역시나 익숙했다.

인간은 뼈와 가죽만 남아 버리면 구별이 되지 않는다고도 한다. 누워 있으면 신장차도 애매하고, 운동부에 속한 여자답게 머리카락도 짧게 정리하고 있으므로 그 부분으로 구별도 불가능하고.

칸바루도 현역 시절엔 쇼트커트였는데, 운동부이기 때문이 아니라 설마 칸바루를 흉내 내서 다들 비슷한 머리모양을 한 건 아니겠지…?

다들 비슷한… 응?

"그렇다고 해도 누나는 더 이상 놀라지 않겠지만 말이야. 하여간 그런 질척질척한 인간관계를 보여 주게 되면, 흡혈귀 같은 건 무섭고 뭐고 없어."

"보여 주다니, 가엔 씨가 멋대로 본 거잖아요."

"뭐라 할 말도 없네. 파트너의 휴대전화 체크는 할 짓이 못 된다고들 하는데, 그건 진짜였구나. 심연을 들여다보는 자는 심연 역시 그자를 들여다본다는 얘기지."

무슨 내용이었던 걸까.

솔직히, 그렇게까지 말하면 오히려 흥미가 생겨 버리는데…. 하지만 접하지 않는 것이 좋겠지. 프라이버시 존중 이상으로 나 자신의 건강을 위해서…. 가엔 씨가 저 정도라면 나 같은 건 입원하게 될지도 모른다.

그런 상황에서 성과가 좋지 않다고 하면 더더욱 그렇다.

"뭐, 여자 농구부가 특수하다는 것도 있었겠지만. 아무리 그래도 이것이 일반적인 예라고는 생각하고 싶지 않네, 어른으로서. 이상한 동아리 활동이야. 자기들이 스스로를 괴롭히고 있는 것이나 다를 바 없었어."

"하지만, 체육 계열 동아리나 운동부는 정도의 차이는 있어도 다들 그런 부분이 있지 않나요? 스포츠의 강호라면 더더욱 그렇고."

옛 강호, 일까. 나오에츠 고등학교의 경우.

다만, 그쪽이 문제가 가속화될 것 같은 분위기도 있다….

"으~음. 나는 고등학생 시절부터 리더 체질의 지휘관 타입이었는데, 확실히 체육 계열 쪽 애들하고는 좀처럼 양립할 수가 없었지~"

"가엔 씨에게도 고등학생이던 시절이 있었군요."

"누나는 태어날 때부터 누나였던 게 아니라고. 하물며 성숙한 여성이었던 것도 아냐."

"그런 의도로 말한 것이… 그러고 보면, 고등학생 시절이 가장 연상되지 않는 사람은 카게누이 씨지만요."

문과라도 이과라도, 예술 계열이라도 체육 계열이라도 어울리지 않는다…. 대체 어떤 고등학생이었을까.

"그 녀석은 의외로 성실한 학생이었어. 내가 알고 있는 건 고등학생 시절이 아니라 대학생 시절이지만. 그 시절의 삼총사 중에서 유일하게 중퇴하지 않고 졸업했으니 말이야."

그랬지요.

정말 인간이라는 존재는, 한 가지 면만으로는 말할 수 없네.

"야단났네~ 여고생 콜로니에 각오도 없이 발을 들였다가, 질척질척한 바닥없는 늪에 빠져 버둥대는 사이에 카게누이가 와 버려~"

와 버려~ 라니, 귀엽게 한탄을 해도 그쪽이 한탄스럽다.

믿음직스럽고 성숙한 여성으로 있어 줬으면 좋겠다.

"제가 그렇게 생각하는 건 어쩔 수 없다 치고, 가엔 씨, 가엔 씨는 후배를 너무 경계하는 거 아닌가요? 언컨트롤러블하다고는 해도 그 사람, 당신이 하는 말에 전혀 따르지 않는 것도 아니잖아요?"

실제로 이번에도, 기본적으로 카게누이 씨는 가엔 씨가 불렀기 때문에 저 멀리 북극에서 돌아오고 있는 것이고, 또한 정말로 언컨트롤러블하다면 무해인증이고 뭐고 다 무시하고, 그 사람은 나나 시노부를 퇴치해 버렸을 것이다.

무한히 폭력적이더라도 그것은 수단의 문제이며, 이야기를 하면 알아들을 것이다. 이론적인 인물.

"그래, 그 부분이야. 확실히, 사정을 설명하면 수어사이드마스터를 퇴치할 필요가 없다는 이론은 세울 수 있을지 몰라. 저렇게까지 유녀화된 수어사이드마스터라면, 무해인증도 가능할지도."

여고생들의 바닥없는 늪에 빠져 있어도 그 부분에서는 과연 수장, 내가 할 만한 생각은 한참 전에 고려가 끝난 모양인지, 그런 말을 해 왔다.

"응. 실제로 수어사이드마스터가 하치쿠지짱의 '헤매는 소' 결계를 돌파했다고 들은 시점에서, 이미 그 생각은 내 머릿속을 스치고 있었어. 수어사이드마스터는 결계를 힘으로 돌파한 게 아니라, 단순히 결계가 반응하지 않을 만큼 이미 약체화되어 있던 것이 아닐까 하고."

"......"

그럴 수가 있을까.

전설의 괴이를 낳은 부모이자 이름을 붙인 부모임을 고려하면, 너무나 가엾고 애처로운 상황이라고 할 수 있겠지만.

"그런 상태로도 여고생의 피를 빠는 것 정도는 가능할 테니까, 이 마을에 있다는 것만으로도 수어사이드마스터가 용의자의 필두라는 점은 틀림없지만 말이야. 하지만 미라화되어 있던 이유는 누군가에게 습격을 당한 것이 아니라 결국 약체화에 한계가 와서, 스스로 건면에 들어간 것으로 볼 수도 있어."

"그렇다고 할 경우, 산에 들어간 건 스스로 그렇게 했다는 뜻인가요?"

"응, 땅속이 안전할 테니 말이야. 건면이자 동면이자 가수면의 흡혈귀지. 그렇다고 하면 입국관리인인 하치쿠지쨩에게 돌아가려 했고, 그러다가 길가에서 쓰러졌다는 얘기이려나. 뭐, 이것도 수많은 가능성이 있지만, 실제로는 굶주림을 못 이겨 여고생을 덮쳤을 가능성이 가장 크지만, 지금은 무죄추정의 원칙이 적용되고 있어. 하지만 카게누이에 관해서는, 그렇게는 안 돼."

"…어째서인가요?"

이상하게 완고하네.

나조차 신용하고 있었다는, 어떤 의미에서는 태평스러운 누나가, 이번 카게누이 씨에 대해서만큼은 묘하게 완고하다.

"이런 말도, 여기서만 하는 얘긴데 조금 인연이 있거든. 문제의 수어사이드마스터와, 큰 문제의 카게누이에게는."

"문제…와, 큰 문제."

"설령 수어사이드마스터가 이번 사건의 범인이 아니라고 해도, 수어사이드마스터가 최근 600년 동안, 사실상 인간에게 해를 끼치지 않아서 무해인증을 받을 수 있게 되었다고 해도, 그래도 카게누이를 멈출 수는 없는 인연이. 정의를 표방하는 것이 유일한 안전장치가 되어 있는 그 악독한 음양사가, 이번만큼은 사적인 감정으로 움직일지도 몰라."

사… 사적인 감정?

그 정의감의 화신이?

"자칫 잘못하면, 나는 또 후배를 파문해야만 하는 꼴이 되고 말거야. 그게 싫은 거지."

031

카게누이 씨의 사적인 감정이라는 것만으로도 거의 제삼자는 끼어들기 어렵다고 느꼈으므로 잡담은 이만하고. 잡담은커녕 압박감이 느껴지는 괴담이었지만, 어쨌든 간에 잡담은 이만하고.

프라이빗한 영역에 발을 들이는 리스크는 똑똑히 시사된 참이고, 넌지시 이야기한 가엔 씨도 굳이 그 인연이 어떻고 하는 상세한 내용을 이야기하려고 하지는 않았다. 오히려 여고생의 어둠에 사로잡힌 탓에 새어 나온 실언이었는지도 모른다.

사로잡혔다는 이야기를 하자면, 가엔 씨가 'F·C'라는 이니셜에서 곧바로 여자 농구부 멤버를 연상한 이유는 그 알파벳 스트랩에 관한 일이 있었던 것뿐만이 아니라, 칸구 미사고의 휴대전화에서 드러난 동아리 내의 어둠을 엿보고 말았기 때문에, 그것에 휘둘렸기 때문이라는 생각도 그럴 듯했지만(몽롱한 의식 속에서 칸구가 알력이 있던 멤버에게 **흡혈죄**를 덮어씌우자고 생각했을 가능성까지 검토했다는 모양이다), 명부에는 그런 이니셜을 가진 사람은 없었다. 그리고 미들네임의 머리글자가 포함되어 있지 않은 이상, 흡혈귀의 서명도 아니라고 치고.

나는 졸업생에게 손을 벌리기 전에, 또 하나의 가능성에 생각이 미쳤다.

"이거, 이니셜이 아니라 영단어의 약칭일 가능성은 없을까요?"

"약칭? …그러니까, 사람 이름 이외의 영단어라는 얘기야?"

평소의 가엔 씨였다면 눈 깜짝할 사이에 떠올렸겠지만, 어쨌든 지금은 여고생의 질척질척한 진흙탕 속에 빠져 있다…. 어른 쪽이 대미지가 심할지도 모르는 진흙탕에.

정말이지, 타인의 사생활 따윈 독밖에 되지 않는구나.

"프랜차이즈(FC)일 리는 없을 테니. 예를 들면, 풋볼 클럽(FC)이라든가?"

타당한 추측이다.

농구부에 대응되는 풋볼 클럽. 축구부.

흡혈귀의 권속 만들기를 프랜차이즈라고 독해하는 것도 억지스럽긴 해도 불가능할 것은 없겠지만, 그렇게까지 비틀지 않아도 된다.

다만, 나오에츠 고등학교의 축구부를 살펴보기 전에 고려해야만 하는 조직이, 그 고등학교에 존재하고 있던 것을 잊어서는 안 된다.

"팬클럽(FC)."

"응?"

"있었다고요, 그런 게. 그 옛날이라고 할 만큼 옛날은 아니지만, 슈퍼스타 칸바루 스루가의 비공식 팬클럽이."

여자 농구부와는 별개의 조직으로, 하지만 여자 농구부와는 다른 의미에서 칸바루의 영향이 강한 조직이다.

조금 전에 미라의 헤어스타일이 다들, 거의 같았다고 생각했을 때 떠올렸다. 어디 보자, 확실히 그 팬클럽, 이름이 '칸바루 쇠르'였던가?

"그건 뭐야? 루카와 카에데* 친위대 같은 느낌인가?"

"딱 그거죠. 다만 무슨 생각이었는지, 저에게 시비를 걸어와서 해산으로 몰아넣었지만요."

"진짜 서두 같은 느낌으로 엄청 무서운 소리를 하네, 코요밍. 해산으로 몰아넣었다니. 소문대로의 불량학생이잖아."

"그 잔당이, 이번 사건에 관여하고 있을 가능성도 있겠네요."

여자 농구부원 중에 흡혈귀가 있었다는 가설에 신빙성이 없는 것과 비슷한 정도로, 칸바루 스루가의 팬클럽에 흡혈귀가 섞여 있었다는 가능성도 어이없기는 마찬가지다.

하지만 어이없는 가능성을 어이없다는 이유로 검토하지 않을 만큼 여유 있는 상황도 아니다.

※루카와 카에데(流川楓) : 만화 『슬램덩크』의 등장인물. 한국판에서 '서태웅'으로 작명되었다.

"무엇이든 알고 있는 누나로서, 알고 싶지도 않았던 현실이네. 아아, 하지만 나의 사랑스러운 언니도 여고생 시절에는 그런 응원단을 가지고 있었어."

"별로 관련이 있을 것 같지도 않지만, 생각난 이상에야 어쩔 수 없네요. 팬클럽 회원은 아니었지만, 저희 여동생이 그 조직에 가까이 있었으니 살짝 조사를 해 볼게요."

"여동생?"

가엔 씨의 표정이 어두워진 것을 보고,

"저희 여동생(커다란 쪽)이요."

라고 나는 다시 말했다.

그 말을 듣고 안심한 듯 "아아."라며 가엔 씨는 미소 지었다.

"카렌짱 말이구나. 알았어, 알았어. 잘 부탁할게. 노파심에서, 성숙한 여심에서 말해 두겠는데, 츠키히짱을 끌어들이는 것만큼은 삼가 줘. 가족에게 민폐를 끼치고 싶지 않다는 건 원래는 코요밍에게 부탁받았던 것이기는 한데, 요즈루에 관한 문제를 제외하더라도, 그 아이가 얽히면 제대로 될 일도 제대로 되지 않게 돼."

굉장한 소릴 듣고 있네, 우리 여동생(쪼그만 쪽).

"그것하고, 이건 사후보고가 되어서 죄송한데요, 그 뒤에 시노부가 수어사이드마스터의 참고인 조사에 협력하는 것에 대한 조건을 제시해서요."

나는 주종관계 놀이의 개략적인 내용을 가엔 씨에게 프레젠테이션했다. 이야기를 하고 있으려니, TPO도 분별하지 못하고

웃어 버릴 정도의 플랜이기는 했지만,

"응, 괜찮지 않을까?"

라고 지휘관으로부터 허가를 받을 수 있었다.

당연한 일이지만 '될래, 될래, 노예가 될래!'라는, 그런 제안은 없었지만,

"참고인 조사라기보다는 거의 함정수사 같지만 말이야. 시노부짱이 이 나라에서 잘 지내고 있다고 착각한다면, 수어사이드 마스터도 경계하지 않고 나불나불 이야기해 줄지도 모르지."

착각. 하긴, 착각이겠지.

실제로는 잘 지내고 있기는커녕, 퇴치당할 뻔하고, 살해당할 뻔하고 죽을 뻔하고, 그런 끝에 제대로 죽지 못해서 유녀화된 데다, 그 주변 틴에이저의 그림자에 봉인되어 있는 상황이니까.

어쨌든, 작전 실행 허가를 얻게 된 이상, 어쩔 수 없다. 나 같은 녀석이 노예 역을 맡을 수 있을지 어떨지 모르겠지만, 할 수 있을 만큼은 해 보자.

"그렇게 되면, 팬클럽이 아니어도 칸바루와는 한 번 만나서 제대로 이야기를 해 두는 편이 좋아 보이는데, 그때 신경 써 둬야 할 게 있을까요? 시추에이션은 어제와 또 다른데요."

"신경 써 둬야 할 것… 폭풍을 제대로 피해 줬으면 좋겠네. 그야 책임을 느끼고는 있겠지만, 후배들의 질척질척한 상황에 쓸데없이 개입하려고 하지 말 것."

전문가가 아니라 인생 선배로서의 어드바이스가 되어 있지만, 뭐, 다양한 괴짜로부터 선배로 불리고 있는 가엔 씨의 조언에는

칸바루도 따라야 할 것이다.

이름을 밝힐 수는 없더라도.

따를 거라고는 생각하지 않더라도.

"나는 이대로 이 병원에서 휴대전화 분석을 근성으로 계속하면서, 수색대의 보고를 기다리며 밤에 대비할게."

"저는 카렌과 칸바루를 만나서 이야기를 듣고, 그런 뒤에 시간이 나면 오이쿠라와 놀다 올게요."

"소꿉친구에 대한 것은 둘째 치고, 여동생과 스루가에 관해서는 둘 다 고등학교에서 하교하기를 기다려야만 하잖아. 코요밍도 슬슬 일단 귀가해서 잠을 자 두는 편이 낫지 않겠어? 밤샘이 힘들지 않은 흡혈귀 체질에도 한계는 있을 거 아냐."

그것도 그런가.

생각해 보면 흡혈귀도 야행성일 뿐이지, 낮 동안에는 잠을 자고 있으니 말이야…. 지금 시노부가 그러고 있는 것처럼.

사실은, 그 하교시간까지 오이쿠라의 하숙집에 가서 놀자는 복안을 짜고 있었는데, 아무래도 포기할 수밖에 없을 것 같다.

짜는 게 아니라 자는 것도 업무인가.

뭐, 어차피 이 정도 시간이면 아침에 약한 그 수학 마니아도 대학에 있을 테고….

"아, 그렇지. 짬을 내서 오이쿠라의 하숙집에 가서 잘까. 여벌 열쇠도 가지고 있으니."

"소꿉친구 관계라는 것도, 제삼자가 끼어들기 힘든 부분이 있네."

032

역시 평범하게 집에 돌아가서 자기로 했다. 수면의 섭취는 말할 것도 없고, 슬슬 목욕을 하고 싶었다. 아무리 그래도 오이쿠라의 하숙집에는 내가 갈아입을 옷이 마련되어 있지 않다. 나중에 어떻게든 하자.

그 뒤에는, 오노노키에게 어젯밤의 감사 인사를 해 둘까 하고 생각했다. 허둥지둥 집을 나서는 바람에 하치쿠지의 전언을 전해 준 것에 대해, 그 후에 가엔 씨를 불러 준 것에 대해 제대로 이야기하지 않았다.

오노노키가 보기에는 오미쿠지를 받아 들더니 갑자기 집을 뛰쳐나가서는 멋대로 지옥에 떨어졌다는 이상한 녀석이겠지….오노노키에게 이상한 녀석으로 여겨지는 것은 견딜 수 없다.

부모님은 맞벌이, 장녀는 고등학생, 차녀는 중학생인 아라라기 가이므로 기본적으로 낮에는 아무도 없다. 봉제인형으로 잠입해 있는 오노노키와 거리낌 없이 이야기할 수 있다.

감사 인사를 하기는 하겠지만, 카게누이 씨가 현재, 마치 맹위를 떨치는 허리케인처럼 이 마을을 향해 시시각각 다가오고 있다는 걸 알려 주는 것도 좋을 것이다. 나나 가엔 씨에게, 그것은 그저 영 좋지 않을 뿐인 접근이지만, 카게누이 씨를 '언니'라고 사모하는(?) 식신 동녀에게는 좋은 뉴스일지도 모른다.

여러 가지로 바쁜 오노노키는 이번 일에 참가하지 않고 있지만, 들키기 전까지의 시노부와 달리 외부인 취급을 받은 것은 아니다. 대화가 활발히 이어지다 보니 왠지 모르게 물어볼 기회를 놓쳤다, 그건 그렇고 듣고 싶은 듯도 하고 듣고 싶지 않은 듯도 한 수어사이드마스터와 카게누이 씨의 인연이라는 것도 슬며시 알려 줄지도 모른다.

그런 흑심이 문제였는지, 집에 돌아와 보니 부모님&여동생들뿐만 아니라 무표정에 하늘하늘한 드레스의 봉제인형도 부재중이었다.

대학생은 말할 것도 없고, 공무원이나 중고생보다도 바쁜 모양이다, 그 동녀는.

뭐, 저쪽에서 해 주는 이야기는 듣고 싶지만, 이쪽에서 자진해서 듣고 싶은 인연이라고는 생각하지 않으니 말이야… 굳이 말하자면, 그 인연이 밝혀지지 않도록 복선을 없애는 것이 내가 해야 할 일인가.

아라라기 코요미의 복선 죽이기다.

그런 이유로 김이 샜다는 기분과 가슴을 쓸어내리는 기분이 뒤섞인 느낌이 되어, 나는 샤워를 하고 침대에 들어갔다.

사실은 지쳐 있었던 모양인지(마음고생도 있었다고 생각된다), 나는 오후까지 푹 자고 카렌이 집에 돌아온 소리에 눈을 떴다. 무예에 뜻을 두고 있는 것치고, 저 녀석의 행동은 아주 요란해서 금방 알 수 있다.

"여어, 카렌. 그건 그렇고 칸바루의 팬클럽에 대해 묻고 싶은 것이 있는데 말이지."

"너무 단도직입적이잖아. 난 아직 신발도 안 벗었다고. '다녀 왔어?' 정도는 말해. '그건 그렇고'부터 시작하는 용건이 어디 있냐고, 서두가 없잖아. 무슨 일인데?"

아라라기 카렌. 16세.

신장, 엄~청 크다. 커다란 쪽 여동생.

사립 츠가노키 고등학교 1학년. 동아리 활동에는 소속되지 않았으며, 지금도 타격계 격투기 도장에 다니고 있다. 그런 느낌.

그리고 헤어스타일이 포니테일로 돌아와 있다.

"칸바루 선생님의 팬클럽? 아~ 아~ 오빠가 밟아 버렸던 그거지?"

"밟아 버리지 않았으면 이쪽이 짓밟혔을 거라고. 생각만 해도 소름이 돋아."

지금도 칸바루 선생님이라고 말하고 있는 점에서 이 녀석도 상당하지만, 그러나 카렌의 칸바루를 향한 동경은 또 조금 특수했다.

사정을 정성스럽고 상세하게 설명할 수도 없기에, 나는 "최근에 활동을 재개했다든가 하는 이야기 못 들었어?"라고, 이유를 설명하지 않은 채로 이야기를 진행시켰다.

"음~ 아니, 그런 건 없다고 생각해. 그런 조직은 한 번 흩어 버리면 보통은 재결집하지 않으니 말이야."

"그런 법인가?"

"가장 중요한 칸바루 선생님이 은퇴했고 말이지. 팬은 끓어오르기 쉽고 식기도 쉬운 법이야."

흐음… 그러고 보니, 그런가.

카렌의 말대로, 칸바루가 현역 선수로 계속 뛰고 있을 때라면 팬클럽의 세대교체도 있을 수 있겠지만, 숭배의 대상이 은퇴 선수라면 신규 회원은 좀처럼 모이지 않을 것이다.

칸바루 본인도 그런 형태로 사람들의 이목을 끄는 것을 좋아하는 인간은 아니었고 말이지. 해독된 암호 'F/C'를 '팬클럽'으로 읽을 수 있다고 깨달았을 때에는 솔직히 조금은 번뜩이는 착상을 한 듯한 고양된 기분을 느꼈는데…. 세상일이 그렇게 만만하지는 않은가.

칸바루 자신이 멤버였던 여자 농구부와, 어디까지나 비공인이며 외부였던 팬클럽이라고 하면, 역시 질이 다를까. 본인이 없이 강철 같은 규칙을 관철할 수 있는, 스토이시즘에 가득 찬 팬클럽이라고 한다면, 일본 유수의 레벨이 될 것이다.

하다못해 이것이 'C/F'였다면 '센터 포워드'로 농구의 포지션 같은 것 중 하나라고 독해할 수 있을지도 모르겠지만….

뭐, 범인이 여자 농구부 안에 있건 팬클럽 안에 있건, 흡혈귀가 새침한 얼굴을 하고 나오에츠 고등학교에 다니고 있을지도 모른다는 현실에 변함은 없다. 그런 일이 있긴 하려나.

다만 가엔 씨가 암시했던 나의 존재는 제쳐 두더라도, 센조가하라 히타기나 하네카와 츠바사, 칸바루 스루가에 오시노 오기등, 괴이가 엮여 있던 학생은 적지 않은 건가.

뭐, 여자 고등학생이 흡혈귀라는 것은, 남자 고등학생이 흡혈귀라는 것보다는 그림이 되려나. 그렇지.

"카렌. 너도 지금은 고등학생이지."

"갑자기 뭔 소리야. 하지만 그렇긴 해. 결혼할 수 있는 입장이
되었어."

"그건 고등학생이라서 결혼할 수 있는 게 아니라 열여섯 살이
라서 결혼할 수 있을 뿐이잖아, 입장으로 보면 오히려 결혼하기
어려워졌다고. 특히 나하고는."

"오빠하고는 언제나 세상에서 가장 결혼하기 힘든 입장이잖
아, 여동생이니까."

"고등학생이 되어 보니 어때? 새 친구들하고는 잘 지내고 있
어?"

유감을 느끼면서도, 나는 과보호 분위기의 오빠인 척을 하며
생생한 목소리를 모으기 위한 앙케트를 시작해 보았다. 무사태
평한 가엔 씨의 기분을 가라앉게 만들 정도의 질척질척한 것을,
카렌도 역시 체험하고 있을 것인가.

"잘 하고 있다는 게 어떤 학교생활을 가리키는지는 모르겠지
만, 뭐, 신천지도 즐겁다고. 주말에도 학교에 가고 싶을 정도야."

그것도 굉장하네.

하지만 그렇구나, 모든 여자 고등학생이 질척질척한 상황에
놓여 있을 리 없겠지. 개인차가 있을 테고, 환경이나 상황에 따
라 달라지겠고.

카렌의 성격이 좋게 말하자면 밑도 끝도 없이 밝아서, 나쁘게
말하자면 밑도 끝도 없이 바보라서 그럴 뿐일 리는 없을 것이

다. 주위 사람들이 모두 신경질적이라면, 아무리 활달한 바보라해도 흥이 나지 않을 것이다. 다만, 카렌은 칸바루를 신봉하고있을 정도라….

"맞다. 하나 더 물어봐도 될까, 카렌?"

"뭐야, 오늘은 계속 질문만 하고 가슴을 전혀 만지지 않네."

"평소에는 다짜고짜 가슴을 만져 대는 것처럼 말하지 마. 만지지 않았잖아, 올해는."

"작년까지 만졌던 시점에서 문제잖아. 남의 가슴을 찰흙처럼주물러 대고. 그래서, 다른 질문은 뭔데?"

"카렌이 츠키히와 함께 활동했던 파이어 시스터즈 말이야, 네가 졸업하는 것과 동시에 해산했잖아? 그거, 그 뒤에 어떻게 되었더라?"

"어떻게고 저떻게고, 전에 말했잖아. 지금은 츠키히가 혼자서문 파이어인지 뭔지로 힘쓰고 있어."

들었던 것 같은 기분도 들지만, 어쨌든 여동생의 정보가 애매하네.

남 이야기는 못 하겠지만, 뭐, 나도 저 여동생에 관해서는 비슷하다.

묻고 싶었던 것은 여자 농구부와 마찬가지로 주축이자 핵인카렌이 빠진 뒤의 츠가노키니 중학교의 커뮤니티가 그 뒤에 어떤 변천을 거쳤는가, 였는데. 츠키히의 파트너라는 후임 자리를노리고 분쟁이 발생했다든가, 파벌 싸움이 있거나 하지는 않았을까?

"그쪽은 참모 담당인 츠키히가 잘 처리한 모양이야. 츠키히는 좋게도 나쁘게도 자신을 특별하다고 생각하니까, 나도 포함해서 다른 녀석들이 자기 흉내를 낼 수 있다고는 생각하지 않았겠지."

흠. 막내 여동생의 그 자의식과 자의식 과잉은 상당히 걱정되지만, 그건 식견 있는 판단이었네.

칸바루는 노력가인 슈퍼스타가 종종 그렇듯 자기평가가 상당히 낮기 때문에 '내가 할 수 있는 것은 노력하면 누구나 할 수 있다'라고 믿는 구석이 있다. 인간적으로는 그쪽이 높은 평가를 얻을 수 있겠지만, '최선을 다해서 노력하면 꿈은 반드시 이루어진다' 같은 주장을 전국 레벨의 카리스마가 진심으로 이야기하면, 그것을 곧이곧대로 믿어 버리는 후진도 태어날 것이다.

칸바루가 잘못한 것이 아님은 알고 있지만, 지금 여자 농구부의 상황은 그러한 노력신앙으로 형성된 풍토일 것이다.

굳이 말하자면 칸바루는 왼팔 문제로 농구부 활동에서 은퇴할 때 히가사에게 다 맡겨 버리지 말고 제대로 후계자를 만들어 둬야 했다. 이제 와서 말해 봤자 어쩔 수 없는 일이지만.

"츠키히는 기본적으로 '소용없는 노력은 소용없다'파였으니까 ~ '노력이 아니라, 필요한 것을 해라', '소용없는 노력을 하면 꿈은 오히려 멀어진다'라고 말했지."

"역시 인상이 좋다고는 말할 수 없겠네…."

"'자신이 러키 보이, 신데렐라 걸이 될 수 있는 길을 찾아'라고 당당히 주장했어."

"츠키히만큼은, 비즈니스 서적을 내서는 안 되겠네. 그러고 보니 고등학생인 카렌보다 중학생인 츠키히의 귀가가 늦는 건 걱정이네. 주물럭주물럭. 문 파이어라니, 그 녀석은 그 녀석대로 독립 후에 대체 뭘 하고 있는 거야?"

"그것도 나는 잘 모르겠어~ 독립이라고 할지, 츠키히는 옛날부터 독립정신을 가진 의존파니까. 오빠, 지금 혼잡한 틈을 노리지도 않고 올해 처음이 되는 뭔가를 주무르는 효과음이 섞이지 않았어? 마법소녀의 심부름꾼 같은 일을 하고 있다는 소문도 있던데, 진위 여부는."

"흐음."

카게누이 씨의 재방문 관련 문제도 있으니 그 녀석은 얌전히 있어 주길 바라지만, 오빠 말을 듣는 여동생이 아니다.

오노노키와 이야기할 수 있었다면, 그런 쪽의 배려도 부탁할 수 있었겠지만…. 걱정이 된다고 할지, 마음고생이 이만저만이 아니라고.

오빠는 평생 해야 하는 직업이다.

"그러면 카렌. 나는 이제부터 잠깐 나갔다 올 건데, 오늘은 돌아오지 않을 거라 생각하지만, 그동안에 츠키히를 잘 감시해 줘."

"오늘도, 라고 해야겠지? 대학생은 밤놀이가 화려해서 안 된다니까. 새로운 생활인 건 오빠도 마찬가지고, 중요한 시기니까, 그야말로 오빠가 고등학생이 되었을 때처럼 불량학생이 되는 건 사양하겠어."

"도움이 되는 말이네. 가슴에 새길게."
"내 가슴에 새기지 마."

033

하치쿠지를 차일드 시트에 앉히려던, 신마저도 두려워하지 않는 책모는 실패로 끝났다.

키타시라헤비 신사에서 칸바루의 집까지, 아직 눈뜰 때(일몰)를 기다리고 있는 태고의 흡혈귀를 운반하는 작업에, 뉴 비틀의 조수석에 책임자인 하치쿠지, 뒷좌석에 수어사이드마스터를 안치한다는 포메이션을 제안했지만, 운반 대상의 사이즈로 생각하면 여섯 살 사이즈의 유녀인 수어사이드마스터를 차일드 시트에 고정하는 쪽이 법규상 안전하다는 이론 앞에, 나는 패배했다.

뭐, 겉보기 연령이 열 살의 초등학교 5학년으로 고정되어 있는 하치쿠지를 차일드 시트에 앉히는 것은 원래부터 역시나 무리가 있었다. 하치쿠지는 열 살 아이치고는 발육이 좋은 편이다. 작년에 신물 나게 이 손으로 치수를 쟀으니, 이건 확실하다. 그러니까 차일드 시트 쪽이 부서져 버리면 본말전도인 데다, 본전도 못 건진다.

오래도록 사용해 나가고 싶은 차일드 시트다.

다만 신역 밖으로 나오고 영산에서 내려오면, 수어사이드마스터가 한낮임에도 불구하고 갑자기 날뛰기 시작할 수 있다는 불안도 있었으므로, 그 부분은 가엔 씨에게 전화로 상담해서 새로운 봉인을 하고서 차일드 시트에 고정하게 되었다.

하치쿠지가 가엔 씨의 지시대로 실행한 봉인은, 알기 쉽게 말하자면 눈가리개와 수갑과 족쇄였는데, 소복 차림의 유녀가 눈가리개를 하고 수갑에 족쇄, 게다가 차일드 시트에 묶여 있다는 그 모습에서, 솔직히 법규상의 안전은 티끌만큼도 느낄 수 없었다.

지금 불심검문을 당하게 되면 면허 정지로 끝나지 않는다.

인생이 정지된다. 사회적으로.

"이야~ 자전거 애호가였던 아라라기 씨가 자동차를 타고 다니는 건 찬반양론이 있었지만, 확실히 기동력이 다르다는 것은 인정할 수밖에 없겠네요. 이쪽저쪽으로 종횡무진이잖아요."

하치쿠지는 뒷좌석에서 태평스런 모습이었다. 참고로 외출 모드이므로 하얀 소복에서 항간의 외출복으로 갈아입고, 배낭을 메고 있다.

뒤로 돌아 앉아서는 후면 유리를 통해 뒤쪽을 보며, 들어 올린 다리를 휘적거리고 있다. 소풍 가는 기분이냐.

"하치쿠지. 낮 동안에 산책했던 거, 성과가 있었어? 네가 찾아봤는데 발견하지 못했다면, 제5의 미라는 아직 만들어지지 않았다는 이야기가 되…는 건가?"

"글쎄요. 신이 된 저의 눈이 이 마을 구석구석까지 닿고 있었다면, 애초에 이런 사건은 일어나지 않았을 거라 말할 수 있죠.

논 시큐리티로 수어사이드마스터 씨를 통과시켰던 일을 후회하고 있는 것은 아니지만요."

"뭐, 그렇겠지."

하치쿠지 입장에서 보면 생명의 은인에 가까운 구석도 있다. 수어사이드마스터짱이 일본에 왔을 때, 하치쿠지는 그녀에게 산과 함께 짓이겨졌어도 이상하지 않았던 것이다.

신이라고 해도, 우리의 하치쿠신은 강대한 것은 아니기 때문이다. 약체화된 수어사이드마스터라 해도, 어쩌면 체육계 여고생 이상으로 손쉽게 쓰러뜨릴 수 있는 괴이일지도 모른다.

"하치쿠신이라뇨. 그러지 좀 마세요, 저에게 이상한 닉네임을 붙이는 거. 신에 대한 경의가 부족한 거 아닌가요?"

하치쿠지는 빙글 하고 반 바퀴 돌더니, 정상적인 자세로 좌석에 앉았다.

"시시루이 세이시로 씨 쪽 문제로 인해 시노부 씨가 두 번에 걸쳐 실패했던 것은 짐작하고 있으니까요. 그 돌이킬 수 없는 트라우마를 불식시킬 수 있는 기회가 된다면 좋을 텐데, 하는 기분도 있었어요. 다만, 현재 사실상 인간의 노예화가 되어 있는 시노부 씨와 수어사이드마스터 씨를 만나게 하는 것에 불안이 없었다면 거짓말이 되겠지만요."

그러니까 주종관계 놀이에는 우선은 찬성이에요, 라고 하치쿠지는 말했다.

"나중에 제대로 솔직하게 이야기하는 편이 좋을 거라고는 생각하지만요. 허세를 부리다 우정을 잃는 것도 슬픈 일이에요.

저도 생전에, 같은 반에 사이좋았던 남자애가 있었는데요, 괜히 허세를 부리다가….”

“그 이야기는 다음 기회에 듣기로 하고, 하치쿠지, 조금 전에 가엔 씨에게 전화해서 봉인술을 배웠을 때에 슬쩍 떠보았는데, 저쪽에서도 아직 제5의 미라는 발견되지 않은 모양이야.”

“저의 회상 신에 너무 흥미 없는 거 아닌가요, 아라라기 씨.”

“휴대전화 분석도 계속하고 있지만, 행방불명이 된 이후로는 전화도 문자도 앱도 사용된 흔적이 없어서 흡혈 시각을 좁히기가 어렵대. 요컨대, 수어사이드마스터의 알리바이는 아직 입증되지 않았어.”

나는 조수석의 유녀를 보았다.

차일드 시트에 고정된 소복, 눈가리개, 수갑과 족쇄, 그리고 금발인 유녀를.

“그런가요. 뭐, 저도 신용이 걸려 있으니까요. 사력을 다해서 협력할게요. 저도 노예인 척을 하면 되나요? 우헤헤헤.”

“흡혈귀의 노예가 아니라 돈의 노예 같은 캐릭터가 되어 있다고. 으~음, 그것도 생각해 봤는데.”

“생각하셨나요. 하치쿠지 마요이의 노예화를.”

“하지만, 역시 흡혈귀의 노예에게 흡혈귀성이 없으면 거짓말이란 걸 들킬 것 같아서 말이지. 오노노키에게라면 어찌어찌 부탁할 수도 있겠지만, 그 녀석은 시노부하고 사이가 안 좋은 데다 자리를 비운 상황이니 여기서는 나 혼자 맡을 수밖에 없겠지. 오히려 하치쿠지에게는 현지의 신으로서, 시노부와 내 관계의 보증인이 되어 주었으면 해."

보증인이 아니라 보증신일까.

때맞춰 나타난 중재인, 같다.

그린 생각을 하고 있년, 슬슬 칸바루의 집에 도착할 것 같은 타이밍에 운전석과 조수석 사이 음료수 홀더에 꽂아 두는 형태로 놓아 둔 내 휴대전화에, 이번에는 가엔 씨 쪽에서 착신이 있었다. 제5의 미라, 키세키 소와의 미라가 발견된 걸까?

곧바로 긴장했지만, 어쨌든 운전 중이라 내가 받을 수는 없다.

여기선 비서에게 맡기자.

"누가 비서인가요. 네, 여보세요, 하치쿠신입니다."

마음에 들었잖아.

"아라라기는 운전 중이어서요. 네. 네. …네, 그렇군요. 알겠습니다, 그렇게 전하겠습니다."

짧게 통화를 마치고, 하치쿠지는 휴대전화를 원래 자리에 되돌려놓았다.

"뭐래, 진전이 있었대?"

주뼛거리며 물어보자,

"진전이 아니라 후퇴일까요."

라고 하치쿠지는 대답했다.

"'F·C'의 이니셜은 일단 제쳐 두고, 리스트에 실려 있던 여자 농구부의 남은 멤버들을 대상으로 한 총동원 융단폭격식 조사가 끝난 모양인데요. 하지만 전원 무사하다는 게 확인되었다고 해요."

전원 무사하다는 것이 확인되었다?

"좋은 일이잖아. 간신히 날아든 좋은 뉴스라고. 그 기뻐해야할 낭보의 어디가 후퇴야?"

"무사하다는 건 무죄라는 의미이기도 해요. 조사 결과, 농구부원 중에 흡혈귀 따위 없다는 것이 확실해졌다는 이야기니까요."

출발점으로 되돌아간 것이다.

034

여자 농구부원들의 용의가 풀리고 팬클럽의 용의도 풀렸으며, 'F/C'에서 연상될 만한 다른 흡혈귀의 움직임도 보이지 않는다.

이렇게 되면 데스토피아 비르투오소 수어사이드마스터는 용의자의 필두라기보다 유일한 용의자가 되어 버린다. 그녀를 무죄라고 믿는 근거는 '편식을 뛰어넘은 거식의 수어사이드마스터는, 미성숙한 여자 고등학생의 피 같은 건 빨지 않는다'라는 시노부의 증언뿐이다.

오늘 밤의 참고인 조사가 더더욱 중요성을 띠게 된다. 나의 노예 놀이에 모든 것이 걸려 있다고 해도 과언이 아니다.

유녀의 노예가 되어 유녀를 속이다니, 그런 기회가 내 인생에 찾아오다니, 정말이지 인생이라는 건 모르겠다.

이런저런 일들이 있어서 고등학교 시절이 내 인생의 피크가 아닐까 하고 생각했던 적도 있었는데, 살아가다 보면 재미있는 일이란 아직도 많이 있구나.

그런 이유로, 스폰서인 칸바루에게 인사.

봉인된 유녀와 신격화된 소녀를 칸바루 가의 주차장에 세운 뉴 비틀 안에 남겨 두고, 물론 에어컨을 빵빵하게 틀어 놓고서다. 차 안에 아이들을 방치했다가 돌아왔을 때에 미라가 둘 생겼다는 전개는 사양하고 싶다.

"이야, 아라라기 선배. 마지막으로 본 게 어제였는데, 벌써 까마득한 옛날처럼 느껴지네."

"그렇게까지 옛날이 아니라고."

"응, 그러면 이거, 집 열쇠. 뭐든지 자유롭게 써도 돼."

새삼스럽게, 이 시원시원함을 모방하는 것은 보통 사람에겐 불가능하다고 생각했다. 무리해서 천진난만한 척했다가는 스트레스로 망가지고 말 거다.

하지만 인간은 열쇠의 숫자만큼 불행해진다고들 하는데, 나는 대체 평생 몇 개의 열쇠를 갖게 되는 걸까.

"오늘 밤은 히가사의 집에서 파자마 파티를 개최하기로 했어. 만약 어제 일로 뭔가 진전이 있었다면 전해 두겠는데."

진전이 아니라 후퇴가 있었다.

라고는 말하기 어렵다.

다만 이미 시작한 일이고, 독을 먹으려면 접시까지라는 말도 있다. 여자 농구부에 대해 나도 이제 와서 끝까지 모르는 체할 생각은 없다.

이번 일이 어떠한 결말을 맞는다고 해도, 그 후에 칸바루와 히가사와 협력하여 현재 상황의 개혁, 혹은 타파를 위한 플랜을 생각하자. 가엔 씨의 뜻에 어긋나지 않을 정도로. 파자마 파티라고 말하고 있지만, 그 실체는 아무래도 여자 농구부 은퇴 멤버들이 모여서 후배들의 현재 상황에 대해 의논하려는 것 같고….

카렌의 말투를 흉내 내는 건 아니지만, 예전에 그 고등학교에서 낙오한 사람으로서, 낙오하려 하는 학생들을 내버려 둘 수는 없다. 제멋대로 낙오했던 나와, 동아리 활동으로 꼼짝달싹 못하게 되어 낙오되려 하고 있는 현재의 농구부원들을 동일시하는 것은 무리가 있다고 해도.

"그렇지, 칸바루. 너 말이야, 동경하던 선배인 히타기와 나오에츠 고등학교에서 재회했을 때, 어떤 허세를 부렸어?"

"허세? 허세란 게 뭔데?"

그러시겠죠.

설령 상대가 경애하는 선배일지라도 스스로를 꾸미는 타입이 아니다. 있는 그대로의 자기 자신으로 돌격하는 타입이다. 굳이 말하자면, 그때 허세를 부렸던 것은 히타기 쪽이 아니었을까.

부렸던 것은 허세가 아니라 고집이었을까.

그 때문에 결국, 센조가하라 히타기와 칸바루 스루가의 발할라 콤비가 재결성되기까지는 1년 이상의 시간이 걸리게 되고 말

앉지만.

"뭐야. 마치 시노부짱이 옛날 지인과 재회하기 위한 지혜를 찾고 있는 듯한 말투잖아."

"그런 말투 안 썼다고."

시노부의 이름 같은 것도 꺼내지 않았어.

역시 가엔 씨의 조카인 만큼 방심할 수 없다. 섣불리 입을 열었다간 이 똘똘한 후배는 제 발로 얽혀 올지도 모른다.

스스로 노예 놀이에 참가하려 할지도 모른다.

시시루이 세이시로 때, 나의 개인적인 사정으로 말려들게 해버린 일을 괴롭게 생각하는 몸으로서는, 그것은 피하고 싶은 사태였다.

용무를 날조해서라도 이야기를 돌리고 얼른 쫓아내야 한다. 여기는 칸바루의 집이지만, 쫓아내야 한다.

"아, 그렇지, 칸바루."

"아라라기 선배는 빈번하게 뭔가를 떠올리네. 이번에는 뭔데?"

"부탁하고 싶은 게 또 하나 있는데….."

035

실행할 곳으로 칸바루 가를 골랐다고 해도, 괴멸적으로 어질러져 있는 후배의 방을 일몰까지 정리하는 것은 사실상 불가능하고, 그렇다고 해서 아무리 마음대로 쓰라는 말을 들었더라도 할아버지 할머니의 영지를 침범하는 일은 있을 수 없으므로, 데스토피아 비르투오소 수어사이드마스터의 부활의 땅으로는 이 일본식 저택의 정원을 사용하기로 했다.

료안지龍安寺도 이 정도일까 싶은 훌륭한 고산수枯山水※다.

뭐, 고육지책이긴 하지만 안에 들어가는 것보다 밖에서 바라보는 쪽이 전통주택의 성 같은 느낌이 잘 전해지리라는 것으로.

하지만 어제는 할 일을 다 마치지 못하고 시간이 바닥나서 밤을 맞이한 느낌이었지만, 오늘은 해야 할 일은 전부 마치고, 말하자면 소재가 바닥나서 밤을 맞이하게 되어 버렸는데… 자, 어떻게 될까.

"오래 기다렸지? 그럼, 시작할까."

해가 반쯤 가라앉았을 타이밍에 가엔 씨가 커다란 술병을 한 손에 들고 나타났다. 그것을 맞이한 것은 나와 일찍 일어나 그림자에서 나와 있던 시노부, 입회인인 하치쿠신, 그리고 눕혀져 있던 수어사이드마스터. 역시 구속된 유녀를 흙바닥에 눕히는 것은 불쌍해서 돗자리를 준비했다(돗자리는 칸바루의 방에서 찾아왔다. 어째서 그런 물건이?).

배우들은 다 모였다.

쇼 머스트 고 온.

"이 저택 주위에 둥글게 한 바퀴 결계를 둘러쳤으니까, 만에 하나 배틀 전개가 벌어져도 걱정은 없어."

※고산수 : 카레산스이. 동양의 정원 구성양식 중 하나로, 식물과 물 없이 이루어진 정원.

"그 만에 하나의 경우만은 피하고 싶네요…. 그건 그렇고 가엔 씨, 그 술병은?"

"일단 이래 봬도 전문가거든. 흡혈귀에게는 와인 쪽이 좋겠지만 여기선 일본식으로, 귀신에게는 신주神酒가 맞지 않을까 해서."

뭐, 신사의 신이 입회하는 일본식 저택에서 십자가나 성수를 의지하는 건 영 아니려나…. 마치 심야의 술자리에 온 것 같은 행동이었지만, 일본식 저택이라면 그것도 멋스럽다.

"차라리 정식 복장을 해도 좋았을 텐데."

"코요밍은 누나의 무녀 차림을 보고 싶었어? 안타깝지만 나는 메메 녀석 정도로 형식이나 의식을 중요시하지 않거든. 평화주의이면서 동시에 합리주의야."

확실히 지금 생각하면, 그 매사에 성의 없어 보이던 중년 알로하는 의외로 느껴질 만큼 절차라든가 이런저런 것들에 비합리적일 정도로 시끄러웠지…. 가엔 씨가 들고 온 큰 술병도, 가만히 보니 할인점에서 사 온 듯한 싸구려 술이고…. 그것을 신주라고 하는 건 좀 억지스러울 텐데.

억지를 부리는 것이 가엔류臥煙流인가.

"정말이지, 나의 자랑스러운 언니를 거절한 칸바루 가에, 내가 이렇게 들어오는 일이 있을 줄이야. 인과라는 건 정말 돌고 도는 법이네."

재미있다는 듯이 말하면서, 가엔 씨는 커다란 술병을 아무렇게나 뒤집어서 하얀 소복 차림을 한 유녀의 온몸에 뒤집어씌웠다.

오컬틱한 의식이라기보다, 그렇지, 굳이 표현하자면 물을 끼얹어서 정신이 들게 하는 모습 같다.

다행이다. 저 태연한 언행들을 보는 한, 여고생의 질척질척한 진흙탕에서 가엔 씨는 무사히 탈출한 모양이었다.

"우와. 하얀 소복이 젖어서 유녀의 몸에 찰싹 달라붙으니, 어쩐지 에로하네요."

하치쿠지가 신이라고는 생각되지 않는 저속한 발언을 했다. 말해 두겠는데, 자상한 마음에 건드리지 않았을 뿐이지(더블 미닝), 어제 웃기려고 폭포 수행을 했던 너도 똑같은 느낌이었다니까?

그건 둘째 치고.

"저기 말이야, 시노부 님."

"…………응? 아, 나 말이냐, 내 주인님아?"

전혀 역할에 몰입하지 못하고 있잖아.

노예근성이 배어들어 있다.

"…가 아니라, 나의 종복이여. 무슨 일이냐."

"곧바로 수습하려고 해 봤자… 뭐, 됐어. 저기 말이야, 시노부 님. 내 주인님. 저 같은 녀석이 여쭈어 봐도 괜찮으시겠습니까?"

"실전에서도 그 퀄리티로 연기했다간, 들켰을 때에는 너… 네 놈 탓이라고?"

서로 마찬가지라고 생각하는데.

하지만 시간이 없었기 때문에 딴죽을 걸지 않고 나는 계속했다.

"지금까지 별로 깊이 생각해 보지 않았는데…, 600년을 산다는 거, 어떤 느낌이야?"

"응?"

"아니, 저의 말을 허락해 주신다면, 이 1년을 돌아보는 것만으로도 변천이 있었다고 생각하옵니다."

"평범하게 말해라. 무슨 말을 하고 있는지 전혀 모르겠다."

응.

나도 내가 무슨 말을 하고 있는지 전혀 모르겠다.

"살아 있는 동안에 의견이 바뀌거나, 마음이 바뀌거나, 잘못을 깨닫거나, 올바름을 알거나, 하게 되잖아? 친구는 만들지 않는다, 인간의 강도가 내려가니까. 같은 소리를 하던 시절에 나는 그걸 진심으로 믿고 있었고, 대학에서 평범하게 친구가 생긴다니, 그 무렵에는 믿을 수 없었을 거라고 생각해."

고작 1년으로 그렇다.

만약 그것이 600년이었다고 한다면, 과거를 돌아봤을 때 어떤 기분이 들까, 문득 그런 생각이 들었던 것이다.

"평범하게 말해도 무슨 말을 하는 건지 전혀 모르겠구나. 나는 다 기억할 수 없는 과거를 거리낌 없이 버려 왔으니 말이다."

다 기억할 수 없게 되었기 때문일까, 기억하고 싶지 않았기 때문일까. 그것조차도 기억나지 않는 걸까.

뭐, 좋다. 나도 중요한 일을 하기 직전에 무슨 소리를 하고 있는 거람. 나 또한, 평범하게 말하면서도 내가 무슨 말을 하고 있는지 전혀 모르겠다.

600년 만에 재회한다고 해서 600년 전과 똑같은 결단을 내릴 필요는 없다고, 그렇게 말하고 싶은 걸까? 하지만 나는, 만약 또다시 키스샷 아세로라오리온 하트언더블레이드가 길바닥에서 죽어 가고 있다면, 1년 전과 변함없이 목덜미를 내밀 생각이 아닐까?

"애초에 괴이는 불사신이기 이전에 불변이며, 보편이다. 인간처럼 휙휙 변천하거나 하지 않는다."

"그러면 그 봄방학에 했던 질문을 다시 한번 할게. 시노부, 너에게 있어…."

너에게 있어, 인간이란 뭐야?

과거, 아직 오시노 시노부가 아니었을 무렵의 오시노 시노부는, 아직 흡혈귀였던 시절의 키스샷 아세로라오리온 하트언더블레이드는 이 질문에 곧바로 대답했다.

'음식'이라고 즉답했다.

지금의 시노부에게, 그것은 정답이 아니다.

봉인되어 있기 때문이라는 전제가 있다지만, 그 점을 제외한다고 해도 정답은 아니다.

하지만 뭐라고 대답할지는 또 다른 문제이고…라고, 시노부가 허점을 찔린 것처럼 한순간 입을 다문 타이밍을 노리고 있었다는 듯이,

"먹는 자여, 마시는 자여, 기는 자여! 성스러운 해가 가라앉은

지금이야말로, 관을 잡아 찢고 되살아나라! 살을 피로 끓이고, 뼈로 휘저어라!"

라고, 가엔 씨가 수십 년 전 한 시대를 풍미했던 마법 주문 같은 것을 영창하기 시작했다. 개그 같은 느낌인데, 진짜겠지, 이거?

"밤과 함께 오라! 데스토피아 비르투오소 수어사이드마스터!"

라고 할 줄 알았지? 라고 마지막에 덧붙이면 납득해 버릴 듯한 진부해 빠진 주문이었지만, 그 순간 싸구려 술로 흠뻑 젖어 있던, 드러누워 있던 유녀의 몸이 금색으로 빛나기 시작했다는 기분이 들었다.

그것은 기분 탓이고, 착각이었다.

실제로는, 죽은 듯이 자고 있던 그녀가 돌연 그 두 눈을 번쩍 떴을 뿐이었다. 눈가리개가 튕겨져 날아가고, 머리카락과 같은 금색의 두 눈동자가 빛을 발하는 것처럼 느껴졌던 것이다.

지금까지 오노노키만큼 무표정으로 보였던 수어사이드마스터 여사의 이목구비가, 눈을 뜸으로써 명확해졌다. 같은 금발금안이라도 시노부와는 상당히 분위기가 달랐다.

조금 전에 뿌려졌을 술이 순식간에 증발했다. 수갑과 족쇄뿐만 아니라, 하얀 소복의 허리띠마저 눈가리개와 마찬가지로 튕겨져 날아갔다.

가엔 씨가 봉인을 푼 것인지, 아니면 유녀 자신이 봉인을 푼 것인지, 멀찍이 봐서는 판단할 수 없다. 다만 내 감상은 굳이 말하면 후자에 가까웠고, '어디가 약체화 했다는 거야'라고, 그렇게 생각하지 않을 수 없었다.

그대로 미라인 채로 두는 편이 낫지 않았을까 하고, 과거의 봄 방학을 떠올리지 않을 수 없는 경솔한 치료행위를 후회하는 마음이 생겨난 순간,

'빙글!'

하고, 유녀의 얼굴이 이쪽을 향했다.

드러누운 채로, 목만 회전해서 내 쪽을… 아니다.

내가 아니라, 그 금안은 나의 그림자 위에 서 있는, 이 정원에 있는 또 한명의 유녀를 응시하고 있었다. 눈을 뜨자마자 한순간에 태고의 흡혈귀는 옛 권속을 감지했다.

그리고.

"하."

하고.

"하." "하."

하고.

"하." "하." "하."

하고.

"하! 하하! 하하하! 하하하하! 하하하하하하!" "하하하하하하하하하!" "하하하하하하하하하하하하하하!"

하고 드러누운 채로, 이보다 더할 수 없이 낮은 위치에서, 이보다 더할 수 없이 높게 웃었다.

그 드높은 웃음소리를 들은 시노부는… 예전 '주인'이 부활하는 상황을 생생히 보고 있던 시노부는,

"하."

하고.

"하.""하."

하고.

"하.""하.""하."

하고.

"하! 하하! 하하하! 하하하하! 하하하하하하!""하하하하하하하하하하!""하하하하하하하하하하하하하하하!"

하고, 마주 웃었다.

"하하하하하하하하하하하하하하하하하하하하하하하하하하하하하하하하하하하.""하하하하하하하하하하하하하하하하하하하하하하하하하하하하하하하하하하하.""하하하하하하하하하하하하하하하하하하하하하하하하하하하하하하하하.""하하하하하하하하하하하하하하하하하하하하하하하하하하하하하하하하하하하하!"

결계를 쳐 놓지 않았다면 필시 주변에 민폐를 끼칠 듯한 요란한 웃음소리의 응수. 마치 마이크의 하울링 같은 웃음소리가 얼마나 이어졌을까.

600년만큼, 1000년만큼.

영원히 이어졌을까.

마치 나나 가엔 씨나 하치쿠지 따위는 이 정원에 없는 것 같은, 방약무인한 뜻밖의 폭소에 종지부를 찍은 것은,

"아무래도, 또 죽어 버린 것 같군."

이라는, 누워 있던 유녀의 한마디였다.

그 말을 들은 시노부는 어깨를 축 늘어뜨리면서,

"서로, 나이를 먹었으니 말이야."

라고 말했다.

두 명의 유녀는, 600년 만에 재회했다.

036

결국 시노부는 허세를 부리는 것을 그만둔 모양이라, 아라라기 코요미가 배우로서의 실력을 발휘할 기회는 사라진 듯했다.

실제로 만나게 되니 그런 콩트 같은 계획이 바보처럼 느껴진 것이겠지. 생각해 보면, 수어사이드마스터 쪽도 일시적이라고는 해도 유녀화된 상태로 봉인되어 있었으니, 흡혈귀적으로 꼴사납다고 하자면 동일한 레벨이다.

참고로 '듯하다'라든가 '모양이었다' 등등, 조금 애매모호하게 표기하고 있는 것은, 도중에 두 명의 유녀가 인간들(과거에 인간이었던 신을 포함)을 거들떠보지 않고 이국의 언어로 이야기하기 시작했기 때문이다. 대체 어느 나라의 언어지?

'아름다운 공주'가 멸망시켰던 어느 나라에서 사용되었던 언어일까. 어쨌든, 완전히 버림받고 있다.

다만, 유녀 둘이 이야기를 나누는 모습은 단순히 보기만 해도 미소가 지어져서, 그리 화가 나지도 않았다. 처음 보는 시노부의 표정이라는 것도 있고, 수어사이드마스터 쪽도 이렇게 보기로는 오래간만에 만난 지인과 회포를 푸는 분위기다. 아직 미라화의 영향이 남아 있는지 돗자리에서 일어서는 것은 불가능한 모양이었지만 그 표정은 풍부해서, 시노부와의 재회를 진심으로 기뻐하고 있다는 것을 알 수 있었다.

그런 모습에 많은 고생들이 보답받는 기분이었다. 뭐, 그 대부분이 쓸데없는 고생이었지만.

게다가 이것은 이것대로 계획한 바였다고 할 수 있다.

참고인 조사. 연쇄 흡혈 사건의.

시노부가 그, 뭐라고 할까, 본래의 목적을 잊어버리지 않았을 경우의 이야기지만….

"화기애애하게 이야기가 잘 굴러가고 있는 것 같으니, 이 자리는 하치쿠지짱에게 입회를 맡기고 잠시 동안 인간은 자리를 피해 주도록 할까. 코요밍, 이쪽으로 와."

"네? 아니, 하지만 저는 시노부와 그림자로 이어져 있으니까…."

"이 결계 안에서라면 페어링을 유지한 채로도 개별 행동이 가능하도록 해 두었으니까, 괜찮아. 하치쿠지짱, 잘 부탁해."

"네, 맡겨만 주십쇼!"

응? 하치쿠지가 신이면서도 권력자의 충실한 부하가 되어 가고 있는 것은 둘째 치고, 무슨 이야기지?

개별 행동이 가능?

그런 짓을 해도 괜찮은 걸까, 나와 시노부와의 페어링이 지역

한정이라고는 해도 끊어져 있는 것 아닐까 하는 의문을 느꼈다. 요컨대 처음부터 재회 자체는 잘 이루어질 거라고, 가엔 씨는 예측하고 있었다는 것일까? 그렇게 품이 많이 들어갈 듯한 결계를 치다니… 아니, 그게 아니라.

잘 이루어지든 그렇지 않든, 가엔 씨는 처음부터 나와 시노부가 개별 행동을 취할 수 있게 할 준비를 하고 있었다는 이야기일까?

의도를 잘 모르겠지만, 그러나 시노부가 노예로서 소개시켜주지 않은 이상, 저 녀석과 수어사이드마스터와의 대화에 끼어들 수도 없으므로(내가 선택한 외국어 수업은, 영어와 스페인어다. 올라!) 여기서는 맥없이 따라갈 수밖에 없을 것이다. 여고생의 마음의 어둠 아닌 마음의 진흙탕에서 회복된 가엔 씨가 설령 무슨 계획을 꾸미고 있다 해도, 내가 그 계획을 듣지 않으면 말이 되지 않는다.

"시시루이 세이시로와도, 저런 느낌으로 재회시켜 주고 싶었는데 말이지."

그리 농담도 아닌 듯이 가엔 씨가 그렇게 중얼거리며 나를 데리고 간 곳은 칸바루의 방이었다. 남의 집인데도 훤히 다 알고 있다고 할지, 과연 뭐든지 알고 있는 누나다.

조카의 방 위치도 이미 알고 있는 건가.

"건축 지식이 있으면 내부 구조는 밖에서 봐도 알 수 있어. 심각하네, 이건. 언니랑 마찬가지로, 스루가는 정리를 못 하는 여자구나."

그렇다고는 해도 어질러진 방의 꼬락서니에는 놀란 모양인지, 방에 들어가는 순간 어이없다는 듯 그런 감상을 흘렸다.

"죄송해요, 원래는 어제 제가 정리를 해야 했는데 히가사가 있어서, 아무리 그래도 친구 앞에서 제가 청소를 하는 것도 칸바루의 체면에 먹칠을 하는 게 아닐까 싶어서."

"그런 '원래는'이나 '했는데'가 어디 있어. 어째서 코요밍이 그렇게까지 스루가를 배려해 줘야만 하는지, 몹시 신기한데 말이야. 너는 스루가의 선배는 고사하고 어머니가 되어 가고 있다고."

진짜 어머니보다 훨씬 모성적이야, 라고 말하는 가엔 씨.

다양한 형태로 형용되어 온 나였지만, 모성적이라는 소리는 처음 듣네. 비교하는 대상이 명성이 자자한 가엔 토오에 씨라면 그리 솔직하게 기뻐할 수 없지만.

"그래서, 무슨 용무인가요? 가엔 씨. 하치쿠지가 봐 주고 있다고는 해도 시노부와 수어사이드마스터 여사―수어사이드마스터 여자라고 해야 할까요? 뭐, 어느 쪽이든 상관없지만, 유녀 둘이서 이야기하게 놔두는 건 불안하기도 한데요."

저 분위기를 보기로는, 곧바로 '시노부를 잡아먹으러 왔다' '먹혀 주마'라는 수라장으로 발전할 일은 없어 보이지만, 너무 낙관도 할 수 없다. 정확하게 말하자면, 괴이는 다음 순간에 어떻게 움직일지 전혀 예측할 수 없기에 괴이인 것이다.

가능하면 빨리 돌아가고 싶은 참에,

"나쁜 뉴스가 두 가지 있어."

가엔 씨가 말했다. 이건 내 인생이므로, 좋은 뉴스가 없다는 것에는 이제 와서 놀라지 않았지만, 그래도 나쁜 뉴스가 두 가지라니.

안 좋은 예감이 두 가지 드는데.

"간략하게 갈게. 한 가지는, 현재 행방불명이던 마지막 여자 농구부원, 키세키 소와짱의 소지품이 발견되었어."

"소지품… 소지품, 뿐인가요?"

"그래. 휴대전화나 학교 가방뿐만 아니라, 교복과 유니폼, 밧슈도. 아아, 밧슈라는건…."

"바스켓 슈즈 말이죠? 『슬램덩크』는 저도 애독했으니까 알고 있어요. 다만… 본인 없이 소지품만 발견되었다니…."

어쩐지 미라가 된 모습이 발견되지 않은 것은 다행인지 불행인지 평가가 갈릴 상황이지만, 소지품만 발견되었다는 것은 확실히 나쁜 뉴스다. 나쁘다고 할까, 불길한 뉴스다.

길가에 방치된 초등학생용 가방에서 미소 지어지는 이야기가 전개될 리 없는 것처럼, 키세키 소와의 신변에 무슨 일이 생긴 거라고밖에 생각할 수 없다.

"어디에서 발견되었나요? 자기 방이라든가…."

제2의 미라, 혼노 아부리의 미라가 자기 방에서 발견되었던 것을 상기하며, 어떻게든 소지품이 발견되어도 위화감이 없는 곳을 제안한 나였다.

가엔 씨는 "괜찮은 추측이었어."라고 말했다.

"발견된 곳은 나오에츠 고등학교의 체육관, 그곳의 여자 탈의실 로커 안이야."

"여자 탈의실…?"

"여자 탈의실에 반응하지 마. 걱정하지 않아도, 여성으로 이루어진 수사진을 보냈어."

"어째서 그 임무를 저에게 맡겨 주지 않았는지를 미심쩍게 생각했던 건 아니에요."

애초에 여자든 남자든 외부인을 고등학교 안에 침입시킨 시점에서, 가엔 씨는 또다시 일선을 넘었다. 이런 사람이었지.

혹은 작년까지 내가 그랬던 것처럼, 나오에츠 고등학교의 현역 학생들 중에 가엔 씨와 연결되어 있는 사람이 있을지도 모른다. 있을 수 있는 이야기다.

"자세히 말하자면, 여자 농구부가 전용으로 사용하는 여자 탈의실이야. 멤버 개개인에게 전용 로커가 배정되어 있어."

우대받고 있구나, 여자 농구부.

그런 것이 있으니 그만두기 힘들다는 것도 있을까.

칸바루의 공적이고, 다른 운동부의 성적이 그리 신통치 않다는 것도 부정할 수 없지만, 하지만, 그렇다면 자기 방 정도는 아니라고 해도 소지품이 발견될 장소로서 위화감은 적지 않을까?

내가 어떤 시기까지 교과서나 노트 같은 것을 교실 책상 안에 내버려 두고 다녔던 것처럼, 키세키 소와도 소지품을 자기 로커에 내버려 두고 있었던 것뿐 아닐까?

"애초에, 여자 탈의실에 침입까지는 할 수 있었다고 쳐도 그 개인 로커의 자물쇠를 어떻게 열었나요?"

"여자 탈의실에 침입까지는 가능하다고 당연하다는 듯이 생각하는 코요밍을 사랑해. 개인 로커는 다이얼 자물쇠였어. 코요밍이 선대 주장에게서 빌린 명부, 개인정보의 보물창고에서 비밀번호를 유추했지."

아무리 그래도 생년월일 같은 것은 아니었지만, 현금카드 비밀번호도 아니니, 어쩔 수 없이 일상적으로 사용하려면 개인정보에 기초한 번호를 고르게 되는 법이지, 라고 가엔 씨는 태연히 말했다.

개인정보 누설, 무섭네~

"동일한 어프로치로, 제1부터 제3까지의 미라가 소유하고 있던 휴대전화의 비밀번호를 해독하려고 전력을 다해 노력하고 있는데, 그쪽은 역시 어려워 보여."

"뭐, 로커보다는 가드가 굳건하겠죠. 너무 많이 틀리면 내부의 데이터가 소거되어 버릴지도 모르고요. 그러면 그건 됐다고 치고, 어떻게 평가하면 될까요? 로커에서 교복이나 유니폼이 발견되는 것은, 당연하지 않나요?"

"'교복이나 유니폼'이라면 말이지."

라는 가엔 씨.

"'교복과 유니폼'이라면, 너무나도 이상해. 키세키짱은 알몸으로 하교해서, 행방불명이 된 거야? 미라화 하지 않았다고 해도 대소동이 벌어졌겠지."

그야말로 대소동…이다.

아무리 칸바루를 숭배하고 있다고 해도, 스트리킹 흉내까지는 내지 않을 것이다(칸바루조차 하지 않았다. 그냥 말뿐이다).

"예비 교복이나 유니폼이라는 가능성도 없어. 이 방 정도는 아니지만, 상당히 두서없이 채워 넣고 있었거든. 마치 방해되는 물건을 대충 쑤셔 넣어 둔 것처럼."

키세키 소와가 정리정돈에 서투른 타입이었을지도 모르지만, 그것에 대해서는 다르게 인식할 수도 있다. 그녀를 습격한 범인이, 증거가 될 만한 키세키의 소지품을 은폐하기 위해 마구잡이로 쑤셔 넣었다.

그것은 범인犯人이 아니라.

범귀犯鬼일지도 모른다.

"코요밍의 첩보활동 덕분에, 결과로 볼 때 순서는 반대가 되어 버렸지만, 만일 먼저 키세키 소와짱의 미라가 발견되었는데 이 소지품을 다 빼앗긴 상태였다면, 개인을 특정해 내는 것은 상당히 난항을 겪었겠지…. 그건 곧, 사건 해결이 난항을 겪는다는 것과 같은 뜻이야."

"추리소설에서 피해자의 지문이나 얼굴을 망가뜨리는 것과 같은 은폐공작인가요?"

미라화한 상태에서는, 구별이 되지 않는다.

시노부와 수어사이드마스터처럼 피로 연결되어 있지도 않은한… 혹은, 600년의 세월이 흘러도 끊을 수 없는 인연이 아닌한.

"다만, 좀 묘하네요. 어째서 키세키 소와에 한해서만 이렇게 서투른 은폐공작을?"

"서툴지 않아, 악질이야. 휴대전화의 전원은 당연히 꺼 두었고, 난폭하게 쑤셔 넣은 것치고는 세세하게 신경 써 놨어. 게다가 흡혈귀가 학교 안에까지 들어왔다는 사태는, 여자 농구부원에게 너무나 위험해."

"……."

그건 그렇다. 중대한 사태다.

그것과 동일하게 침입한 전문가들이 할 말도 아니겠지만.

"하지만, 그 은폐공작을 하기 위해서는 침입하는 것뿐만 아니라, 키세키의 개인 로커를 일단 열어야만 하잖아요? 같은 탈의실을 쓰고 있는 여자 농구부원이라면 몰라도, 외부인인 흡혈귀는 로커를 열 수 없지 않을까요?"

여자 농구부원의 용의는 이미 풀렸다. 어떻게 '세세하게 신경 쓰면서' 흡혈귀는 로커를 열고, 그리고 닫은 것일까?

다이얼 열쇠. 비밀번호.

부수지 않고 어떻게 열고 닫았지?

이것에 대한 가엔 씨의 대답은 명료했다.

"로커의 주인과 접촉했던 거야. 알아낼 수 있겠지."

알아낼 수 있겠지.

수단을 가리지 않는다면.

"그리고 키세키짱에 한해서 은폐공작을 한 이유를 추정하면, 꽤나 기분 나쁜 결론에 도달하게 되어 버려, 코요밍. 즉, 우리가 미라의 소지품으로 개인을 특정하고 있다는 수사정보를 상대방에게 들켰다는 뜻이니까."

"아."

"우리의 수사정보가, 흡혈귀 측으로 새어 나가고 있을 가능성이 높아."

나쁜 뉴스는 고사하고.

그것은 최악의 뉴스였다.

037

개인정보의 누설을 두려워했던 우리의 수사정보 쪽이 누설되고 있을 가능성이 시사되어서 아연실색했지만, 최악의 뉴스는 오히려 그다음에 기다리고 있었다.

추리소설에서 말하는 지문이나 얼굴을 망가뜨리는 것과 마찬가지…라고 조금 전에 내가 말했지만, 애초에 미라에서 지문을 채취하는 것이 가능할까? 라는 생각이 들어서 나는 물어보았다.

답은 심플하게 'NO'였다.

"얼굴을 판별할 수 없는 것과 마찬가지로, 뼈와 피부만 남아버렸으니 말이지. 만약 지문을 정확히 채취할 수 있다면, 그것으로 해제할 수 있는 휴대전화 록도 있었을 텐데 말이야."

그렇다, 현대 사회에서 지문은 그런 의미에서도 개인정보의 덩어리였다. 하지만, 우연이었는지 나의 이 의문은 가엔 씨가 나와 시노부의 페어링을 일시적으로 끊으면서까지 전하려고 했던 두 번째 홍보와 연결되어 있었다.

"개인정보의 덩어리라고 하면, DNA 감정."

그렇게 운을 떼는 가엔 씨.

"하지만 그것도 할 수가 없지. 흡혈귀화된 유전자를 병원에서 해석하면, 그야말로 괴질로 인식할 테니 말이야. 패닉을 피할 방법이 없어."

"네, 그건 그렇겠네요. 그래서 저도 병원이나 건강진단을 피하고 있고요."

"하지만 뒤집어 말하면 흡혈귀화된 유전자의 해석 자체는 불가능하지 않다는 이야기거든. 지금까지 발견된 미라 넷의 DNA를 간이로나마 분석했어."

"……? 허어… 그건, 무슨 의미가 있나요?"

"동일범의 소행이라는 것을 특정하기 위해서였어, 원래는. 가능성을 망라한다면 네 명의 여고생을 덮친 흡혈귀가 전부 같은 흡혈귀라고 할 수만은 없잖아? 이 마을에는 넷, 혹은 다섯의 흡혈귀가 찾아와 있다는 가설도 있었어."

말도 안 되는 가설이다.

신의 부재로 인해 이미 충분히 괴이 과다 상태인 이 마을에.

"어, 어떻게 되었나요? 설마…."

"아니, 결론부터 말하면 넷 모두 동일한 흡혈귀에게 피를 빨린 미라였어. 동일 흡혈귀의, 이렇게 말해도 된다면, 권속이었지."

DNA 감정에 의한 친자확인 같은 것인가.

기업 노력의 결실일까, 괴이의 세계도 발전해 있구나.

오모시카니라는 괴이의 증상으로 병원에 다니고 있던 히타기처럼, 언젠가 괴이 현상도 정말로 희귀한 질병으로서 치료가 가능해지는 날도 올지 모른다.

"그럼 방침은 바꾸지 않아도 되겠네요."

"바꾸지 않아도 되기는커녕, 이대로라면 원점으로 돌아가게 돼."

가엔 씨는 거기서 팔짱을 끼고, 말했다.

"문제는 그 흡혈귀의 유전자가, 어젯밤 내가 채취한 수어사이드마스터의 유전자와 거의 일치했다는 점이야."

DNA 감정에 의한 친자확인.

기업 노력에 의한 증거 능력.

"……."

그건 위험하다. 아니, 위험하지는 않지만, 지금까지 데스토피아 비르투오소 수어사이드마스터가 용의자의 필두였던 이유는 어디까지나 상황증거와 소거법이었다. 현장에 남겨진 암호 메시지, 이 절묘한 타이밍에 이 마을을 찾아온 상태였던 것.

하지만 DNA 감정이 되면, 법정증거로서의 가치가 완전히 달라진다. 현대 사법제도에서 전가의 보도처럼 다루어지는, 그야말로 증거의 왕이다.

"그것도 위험한 사고방식이지만 말이지. DNA 감정 실패도 얼마든지 사례가 있고, 아직 발전의 여지가 있는 분야야. 게다가, 어쨌든 휴먼 에러는 피할 수 없어. 오히려 증거의 왕처럼 취급되기 때문에, 그만큼 누명의 온상이 되기도 하지."

그렇다. 아직 결론을 내리는 것은 이르다.

가엔 씨도 '거의 일치'라는 신중한 표현을 쓰고 있었다. 거기에 만약 수어사이드마스터 여사와 미라 넷에서 검출된 흡혈귀의 유전자가 일치했다고 해도, 이론적으로는 나나 시노부의 흡혈귀 유전자 역시 그것과 '거의 일치'할 것이다.

친자관계. 나는 수어사이드마스터가 보기에 '손자'에 해당하는 것이니… 애초에, 지금 나와 시노부에게 흡혈 능력은 없는 것 같지만….

"응, 그러니까 수어사이드마스터의 용의가 짙어졌다는 것은 사실이고, 오늘 밤 참고인 조사의 의미도 바뀌게 되었어. 저 유녀가 무슨 말을 하더라도 확보하지 않을 수 없게 되었어. 그러니까, 특별한 결계를 쳐 두기는 했지만 배틀 전개를 피하고 싶은 건 나도 마찬가지야. 나의 평화주의는 제쳐 두더라도, 굶주린 끝에 유녀화, 약체화된 지금의 수어사이드마스터를 퇴치하는 것은 쉬운 일일지도 모르지만, 그렇게 하면 지금은 협력적인 시노부짱이 연쇄적으로 어떻게 움직일지 알 수 없어. 시노부짱이 어떻게 움직일지 모른다는 것은, 코요밍이 어떻게 움직일지 모른다는 거지."

"아뇨, 저는 딱히…."

라고 말할 수 있을 정도로 나도 나 자신을 잘 알고 있는 것은 아니다. 어젯밤에 신용을 대폭으로 잃은 참이므로, 이제 와서 무슨 말을 하더라도 설득력이 없다.

"…만약 수어사이드마스터가, 저 거식증 흡혈귀가 굶주린 나머지 주변에 있던 여고생에게 닥치는 대로 손을 댔다고 해도, 만약 미라화된 그 애들을 원래대로 되돌릴 수 있다면 이번 일로 처벌을 받는 일은 없어지나요?"

애초에 사람의 법으로 처벌할 수 없는 괴이다. 무해인증은 바랄 수 없다고 해도 몰래 도망치게 해 주는 정도의 융통성은 발휘할 수 있지 않을까…. 방치할 수 없는 문제는 남는다고 해도….

"한 번 사람의 맛을 기억한 곰은 죽일 수밖에 없다는 의견을 어느 정도 채용해야 할지에 달린 문제겠지. 말하자면 수어사이드마스터는, 600년간 다이어트를 계속해 온 것 같은 상황이야. 코요밍은 흡혈귀화된 이후로 다이어트와는 인연이 없겠지만, 단식 계열 다이어트는 한 번 리듬이 무너지게 되면 엄청난 기세로 리바운드하거든. 폭음폭식, 경음마식鯨飲馬食이지."

"하지만…."

"뭐, 그렇게 서두르지 마, 코요밍. 결론부터 말하기는 했지만, 결론을 서두르지 말아 줘. 수어사이드마스터의 범행을 부정하는 재료도 있어. 시노부짱의 증언을 어느 정도 채용할지는 제쳐 두더라도, 1000년 동안 살아온 태고의 흡혈귀가 여자 탈의실에 살금살금 숨어 들어가서 인간들 몰래 로커에 잔꾀를 부린다는 진설珍說에, 어느 정도의 개연성이 있다고 생각해?"

말씀하시는 대로다. 그렇게 따지면 제4의 미라인 칸구 미사고를 저수지 바닥에 가라앉혀서 발견을 늦춘다는 잔꾀도, 역시 전통적인 괴이에게는 있을 수 없는 좀스러운 잔재주인 것이다.

수어사이드마스터 자신이 미라화되어 있던 이유도, 그 가설(진설?)로는, 현재로서는 설명이 되지 않는다.

건면에 이를 길이 없는 것이다.

도대체가 뒤죽박죽이다. 일의 아귀가 맞지 않는다.

용의가 짙어진 한편으로, 신빙성은 옅어진다.

결국 긴장감이 갑자기 늘어났을 뿐 본인에게 이야기를 들을 수밖에 없다는 상황에 변화는 없어 보인다고, 내가 그렇게 생각했을 때,

"너 말이다."

라고, 조금 전에 닫았던 장지문 너머에서 시노부의 목소리가 들려왔다.

"수어사이드마스터가 너와 이야기를 하고 싶다고 한다. 만나줄 수 있겠나?"

038

"이 몸이 결사이자 필사이자 만사의 흡혈귀, 데스토피아 비르투오소 수어사이드마스터다. 가까이 오너라."

아무래도 일어날 수 있게 되었는지, 일본식 저택의 정원석 위에 한쪽 무릎을 세우고 걸터앉은 유녀는, 봉인을 해제할 때에 옷의 앞섶이 풀어헤쳐진 것에는 신경도 쓰지 않고, 처참한 웃음과 함께 나를 맞이했다. 조금 전에 소리 높여 웃음을 주고받는

것을 보면서도 생각했던 것인데, 시노부의, 혹은 키스샷 아세로라오리온 하트언더블레이드의 특징적인 웃음은 아무래도 낳아 준 부모이자 이름을 붙여 준 부모에게 물려받은 것인 듯하다.

금발금안이니까 비슷한 인상인 것도 있겠지만… 하지만 같은 유녀라고 해도, 같은 표정이라고 해도, 그래도 시노부와 그리 비슷하지 않다고 느껴지는 것은 아마 기분 탓은 아니다.

시노부와 비슷하지 않다기보다는.

옛날의 시노부와 비슷하다고 느껴지는 것이다.

그만큼 이 1년 동안 저 흡혈귀가 마음을 터놓고 세상에 물들었다는 것이기도 하다. 그것을 수어사이드마스터도 느끼고 있음이 틀림없지만.

"처, 처음 뵙겠습니다. 아라라기 코요미입니다. 그게, 그…."

어떻게 자기소개를 해야 좋을까.

노예인 척은 하지 않아도 괜찮다지만, 솔직히 사정을 있는 그대로 이야기해도 되는 것은 아니다. 시노부를 그림자에 봉인하여 반 노예화 했다는 사정을 이야기하면 살해당할지도 모른다는 시노부의 염려는, 허세를 부리기 위한 방편이라고만은 할 수 없다.

그 부분을 시노부는 외국어로 어떻게 설명했을까나… 애초에, 일본어로 한 자기소개는 통했을까? 저쪽의 자기소개를 듣기론 잘 아는 모양인데….

"겉멋으로 오래 살아온 것이 아니야. 대부분의 언어는 습득했다."

오오.

메니코에게 이야기해 주고 싶은 삶인데.

"음식과의 대화는, 식사의 기본이라고."

…절대 이야기해 줄 수 없다.

그리고 용의가 짙어질 소리 하지 마. 거리를 두고 있다고는 하지만 저택의 툇마루 쪽에 하치쿠지와 함께 가엔 씨라는 전문가들의 관리자가 앉아 있으니까.

식사의 가치관인가.

뭐, 식물만 먹어도 충분히 살아갈 수 있는 인간이 굳이 직접 돌봐 키우면서까지 고기를 먹고 있는 이유는 '살기 위해서'가 아니라 '맛있으니까'라고밖에 할 수 없으니, 잘난 척하는 소리는 할 수 없다.

논리 구축에 실수하면, 햇빛이나 물로 광합성을 하면서 살아가는 식물이야말로 합리적이며 가장 고등생물다운 라이프스타일을 보내고 있다는 결론에 빠질 수도 있다.

하지만 어쩐지 유녀 같은 외모에 비해 세련된 느낌의 캐릭터다. 하얀 소복을 마치 가운이나 로브처럼 멋지게 소화해 내고 있다는 점도 있지만, 뭐, 유녀도 여섯 살 정도까지라면 남녀 구별도 되지 않는다.

진성의 흡혈귀, 태고의 흡혈귀인가.

참으로 댄디하다.

그렇게 보면 앞섶이 벌어진 하얀 소복은 로브나 가운이라기보다는 망토처럼 보이기도 한다. '아세로라 공주'와는 다른 의미에서, 무릎을 꿇고 싶어지는 카리스마성을 지닌 유녀였다.

"그리 딱딱하게 굳어 있지 마라. 딱히 네놈을 잡아먹으려는 것이 아니라고."

재치 있지는 않은 관용구네.

그리고 말이 나온 김에 이야기하자면, '네놈'이라고 부르는 어조가 아주 어울린다. 전혀 화가 나질 않는다. 댄디즘의 화신 같은 유녀다. 나도 유녀에 대해서는 다 꿰고 있다고 생각하고 있었는데, 이런 타입도 있구나.

"이 몸은 네놈에게, 감사 인사를 하고 싶어서 부른 것이다. 뭐, 그것뿐인 것은 아니지만, 우선은 감사 인사다."

"가, 감사 인사… 라고요?"

"몇 가지인가 있지. 우선, 아무래도 또 죽어 버린 듯한 이 몸을 되살려 준 것. 그리고 그것보다도 이 몸의 권속이었던 키스 샷 아세로라오리온 하트언더블레이드를 되살려 준 것."

고맙다.

라며 유녀는 고개를 숙였다. 어쩐지, 고개를 숙이는 모습도 멋지다. 유녀의 외모로 이 정도인데 전성기 시절에는 카리스마가 어느 정도였을까.

그렇다기보다, 시작하자마자 감사 인사를 들어 버리면 선수를 빼앗긴 기분이 드네. 멋지게 기선을 제압당하고 말았다.

이쪽은 의심의 눈으로, 흡혈귀가 아닌 의심암귀로 대면에 응하고 있는데. 도움을 청하듯이 시노부를 쳐다보자,

"뭐, 대강은 이야기해 뒀다."

라는 매정한 대답이 돌아왔다.

아니, 매정하다기보다는 시노부도 나름대로 곤혹스러워하고 있는 모양이었다.

"허나, 좀처럼 요령부득이어서 말이다. 이 몸 또한 현재 상황을 완전히 파악하고 있는 것도 아니고. 이리되면 이제는 둘이서 이야기하는 것보다, 네 녀석을 참가시키는 쪽이 낫겠다고 생각했다."

일단 연쇄 흡혈범이라는 의심에 대해서는 부정하고 있다, 라고 덧붙이듯이 시노부는 말했다. 그거, 덧붙이듯이 말할 정보냐?

핵심의 핵심이잖아.

그런 당혹을 느끼는 나를 신경 쓰지 않고, 수어사이드마스터는 말을 이었다.

"권속이라고 해도 아세로라 공주—키스샷 아세로라오리온 하트언더블레이드는 바로 분가해서 독립시켰으니 말이지. 보호자라는 얼굴을 하고 뻔뻔스럽게 나오는 것도 촌스러운 짓이다만, 이 나라에서 퇴치당했다는 소문을 듣고 가만히 은거하고 있을 수는 없지. 일단 무사한 것을 확인하고 싶어서 말이다. 별로 무사하다고는 말할 수 없어 보이지만, 살아 있는 것만으로도 감지덕지다. 어쨌든, 만나서 다행이지."

"하아…."

600년간 소식이 없었는데 이 타이밍에 만나러 온 이유로서는 공감되는 내용이었다. 질문하기도 전에 대답을 들어 버려서, 이것 역시 선수를 빼앗긴 기분이었다.

연속으로 선수를 치다니.

장기에서도 바둑에서도 반칙 아닌가?

어쨌든 수어사이드마스터는 시노부의 신변을 염려해서, 잘 있는지 보기 위해 까마득히 먼 곳에서 노구에 채찍질을 하며 이나라에 찾아왔다는 것이다.

어디까지나 미식으로써 시노부를 먹으러 온 것이 아니라….

"흥. 죽었다고 생각한 건 이쪽도 마찬가지인데 말이야."

라며 시노부는 악담을 해 보였지만, 의외로 그리 싫지만도 않아 보였다.

분가(억지로 동양권의 어휘를 쓰느라 위화감이 느껴지는 단어가 되었지만, 뭐, 완전한 오역은 아닐 것이다)했다는 말이 진짜라면, 그야말로 이 두 사람 사이에 있는 것은 주종관계가 아니라 우정관계일지도 모른다.

대등하게 이야기를 나누고 웃음을 주고받을 수 있는 친구인가.

그것이 얼마나 소중한 것인지는, 나와 메니코의 관계를 생각하면 왠지 모르게 알 수 있다. 하네카와나 하치쿠지, 칸바루와의 사이에 우정이 있는 것에 의심이 끼어들 여지는 없지만, 그녀석들과의 사이에는 아무래도 은원이라든가 이해관계 같은 속세의 의리 같은 것이 끼어 버리니까.

뭐랄까, 이것은 의외로 소꿉친구인 오이쿠라가 대표적인 예가 되는데, 설령 우정이 없어져도 절교는 할 수 없는 질척거리는 느낌이 있다.

그렇다고 해서 센고쿠처럼 정말로 절교하는 게 바람직하지도 않은 것이, 인간관계의 묘미다.

"뭐, 그것만이 이유인 것도 아니지만 말이야. 일본어는 익혔지만 일본에 온 적은 없었으니. 그러니까, 후지산 같은 것을 보고 싶어서 말이다."

"그렇게 훤히 보이는 거짓말을 용케도 하는군."

시노부가 어이없다는 듯 말했지만, 그 거짓말은 작년에 시노부도 했었다.

친자관계. 친자확인.

"……."

"그래서 부탁 말인데, 옛 하트언더블레이드의 옛 권속 군. 키스샷의 무사함도 확인할 수 있었고, 이 몸으로서는 어서 아지트에 돌아가고 싶은데 어쩐지 일이 수상쩍게 된 모양이더구나. 의논을 좀 해 보고 싶은데, 이것도 인연이니 이 몸의 출국을 도와주지 않겠느냐?"

현재 상황을, 여행지에서 출국 수속을 하다가 실수한 것 정도로 생각하는 건가, 이 유녀는? 뭐, 그것도 상당히 심각한 상황이기는 하지만.

"아무래도 무서운 아가씨가 쏘아보고 있는 모양이고 말이지."

그렇게 말하며 수어사이드마스터는 가엔 씨 쪽을 슬쩍 보았다. 무서운 아가씨가 아니라, 무엇이든 알고 있는 누나지만.

정말 말도 안 되는 취조의 가시화다.

"그래, 그래. 이 나라에서 무서운 아가씨라고 하면, 아니, 그건 됐어. 그래서, 어떠냐. 옛 하트언더블레이드의 옛 권속 군."

그렇게 불리는 것도 좀 그런데.

난처하게 됐네, 이쪽이 국외 도주의 상담을 하게 되리라고는 생각하지 못했는데…. 가엔 씨가 조용히 지켜보고 있다는 것은, 이대로 계속 이야기를 나누며 속을 떠보라는 뜻인가?

"말하자면, 이 몸은 기쁘다. 그 '아름다운 공주'가 아무래도 꿈에 그리던 왕자님을 발견한 것 같다는 결말을 알 수 있어서. 허나 모처럼의 기회이니 그 왕자님의 솜씨를 구경하고 싶다는 마음도 있다. 어떠냐. 여기서 한 번, 이 몸을 도와주지 않겠느냐?"

도와주지 않겠느냐?

그 말에 약한 아라라기 군이다.

고등학교 시절의 비극은, 전부 그 한마디에서 시작되었다고도 할 수 있고, 최종적으로는 오기에게도 이용당했다.

다만 그 시절보다 조금은, 구체적으로는 1년 분량만큼, 어른이 되었다. 자신에게는 가능한 일과 불가능한 일이 있음을 알고 있다.

가령 연인에게서 그렇게 불렸다 한들, 나는 자신이 왕자님이 아니라는 것을 알고 있다.

"부끄러운 소리 하지 말라니깐~"

시노부가 영문 모를 분위기로 부끄러워하고 있다. 뭐냐고, 그 말투.

네 캐릭터는 어디로 간 거야.

"…시노부의 친척은 저의 친척이니 흔쾌히 협력하겠습니다만. 그 전에 확실히 해 두고 싶은 것이 있습니다. 확실히 해 뒤야만 하는 것이…."

수상쩍게 되었다고 말했지만 그렇게 말할 수 있을 만큼 관계가 없을 리도 없다. 어떻게 물어봐야 할까.

시노부에게 이미 용의를 부인했다고 한다면, 내가 똑같은 것을 물어도 무의미하다. 어프로치를 바꿔야 하나?

이것도 이미 시노부와 이야기했을지도 모르지만….

"수어사이드마스터. 당신은 어째서 미라가 되어 땅속에 묻혀 있었나요? 당신 정도의 존재가."

당신 정도의 존재라고 말할 정도로 나는 수어사이드마스터를 잘 알지는 못하지만(어제까지 몰랐었다), 하지만 괴이의 왕을 낳은 부모이자 이름을 붙여 준 부모라는 것만으로도 경외하기에는 충분하다.

기본적으로는….

"카캇. 땅속에 묻혀 있던 것은, 이 몸과는 관련이 없는 일이다. 누군가가 멋대로 묻은 거겠지."

"누군가…."

"미라화? 한 이유 쪽은 조금 더 간단히 설명이 된다. 키스샷에겐 아직 그 부분은 이야기하지 않았다만."

그런 거야? 하고 곁눈질로 확인해 보자 시노부는 "아아, 그러고 보니 그건 아직."이라고 대답해 왔다. 분위기를 타고 있던 중이었는지는 모르겠지만, 당초 약속했던 조사를 그렇게 성의 없이 해도 곤란하다.

하지만 뭐, 이건 어쩔 수 없나.

죽는 것이 일상적이고, 자타공인으로 목숨이 크게 중요시되지 않는 흡혈귀끼리라면 '어째서 죽었나'라는 의문은 너무나 근본적이라 화제에 오르기 힘든지도 모른다.

아무래도 또 죽어 버린 것 같다, 라는 대사대로, 혹은 결사이자 필사이자 만사의 흡혈귀라는 별명대로, 수어사이드마스터에게 죽는다는 것은 결코 중대사가 아닌 것이다.

그렇게 납득하려 했던 나였지만,

"1000년을 살아온 이 몸도, **저런 죽음**을 맞이한 것은 기억하는 한으로는 처음이었지."

라는 코멘트에 반응하지 않을 수 없었다. 그것이야말로 중대사이다.

"무, 무슨 말인가요? 사인은… 사인은, 뭐였나요?"

피해자에게 직접 사인을 묻는다는, 샤먼 계열 미스터리를 현실로 옮긴 듯한 나의 물음에 수어사이드마스터는 거만하게 웃었다.

"식중독이다."

"시… 식중독?"

"그래. 이상한 걸 먹었다. 그러니까, 일본어로 말하면."

그렇게 말을 잇는 수어사이드마스터.

"여고생이라고 했던가, 그 음식?"

039

"그게 말이다, 일주일 전이었던가?

시간의 단위라는 것도 지역에 따라 다르고, 태고의 흡혈귀인 이 몸에게는 일주일 전도 1000년 전도 다 거기서 거기지만.

그것이 일주일 전이었는지, 1000년 전이었는지… 어쨌든, 일주일 전.

이 몸은 이 마을에 왔다. 소문으로 들었던 극동의 섬나라, 일본이 극동의 섬나라라는 것은 칭찬의 말이 아니었나?

어쨌든 간에 '극'이라는 것은 대단한 것이라고 생각하는데 말이다, 이 몸은.

이 몸이 낳은 전설, 키스샷 아세로라오리온 하트언더블레이드의 안부를 확인할 생각이었는데, 도착하자마자 이 몸의 안부를 알 수 없게 되었으니 정말 웃기는 노릇이지.

착륙에 실패하는 바람에, 산산조각이 나서.

아무래도 또, 죽어 버린 모양이다.

하지만 이 몸으로서는 그때, 죽는 것보다 훨씬 쇼크였던 것이 있었다. 거기 있는 신이 이 몸을 맞이해 주었는데, 듣자하니 결계라는 물건이 쳐져 있었다지 않느냐.

마을을 지키는 결계.

이 나라의 전통문화에 따라 말하면, '귀신은 밖으로, 복은 안으로'라고 하던가? 카캇, '귀신은 밖으로'란 말이지. 흡혈귀에게는 참으로 고약한 인사라고.

그 결계 때문에 산산조각 나서 가루가 되었다는 얘기는 아니다. 이 몸의 만사万死, 1만 번째인지 1억 번째인지 1조 번째인지의 죽음은, 어디까지나 착륙 실패에 의한 자멸이다.

흔히 있는 일이지.

저기의 신이 펼친 결계는, 누구에게 배운 것인지는 모르겠지만 그런 공격적인 것이 아니다. 잠깐 길을 잃게 만드는, 진로 방해의 결계.

어떤 의미에서는 적극적인 결계 쪽이 알기 쉬워서 편하다 싶을 정도로 악질적인 결계이지만, 문제는 그 악질스러움이 이 몸에게는 전혀 작동하지 않았다는 점이다.

시큐리티가.

말하자면 입국 게이트의 금속탐지기가.

이 데스토피아 비르투오소 수어사이드마스터 님에게는, 전혀 반응하지 않았다. 즉, 이 몸을 위협이라고 보지 않았다.

그렇다.

이 몸은 강력한 결계를 무시무시한 힘으로 돌파하고 입국한 것이 아니다. 그 무시무시한 힘이 없었기에, 몰래 입국할 수 있었던 것이지.

이렇게까지 약체화 했을 줄이야, 하고 나 스스로도 아연실색 했지.

나이는 먹고 싶지 않기 마련이다.

다만, 그것을 곧바로 깨달은 것도 아니다. 자각증상이 없는 것은 성가신 일이야. 자신이 늙은이라는 걸 깨닫지 못하는 늙은 이는 위험하다고. 하물며 그것이 늙은 꼰대라고 한다면.

거기 있는 신에게서 입국 심사를 받는 동안, 이 몸은 늦게나마 자신이 지금 어떤 꼴을 하고 있는지 깨달았다.

일본의 인간은 나이를 먹어도 베이비 페이스라는 소문은 들었다만, 이 나라의 신은 이렇게나 어린 것인가 하고 엑조틱한 문화 차이에 나잇값도 못 하고 두근거렸다만, 아무래도 눈치가 이상하더군.

어린 신보다도.

이 몸 쪽이 어린 것 같았다. 하드하고 쿨한 이 몸 쪽이, 키가 작고 몸통이 가늘고, 손이 작고, 팔이 가냘프고, 다리가 짧고, 몸이 가볍다.

긴 것이라 봤자 머리카락 정도였지.

허어, 과연.

자신의 변화라는 것은 누군가를 거울로 삼지 않으면, 이야기해 보지 않으면 깨달을 수 없다는 걸 깨달았던 거다. 은거생활이 길었으니 말이야.

흡혈귀는 거울에 비치지 않는데, 그것도 좋지 않게 작용했다.

절조 없이 죽음을 반복하는 동안, 흉악한 흡혈귀 헌터로부터 도망 다니는 동안, 이 몸은 완전체를, 겉모습마저도 유지할 수 없을 정도까지 몰렸던 모양이야.

아무래도, 유체화幼体化 해 버린 모양이더군.

별것 아니다, 키스샷 걱정을 하기 전에 자기 걱정부터 하라는 얘기다. 죽어 가는 것은, 예전부터 이 몸 쪽이지 않나.

아무래도 신의 변죽 울리는 내비게이트에 의하면, 전설의 흡혈귀, 이 몸이 이름을 붙여 준 키스샷 아세로라오리온 하트언더블레이드는 분명 이 마을에 있는 듯했지만, 이런 상태로 만나러 가 봤자 옛 정을 새로이 하기는커녕 걱정만 끼칠 뿐이겠지.

트라우마가 있다.

이 몸에게는 예전에, 사랑하는 권속에게 많은 걱정을 끼친 끝에 급사하게 만들고 말았던 트라우마가. 그때도 유체화되었던 모양이고 말이야.

카캇.

흡혈귀인 주제에, 뻔뻔스럽게도 자살도 하지 않고 끈질기게 살아온 늙은이가 유체화되었다는 건 참으로 얄궂은 일이지만, 아무리 1000년을 살며 역사가 반복되는 모습을 보아 온 이 몸이라도, 자신의 실패를 되풀이하고 싶다고는 생각하지 않는다.

…라는 건, 폼을 잡는 짓이지.

이 나라의 말로 하자면, '허세'라는 것이다.

이 몸에게도 1000년을 살아온 긍지라는 것이 있었다. 낳은 부모이자 이름을 붙여 준 부모의 프라이드가 있었다. 걱정을 끼치고 싶지 않다는 것은, 표현력을 구사한 것일 뿐이다.

요컨대.

허세를 부리고 싶었던 것이야.

600년 만에 재회하는 친구를 실망시키고 싶지 않았다. '이 녀석, 변했네'라고 생각하게 만들고 싶지 않았고, '이 녀석, 여전하네'라고 생각하게 만들고 싶지도 않았다.

그저 이렇게 생각하게 만들고 싶었다.

'이래야 나의 벗이지'라고.

생각해 주었으면 했다.

이렇게 실제로 만나 보니 서로 간에 유체화되어 있었다는 결말이었고, 그런 것이 얼마나 쓸데없는 시행착오였는지는 일목요연하지만, 당시에 이 몸은 몹시 진지했다.

하드하고 쿨하고, 시리어스했다.

당시, 라고 엄청 옛날처럼 말했는데, 그러니까 일주일 전이다. 1000년 전과 구별되지 않는 일주일 전.

적어도 이 몸은 재회에 임할 때, 표면상이나마 정장을 하려고 생각했다. 완전체가 되는 것은 불가능하더라도, 하다못해 겉모습만이라도 꾸미려고 생각했다.

그래서.

현지의 음식에 손을 댔다.

독니를 뻗었다. 여고생에게."

040

이야기가 다르잖아, 수어사이드마스터는 자신이 연쇄 흡혈범이라는 것을 부정한 거 아니었어?

게다가, 수어사이드마스터는 600년 전에 '아름다운 공주'를 먹은 이후로 그 맛에 사로잡혀 다른 '음식'을 삼킬 수 없는, 거식증이었던 거 아니었어?

나이를 먹었기에 유체화했다, 라는 이야기가 아니라 어디까지나 영양실조로 성숙한 여성에서 유녀가 된 것 아니었나? …라는 다양한 물음표가 내 뇌리를 휘돌았다.

하지만, 아무것도 말하지 않았다.

수어사이드마스터의 이야기에, 끼어들 수 없다. 시노부 역시 입을 다물고 있었다.

무엇을 생각하고 있는 거지. 무엇을 결단하고 있는 거지?

인간 측에 설 것인가, 괴이 측에 설 것인가.

그런 것을 생각하고 있나?

아니면 이렇게나 당당한 자백이 있어도, 아직도 친구의 무죄를 믿고 있나?

순진무구하게?

중립이며 중재 역인 하치쿠지가 여기에서 참견하지 않는 것은 역시 당연하다고 해도, 가엔 씨가 툇마루에 앉은 채로 움직이려 하지 않는 것은 조금 의외였다. 이 자백을 토대로 수어사이드마스터의 유죄를 확정하고, 속공, 구체적인 처단에 들어가도 괜찮을 텐데.

결국, 소수가 어울리지 않는다든가, 흡혈귀가 은폐공작을 할 리 없다든가, 이런저런 생각은 했지만 그것은 요컨대 오컴의 면도날로 평범하게 태고의 흡혈귀가 범인이었다는, 재미도 없는 진상인가?

물음표가 아무리 대량으로 난무한들, 특필할 만한 커다란 의문점 따윈 지금의 자백 앞에선 남지 않게 되는 건가? DNA 감정 결과나 'B777Q'라는 메시지는 그냥 있는 그대로 받아들이면 되었던 건가?

여고생에게 독니를 뻗었다.

허세를 부리기 위해.

그렇게 말하는 수어사이드마스터의 주눅 들지 않는 태도는 왠지 낯이 익었다. 말할 것도 없이 내가 보낸 지옥 같은 봄방학때 보였던, 키스샷 아세로라오리온 하트언더블레이드의 태도다.

서로에게 허세를 부리려 했다는 것은 마치 도덕적인 교훈을 가진 옛날이야기 같고, 그 부분은 유유상종이라는 기분도 들기는 하지만, 주눅 들지 않는 모습의 유사함에 대해서 말하자면 그렇게 미소 지어지는 일은 아니다.

그 봄방학 때 괴이의 왕은, 인간을 식량으로 삼는 것에 그야말로 아무런 의문도 갖지 않았다. 인간은 흡혈귀에게 잡아먹히기 위해 태어난 것이라고 생각하기까지 했다.

먹이사슬의 정점.

아득히 높은 꼭대기.

나를 앞에 두고 거리낌 없이 그런 이야기를 하는 것을, 무신경하다고 생각하지 않는 무신경함. 다만 수어사이드마스터에 대해서 말하자면, 이 자리에서 우리를 앞에 두고 자백이라는 이름의 연설을 하는 것은, 무신경한 것뿐만 아니라 자살행위이기도 하다.

자살행위.

자살지원의 흡혈귀.

그것도 역시, 낯이 익다.

기억에 생생하다. 퇴색되지 않았다.

1년 정도로는, 1000년이 지나도, 퇴색되지 않는다.

주눅 들지도 않고, 부끄러워하지도 않고, 오히려 자랑스러운 듯이, 데스토피아 비르투오소 수어사이드마스터의 이야기는 계속되었다.

041

"신이 머무는 산을 내려와 밤길을 혼자 걷는 여고생을, 이 몸은 점찍었다. 확실히 말하자면, 누구라도 상관없었다.

비상식량이다.

아아, 아아, 물론 알고 있다. 이런 발상이야말로 섬뜩하지. 정말, 나이는 먹고 싶지 않은 법이야. 그렇게 입을 다무는 것도 이해한다고, 키스샷 그런 발상 쪽에 실망했지?

미식가로서의 폴리시를 굽히면서까지 허세를 부리고 싶었느냐고 묻는다면, 그때는 그랬다고 대답할 수밖에 없겠군.

그래서 천벌이 떨어졌던 게지.

폴리시를 버릴 거라면 차라리 전부 내버렸으면 좋았을 텐데,

이 몸에게는 미식가로서의 긍지도 달라붙어 있었다.

어디까지나 긴급조치로서의 비상식이라는 생각이 강하게 염두에 있었기에, 굳이 음식의 음미를 하지 않았다.

적당히, 대충, 선별하지 않고 먹으려고 했다. 선별하면, 그 음식이 마치 이 몸에게 '특별'했던 것처럼 되지 않겠나?

그게 싫었다.

싫다고 해서 마지못해 먹는 것도 좀 그렇고 말이지. 이상적으로는, 이 몸이 입을 벌리고 있는데 음식이 날아 들어와 준다면, 뜻에 어긋나고, 눈에 차지 않고, 신념에 반하는 음식을 먹을 핑계도 된다.

그렇다, 옛 하트언더블레이드의 옛 권속 군, 네놈이 이 몸에게 피의 연못 지옥의 수프를 대접해 주었을 때처럼, 그렇게 이 몸을 '원상복구'시켜 주었다고 들었는데, 아닌가? 어쩐지 미묘한 표정이로군.

뭐, 애당초 600년 전 같은 감로를 한 번이라도 맛보아 버리면, 이미 그 이상의 음식은 바랄 수 없어. 무엇을 먹어도 만족스럽지 않은 것이 당연한 일이다.

최고의 맛을 알아 버리면, 그 뒤로는 그 이하를 감수할 수밖에 없지. 알고는 있었다만, 그래도 계속 구애되고 마는 것은 어쩔 도리 없는 이 몸의 천성이겠지.

하지만, 설령 드레스 업을 위해서였다고 해도, 여기서 선별하는 듯한 행동을 했다가는 그 음식이 '아름다운 공주'와 비교되게 돼.

폴리시를 굽히는 각도를 최소한으로 하고 싶다는 바람도 역시 허세일까? 나이를 먹어 구부정해진 자세를 쭉 펴고 싶은 것과 비슷하려나?

뭐, 어쨌든 간에 지금 생각하면 음식에 대한 경의가 없지.

이 나라의 테이블 매너에 '감사히 먹겠습니다'와 '잘 먹었습니다'라는 것이 있지? 이 몸은 그것을 잘 몰라서 말이다.

'감사히 먹겠습니다'라는 인사만큼 불만스러운 문구는 없지. '잘 먹었습니다'라는 인사 따위, 정말 보잘것없어.

그렇게 생각했다.

음식에 대한 감사라니, 뭐야, 그게, 영문을 모르겠군, 이라고. 감사한 마음으로 먹는 것은 훌륭하다든가, 음식을 남기는 것은 예의에 어긋난다든가, 먹는 것 이외의 이유로 생물을 죽이면 안 된다든가.

먹는다는 것은 본래, 최고로, 목숨을 장난감으로 삼는 행위일 터인데. 오락이란 말이다.

허나, 그렇기에 이 몸에게.

먹는다는 것은, 사는 것이 아니라.

먹는다는 것은, 사랑하는 것이었다.

그때 이 몸은, '감사히 먹겠습니다'라고 말해야 했겠지, 로마에서는 로마법을 따라서, 그것이 이 몸의 업이었을 터.

그럼에도 불구하고 절조 없이.

시식처럼, '이건 먹은 것에 포함되지 않으니까'라고 말하는 다이어트 중인 사람처럼 여고생을 물었고, 천벌을 받았다.

그 결과가 식중독이다.

여고생의 독에 중독되어.

이 몸은 아무래도, 또 죽어 버렸던 것 같다."

042

…응? 무슨 소리지?

갑자기 이야기가 끝나 버려서, 내 이해는 곧바로 따라잡지 못했다. 지금, 그 중후한 테마성 있는, 그렇기에 기분이 축 처지는 다우너한 이야기에 무슨 결말이 난 거지?

식중독?

일본 여고생의 혈액이 체질에 맞지 않았다는 이야기인가? 그것은 마치 도항한 지역의 물을 마셔도 괜찮은지 어떤지가 가이드북에 반드시 적혀 있는 것처럼, 연수軟水니까 어떻고 경수硬水니까 어떻고, 생수라든가 음용수라든가….

단순히, 굶주린 직후에 갑자기 뭔가를 먹으면 그것 때문에 몸 상태가 나빠져 버리는 경우도 있다. 다이어트 직후에 갑자기 속에 부담이 가는 고기 같은 것을 먹고 탈이 나는(최악의 케이스로는 위장이 파열된다) 경우도 있고….

혹은.

여고생의 독. 진흙탕. 질척질척.

백전연마의 가엔 씨도 일시적으로나마 분위기가 가라앉고 말앉던, 나오에츠 고등학교 여자 농구부 내의 질척거리는 어둠을 혈액이라는, 이 또한 개인정보의 덩어리를 삼키는 것으로 체감해 버렸다는 이야기인가? 그야말로 일본어 표현 중에, '독기에 당했다'라는 말이 있는데… 질척거리는 것은.

혈액이기도 했던 건가.

전부 추측의 영역을 벗어나지 않는 생각이고, 아마도 복합적인 이유로 생겨난 합병증일 것이다. 잊어서는 안 되는 해석은, 이를테면 어느 나라의 어떤 형상의 어떤 무독無毒한 음식이라고 해도, 피든 살이든 '아름다운 공주' 이외의 인간은, 수어사이드마스터의 몸이 받아들이지 않았던 것뿐이라는 해석이다.

거절반응. 거식반응.

그것 자체는 괜찮다.

그것 자체는 윤리관과 함께 억지로 일단 치워 놓는다고 해도, 그렇다면 수어사이드마스터는, 여고생에게 독니를 뻗은 **직후**에, 그렇게 바짝 말라 버렸다는 이야기가 되어 버린다.

건면에 빠지고.

미라화되었다는 이야기가 되어 버린다.

댄디한 자신의 이야기에 다소의 과장은 있다 해도 거짓말을 하는 것처럼 보이지는 않지만, 하지만 그건 이상하지 않나?

피해자는 네 명, 혹은 다섯 명의 여고생이다.

그런데 **최초 시점**에서 미라화되어 있어서는 연속성이 끊어진다. 연속성?

연속성?

수어사이드마스터가 시노부에게 부정했던 것은, 자신이 '연쇄 흡혈범'이 아니라는 것이었지. 요컨대?

"…아차. 무엇이든 알고 있는 누나도, 나이를 먹은 걸까."

툇마루에서 가엔 씨의, 그야말로 다우너한 목소리가 들려왔다.

"꼴이 이래서는 나야말로 후배들에게 체면이 서지 않네. 두 번 다시 '가엔·THE 무엇이든 알고 있는·이즈코'라고 이름 대지 않기로 맹세할게."

아니, 그런 이상한 이름 댄 적 없잖아.

THE라니.

"흡혈귀화에 실패해서 미라가 되었다는 추측을 기준으로 삼는다면, **흡혈에 실패해서 미라화되었다**는 추측도 염두에 뒀어야 했어. 알고는 있었지만, 그런 예는 귀중하니까."

기준과 귀중.

그 비슷한 발음에 해외에서 온 손님은 이상하다는 듯이 금색 눈썹을 움직였지만, 나도 그것과 크게 다르지 않은 기분이었다. 무슨 소리지?

혼자만 먼저 상황을 헤아리고 있어도 곤란하다.

미라화의 원인이 어쨌든 식중독이었다 해도, 오히려 수수께끼는 늘어난 것이 아닐까… 무슨 소리지?

그렇다, 미라화된 경위는 알았다.

먹고 싶은 것에는 두 종류가 있다. 좋아하니까 먹고 싶다, 싫어하니까 먹고 싶다. 먹고 싶지 않은 것에도 두 종류가 있다. 좋아하니까 먹고 싶지 않다, 싫어하니까 먹고 싶지 않다.

어느 쪽이나 하치쿠지 마요이의 명언이지만, 그러나 그렇기에 수어사이드마스터는 가리는 것 없이, 호불호 없이, 닥치는 대로 차례대로.

설마 미식가가 그런 짓을 할 리 없다고 생각되었던, 닥치는 대로 손을 대는 행위. 그렇게 하는 것으로 식사를 '한 끼'로 세지 않는, 다이어트의 지혜.

뭐, 그런 교활한 지혜가 대가를 치르는 것도 다이어트와 동일하다는 것은 어떤 종류의 교훈 같다고 해도, 식중독에 걸려서, 긴급피난적인 건면으로서의 미라가 된 수어사이드마스터를, 그렇다면 산에 묻은 것은 누구냐 하는 수수께끼에 대해서는 전혀 해결되지 않았다.

쥐구멍이 있으면 들어가고 싶은 기분이었을, 흡혈에 실패한 흡혈귀를, 문자 그대로 땅속에 묻어 버린 것은 누구지?

생매장한 건 누구지?

"흡혈귀화에 실패해서 미라가 된 여고생. 흡혈에 실패해서 미라화 한 흡혈귀. 여기에 또 하나의 패턴을 덧붙인다면."

흡혈귀화에 성공한 여고생이지.

전문가들의 관리자는, 툇마루에서 일어나 그렇게 말했다.

"일련의 범행이 도무지 뒤죽박죽으로 아귀가 맞지 않았던 이유를 간신히 알았어. 흡혈주는 한 명이 아니었어. 흡혈귀가 중간부터 뒤바뀐 거야."

"뒤… 뒤바뀌었다?"

미스터리에서는 앨러리 퀸에 국한되지 않는 왕도적인 트릭이기는 하지만… 하지만 여러 명의 범인은 불가능한 것 아니었나?

흡혈귀가 그렇게 줄줄이 이 마을에 왔을 리가 없고, 게다가 조금 전에 말했던 DNA 감정 결과도 있고… 아아.

뒤늦게나마 나의 이해도 겨우 따라잡았다.

그런 것인가 하고 생각하면, 그런 것일 뿐이다. 교대, 교체.

바로 어제까지, 만약 자신이 흡혈귀화에 실패했다면, 이라며 깊이 생각하지 않았던 것의 반동인지, 어째서인지 나는 어딘가의 시점부터 이 괴사건에 대해 흡혈귀화는 **전부 실패한다**고 굳게 믿어 버렸지만, 물론 그렇지 않은 케이스도 있는 것이다.

성공하는 케이스 역시.

이를테면, 그 결과 흡혈주 쪽이 미라화되어 버린다 해도, 권속 쪽이 건재한 케이스도 있는 것이다.

요컨대 수어사이드마스터가 적당히, 만나자마자 깨물었던 여고생이 그 뒤로 여고생을 깨물어 왔다고 생각하면, 뒤죽박죽이며 아귀가 맞지 않았던 것도 납득이 간다.

DNA 감정이 '거의 일치'하는 것도 당연한 일이다. 친자관계이자, 자손관계라면, 흡혈귀 유전자는 일치한다.

천국인지 낙원인지, 어쨌든 그런 곳에서 아세로라 공주의 타액을 맛보았던 몸으로서 말하자면, 그 맛을 기준으로 두는 미식가 흡혈귀가, 일본의 미성년자만을 연속해서 노린다는 에티켓 없는 상황은 부자연스럽기 짝이 없지만, 그러나 그것이, 여고생이 여고생을 노리고 있었던 것이라면 오히려 잘 이해된다.

아니.

여고생이 여고생을, 이 아니라.

여자 농구부원이, 여자 농구부원을 노린 것이었다고 한다면 좀 더 잘 이해된다.

동기는 얼마든지 생각할 수 있다. 질척질척.

스파르타. 동조압력. 프러스트레이션frustration. 질투. 서로 간의 방해. 체벌. 불화. 연대책임. 배반. 시기심. 압박감. 피해망상. 부상. 스트레스. 불안. 학력 저하.

"엑. 하지만 잠깐만요, 아라라기 씨. 여농의 혐의는 풀린 거 아니었나요? 설마 전화를 바꿔 드렸던 저의 공적을 잊으셨나요?"

"하치쿠신. 전화를 바꿔 준 것 정도를 그렇게까지 중책이라고 생각해도 곤란한데."

그렇다. 그건 그렇다.

그 리스트를 참고해서, 이미 여자 농구부원의 무사와 무죄를 가엔 씨가 확인했다. 100명의 부원의 신상 보호는 동시에 감시이기도 하기에.

다만.

딱 한 사람, 감시되지 않은 여자 농구부원이 있다는 것을 이런 상황이 될 때까지 눈치채지 못했다니, 나도 정말 어떻게 되었던 것 같다. 키세키 소와.

칸바루가 말했던 '행방불명자'가 흡혈귀의 피해를 입었다는 것은 이제 와서는 거의 확신하고 있었지만, 그리고 그것이 가령 진실을 가리키고 있다고 해도.

미라화되어 있다고 단정할 수는 없었다.

그녀는 흡혈귀화에 성공했을지도, 그리고 밤의 어둠을 틈타 인간이었던 시절의 동료에게 복수하고 있을지도.

043

지금 이 순간까지 안전을 염려하고 있던 부녀자를, 이번에는 팀메이트를 습격하는 흉악한 범인으로 간주해야만 한다는 업 다운은, 나의 연약한 정신에 상당히 버거운 자갈길이었지만, 하지만 여기에서 모든 것을 포기한다면 열일곱 살의 봄방학이나 열여덟 살의 골든 위크에서 성장을 이뤄 냈다고는 할 수 없다.

빙글, 하고 한 바퀴 도는 제트코스터에도 올라탈 수 있는 터프한 남자인 척을 하며, 일단 정리해 보자.

키세키 소와.

확실히 2학년이었던가. 물론 명부에 그 이름은 실려 있었고, 이미 행방불명이 되었기에 다른 부원과 달리 안부 확인은 하지 않았으며, 굳이 말하자면 그 미라를 찾고 있었다.

발견될 리가 없다.

그런 미라가 존재하지 않는다면.

나오에츠 고등학교의 체육관, 그 여자 탈의실의 개인 로커에서 발견되었던 교복이며 유니폼, 그 밖에 휴대전화나 학교 가방

등은 어떻게 설명하지?

그 로커에 그것들을 쑤셔 넣은 것이 본인이라고 한다면, 학교에 침입하는 것도 여자 탈의실에 침입하는 것도 식은 죽 먹기나 마찬가지일 것이다. 본인이 본인의 루트를 써서, 본인의 손으로 본인의 로커를 열었을 뿐이다.

이쪽의 수사정보가 새어 나가고 있었다고 하고, 가엔 씨의 팀이 키세키 소와의 미라를 찾고 있다는 것을 알게 되어, 자신의 로커에 그런 개인물품을 쑤셔 넣어서 추리의 교란을 노렸다. 미라 자체는 존재하지 않으니 찾을 방법이 없다고 해도, 교복과 유니폼을 동시에 쑤셔 넣어 두는 것으로 수색대상은 이미 피해를 당한 것처럼 가장했다.

미라화된 듯한 기정사실을 날조해 내고, 그 사이에 마음대로 움직이려고 했다. 그것이 메니코에게 풀게 했던 두 개의 리빙 메시지, 혹은 서명이었던 듯하다.

'D/V/S'. 'F/C'.

데스토피아 비르투오소 수어사이드마스터, 팬클럽. 암호의 해석은, 여기까지 오면 아마도 그것이 정답이었겠지만, 그러나 그것은 키세키가 장치한 페이크였다.

수어사이드마스터가 키세키를, 불에 뛰어드는 나방이 아니라 입속에 들어오는 일본 여고생이라는 듯이 흡혈했을 때, 당연히 그녀는 이름을 댔을 것이다. 나에게 그랬던 것처럼, '데스토피아 비르투오소 수어사이드마스터'라고 자신의 이름을 댔을 것이다.

즉, 자신을 덮친 흡혈귀의 이름을 파악했고, 게다가 그녀의 미라를 산에 묻어 숨긴 것에서 유추해 보면.

그 뒤에 벌일 자신의 흡혈 활동을, 수어사이드마스터 탓으로 돌리려고 획책했다.

인간답게.

시노부가 그런 것처럼, 아무래도 수어사이드마스터에게 피를 빨리면 금발금안이 '유전'되는 모양이고, 겉모습도 분위기도 인간 시절과 크게 변화했을 것이라고는 상상이 된다.

내가 키스샷 아세로라오리온 하트언더블레이드에게서 피를 빨렸을 때는 금발금안이 되지 않았지만, 몸을 단련하지도 않았는데 근육질로 변했다.

교복과 유니폼을 둘 다 로커에 쑤셔 넣고, 그렇다면 여고생이 반라로 하교했는가 하는 이야기도 나왔었는데, 만약 키세키가 수어사이드마스터의 미라를 산에 묻었다면 그 점도 빈틈없이 설명된다.

나체의 유녀, 의 미라.

유녀의 미라는 처음부터 알몸이었다고 하치쿠지는 말했다.

미라가 되기 전에는 수어사이드마스터였다고 치고, 그렇다면 알몸이 되기 전엔 무엇을 입고 있었고, 그 옷은 어디로 가 버린 걸까?

함께 묻혀 있지 않다면, 지금쯤 누군가가 사이즈를 수선해서 입고 있을지도 모른다. 수어사이드마스터를 묻은 누군가가.

결사이자 필사이자 만사의 흡혈귀라는 이름을 대고, 그런 척을 하고, 꾸미고, 동료들을 덮쳤다. 단어장에 다잉 메시지를 남긴 쿠치모토 쿄미는 자신을 덮친 흡혈귀가 과거의 동료였다는 것을 눈치채지 못하고 페이크에 속아서 'B777Q'라는 메시지를 남긴 것인지도 모른다.

혹은 메시지 자체가, 키세키 소와가 수사진에게 건 페이크였을까. 적어도, 'F/C' 쪽은 틀림없을 것이다.

어떤 경위에서인지는 상상도 가지 않지만, 여자 농구부원에게 혐의가 향하고 있다는 것을 알아차린 키세키가 수사진의 눈을 또 다른 방향으로 향하게 만들려고 했던 것이다.

그것이 칸바루 스루가의 팬클럽.

칸바루의 영향이 강한 여자 농구부의 부원이었다면 모를 리 없는 조직이다. 다만, 흔적도 없이 해산되었다는 것까지는 역시 몰랐던 모양이지만.

어쨌든 간에, 몸을 숨기려 하거나 죄를 숨기려 하거나 책임을 떠넘기려 하거나 증거를 날조하거나···.

그 전부가 너무나도 흡혈귀가 할 것 같지 않은 일들뿐이라, 신기축新機軸이라기보다는 신기성에 가득 찬 그런 부자연스러움은, 그녀가 흡혈귀가 **되어 버린 직후**였기 때문이라고 생각하면 납득할 수 있다.

증거인멸, 알리바이 공작, 날조, 교란. 인간미 넘치는 흡혈귀의, 인간다운 범죄.

이렇게 되면 수어사이드마스터의 미라화는 둘째 치고, 여고생들의 미라화는 실패라고 말할 수 없을지도 모른다.

오히려 살아 있지도 죽어 있지도 않은, 반생반사 상태로 몰아넣은 것이 키세키 소와의 복수가 아닐까 하는 생각이 들기까지 한다. 수어사이드마스터의 미라를 묻었을 때, 그 질감 등을 충분히 참고삼을 수 있었을 테니 말이야.

인간이었던 시절의 동료를 완전히 죽여 버리는 것은 무리였다고, 좋게 해석해 주는 것도 못 할 건 아니지만….

"복잡하게 얽힌 부분을 풀어내면, 요컨대 순서의 문제인가. 발견된 제2의 미라와 제3의 미라는 실제로 흡혈귀에게 습격당한 순서가 반대였던 것처럼, 제5의 미라로 변해 있을 것이 확실시되었던 키세키 소와짱은, 사실은 제1의 피해자였어. 아니, 제0의 피해자였던 거지."

즉, 이런 이야기다.

미라가 발견된 순서는.

첫 번째 미라――하리마제 키에

두 번째 미라――혼노 아부리

세 번째 미라――쿠치모토 쿄미

(유녀의 미라――DVS)

네 번째 미라――칸구 미사고

다섯 번째 미라(가정)――키세키 소와

였지만, 실제로 피해를 입었던 시계열은,

제0의 피해자── 키세키 소와(흡혈주·DVS)

(제0.5의 피해자── DVS(식중독·자멸))

제1의 피해자── 하리마제 키에(흡혈주·키세키)

제2의 피해자── 쿠치모토 쿄미(흡혈주·키세키)

제3의 피해자── 혼노 아부리(흡혈주·키세키)

제4의 피해자── 칸구 미사고(흡혈주·키세키)

였던 것이다.

어느 미라도 흡혈귀의 미라이기에 사망 추정 시각 따위는 나오지 않았으므로 저수지에 가라앉아 있던 칸구 미사고 쪽의 세밀한 범행 시각 추정도 어렵지만… 이것이 그저께 밤부터 어젯밤에 걸쳐 일어난 연쇄 흡혈의 진상이다.

"허어~ 그렇구만. 똘똘하게, 이것저것 머리를 좀 굴리는구나, 그 여고생도, 네놈들도."

수어사이드마스터가 진심으로 감탄한 듯이 말했다. 어조로 봐서는, 어쩌면 정말 바보 취급하는 느낌도 있었지만.

하긴, 한 나라가 쇠하는 것을 직접 보았고, '시체성'이라는 성에서 태어났으며, 무수한 전쟁의 목격자이기도 한 태고의 흡혈귀가 보기에, 고등학생 동아리 활동 멤버 다섯 명이 어쩌고저쩌고 하는 토론은 앙증맞은 규모의, 밀리미터 단위의 수작업으로밖에 보이지 않을지도 모른다….

게다가, 수어사이드마스터는 연쇄 흡혈범은 아니었던 모양이지만, 그러나 적어도 이 사건의 발단이었다는 것은 자백 그대로였다. 첫 번째 한 명의 혈액은 그녀가 빨았다.

또다시, 흡혈귀를 낳은 부모다.

마치 사법거래를 하듯 출국 수속을 도와줬으면 한다는 부탁이 있었지만, 유감스럽게도 이래서는 도저히 무죄방면은 할 수 없다.

할 수 없지만, 이런 케이스에서는 어떠한 지시가 떨어질까? 나로서는 도저히 감이 잡히지 않는다.

최초 시점에서는 피해자였던 키세키가 그 이후의 주범이 된다면. 피해자가 가해자로 바뀌어 버린 구도.

"센고쿠 씨의 케이스하고 조금 닮았네요."

하치쿠지가 말했다. 쓸데없는 말을.

"센고쿠千石와 키세키木石, 성씨의 한자도 비슷하고 말이죠."

그것은 정말로 쓸데없는 말이다.

하지만 센고쿠 때와는 또 다르다.

한자 정도로 비슷하지도 않다.

우연히 흡혈귀의 슈퍼 파워를 얻은 여자 고등학생이 '생전'의 울분을 해소하기 위해 가진 힘을 마음껏 활용한다. 굳이 말하자면, 흡혈귀가 피를 빠는 식욕 같은 생리현상보다도 그쪽이 중대한 문제다.

말하자면, **인간이었던 시절의 가치관을 지닌 채로, 흡혈귀의 맹위를 떨치고 있는 것이므로…** 자칫 잘못하면 그것은 '어둠'에 관한 안건이 될 수도 있다.

"누가 나쁜지 잘 알 수 없게 되어 버렸네요."

하치쿠지가 난처하게 되었다는 듯 중얼거렸지만, 그것은 애초부터 애매했다. 고등학교 시절에 흔히 그랬던 것처럼, 내가 혼자 오명을 뒤집어쓰고 어떻게든 처리할 수 있는 일도 아니다.

그런 방법을 쓰기에는, 완전한 타인의 일이다.

나는 정치가가 아니다, 모르는 인간을 위해서 그렇게까지 할 수는 없다.

만난 적도, 소매가 스친 적도 없다. 인연도 연고도 없는 여자를 구한다는 것은… 그렇구나, 간단하지 않네.

"나중 일은 나중에 생각하기로 하고, 지금 해야 할 일이 있다고 한다면."

그렇게, 구도가 흑백 반전된 것처럼 완전히 뒤집혀서 교착상태에 빠진 자리에, 어쨌든 방침을 제시해 준 사람은 어찌된 영문인지 시노부였다.

"내가 보기엔 먼 여동생에 해당하는, 흡혈귀화한 여고생을 멈춰야 하지 않겠느냐? 구도가 완전히 뒤집히더라도, 해야 할 일자체는 그리 달라지지 않았다고도 말할 수 있을 터인데."

확실히 그렇다. 다만 바짝 말라 버린 미라를 찾는 것과 금발금안의 반짝이는 흡혈귀를 찾는 것이 되면, 찾는 방법이 달라질 것이다.

"괴이의 왕에게 지휘를 빼앗기게 되다니, 나도 장사를 접어야할 때가 된 걸까. 그러면, 현재 미라 찾기에 배정했던 인원을 그대로 키세키짱 찾기에 배정하도록 하고. 다음으로 그 애가 노리는 건 누굴까, 코요밍?"

"어… 그러니까, 그야 역시, 알력이 있던 여자 농구부원…이 겠죠? 그러니까 그곳에 한발 앞질러서…."

아닌가.

앞지르기는 결과적으로 이미 하고 있는 상황이다. 리스트에 실려 있는 멤버는 전원, 보호가 끝나 있다.

어떻게든 해서 이쪽의 수사정보를 획득한 듯한 키세키가 그것을 모를 리 없다. 포위망에 스스로 뛰어드는 우행을 저지르지는 않을 것이다.

"복수라는 것을 깔끔히 포기하고 집에서 자고 있는 거 아니냐? 이 몸이라면 그럴 거다."

수어사이드마스터가 아주 진지한 얼굴로, 상당히 조잡한 소리를 했다. 이제 와서는, 어째서 이 오만한 유녀가 이런저런 계획들을 꾸미며 큰 그림을 그리는 범인이 아닐까 의심했는지 이상하게 느껴질 정도다.

큰 그림이 아니라 큰 목소리뿐이다.

"뭐, 확실히 키세키짱이 우리들을 피하고 있는 것은 확실해. 위장공작이나 은폐공작이 좋은 증거고. 그렇게 되면, 감시의 눈을 돌파하면서까지 여자 농구부원을 습격하려고 하지는 않겠지. 애초에 농구부원 모두를 미라화시킬 정도의 울분이 쌓여 있었는가 하면 그 부분은 의심스럽고 말이야. 평범하게 사이좋은 친구도 있었을 테고."

현재 미라가 발견된 네 명은 그중에서도 원한이 깊었던 네 명인지, 아니면 어쩌다 혼자 하교하고 있었거나 빈틈이 많았거나 하는 이유로 습격하기 쉬웠던 네 명인지, 의외로, 그 네 명을 습격하는 것으로 그 애의 프러스트레이션은 깨끗하게 풀렸다든가?

다만, 낙관은 할 수 없다. 오히려 수색진의 일원으로서는, 범행은 점점 에스컬레이트한다는 것을 전제로 생각해야 한다. 무리한 다이어트가 요요를 부르는 것처럼, 스토익한 동아리 활동을 강요받은 십 대가 만화 같은 슈퍼파워를 손에 넣었으니, 에스컬레이트에 에스컬레이트를 거듭하며….

"……! 이거 위험합니다요, 가엔 씨!"

나는 이제까지 써 본 적 없는 말투가 되고 말았다. 상관하지 않고, 그대로 계속했다.

"칸바루가 오늘 밤, 히가사의 집에서 동급생들을 모아 파자마 파티를 개최하고 있어요!"

이런 말투로는 마치 칸바루가 파자마 파티를 연 일이 불건전하며 비도덕적이라 망측하다는 것처럼 들리겠지만, 내가 하고자 하는 말은 물론 그런 것이 아니다.

나오에츠 고등학교 여자 농구부를 은퇴한 3학년들, 황금세대의 OG들이, 마치 일망타진해 달라는 것처럼 한자리에서 만나고 있는 것이 위험하다는 뜻이다.

현재 동아리 활동의 모델인.

원흉이라고도 할 수 있는 황금세대.

절호의 사냥감이자 메인디시.

044

자동차를 몰게 되는 것으로 기동력이 늘었다고 하치쿠지는 높이 평가해 줬지만, 이렇게 되면 어째서 고등학교를 졸업했을 때 부모님께 F1카를 조르지 않았을까 하고 나는 몹시 후회했다…가 아니라, 아르바이트로 꾸준히 저축한 자금으로 F1카를 샀으면 좋았을걸, 하고 나는 몹시 후회했다.

하지만 그래도 냉정히 계산하면, 히가사의 집까지는 칸바루가의 일본식 저택에서 내가 자동차를 몰고 가는 것이 가장 빨랐다.

가엔 씨는 동원할 수 있는 최대한의 인원을 현역 농구부원의 보호 및 감시에 할당하고 있어서, 아무리 자신의 친족이 얽혀 있다고 해도 그 시큐리티를 해제할 수는 없었다. 아니, 자신의 친족이 얽혀 있기 때문일까.

그래도 가엔 씨는 칸바루를 노 가드로 놔둔 것을 후회하고 있는지, 뉴 비틀의 뒷좌석에서,

"아아, 이걸 어쩐담. 언니에게 저주받아 죽고 말 거야."

라는 소리를 하고 있었다.

뭐, 언니는 그렇게 기특한 언니가 아니었고, 굳이 말하면 칸바루는 그 '언니' 때문에 저주받아 죽을 뻔한 적도 있었을 정도였지만….

애초에, 그 칸바루 토오에 씨에 관한 문제가 있었기 때문에

(그리고 카이키 때문에) 가엔 씨가 칸바루에게 가까이 다가가기 어렵게 되었다는 점은 고려해야만 할 것이다.

가엔 씨 역시, 딱히 좋아서 칸바루를 노 가드로 놔뒀던 것이 아니다…. 반성할 사람은, 오히려 나일까.

칸바루를 칸바루 가에서 멀어지게 해서 그 녀석의 안전을 확보했다고 생각하고 있었는데, 실제로는 역효과까지는 아니어도 습격당하기 쉬운 상황을 만들고 말았다.

흡혈귀가 OG들을 노리는 일은 없다고, 이것 또한 멋대로 단정하고 있었다. 시야가 좁은 것은 고등학교 시절과 달라지지 않았다고도 할 수 있겠지만, 아무래도 현재의 여자 농구부와 작년까지의 여자 농구부를 제대로 연결해서 생각할 수 없었던 것이 한 가지 원인일 것이다.

그 차이야말로, 그대로 동기로 이어질지도 모른다는 것을 깨닫기만 했더라면….

"뭐, 이것도 이것대로 멋대로 단정한 것이지만 말이야. 칸바루 스루가&히가사 세이우 체제의 집결을 키세키짱이 알고 있다고만은 할 수 없고, 알고 있다고 해도 어디까지나 노리는 것은 현역 부원에 한정되어 있을지도 모르니까."

그 말대로다. 그러니까 현재의 인원들을 동원할 수는 없다.

나와 가엔 씨가 움직이는 방법밖에 없다. 칸바루 가의 주변에 펼쳐 놓은 결계 밖으로 나왔기 때문에 시노부도 함께이긴 해도, 사실상 이제부터는 시노부의 협력은 구할 수 없다.

차일드 시트에 앉지도 않고, 그 녀석은 간단히 그림자에 들어가 버렸다…. 뭐, 협력은 수어사이드마스터의 참고인 조사까지라는 약속이었으니까.

"하치쿠지와 수어사이드마스터를 단둘이 남겨 놓고 온 것이 약간 불안한데요…. 괜찮을까요?"

"거식증이라는 말은 진짜 같으니까, 하치쿠지짱이 잡아먹힐 일은 없어. 도망갈 일도 없고. 하치쿠지짱의 결계와 달리 내가 쳐 놓은 저 결계는 감옥에 가까워. 신과 귀신이 함께, 즐겁게 잡담을 나누며 시간을 보내 줘야겠어."

그런 말을 하고 있지만, 요컨대 하치쿠지에게 수어사이드마스터를 감시시키겠다는 생각일 것이다. 칸바루에 관한 일로 초조해 하는 와중에도, 그런 쪽의 솜씨는 빈틈없다.

수어사이드마스터가 무죄가 아니라는 것을 잊지 않는다.

"하지만… 흡혈귀에게 흡혈은 악한 행동이 아니라는 점은 제쳐 두더라도, 흡혈귀에게 권속을 만드는 일 역시 악한 행동은 아니죠. 게다가 이번 케이스에서 키세키는 명백히 흡혈귀화를 이용해서 사적으로, 자의적으로 행동하고 있어요. 피해자 본인에게 플러스가 된 상황이니, 인간이 보기에도… 전문가가 보기에도, 그건 악한 일이 아니라는 이야기가 되나요?"

"그런 쪽의 어려운 문제는, 시노부짱의 방침에 따라 나중에 생각하기로 했잖아? 뭐, 좀 더 덧붙이자면, 수어사이드마스터는 키세키짱을 흡혈하는 것에도 권속화하는 것에도 실패했어. 말하자면 미수未遂지."

"미수…? 그건 어떻게 봐야 할까요. 흡혈귀화에는 성공한 거 아닌가요?"

"실패한 것은 권속화야. 충실한 노예가, 자기 주인의 미라를 산속에 묻거나 하겠어?"

안 하겠지.

그 산이 하치쿠지가 사는 산이었다는 것이, 뭐, 이번 사건에서 몇 안 되는 요행이라고도 말할 수 있다. 그렇지 않았다면, 수어사이드마스터의 미라는 좀 더 오랫동안 발견되지 않았을지도 모른다.

"아이를 잘못 키운 것하고 비슷한 상황이라고 봐야겠지. 아니, 아마 수어사이드마스터는 권속으로 삼을 생각으로 키세키짱을 깨물지는 않았을 것이니. 본인의 변을 믿는다면, 단순히, 재회하는 자리에서 치장하기 위한 영양소로 삼을 생각이었을 테지. 의도하지 않게 흡혈귀로 만들어 버렸다는 의미에서는, 역시 흡혈귀화도 실패한 것이겠지."

여기도 저기도 전부 실패들뿐이다.

그런가 싶었지만, 실패라고 생각했던 것이 성공이었기도 하다.

"…'흡혈귀화에 실패한 미라'가 된 여고생들이, 아직 원래대로 돌아올 수 있는 여지가 있다는 것은 왠지 모르게 상상할 수 있지만요. 평행세계에서, 저는 비슷한 가능성을 보고 왔거든요."

실패했기에 인간으로 돌아올 수 있다.

기묘한 논법이기는 하지만, 원래대로 돌아올 수 있다면 그보다 나은 것은 없다. 다만.

"가령 수어사이드마스터에게 그럴 생각은 없더라도, 성공 사례인 키세키는 어떤가요? 인간으로 돌아올 수 있나요?"

"우선 본인에게 돌아가고 싶은 마음이 있는지 어떤지가 문제지. 뭐, 전문가의 세계도 일취월장하고 있으니, 코요밍이 경험했던 봄방학보다 기술이 약진해 있는 것도 확실해. 본인을 보지 않으면 뭐라고도 할 수 없지만, 금발금안의 여고생인가. 어지간히도 비뚤어졌겠는걸."

이런 느낌이 될 거라고 생각해, 라고 말하며, 답답하게도 신호 때문에 일단 정지한 나에게, 가엔 씨가 만지작거리던 태블릿을 내밀었다.

"키세키짱의 얼굴 사진을 가공해서, 금발금안으로 만들어 본 거야. 이미 모든 인원에게 메일을 보냈지만, 코요밍도 참고삼아 머리에 넣어 둬."

요즘에는 이런 것도 가능하구나.

일취월장.

텍스트 온리였던 리스트에는 실려 있지 않았던, 본래의 얼굴 사진을 입수한 경로에 대해서는 지금은 묻지 않겠다. 긴급사태 한복판이다.

"나는 스루가에게 가까이 갈 수 없으니까, 히가사짱이란 아이의 집 앞까지는 동행하겠지만 스루가와 친구들의 다이렉트한 보호는 코요밍에게 맡기겠어. 나는 이대로 코요밍의 애차를 빌려서, 다른 각도의 어프로치 방법을 찾아볼게."

"다른 각도의 어프로치 방법이라뇨?"

"그건 당연히 이제부터 생각해야지. 어쨌든, 코요밍은 양식 있는 대학교 1학년으로서, 여고생들의 파자마 파티에 잠입해 줘."

"하드하고 쿨한 임무가 될 것 같네요. 정말이지, 저는 언제나 이렇게 손해 보는 역할만 하네요. 이것만은 아무리 시간이 지나도 변하지 않을 것 같아요."

뭐, 괜찮다.

19년씩이나 해 오면 완전히 익숙해지는 법이다. 나의 인생이라는 것에도 말이야.

"스루가를 노 가드로 놔둬 버린 내가 말하는 것도 좀 그렇지만, 코요밍이 잊지 말아 줬으면 하는 건."

그렇게, 가엔 씨는 태블릿을 도로 집어넣으면서 말했다.

"수어사이드마스터에 관한 일처리는 제쳐 두고. 그 여자가 어째서 시노부짱을 만나러 왔는가, 그 의문도 아직까지 해결되지 않았다는 점이야. 허세를 부리면서까지 만나려고 했던 이유, 600년 가까이 계속해 왔던 단식을, 억지로 깨뜨리면서까지 만나려 했던 이유는, 정말로 걱정이 되었기 때문일까?"

본인의 변을.

어디까지 믿어도 되는 걸까.

045

"아라라기 선배다!"“말도 안 돼, 아라라기 선배?!"“정말이다, 아라라기 선배야!"“아라라기 선배라니, 그 아라라기 선배!"“맞아, 그 아라라기 선배야! 그 밖에 또 어떤 아라라기 선배가 있다는 거야!"“하네카와 선배의 친구인!"“센조가하라 선배의 남자친구인!"“오이쿠라 선배의 소꿉친구인!"“그리고 무엇보다 칸바루의 주인님인!"“나오에츠 고등학교를 졸업한 유일한 불량학생, 아라라기 선배!"“아라라기 선배!"“아라라기 선배!"“아라라기 선배!"

대인기였다. 내가.

지금까지 들어 본 적 없던 아라라기 콜이 생겨나 버렸다. 여고생의 파자마 파티에 난입했는데, 이렇게 극진한 환대를 받게 될 줄은 몰랐다.

아라라기 선배도 타락했구나.

"아~라라기! 얼씨구, 좋구나, 아~라라기! 절씨구, 좋구나, 아~라라기!"

"칸바루, 네가 장단을 맞추지 마."

이 녀석, 완전 멀쩡하잖아.

좋기는 뭐가 좋아.

뭐, 뉴 비틀에 올라타기 전에 전화를 해서 무사한지 확인하는 정도로는, 현대과학의 은혜를 받고 있었지만 말이야.

"그리고 뭐야, 너의 그 파자마는."

"뭐야, 아라라기 선배. 아라라기 선배 정도나 되는 사람이, 항시 정사의 방해가 되지 않는 파자마, 네글리제를 모른다는 거야?"

"나는 너 같은 후배를 몰라. 처음 뵙겠습니다."

인사를 대신해서 주거니 받거니 하는 이런 대화가 여고생들에게 아주 제대로 먹혔다. 히가사 가의 2층에 있는 어느 방이다. 원래는 그렇게 비좁지 않았을 다다미 8장 정도의 방이, 여고생들로 비좁게 가득 차 있었다.

마치 작은 상자 속에 들어온 듯 갑갑했다.

작은 상자 갑匣이라서 갑갑한 건가?

나오에츠 고등학교 여자 농구부의 OG 여러분이시다. 칸바루의 네글리제는 (왜 보이시한 칸바루가 그런 여성적인 잠옷을 걸치고 있는지를 따져 물었더니, '평소에는 알몸이니까 오늘을 위해서 빌렸다'고 말했다. 누구냐, 빌려준 사람) 극단적이라고 해도, 모두들 진짜로 파자마 차림이었다.

그런 자리에 발을 들이고 말았다.

안 그래도 어제 처음 만난 참인 히가사의 집에 들어가는 것에는, 쪼그만 쪽 여동생을 본받아야만 할 정도의 정신적 터프니스가 필요했는데, 왜 이런 사태가 벌어진 거지.

조금 전까지의 클라이맥스 느낌은 어디로 가 버렸냐고 말하고 싶어지는 낙차였다. 뭐지? 이 책, 앞으로 500페이지 정도 남아 있는 건가?

그렇게 되지 않도록 자제하고 있었는데, 이래서는 수험 공부의 굴레가 벗겨지자마자 미팅 삼매경에 빠진 대학교 1학년과 뭐가 다르냐고.

뭐, 어쨌든 간에 무사해서 다행이라고 할 수는 있겠지만… 가엔 씨에게 보고해 둬야겠네.

"그런데 아라라기 선배."

그렇게, 다다미 8장 넓이 방의 주인인 히가사짱이 손을 들었다.

"여자 농구부의 현재 상태에 대해서, 무슨 일이 있더라도 긴급히 이야기해야만 하는 일이 있다고 말씀하셔서, 오늘의 모임에 난입하는 것을 예외적으로 허가해 드렸는데요, 아무리 아라라기 선배라고 하셔도, 드레스 코드는 지켜 주셔야 합니다."

"드레스 코드?"

"파자마 말이거든요. 파자마 파티니까요."

안심하세요, 지참하지 않으셨다면 대여도 해 드리니까요, 라면서 청산유수처럼 히가사가 이야기를 이끌었다. 아니, 지참했을 리가 없잖아.

뭐, 하지만 그 부분은 전화를 걸었던 시점에 칸바루에게서 들은 것이기도 했다. 승낙하지 않을 수 없어서 그냥 적당히 동의했는데, 그게 농담이 아니었단 말인가.

"그럼요. 당 OG모임은 엄격한 에티켓을 기반으로 운영되고 있습니다. 아무리 오이쿠라 선배의 소꿉친구라 해도."

"그러네, 오이쿠라 선배의 소꿉친구라 해도."

히가사의 말에 다른 회원(?)도 동의했다. 어째서 오이쿠라의 지명도도 높은 거냐고.

그 녀석이 나오에츠 고등학교에 등교했던 기간, 전부 합쳐도 그렇게 길지 않잖아.

"알았어. 하지만 인사도 아직 하지 못한 아버님이나 오빠의 파자마를 빌리다니, 역시 신경이 좀 쓰이는걸⋯."

거리낌 없이 밀고 들어와 놓고, 룰에는 따르지 않겠다는 소리는 할 수 없다⋯. 그렇다고 돌아갈 수도 없다.

여기서는 이곳의 방식에 따르자.

임기응변, 아라라기 코요미다.

그렇게 생각하자마자, 칸바루의 주석이 들어왔다.

"아라라기 선배, 히가사에게 아버지나 남자 형제는 없어."

"뭐?"

"어제 말씀드리지 않았던가요? 저희 어머니는, 싱글 마더거든요. 어머니 한 사람에, 저 한 사람이에요. 어머니 혼자서 저를 소중하게 길러 주셨어요. 지금도 저의 대학 진학 비용을 마련하기 위해 일하러 나가셨어요."

나, 그런 가정에 막무가내로 밀고 들어온 거야?

진짜로?

죽음으로 사죄해도 부족한 거 아냐?

"그리하여, 저희 집에는 지금 현재, 여성용 파자마밖에 없습니다만, 걱정 마시길! 여자 농구부 OG모임은 보시다시피 신장에는 자신이 있습니다!"

응, 그래. 자신이 있으니까 뭔데? 있으니까 뭐가 어떻다는 거지?

046

여장은 한 번뿐이라고 약속하지 않았었냐는 진정은 매몰차게 무시당하고, 고객 지원 센터에 접수되는 일 없이, 나는 입고 있던 의복을 빼앗기고 새로운 옷으로 갈아입게 되었다.

누구 것인지 알 수 없는 실크 파자마를 입게 되었고, 결정타라는 듯 열일곱 살의 봄방학 때부터 길러 왔던 머리카락은 트윈테일로 묶여 버렸다. 내가 트윈 테일을 해서 어쩔 건데.

비참한 능욕이다.

잠시 후,

"어째 이미지했던 것처럼 귀엽게 되지 않고, 생각했던 것하고 다른 느낌입니다만, 뭐, 어때요, 좋게 좋게 넘어가죠!"

라면서, 히가사가 파자마 파티의 참가 허가를 내려 주었다.

관용인지 불관용인지 잘 모르겠다.

"흐흥, 작년까지는 운동에 올인, 올해부터는 입시 공부에 올인인 저희들도 고등학생일 동안에 이과계 대학생과 요란하게 놀아 봤다는 실적을 획득하고 싶었거든요!"

나에게 여성용 파자마를 입힌 것을, 여고생의 업적 달성처럼 말하지 말라고.

탐욕스런 아이다.

이렇게 유쾌한 아이와 고등학교 시절에 얽히지 못했다는 것도 참 아까운 일이다.

"이거야 원. 나 정도 되는 사람이 대체 무슨 꼴이람. 이런 건 미국 초등학교의 파자마 데이 이후로 처음이라고."

"아라라기 선배, 미국 초등학교의 파자마 데이에 참가한 적이 있었어…? 그건 내가 봐도 문제라고, 국제문제야."

칸바루가 미간을 좁혔지만 그 입가는 미소를 짓고 있었다. 지금의 내 모습은 그 정도라는 이야기인가.

말해 두겠는데, 나는 너를 위해 달려온 거라고?

"그런 이유로, 새로운 멤버를 위해 자기소개를 합니다! 롱T 차림의 히가사 세이우! 5월 3일생, 18세! 신장 165센티미터, 포지션은 스몰 포워드, 좋아하는 플레이는 스틸입니다!"

"진베[*]의 쇼노 미토노樟脳水戸乃! 4월 9일생, 18세! 신장 170센티미터, 포지션은 포인트 가드, 좋아하는 플레이는 더블 팀입니다!"

"와이셔츠 오버사이즈의 마요코 레이카真横礼香! 12월 12일생, 17세! 신장 169센티미터, 포지션은 슈팅가드, 좋아하는 플레이는 런 앤 건입니다!"

"쇼트팬츠의 우미카와 니카와海川にかゎ! 1월 18일생, 17세! 신장 164센티미터, 포지션은 파워 포워드, 좋아하는 플레이는 앨리웁입니다! 우뿌뿌!"

"운동복의 실비아 시비아! 9월 19일생, 17세! 신장 185센티미터, 포지션은 센터, 좋아하는 플레이는 블로킹입니다!"

※진베(甚兵衛) : 길이가 짧고 소매가 없으며 앞에서 여미어 끈으로 매는 여름옷.

"베이비돌의 오오키 세이코大城誠子! 8월 1일생, 17세, 신장 180센티미터, 포지션은 예비 식스맨, 좋아하는 플레이는 응원입니다!"

"그리고 내가 칸바루 스루가! 아라라기 선배의 에로 노예, 좋아하는 플레이는 방치 플레이다!"

"너만 취지가 바뀌었잖아. 에이스가 마무리를 담당하지 마. 영원히 방치해 버릴 줄 알아."

여기에 와서 어째서 억지스러운 녀석들의 자기소개를 듣고 있어야 하는 거냐고.

풀 네임까지 대고, 새 시즌부터 레귤러가 될 생각에 가득 차 있잖아.

이렇게 활달한 신 캐릭터가 여섯 명이나 있는 건가. 1, 2학년 부원이 100명에 달하는 것에 비하면, 3학년 OG가 전원 집합해도 열 명이 안 된다는 것은 조금 적다는 기분도 들지만… 아니, 그런 건가.

칸바루가 입부하기 전까지의 여자 농구부는 평범한, 입시명문교의 평범한 운동부였으니까. 하지만, 고작 일곱 명이라고는 생각할 수 없을 정도로 떠들썩했다.

어째서 그렇게 기운이 넘치는 거냐고.

"아뇨, 술 같은 거 안 마셨습니다!"

"야한 얘기 안 했습니다!"

"위험한 책 같은 거 안 가져왔습니다!"

"영상 같은 건 언어도단입니다!"

"어둠의 컬렉션 품평회는 아닙니다!!"

어둠의 컬렉션이란 건 뭔데.

기운이 넘친다고 할까, 그냥 밝구나, 이 녀석들.

칸바루 같은 녀석이 어쩌다 우연히 같은 시기에 모였다기보다는(그런 '어쩌다'가 있겠냐), 슈퍼스타 칸바루의 영향을 좋은 의미에서 가장 많이 받은 멤버라는 건가.

지금의 여자 농구부의 모습과는 정반대라고 할지, 이 녀석들을 목표로 하라는 말을 듣는다면 당연히 힘들겠지.

못 해먹겠다는 생각이 들걸.

비뚤어지는 것이 당연하다.

흡혈귀화도 당연…이라고까진 말하지 않는다고 해도.

"그래서? 아라라기 선배. 조금 전에 집 앞에서 받은 부탁은 당연하게도 아직 실현되지 않았지만, 그럼에도 불구하고 이렇게 밀고 들어오지 않을 수 없었던 여자 농구부에 관한 긴급 동의라는 건 뭐야. 마침 우리들도 지금 그것에 대해 이야기하고 있던 참이었어."

거짓말하지 마.

거짓말이라면 나도 하고 있지만, 후배들을 염려하는 모임이라고 생각할 수 없는 화려함이 느껴진다. 칸바루의 영향 운운하는 것은 제쳐 두더라도, 뭐랄까, 전국 레벨로 성과를 거둔 고등학생의 '우리들, 인정받고 있는 느낌'이란, 보는 이를 압도하는 것이 있네.

여고생의 어둠에 중독되었던 가엔 씨였지만, 나는 나대로 여고생의 빛에 중독된 모양이었다.

어둡고 침울한 고등학교 생활을 보내던 내 근처에, 이런 그룹이 형성되어 있었을 줄이야…. 이런, 낙심하고 있을 상황이 아니다.

나는 보디가드로서 하룻밤 동안 어떻게 해서라도 여기에 머물러 있어야만 한다…. 두렵게도. 무사함을 확인했다고 바로 돌아갈 수 없는 것은, 예의상의 문제만이 아니다.

지금은 괜찮아도, 내가 돌아가자마자 키세키가 이곳을 습격할 가능성은 남아 있다. 내가 경호를 맡을 수 있는가 하는 의문은 있다고 하더라도, 판명된 사실을 보기로 키세키는 가엔 씨의 수사 팀을 철저하게 회피하며 움직이고 있다.

일단은 수사 팀의 말단에 속해 있는 내가 이 히가사 가의 파자마 룸에 머물러 있는 한, 갓 태어난 흡혈귀는 적어도 오늘 밤엔 이 집에 다가오려 하지 않을 것이다.

최악의 경우, 시노부도 있다.

칸바루나 히가사 일행이야 어떨지 몰라도, 내 목숨이 위험해졌을 때까지 불간섭을 관철할 녀석이 아니라고 믿고 있다.

본심을 말하자면 나도 가엔 씨와 함께 키세키를 찾아다니고 싶기는 하지만, 나에겐 나밖에 할 수 없는, 말단에게는 말단밖에 할 수 없는 일이 있다. 여고생의 파자마 파티에 참가한다든가.

자, 그러면 이야기를 어떻게 끌고 나갈까.

트윈 테일도 묶었으니, 새로운 거짓말도 해야겠지. 칸바루야 어쨌든 간에 여자 농구부 OG모임 여러분에게는 사실을 하나도 말할 수 없다고 해도, 이야기해야만 하는 것이 있다고 호언장담을 하고 밀고 들어온 이상 입을 다물고 있을 수는 없다.

다만 적당히 얼버무리고 분위기를 띄우는 것이 아니라, 하물며 모임의 분위기를 끌어올리기 위한 게스트로서 광대 역할에 전념하는 것도 아니라, 여기에 있겠다면 여기에 있는 나름대로 역할을 완수해야 할 것이다.

"키세키… 키세키 소와에 대해 이야기하고 싶은 것이 있는데."

아니. 실제로는 듣고 싶은 것이 있다.

"그 애, 어떤 아이야?"

"어라, 이거 참 이상한 말씀을 하시네요. 제가 리스트를 빌려 드리지 않았던가요, 아라라기 선배?"

"아니, 그게 아니라 프로필이 아니라 퍼스널리티를 알고 싶어."

그것을 알 수 있다면 경향과 대책을 구축하기 쉬워진다. 지금 어디에서 무엇을 하고 있으며, 대체 무슨 생각을 하고 있는지 예상할 수 있다.

행방불명자라고 생각한다면 그것은 나중으로 미뤄도 괜찮을 만한, 말하자면 2차적인 정보였을지도 모르지만, 범인으로서 뒤쫓게 된다면 가장 중요한 정보가치를 지닌다.

"으~음. 좋게 말하자면 스스로에게 엄격하고, 나쁘게 말하더라도 스스로에게 엄격한 아이였으려나."

그렇게, 진베 파자마의 쇼노 미토노가 단어를 고르면서 말했다. 단어를 고르면서 말했다기보다는, 단어를 다 고르지 못했다는 인상이다.

"스스로를 너무 몰아붙여서, 그것이 때로는 좋은 결과를 낳기도 하지만 잘 안 됐을 때에는 히스테리를 일으켜서… 그럴 때에는 엄청 난폭해져서, 동료에게까지 화풀이를 하거나 했어요."

"가상의 적이 있으면 의욕을 내는 타입이었으니, 잘 안 될 때에는 패배했다는 기분이 드는 거겠죠. 그런 게 아닌데 말이죠."

그렇게, 롱T 잠옷의 히가사가 덧붙였다. 흐음, 뭐, 이번 사건의 범인상과 모순되지 않는 퍼스널리티처럼 생각되기도 하지만, 다만 진정하고 보니 그런 성격은 어떤 사람이나 어느 정도는 가지고 있다고도 말할 수 있다.

다른 멤버에게 물어보아도 이렇다 할 만한 특징(추적에 도움이 될 만한 개성)을 들을 수는 없었다.

참고로 칸바루는,

"완전 귀여운 후배였어! 알몸으로 플레이하면 좋을 텐데, 라고 항상 생각했었어!"

라고, 그녀의 개성적인 개성 쪽이 보다 강하게 전해지는 코멘트밖에 수집할 수 없었다…. 네가 범인이었다면 매복하는 것도 간단해 보이네.

…실제로, 원숭이의 미라 때는 더욱 직접적이었다. 원숭이와 귀신이라는 차이가 있었다는 이야기가 되지만, 그때 원숭이에게 소원을 빌었던 여고생이 표적으로 삼았던 것은….

"그러면, 살짝 질문을 바꿔 볼게. 현재 실종된 다섯 명의 멤버 말인데…."

하리마제 키에. 혼노 아부리. 쿠치모토 쿄미. 칸구 미사고.

그리고 키세키 소와.

"이 다섯 명의 공통점, 뭔가 있어? 딱 다섯 명. 농구 경기를 위한 선수의 수와 똑같은데, 예를 들면 이 다섯 명이 함께 시합에 나간 적이 있다든가?"

이 파자마 파티에 참가하지 않았더라면 나오지 않았을 발상이지만, 조금 전의 자기소개 때 오오키 세이코가, 포지션이 예비라고 말했었다.

만약 이 다섯 명이 공식전이 아니라 연습시합이라도, 혹은 홍백전에서라도 팀메이트로 플레이한 적이 있었다면, 그때 벤치에는 예비 선수도 있지 않았을까?

그리고 나는 칸바루나 OG모임 3학년이 표적이 될 거라고 염려했지만, 키세키가 다음으로 노리는 것이, 혹은 이미 독니를 댄 것이 그 예비 선수였을 가능성도 있기에, 보호되고 있다고는 해도 타깃을 한 명으로 특정할 수 있다면 역으로 함정을 파는 것도 가능할 것이다. 가엔 씨라면.

하지만 이 추리, 혹은 희망적 관측에 히가사는 고개를 저었다.

"공통점이라고 할 만한 건, 없네요~ 같이 시합에 나간 적도 없을 거예요. 이렇게 말하는 건 좀 그렇지만, 조금 전에 말했던 키세키라면 몰라도, 하리마제나 쿠치모토는 운동이 서툴러서 도저히 시합에 내보낼 수 있는 레벨이 아니었고요…."

"BL 쪽 취향도 완전히 달랐고 말이죠~"

흐음… 당연하지만, 키세키 이외의 실종자에게도 각각의 개성이 있으니 다섯 명을 팀으로서 한데 묶는 것은 힘든가. 실비아 시비아의 발언으로 봐서는, BL 취향이라는 개성으로 묶을 수 없을까도 생각했지만, 그것은 '산소를 들이마시고 이산화탄소를 내뱉는다' 같은 공통점일 것이다.

국어 시험으로 말하자면 '다음 나열된 다섯 단어들에 공통되는 특징은?' 같은 느낌으로는 되지 않는 모양이다.

나는 이어서, '그러면, 네 사람이라면 어때?'라는 질문을 그녀들에게 던지려고 했다. 즉, 키세키를 제외한 네 명, 발견된 피해자 네 명에게 나오에츠 고등학교 여자 농구부원이었다는 사실 이외의 공통점이 있는지 어떤지를, 휴대전화를 통한 정보수집이 아니라 생생한 의견으로서 듣고 싶었다.

이 활기찬 여러분들에게서 수집한 정보라면, 여고생의 진흙탕에 끌려 들어가서 다우너한 상태가 되어 버리는 일은 없을 것이다. 안 그래도 써먹을 수 없는 내가, 못 써먹을 것이 될 일은 없을 것이라고 생각하고 있었지만.

거기서 나는 문득 깨달았다.

공통점? 네 사람? 휴대전화? 못 써먹을 것이….

"아… 아니."

혹시나. 그렇다면. 어쩌면.

다섯 명에게서 공통점을 찾는 것이 아니라.

동료라고 가정하는 것도 아니라.

이것이, 나열된 다섯 개 중에서 **공통점이 없는 하나를 찾는 국**

어 문제라고 한다면… 다른 것.

틀린 그림 찾기.

혹은 이렇게 여고생의 파자마 파티에 참가하고 있는 대학교 1학년처럼 자리에 어울리지 않는… 차이.

아아. 그렇구나. 그런 것이었나.

칸바루에게 했던 부탁을 떠올린다. 메니코와 나눴던 대화도.

우리들의 수사정보는 그렇게 흘러 나갔던 것인가. 그렇다면 내가 있어야 할 장소는 여기가 아니었다. 여고생들이 모여 있는 모녀가정에 잠입해 있을 상황은 절대 아니었다.

여고생들에게 추어올려지며 장난감 취급받는 것도 포기하기 아쉽지만, 지금 당장 자리를 뜨지 않으면… 하지만, 이거 위험하다. 치명적으로 위험하다. 뉴 비틀은 가엔 씨가 타고 가 버렸다.

여기서부터 걸어서, 아니, 뛰어간다고 해도 늦지 않게 갈 수 있을까?

"히, 히가사."

"여기 대령했습니다."

"네가 닌자냐? 여기 있는 것은 알고 있어."

오히려 그 성격으로 어떻게 2년간 나오에츠 고등학교에서 내 눈에 띄지 않고 지낼 수 있었는가 하는 쪽이 더 신경이 쓰인다고.

아니, 그게 아니라… 히가사.

"자전거, 가지고 있어?"

047

아라라기 코요미가 히가사 세이우로부터, 자전거는 가지고 있지 않지만 외발자전거는 가지고 있어요, 라는 너무나 절망적이면서도 재미있는 대답을 들었을 즈음, 금발금안의 여고생은 그런 대학생과, 그리고 대학생의 차에 동승하고 떠나갔던 전문가들의 관리자와 거의 교대하는 듯한 형태로 칸바루 가의 일본식 저택에 침입하고 있었다. 나체에 칠흑의 망토 하나만을 걸친 차림으로, 신발조차 신지 않은 금발금안의 여고생은 그대로 저택 안으로 세대주의 허가도 없이 들어갔지만,

"여어, 그쪽이 아니라 이쪽이라고. 오랜만이다, 여고생. 건재하게 잘 있는 것으로 보이니 이 몸도 기분이 좋구나."

그렇게, 정원 쪽에서 누군가 말을 걸어서 그쪽을 돌아보았다. 최근 들어 농구로 하루하루를 보내던 그녀에게는 그 취지가 잘 이해되지 않는 규모의 어마어마한 정원, 어마어마한 바윗돌 위에, 약 일주일 전 조우했던 유녀가 있었다.

금발금안의 유녀.

그 이름은 데스토피아 비르투오소 수어사이드마스터. 결사이자 필사이자 만사의 흡혈귀, 태고의 흡혈귀.

그녀를 흡혈귀로 만든 장본인張本人.

아니, 장본귀張本鬼.

"…그쪽이야말로 건재해 보이네. 제대로 묻어 놨을 텐데?"

크게 놀라지도 않고, 금발금안의 흡혈귀는 어째서인지 하얀 소복을 호쾌하게도 앞섶을 풀어헤치듯 입고 있는 금발금안의 유녀에게 물었다. 뭐, 불사신 흡혈귀다, 되살아난다고 해도 화들짝 놀랄 만한 일은 아니다.

하지만 이 구도는, 참으로 얄궂다.

검은 망토를 걸치고 있는 자신과 대조되게 하얀 소복을, 마찬가지로 완벽히 소화해 내며 걸치고 있는 유녀. 흡혈귀 식으로 말하자면 '주인님'일까.

마스터―수어사이드마스터.

"그래. 아무래도 또, 죽어 버린 모양이야. 네놈의 피를, 아니, 네놈의 독을 먹었던 탓에 말이다. 이거야 원, 이 몸도 많이 늙은 모양이야. 인간의 독을 마실 수 없게 되었을 줄이야."

"나 때문인 것처럼 말해도 곤란한데. 죽은 건 당신이 멋대로 죽은 거잖아? 나는 묻은 것뿐이야."

"묻은 것뿐이 아니지 않나. 그 뒤에 내 이름을 사칭하면서 제멋대로 일을 벌이지 않았더냐. 네놈 덕분에 이 몸은, 전문가에게서 먹튀했다는 죄를 뒤집어쓰게 되어 아주 야단법석이다. 이제 그만 돌아가고 싶은데도 이런 곳에 구류되고 말았지."

트집을 잡는 듯이 말하고 있지만, 멋대로 이름을 이용한 것에 특별히 화를 내고 있다는 느낌은 아니다. 오히려 그런 역경을, 이 유녀는 즐기고 있는 듯했다.

부러운 감성이다.

그런 감성이 1000분의 1이라도 있었다면, 1000년분의 1년이라도 있었다면, 그 동아리 활동으로 그렇게나 질척질척한 마음을 품는 일은 없지 않았을까. 이런 상황이 되지는 않았을까.

아무래도 흡혈귀가 되었다 한들, 그런 자신의 성격까지는 '최적화'되지 않은 것 같다.

혹은 가장 좋아진 '나'의 성격은, 이 정도인 걸까.

"수사를 교란시키기 위해서라고는 해도, 멋대로 이름을 쓴 일은 미안하다고 생각하고 있어. 하지만 그 산에 묻은 시점에서는, 특별히 악의를 가지고 묻었던 건 아니야."

금발금안의 여고생은 정직하게 말했다.

"그도 그럴 것이, 당신에게는 감사하고 있는걸. 그건, 제대로 매장해 주려던 것이었어."

"매장? 아아, 과연. 그런 얘기군. 토장土葬이라는 것이었나."

그렇게 말하며 금발금안의 유녀는 "카캇." 하고 웃었다.

"허나, 묻은 곳이 그 산이었던 것은 무슨 이유지? 이 몸이 네 놈을 흡혈한 장소는 그곳이 아니었을 터인데. 그 근처조차 아니었다."

어째서 그렇게 시시콜콜한 것에 신경을 쓰는 걸까, 하고 생각하면서 그녀는 "그 산 정상에 신사가 있다는 이야기를 들은 적이 있거든. 키타… 어쩌고 하는 신사가."라고, 있는 그대로 대답했다.

"기왕 묻을 거라면, 신사에 가까운 편이 공양이 되지 않을까 생각해서…. 묻어서 숨기자는 의지가 전혀 없었냐고 하면, 그렇지도 않다고 해야 하나? 미라가 된 당신을 그대로 방치해 둘 수도 없는 노릇이었고."

"아니, 아니, 상관없다. 그런 어중간한 배려 덕분에, 오히려 내가 조기에 발견되었다고도 할 수 있으니까."

"?"

"참고로, 이 몸의 유체를 첫 발견한 자에게는 자리를 비켜 달라고 했다. 흡혈에 실패한 이상 네놈은 이 몸의 권속이라 말하기 어렵지만, 그래도 완전히 독립되어 있는 키스샷과는 달리, 접근 정도는 탐지할 수 있거든."

유녀가 지을 수 있는 그것이라고는 생각되지 않는 댄디한 미소와 함께, 그런 영문 모를 소리를 해도 곤란하다.

"당신이 나에게 할 이야기가 있다고? 수어사이드마스터. 혹시 또 그 얘기야? '감사히 먹겠습니다'가 어떻고 '잘 먹었습니다'가 어떻고 하는…."

관심 없는 척하며 말하긴 했지만, 그 이야기 자체는 그녀에게도 흥미로운 이야기였으므로(동아리 활동에 먹혀 버린 그녀에게도 몹시 흥미로운 화제였기에) 흉행에 나설 때에 자기 입맛에 맞게 활용했지만.

입을 쩍 벌린 멤버의 얼굴은, 아주 볼만했다.

"묻고 싶은 게 있다면…."

"아니아니, 묻고 싶은 것 따윈 없다. 네놈이 저지른 짓은 옛 하트언더블레이드의 옛 권속 군에게 대강 들었으니 말이야. 꽤나 장래성이 있는 녀석이었다만, 그 녀석은 누구에게나 간단히 마음을 허락하는 나쁜 버릇이 있더군. 이 몸 같은 녀석도, 바보인 척을 했더니 뭐든지 전부 나불나불 알려 주더군."

"……."

옛 하트언더블레이드의 옛 권속 군.

졸업생인 아라라기 코요미인가, 하고 금발금안의 여고생은 짐작했다. 전문가에 의한 수사정보를 어느 정도 파악하고 있기는 했지만 전부 알고 있는 건 아니었고, 또한 고작 일주일 전 금발금안의 유녀와 조우할 때까지는 그런 세계에 대해 알지도 못했던 그녀에게는, 모처럼 획득한 정보를 분석할 능력이 없었다.

세부적인 것은 상상할 수밖에 없고, 그 상상이 맞으리라는 보증도 없다. 다만 그 유명한 선배가 아무래도 흡혈귀였다는 것은 확실한 모양이었다.

"뭐야. 그러면 질문이 아니라 불평할 게 있단 거야?"

"불평할 건 없지만, 불만은 있지. 하드하고 쿨한 이 몸의 혈족이, 복수라는 시시한 이유로 밤길을 활보하고 있었을 줄이야."

그런 짓을 하고 싶어서.

네놈은 흡혈귀가 되었던 거냐, 라고.

금발금안의 유녀는 이야기의 내용과는 역시 정반대인, 재미있어하는 듯한 어조로 말하며 살짝 턱을 들어 올렸다.

"그런 짓을 하고 싶어서, 네놈은 흡혈귀가 되고 싶어 했던 거냐. 이 몸에게, **먹히고 싶었던 거냐**."

"……."

"아아, 이 부분은 네놈을 쫓고 있는 녀석들에게는 아직 알려 주지 않았다. 감쌀 생각도 없지만, 이 몸이 네놈의 피를 빤 것은 예전의 벗에게 허세를 부리기 위해서였다고 말해 뒀다. 어쩐지 그렇게 말해 봤더니 상대 쪽에서는 그런 것을 생각하고 있던 모양이었고, 뭐, 네놈을 흉내 내서 말하자면 이 몸에게도 그런 기분이 전혀 없었던 것은 아니었고 말이지."

어쨌든.

단지 길을 물어봤을 뿐인 이 몸에게, 네놈이 갑자기 엎드려서는 '저를 흡혈귀로 만들어 주세요'라고 간청했다는 건 까발리지 않았다고, 유녀는 생색을 내는 듯한 말을 해 왔다.

원래 그런 성격이겠지만, 그래도 짜증이 났다. 동아리 활동에 참가하고 있을 때 항상 그런 기분이었던 것처럼.

혹은 인간이었을 무렵의 부모에게 '낳아 달라는 부탁 같은 거 안 했어!'라고 외쳤던 반항기처럼. 다만, 확실히 저 유녀에 대해서는, 금발금안의 여고생은 넙죽 엎드려서 간청했지만, **낳아 달라고** 빌었지만.

"이 몸도 딱히 키스샷… 아세로라 공주에게 절조를 지키려고 단식하고 있던 것이 아니니까, 부탁을 받았는데 거절할 이유는 없었지. 실패해도 별로 상관없다는 정도의 가벼운 기분이었는데, 설마 이쪽이 미라화되어 버리는 건 예상 밖이었다고. 1000년을 살았어도 예상 밖의 일은 있더란 말이지."

1000년을 살아도 그런가.

그렇다면 십 대에 그러는 것은 당연한가. 혹은, 살아가면 살아갈수록 그런 것일까.

그 생각에 금발금안의 여고생은 진저리가 났다. 죽고 싶어질 정도로 진저리가 났다, 지금의 그녀는 불사신인데도.

"…드물었던 거야? 나 같은 사람이. 스스로 흡혈귀로 만들어 달라고 부탁하는 바보가. 흉내 낼 것도 없는 바보가."

"그렇지도 않다. 600년 전에도 한 명 있었다. 카캇, 그걸 기억해 내서 이 몸도 감상적이 되어 버렸던 걸까?"

"감상적感傷的."

상처.

"옛 하트언더블레이드의 옛 권속 군은, 먹는 문제에 대해서 이러쿵저러쿵하며 구질구질하게 생각하고 있는 모양이던데. 이 몸이 보기에는 가장 중요한 시점이 빠져 있어. 먹는다, 먹힌다는 것을 가해자와 피해자의 시점으로밖에 파악하지 못했지. 딱히 지적하지 않으면 못 견딜 정도로 틀린 것은 아니지만, 1000년을 살아온 이 몸이 보기에는, 얕지, 얕아."

그 녀석의 상정에는, 먹히는 쪽이.

먹히기를 바라고 있는 케이스가, 빠져 있다며 유녀는 혀를 내밀었다.

"식물로 말하는 게 알기 쉬울까? '바나나'라는 것이 있지? 어느 각도에서 보아도, 네놈들 영장류에게 먹히기 위해서 있다고밖에 생각되지 않는 구조의 과일이다. 손으로 집기 쉽고, 포장 속에 들어 있으며, 영양이 풍부한 과일이지. 껍질을 밟고 미끄러지는, 그런 익살스러운 마무리까지 기대할 수 있어."

"'바나나'는 먹히는 것을 바라고 있다는 소리야?"

흡혈귀가 되는 것을 스스로 바랐던 내가 '바나나'였다고 하는 거야?

그런 것은, 가축들은 먹히기 위해서 태어났으니 먹더라도 잔혹하지 않다는 이론과 마찬가지다. 혹은, 애완동물을 거세하는 것은 애완동물을 위한 행위라고, 아무런 의문도 없이 말하는 사람들과 마찬가지다.

의문은 필요할 텐데. 어린아이 같더라도.

"꽃이 화려하게 피고, 달콤한 꿀을 만들어 내는 것은 무엇을 위해서지? 여고생. 벌에게 '빨려서' 꽃가루를 퍼뜨리기 위해서이지 않나? 과일이 맛있는 것은, 씨앗을 퍼뜨리기 위해서이지 않나?"

"하지만, 그건 식물 이야기잖아? 스스로 먹히고 싶다고 바라는 동물 따윈."

나 정도일까.

"있다고는 생각할 수 없어."

"그런가? '지렁이' 같은 것은 상당히 먹히기 위한 형태를 유지하고 있다고 생각하지 않나?"

"'지렁이'는 안 먹어. 나는."

"아아, 그래? 호불호가 있다는 건 좋은 일이지. 좋아하는 것만 먹는 것도 말이야. 먹어 보지도 않고 무작정 싫어하는 것조차도. 하지만 부탁받지도 않았는데, 스스로 불행해지려 하고 있다고밖에 생각되지 않는 녀석들도 꽤 있지 않나? 제멋대로 궁지에 몰리고, 제멋대로 피해를 입고 있다고밖에 생각되지 않는

놈들을 말하는 거다."

"그런 거…."

우리들 정도밖에.

"…있다고 해도, 아무리 그래도 자진해서 잡아먹히고 싶다고 비는 생물 따윈."

"그러니까 있었다니까, 600년 전에. 그런 생물이, 그런 인간이. 그런 공주님이. 다만, 그 녀석은 네놈처럼 꼴사나운 복수나 원한을 위해서 흡혈귀가 되려고 한 것이 아니지만 말이다. 하드하고 쿨한 이 몸으로서는 이해할 수 없는, 숭고한 이념으로 흡혈귀가 되려고 했다. 네놈과 달리, 극히 생산적이었지."

"……."

사산死産이 아니었다. 그렇게 말하고 싶은 걸까.

"그런 숭고한 이념을 지금 와서는 완전히 잊고, 전부 잃어버린 모습을 보니, 아무래도 다 이룬 모양이야. 진심으로 안심했다. 네놈은 어떠냐? 강대한 힘으로 인간을 먹어 치워서, 다 이뤄 낸 기분이냐?"

만난 적도 없는 선배와 비교하는 듯한 말을 듣고, 금발금안의 여고생은 그야말로 자기 속을 완전히 간파당한 듯한 기분이 들었다.

성취감 같은 것은 전혀 없다. 오히려 공허했다.

복수 따윈 허무할 뿐이라는 값싸 보이는 대사가 설마 진실이었다니, 생각도 하지 못했다.

진심으로, 텅 비었다.

미라화 한 것처럼, 바짝바짝 말라들어 간다.

그렇다고 해서, 그만둘 수도 없다.

그렇다.

애초에 다 이루어지지 않은 것이다.

그 때문에 무수한 눈을 피해서, 그녀는 이곳에 왔으니까.

"피해서? 폼 잡는 표현 쓰지 마라, 여고생. 이 몸을 웃겨 죽게 만들려는 속셈이냐? 책략을 짜고, 잔재주를 구사하고, 허실을 뒤섞고, 쪼르르 살금살금, 이곳에 온 것은 바퀴벌레처럼 도망 다닌 끝에 도달한 것일 텐데. 살아 있는 만큼, 나는 바퀴벌레 쪽이 낫다고 본다."

"…그렇지. 그 점에서는 정말 김이 샜어. 기대에서 어긋났어. 흡혈귀라는 건 좀 더 좋은 것이라고 생각했어. 애초에, 태양을 꺼린다는 시점에서 최악 아냐?"

빈정거렸다고 생각했지만, 금발금안의 유녀는 신경 쓰는 기색도 없다. 그러기는커녕 여유가 흘러넘치는 태도로,

"그렇군. 그렇게 좋은 것이 아니다. 다이어트처럼, 오기의 연속이다. 이 100년간은, 이 몸도 네놈에게 밀리지 않을 정도로 쪼르르 살금살금 도망 다녔다. 이제 대가를 치를 때가 왔다는 듯이 이렇게 붙잡혀 버렸고 말이야. 네놈을 보고 꼴사납다고 말했다만 이 몸도 상당히 꼴사납지."

"…너무 실망시키지 마. 여기서는 당신이 흡혈귀의 좋은 점을 어필해 주었으면 하고 바랐는데 말이야. 뭐하면 화이트보드라도 준비할까? 흡혈귀가 되어야만 하는 이유 열 가지 항목을,

이제 곧 선거권을 갖게 되는 십 대 젊은이에게 프레젠테이션 해
줘."

"선거권 따위, 네놈에게는 이제 영원히 없다. 그리고 네놈이
지금 하고 있는 것은 실망이 아니라 절망이다. 걸어 다니는 시
체에겐 어울리지."

"걷지 않는 시체… 미라 쪽이 그나마 낫다는 거야?"

떠올리는 것은, 당연히 그녀가 습격했던 옛 팀메이트들이었
다. 다만, 그 아이들을 팀메이트라고 생각했던 적은 없다.

밤보다 어두운 기분이 되었을 참에, 금발금안의 유녀가 "그렇
게 절망적인 네놈에게, 좋은 이야기가 있다. 흡혈귀에게 좋은
점 따위는 없다만, 좋은 이야기가 있다."라고 말을 꺼냈다.

"좋은 이야기? 미담을 말하는 거야?"

"흡혈귀에게는 미담도 없다고. 굳이 표현하자면, 이건 장사
관련 이야기다. 그렇지. 즉, 좋은 이야기라기보다는 군침이 도
는 이야기다."

"들려줘."

물고 늘어졌다. 즉결즉단으로.

아무래도 이 일본식 저택을 찾은 **목적**은 이루지 못할 것 같다.
그렇다 해서, 이대로 빈손으로 돌아가는 것도 화가 치밀었다.

수사의 손길은 점차 좁혀 들어오고 있다.

바퀴벌레가 짓밟히는 것도 시간문제다. 간청 끝에 얻은 강대
한 힘에 **빠져** 있던 것은 부정하지 않겠지만, 그렇다고 해서 자
신이 처해 있는 상황을 객관적으로 판단할 수 없을 정도로 어리

석지도 않다고 생각한다.

성적은 좋은 편이었다. 그 여자 농구부에 들어갈 때까지는.

"그, 군침 도는 이야기라는 것을."

"이 몸을 먹어도 괜찮다."

거드름 피우지도 않는, 유녀.

"네놈이 만약 인간으로 돌아가고 싶다고 바라고 있다면, 흡혈주인 이 몸의 피를 꿀꺽꿀꺽 마시면, 지금이라면 아직 인간으로 돌아갈 수 있다."

"…인간으로 돌아가고 싶다는 소리, 내가 한마디라도 했던가? 좋은 것이 아니라고 하긴 했지만, 나쁘다고 말한 기억은 없는데?"

"최악이라고 말하지 않았나."

"표현하자면 그렇다는 거지. 말꼬리 잡지 마. 인간이 최고라고 말한 기억도 없어. 여고생이 최고라고 말한 기억도."

"그렇게 생각하고 있다면 이 몸의 피를 빠는 것뿐만 아니라 우걱우걱 먹어 치우면 돼. 살까지, 뼈까지 씹어 먹으면 돼. 그렇게 하면 불완전한 흡혈귀인 네놈은, 그러나 주인을 죽인 흡혈귀로서, 지금 이상의 힘을 획득할 수 있다. 어디 보자, 뭐라고 하던가? 스마트폰 게임에서 말하는… 2단계 진화, 라고나 할까?"

친절한 마음이 결여되어 있지는 않은지 십 대 젊은이가 알기 쉬운 예시를 들어 준 모양이지만, 흡혈귀가 스마트폰 게임이란 소릴 해도 좀.

미식가이자 공복이자 댄디즘의 흡혈귀는, 아무래도 프레젠테이션에는 서툰 모양이다.

"어쨌든 간에 네놈에게 손해는 없다. 인간으로 돌아가고 싶다면 인간으로 돌아가면 된다. 보다 강력하고 보다 무서운 흡혈귀가 되고 싶다면, 보다 강력하고 보다 무서운 흡혈귀가 되면 돼. 적어도 지금보다는, 쪼르르 살금살금 살지 않아도 될지도 모르지. 자, 어떡하겠나?"

"…당신에게는 어떤 이득이 있는 거야? 그 좋은 이야기에. 그 군침 도는 이야기에. 그 장사 이야기에."

들은 시점에서 대답이 확정될 만한 이지선다＝枝選多였지만, 그러나 금발금안의 여고생은 신중하게 대답을 보류했다. 너무나도 군침이 도는 이야기라 오히려 수상했다.

위험한 이야기로 생각되었다. 음미하지도 않고 먹기에는.

"피를 빨든 살을 먹든, 요컨대 당신은 죽는 거네. 1000년을 살았던, 하드하고 쿨한 당신은 죽는 거야. 무슨 소리야, 그건. 자기희생이라는 거? 결사이자 필사이자 만사의 흡혈귀가, 고작 나를 위해 죽어 주는 거야?"

"설마. 장사 이야기는 일거양득이 기본이지 않나."

일거양득이 양자 모두가 이득을 본다는 의미가 아님은 그녀의 낮아진 국어 성적으로도 알 수 있었지만, 뭐, 해외에서 찾아오신 흡혈귀의 표현의 자유에 트집을 잡는 것도 어린애 같은 짓이다.

"피를 빨지 않아도, 살을 먹지 않아도, 어차피 이 몸은 죽는다. 이대로."

"이대로라면, 이겠지?"

"아니, 이대로 죽는다. 무슨 짓을 하더라도, 무슨 짓을 당하지 않더라도 죽는다. 아무래도 이제 한계인 모양이야. 사실은 네놈의 독으로 미라화한 시점에서 영원한 잠에 들었어도 이상하지 않았다. 묻힌 장소에 따라서는 그렇게 되었겠지. 하늘의 배제配劑로, 혹은 천국으로부터의 재량으로 이렇게 회복되기는 했다만, 결국 그것은 죽을 때 보이는 환상 같은 것이지."

"마치 삼도천의 물이라도 마신 것 같은 소리를 하네."

"정말 그렇다. 마치 신기루 속 오아시스의 물 같았지."

농담을, 어째서인지 시원스레 흘려 넘겨 버렸다.

실은 뭘 마신 걸까?

"굶어 죽는 거다. 거식증으로 죽어 버리는 거다. 그건 엄청 촌스럽지 않나? 그러니까 네놈이 죽여 줬으면 하는 거다. **이번에야말로**, 죽여 줬으면 하는 거다. 다시 죽여 주기를 바라는 거다."

"……."

"사실은 옛 하트언더블레이드의 옛 권속 군에게 부탁할 생각이었는데, 아무래도 그런 캐릭터가 아닌 것 같아서 말이야. 어쩔 수 없이 국외도주 쪽으로 방향을 틀려고 생각하던 차에, 이렇게 네놈이 와 주어서 희망이 생겼다. 절망적인 흡혈귀에게도 희망이."

"그거, 자살원망自殺願望이라는 거야? 흡혈귀의 사인 중 8할인가 9할인가가 자살…이지?"

획득한 내부정보를 독자적으로 분석하여 낸 가설이므로 별로 자신은 없었지만, 아무래도 절반은 정답이었는지, "그렇다. 모두 자살하지."라면서 끄덕였다.

"키스샷도 그 제1의 권속도, 이 나라에서 스스로 죽는 것을 바랐다. 하지만 이 몸의 입장에서는 자살 따위 거식증보다도 촌스럽다. 하드하고 쿨한 이 몸이라는 이야기의 마무리로, 전혀 어울리지 않아."

그러니까.

이 몸이 자살하고 싶다고 생각하기 전에, 죽여 주었으면 한다.

"자살방조. 아니, 안락사를 희망한다는 소리야?"

"존엄사다. 긍지 높은 이 몸에게, 그야말로 어울리는 죽음이다. 존귀하게, 엄격하게, 죽는다. 키스샷에게는 아직 기력이 정정해서 건강하다고 큰소리를 쳤지만 말이다. 허세를 부렸지만 말이다."

이제 슬슬 끝낼 때가 온 거다.

금발금안의 유녀가 그렇게 말했다. 끝낼 때라니, 무엇을 끝낼 때일까? 쪼르르 살금살금 도망치는 것을? 아니면 흡혈귀라는 종족을?

과학의 전성시대인 세상에서는 괴이가 살아갈 그늘도 틈새도 없다는, 그런 전통 예능의 쇠퇴를, 그녀는 지금 알려 주고 있는 것일까?

어쩐지 분노가 느껴지기까지 한다.

확실히 그녀에게는 손해가 없는 이야기인데도, 이긴 상대방이 바로 도망치는 모습을 지켜보는 듯한 기분이 되었다. 그야말로 먹고 도망치는, '먹튀'라고 해야 할까?

"어째서 나야? 어째서 내가 선택된 거야?"

"선택한 건 네놈이다. 이지선다처럼 말했지만, 딱히 피를 빨지 않아도 살을 먹지 않아도 괜찮다. 설령 약체화되어 있더라도 이 몸을 죽일 수 있는 녀석은 한정되어 있지만, 이 몸은 딱히 서두르지는 않는다. 죽음을 서두르지는 않아. 다만, 이제 여한이 없게 되었다. 옛 친구가 실실거리며 뻔뻔스럽게, 즐겁게 살아가는 모습을 이 눈으로 확인했으니 말이다."

여한은 없다.

그 말은, 습격한 여고생들 주위에 이런저런 위장 메시지를 남겨 댔던 그녀의 귀에는 매도에 가까운 통렬한 빈정거림으로 들렸다.

"당신. 그것을 위해, 단지 그것만을 위해 이 나라에 온 거야? 여한을 남기지 않기 위해?"

"그래. 죽기 전에 해 두고 싶은 열 가지 항목이다. 하드하고 쿨한 이 몸이 반했던 벗의 무사를 확인하지 않고서는, 죽어도 죽을 수 없지."

이해할 수 없었다.

이해하려 하는 것도 불가능했다.

골똘히 생각하고, 생각했던 대로 흡혈귀가 되기를 선택한 그녀에게는, '여한은 없다'라는 기분은. 그러기는 고사하고.

자신에게는 더 이상, 아무것도 남아 있지 않았다.

선택의 여지도. 나 자신도.

"알겠어. 죽여 줄게. 이것으로 빚진 건 없어지는 거야. 스스로 죽었던 내가, 스스로 죽여 줄게. 긍지 높게 죽어. 존귀하고 엄격하게 죽어."

"그거 정말 고맙군. 간원한 보람이 있었군."

조금 전까지의 건방진 태도가 간원이었나? 엎드리기는커녕 몸을 뒤로 젖히고 있었는데.

"참고로, 어느 쪽으로 정했지? 이 몸은 빨려서 죽는 건가? 아니면 먹혀서 죽는 건가?"

"글쎄, 어느 쪽일까."

일부러 알려 줄 생각이 없다는 것을 알아차렸는지, "뭐, 실패하지만 않는다면 어느 쪽이든 괜찮다."라고 말하며 금발금안의 유녀는 질문을 바꾸었다.

"맞아, 그렇지. 이름, 알려 주지 않겠느냐? 위대한 이 몸을 죽이는 흡혈귀의 이름을 알아 두고 싶어서 말이다."

"…좋아. 그 정도는. 당신을 죽이는 나의 이름은…."

이름을 대려던 순간, 그리고 죽이려 한 순간,

"하리마제 키에."

라고.

등 뒤에서 촌스럽게 끼어드는 목소리가 있었다.

뒤를 돌아보자 숨을 헐떡이며 그곳에 서 있는 사람은, 여성용으로 보이는 고급 실크 파자마를 입은 트윈 테일의 대학생 아라라기 코요미였다.

즉, 나였다.

048

히가사는 칸바루와 마찬가지로 이동할 때에는 뛰어서 이동하는 파였으므로(뭐 이런 파벌이 다 있지) 자전거를 가지고 있지 않았지만, 파자마 파티에 불려 와 있던 OG모임 멤버 중 한 명, 유학생이며 운동복의 실비아 시비아가 자전거를 타고 히가사 가를 방문한 상황이어서, 그 머신을 빌릴 수 있었다. 그것도 스피드에서는 자전거계의 F1카라고 말할 수 있는, 로드레이서였다.

그리하여 나는, 칸바루 가에 돌아와서 일본식 저택의 일본식 정원에서 데스토피아 비르투오소 수어사이드마스터와 대화를 나누고 있던 금발금안의 여고생 하리마제 키에를 드디어 발견하는 데 성공했다.

계속 추적해 왔던, 걸어 다니는 시체의 발견에 성공했다. 그렇다.

하리마제 키에다. 키세키 소와가 아니라.

제1의 피해자라고 생각하고 있던, 하리마제다. 나오에츠 종합병원에서 처음으로 봤던 미라를, 나는 그렇게 소개받았다.

환자복을 입고 침대에 눕혀져 있는 살아 있는 시체. 사실을 알고 나면 엄청나게 단순한 이야기인데, 그 미라는, 그 살아 있는 시체는 하리마제의 미라가 아니었던 것이다.

그러기는커녕, 그 미라야말로.

우리들이 이번 연쇄 흡혈 사건의 주범이라고 믿고 있던, 키세키 소와의 미라였던 것이다. 바뀌어 있던 것이다.

아니, 이 경우에는 바꿔치기되어 있었다고 해야 할까?

믿고 있었다는 표현도 올바르지 않다. 우리들은 그렇게 믿도록 만들어졌던 것이니까. 지금 내 눈앞에 있는 금발금안의 여고생, 나오에츠 고등학교의 1학년인 여자 농구부원에 의해.

미라화된 인간은 바짝 말라붙어서 인상도 겉모습도 비슷해진다. 통제된 동아리 활동에서는 머리 모양조차도 다들 비슷하므로, 나에게는 어느 미라나 똑같이 보였다.

시노부와 수어사이드마스터만큼의 인연이 없다면, 인상착의의 판별 따윈 불가능하다. 말하자면 모든 미라는 신원불명이다.

그런데 어째서 우리들이 그 미라를 하리마제 키에라고 판단했는가 하면, 그 소지품 때문이다. 교복이나 학교 가방, 거기에 휴대전화도.

우리들은 '제1의 미라'뿐만 아니라 모든 여고생의 미라를 그렇게 판별했지만, 하지만 한 번 생각해 보자.

반대로 말하면 미라에 자신의 교복을 입히고, 자신의 가방을 들게 하고, 자신의 휴대전화를 쥐게 하면, 그 미라를 자신이라고 생각하게 만들 수 있지 않을까?

키세키가 자신을 피해자라고 생각하게 만들려고 개인 로커에 교복이며 유니폼을 채워 넣었다는 추리를 했었는데, 우리들은 더욱 이른 단계부터 사태를 오인하고 있었다. 우리들은 최초의 한 걸음부터 틀렸던 것이다.

우리들. 그렇다, 가엔 씨도 틀렸다.

무엇이든 알고 있는 누나도.

하지만 이것은 어떤 의미에서는 어쩔 수 없는 일이기도 했다. 전문가들의 관리자이자, 수사의 진두지휘를 맡은 리더로서 더할 나위 없는 가엔 씨이지만, 어디까지나 그녀는 괴이의 전문가다.

요괴변화의 전문가. 이매망량의 전문가.

도시전설의 전문가. 도청도설의 전문가.

괴담의, 괴이담의 전문가. 즉.

인간이 저지른 범죄의 전문가는 아니다.

이야기성이 붙기는 하지만, 암호나 말장난이면 모를까, 그런 위장공작을 간파하는 훈련을 했던 것은 아니다. 수라장이라고밖에 말할 수 없는 1년을 보냈던 나는 물론이고, 가엔 씨도 사법집행기관에 속한 사람이 아닌 것이다.

만약 이 사건을 경찰이 수사했더라면, 흡혈귀성에 대한 것은 제쳐 두더라도 의외로 간단히 하리마제의 범행이라고 특정되었을지도 모른다. 예를 들자면 흡혈귀 유전자가 어떻고 하는 것이 아닌 일반적인 DNA 감정을 했더라면.

다만, 초보 탐정조차 아닌 평범한 초보 대학생인 내가 파자마 파티 현장에서 아슬아슬하게 그것을 깨닫기 위해서는, 어느 정도의 운과 거듭했던 추론과 요행에 걸 수밖에 없었다.

다섯 사람 중 네 사람의 공통점. 네 명의 피해자들이 지닌 공통점에 대해 생각하려고 했을 때, 문득 나는 그 네 명의 피해자 중 세 사람에게 공통점이 있음을 깨달아 버렸다.

그것을 특별히 이상하다고는 생각하지 않았다. 그것은 여자 농구부 내의 붐, 혹은 관습 중 하나에 지나지 않을 테니까. 스마트폰의 스트랩이다.

레터링이 된 알파벳 스트랩… 그리고 그것을 달고 있던 부원과 달고 있지 않았던 부원이 있다는 것도 파악하고 있었다.

하지만 미라가 증가하면서 그 비율에 편차가 생겼던 것도 사실이다. 구체적으로는, 미라 넷 중 첫 번째 미라의 휴대전화에는 스트랩이 달려 있지 않았고, 그 뒤에 발견된 미라의 휴대전화에는 전부 스트랩이 달려 있었다.

제2의 미라―혼노 아부리의 휴대전화에도.

제3의 미라―쿠치모토 쿄미의 휴대전화에도.

제4의 미라―칸구 미사고의 휴대전화에도.

제2의 미라가 발견된 단계에서는, 그것은 1:1의 비율이었고, 판잣집에서 제3의 미라가 발견된 단계에서는 1:2였다. 특별히 부자연스럽지는 않다.

제4의 미라가 발견되고, 메시지가 남겨져 있던 휴대전화에 스트랩이 달려 있어서 그 비율이 1:3이 되어도, 뭐, 그 정도의 편차는 있을 수 있을 것이다. 그러나 만약, 개인 로커에서 발견된 키세키의 휴대전화에도 해당 스트랩이 달려 있다고 하면, 역시나 사정이 바뀌게 된다.

1:4.

다섯 명 중 네 명의 공통점. 다만 이 경우에 고립되는 것은 범인으로 생각했던 키세키가 아니라 제1의 피해자였을 하리마제였다.

물론 그 시점에서는 단순한 가설이다. 아니, 가설조차 아니다. 발견된 키세키의 휴대전화에 스트랩이 달려 있지 않았다면 그 비율은 2:3으로, 오히려 편차가 줄어드는 것이니까.

다만 그 가능성을 한 번 깨닫게 되면, 유일하게 스트랩을 달고 있지 않았던 여고생이 스트랩을 달고 있던 여고생을 습격하고 있을 가능성에 대해 생각하지 않을 수 없었다.

그리고 그렇게 생각하면 소지품을 바꿔치기한다는 추리에는, 나 정도의 머리로도 간단히 도달할 수 있다.

이미 암호 같은 위장공작에는 익숙했으니까. 다만 스트랩에 관한 생각이 어디까지나 추론인 이상, 공평을 기한다면 어느 미라가 바꿔치기 되었는가는, 어느 미라에나 동등한 가능성이 있었다.

그대로 키세키가 범인일 가능성과 마찬가지로, 하리마제의 미라가 키세키의 미라였을 가능성과 마찬가지로, 혼노, 쿠치모토, 칸구의 미라가 키세키의 미라였을 가능성도 있었다.

그랬지만, 여기에서 열쇠가 되는 것이 메니코가 풀어 준 암호였다. 풀어 준 암호 중, 'B777Q' 쪽.

'D/V/S'.

수어사이드마스터에게 범행을 덮어씌우려 했던 가짜 리빙 메시지였는데…. 그것은 미라의 바꿔치기, 요는 자신의 실종을 숨기려 했던 행위와는 달리 명백히 가엔 씨 쪽 수사진을 의식한 위장공작이었다.

즉, 그 시점에서 이미 수사진의 내부정보는 유출되고 있었다. 가엔 씨의 팀 내에 배신자가 있다고는 생각되지 않는다. 있다고 한다면, 뭐, 나겠지만…. 내가 관여한 시점에서는 그 판잣집에 이미 단어장이 배치되어 있었다.

그렇다면 대체 연쇄 흡혈범은 어떻게 가엔 씨 쪽의 존재를 파악했을까? 괴이를 추적하는 자들의 존재를?

그 방법을 생각해 낸 것도 메니코와의 대화가 힌트가 되었다…. 그것도 암호와는 관계없는 잡담 수준의 대화가.

휴대전화는 뇌의 일부라는 이야기를 했었다. 그 휴대전화를 교복이나 학교 가방과 함께, 범인이 **생산**한 미라에 **붙여 두었다**고 한다면.

즉, 그것은.

눈이나 귀, 그리고 뇌를, 미라에 부착해 두었다. 라고 말할 수 있지 않을까?

말하자면, 감시 카메라와 도청기다.

내가 시노부를 하룻밤 동안 감시하라는 지시를 들었던 것과 마찬가지로, 범인은 자신과 뒤바뀐 미라가 어떤 취급을 받는지를 파악할 수 있었다.

록 상태에서도 백그라운드에서 작동하는 어플리케이션은 얼마든지 있다. 음성이나 영상 수신은 키세키의 휴대전화 쪽으로

하면 된다. 완전히 미라화 시키기 전이라면 지문인증으로 록은 해제할 수 있고, 수신용 어플리케이션 다운로드 또한 마찬가지다.

휴대전화를 이 방법 저 방법으로 분석하고, 한때는 여고생의 어둠에 삼켜질 뻔했던 가엔 씨였지만, 심연을 들여다보는 자는 심연 역시 그자를 들여다본다는 그 말은, 정말 그 의미 그대로 받아들여도 괜찮았던 것이다.

정말이지 요즘 시대 느낌의 트릭이다.

그런 줄도 모르고 미라와 그 소지품들이 자리한 병실에서 우리들은 이야기를 나누고 회의를 하면서, 그렇게 내부정보를 콸콸 유출시켰다.

그 결과 전문가의 취향에 맞는 'D/V/S'라는 암호를 남기거나, 우리가 여자 농구부의 리스트를 손에 넣었다는 사실을 알게 되자 이번에는 'F/C'라는 암호를 남기거나 했다. 그리고 여기가 중요한 부분인데, 전자는 **제1미라의 시점에서,** 휴대전화 사용금지라는 원내 룰을 무시하고 어플리케이션을 설치하지 않으면 불가능한 일이다.

하리마제 키에라고 여겨지던 미라가 그렇게 여겨지게 만든 주원인인 휴대전화에 그런 장치를 해 두지 않으면, 습격당한 순서로는 두 번째인 쿠치모토 쿄미의 미라에 암호를 남길 수 없다.

이 시점에서, 바꿔치기된 미라가 하리마제 키에라는 사실은 거의 특정되었다.

하지만 이 어중간한 특정은 한 가지 문제를 부르는 그것이었다. 왜냐하면 더욱 중요한 문제로, 휴대전화는 자주 충전하지 않으면 언젠가 배터리가 바닥난다. 패스워드로 록이 걸려 있는 휴대전화를 부지런히 충전해 둘 이유가, 가엔 씨 쪽에 있을 리 없다.

즉, 내부정보의 누설에는 어느 시기를 경계로, 자동적으로 브레이크가 걸리는 것이다. 정보를 얻을 수 없게 되었기에, 수신기인 휴대전화를 포함한 키세키의 소지품들을 개인 로커에 쑤셔 넣었다는 견해도 가능하다.

그것으로 키세키의 미라화, 혹은 키세키의 범인화를 시사하는 것이 가능했다는 사정도 있었지만, 이미 용무는 끝난 상태였다. 좀 더 말하자면, 도주 중인 입장에서는 휴대전화 충전조차 마음대로 하지 못해서, 먼저 배터리가 바닥난 것은 의외로 키세키의 휴대전화 쪽이었을지도 모른다.

그것이 무엇을 의미하는가 하면, 그 이후의 정보… 즉, 내가 수어사이드마스터를 부활시키기 위한 장소로 칸바루 가를 골랐다는 것이나, 더 나아가서는 그것을 위해 칸바루를 집에서 내보냈다는 것 등을 범인이 **모른다**는 뜻이 된다.

그렇구나. 나는 초보 탐정조차 아닌 초보 대학생이지만, 생각해 보면 범인 역시 갓 괴이가 된 초보 흡혈귀였고, 범인으로서도 초보 범죄자였다. 우리 쪽에서 보면 완벽하게 움직이고 있는 것처럼 보이지만, 항상 아슬아슬한 판단을 강요받고 있으며 실수도 하고 착각도 한다.

생각대로 풀리지 않는 일들뿐이고, 애초에 가엔 씨 같은 전문가의 존재부터 예상 밖이었을 것이다. **요컨대.**

여자 농구부원들이 보호되고 있다는 사실을 알고, 범행을 에스컬레이트시켜서 '원인'이자 '원흉'인 칸바루를 노리려고 해도, 우리들에게 있어 노 가드였던 히가사의 집에서 열린 OG모임을 노리는 것이 아니라, 극히 평범하게 칸바루 가를 노릴 것이다.

반대로 우리가 이상하게 추리해 버렸기 때문에 현재 노 가드 상태가 되어 버린 칸바루 가를 데스토피아 비르투오소 수어사이드마스터와 하치쿠지를 남겨 두고 말았던 일본식 저택을.

노릴 것이다.

다만 여기까지는 나중에 이론을 이것저것 가져다 붙였을 뿐이고 실제로는 순간적인 착상 같은 것이었지만, 그러나 앞으로 어떻게 행동해야 할지, 만사를 제쳐 두고 되돌아와야 할지는 한순간에는 결정할 수 없는 어려운 판단이었다.

모든 것은 나의 지레짐작이며, 히가사의 집을 떠난 순간 그야말로 교대하듯이 이 방에 흡혈귀가(키세키일지도 모르고, 하리마제일지도 모르고, 다른 누군가일지도 모른다) 방문할지도 모른다. 전혀 다른 방법으로 내부정보를 얻었을 가능성을, 나는 전혀 부정할 수 없다.

진범이 호시탐탐 이 집을 감시하고 있으면 어떡하지?

이 집에 올 때 그랬던 것처럼, 휴대전화로 두 사람의 무사를 확인한다는 것도 불가능하다. 여고생도 아닌 흡혈귀와 신이 휴대전화를 가지고 있을 리가 없잖아!

판단 보류는 아니다.

이대로 히가사 가에 머무를 것인가, 칸바루 가로 뛰어갈 것인가, 어느 한쪽을 선택해야만 했다. 어느 쪽에나 리스크가 있다.

칸바루에게 사정을 설명하고 있을 시간도, 가엔 씨에게 판단을 부탁할 시간도 없었다. 떠오른 착상은 한순간이라도, 이 사건들의 흐름을 전부 설명하려 한다면 아무리 빨리 말하더라도 30분, 다이제스트판이라도 소설로 치면 여덟 페이지는 나온다.

결국 나는 역효과를 막기 위한 비기를 쓰지 않을 수 없었다. 그것은 여성용 파자마에 트윈 테일인 채로 히가사 가의 대문을 통해 당당히 출발한다는, 대책 아닌 대책이었다.

요컨대 내부정보가 내가 생각한 방법으로 흘러나가고 있었다면 칸바루 가로 향해야 하고, 반대로 아직 절찬리에 유출 중이라면 내가 히가사 가에 있다는 것도 알려졌을 것이다. 그 집에서 여성용 파자마에 트윈 테일을 한 '여자' 한 명이 먼저 귀가한들, 범인은 아직 나라는 남자가 파티에 참가 중이라고 생각할 것이라는, 정말 엘레강트하지 못한 아이디어였다.

보통은 이런 것을 아이디어라고 부르지 않는다.

도박조차 아니다.

생각이 있는 게 아니라, 생각이 없다.

여장을 하고서 동네 안을 로드레이서로 달린다니, 대체 무슨 파티 게임의 벌칙이냐며, 어떤 의미에서는 이것도 대학생다운 객기를 부리고 있다는 기분이었지만, 결론부터 말하면.

길게 늘어놓은 뒤에 결론부터 말하면, 도착한 칸바루 가의 정원에서 금발금안의 흡혈귀와, 금발금안의 흡혈귀는.

근원의 귀신과, 옛 인간은.

반라의 유녀와, 반라의 여고생은 마주 보고 있었다. 어떤 경위가 있었는지는 전혀 알 수 없었지만, 여고생이 유녀를 깨물려고 하는 바로 그 순간에, 나는 아슬아슬하게 끼어드는 데 성공했던 것이다.

049

성공? 이게?

어수선하게 생각한 것치고는 고등학교 시절과 다를 것 없이 이론을 이리저리 만들어 낸 끝에 생각 없이 뛰어들어 버렸는데, 현재의 나는 격렬한 흡혈귀 간의 대화에 끼어들기에는 고등학교 시절과는 딴판인 너무나도 평범한 인간이었다.

두 명의 금발금안은, 자리에 어울리지 않는 난입자의 등장에 좌흥이 깨진 것처럼 둘 다 어이없다는 얼굴을 했다.

"…변질자? 아니, 아라라기 선배군요?"

여고생 쪽이 말했다.

고쳐 말해 주었지만, 뭐, 양쪽 모두 정답이다.

이런 나를 아직도 선배라고 불러 주다니. 애초에 후배 쪽도 알몸에 검은 망토라는, 나에게 뒤지지 않는 패션 센스였다.

하리마제 키에. 그리고 변질자.

사람에서 귀신으로, 변질한 자.

나와 마찬가지로.

"처음 뵙겠습니다, 아라라기 선배."

그런 쪽 사정은 저쪽도 파악하고 있는지 어이없어하던 것도 잠깐뿐으로, 금발금안의 여고생은 여유 있는 미소를 보였다.

"이렇게 이야기하는 것은 처음이지만요. 소문은 예전부터…. 여느 때와 같은, 사람 구하기인가요? 여기에 사람은 한 명도 없는데요."

당신을 포함해서.

마치 그렇게 말하는 듯했다.

당신에게 저를 멈추게 할 자격이 있나요?

그렇게도, 말하는 듯했다.

"……."

하치쿠지는 어디 있는 걸까… 하고 티 나지 않게 주위를 살펴보았지만, 하지만 그 기척은 느껴지지 않는다.

신으로서는 정관靜觀 모드인가.

배려할 생각이었고 신경 쓰지 말라는 말도 들었지만, 결국 나는 그 녀석을 괴이와 사람 사이에 끼게 만들어 버렸다…. 부끄러운 심정이다.

그리고 사이에 끼인 것은, 내 그림자에 잠겨 있는 시노부도 마찬가지인 모양이었다. 확실히 지금 이 상황에서 무엇을 하면 누구의 편을 든 것이 되는지 애매모호한 시추에이션이었다.

하리마제가 수어사이드마스터에게 덤벼들려 하는 것을 반사적으로 만류해 버렸는데, 만약 그것이 아라라기 코요미가 열일곱 살의 봄방학에 그랬던 것처럼 그녀가 인간으로 돌아가기 위한 행동이었다면, 내가 그것을 막는 것은 정말 이치에 맞지 않는 짓이다.

혹은 그 밖의 이유였다 해도 무해인증을 받지 않은 태고의 흡혈귀가 사냥당하려 하는 상황을, 전문가인 가엔 씨를 거들고 있는 내가, 과연 막아야만 하는 걸까?

그런 자격이 있는 걸까.

칸바루나 OG모임 쪽 녀석들이 위기에 처했다고 한다면 반사적으로 싸우는 것도 선택할 수 있겠지만, 그녀의 행동은 헛수고다. 애초에 이 둘은 무슨 이야기를 나누고 있었을까?

두 사람이 공범관계가 아니었다는 보증은 없다. 그럴 경우 시노부의 행동도 제약된다. 수어사이드마스터가 낳은 흡혈귀인 시노부에게, 지금의 하리마제는 먼 친척 여동생 같은 것이므로… 아니.

솔직해지자.

지금, 가장 사이에 끼어 있는 것은 나다.

고등학생인 나와, 대학생인 나 사이에 끼어 있다.

그 무렵의 나와, 지금의 나 사이에.

"저기, 하리마제. 네가 내 사정을 파악하고 있는 것처럼, 나도 네 사정을 조금은 파악하고 있어…."

침묵이 주는 압박감을 견디지 못하고, 나는 떠오르는 대로 말하기 시작했다. 착지점도 결판을 낼 방법도 모르는 채로.

가엔 씨에게 연락할 걸 그랬다.

그 부분은 자전거의 어찌할 수 없는 약점이었다. 순간 최고 속도로는 자동차를 뛰어넘을 수 있지만, 핸즈프리로 운전 중에 전화를 거는 것은 불가능하다.

"네 마음을 이해한다, 라는 말을 할 생각은 없어. 실제로 잘 모르겠어. 고립을 선택한 나로서는, 집단이기에 느끼는 스트레스 같은 것은 상상도 되지 않으니까. 그래도 역시… 너무 지나쳤어."

동료를 습격하다니.

동료를 미라로 만들다니.

너무 선을 넘었다

"선을 넘은 게 아니라 손을 놓아 버린 거라고요, 저는 동아리 활동을 그만둘 수 없다고 해서, 사는 것을 그만둘 것까지는 없었는데 말이죠."

"……?"

마치 스스로 흡혈귀가 된 듯한 말투다…. 무슨 비유인가?

"카캇."

그렇게 그 뒤에서 수어사이드마스터가 유쾌한 듯이 웃었다…. 그 웃음도, 어떤 의미일까.

아니, 그런 것을 생각하고 있을 상황이 아니다.

"지금이라면 아직 늦지 않았어. 방법을 생각해 보자. 돌이킬 수 없는 것을 돌이킬, 네가 습격했던 모두를 원래대로 되돌리고, 너를 원래대로 되돌릴."

"저에 대한 건 일단 치워 두고, 다들 어떨까요?"

그렇게 말하고서, 하리마제는 흘끗 하고 수어사이드마스터 쪽을 향해 의미심장한 시선을 보냈다.

"인간으로 되돌아가고 싶다고 생각하고 있을까요? 지금 상태 쪽이 편하지 않을까요? 저는 분명 그 애들을 습격했지만, 그건 그 애들이 간청한 것이나 다를 바 없던 거 아닐까요…. 저는 부탁을 받고 습격한 것과 다를 바 없었던 게 아닐까요. 저는 습격했던 게 아니라, 구해 줬던 게 아닐까요?"

말도 안 돼. 무슨 소릴 하고 있는 거지?

그렇게 바짝 말라붙어서, 살아 있는지 죽어 있는지 모를 상태로….

"살아 있는지 죽어 있는지 모르겠다니, 고등학생이라면 다들 그렇잖아요? 바짝 말라 있는 것도."

대학생이 되고 나니.

그런 기분도 잊어버렸나요?

"저희들이 꺄아꺄아 하며 청춘을 즐겁게 보내고 있는 것처럼 보였나요? 고민 같은 건 전혀 없는 여고생처럼 보였나요? 아라라기 선배."

"……."

그렇구나.

상상이 가지 않는 정도가 아니다.

이런 일이 벌어질 때까지, 몰랐었고, 알려고도 하지 않았다. 동아리 활동에서 일치단결하여 땀을 흘리고 있는 녀석들을, 정말 순진하게 부러워하고 있었다.

"청춘의 청靑색은 생각보다 진하다고요. 암흑 같은 다크 블루예요."

그렇다면, 나는 묽은 청춘을 보냈다고 해야 할 것이다.

묽은 먹빛 같은 청춘이었다.

자신이 어딘지 모르게 특별한 체험을 했다는 심정으로, 지옥 같은 봄방학이라느니 악몽 같은 골든 위크라느니 하는 소리를 하고 있었는데, 내가 했던 경험은 여고생의 밝고 즐거운 청춘에 필적할 만큼 비참했던가?

누구나가 자기 자신이 우선이고, 자기 자신이 가장 소중하며, 가장 큰일이라고 생각하고 있다. 가장 비극적이며, 가장 비참하다고 생각하고 있다.

"카캇."

그렇게.

여기서 다시, 유녀의 드높은 웃음소리가 울려 퍼졌다.

"청춘 따위 오래전에 잊은 현동*의 이 몸에게는 낯간지러운 토론이로구나. 그런 말을 주거니 받거니 하는 것이야말로 청춘이 아니겠나? 참으로 웃기는 일이야. 얼른 결정하지 않으니까 이런 일이 벌어지는 거다."

얼른 결정하지 않으니까? 무엇을?

하리마제는 수어사이드마스터에게서 뭔가 선택을 강요받고

※현동(玄冬) : 겨울을 달리 이르는 말. 봄은 청춘(靑春), 여름은 주하(朱夏), 가을은 백추(白秋), 겨울은 현동(玄冬).

있었던 건가? 아니면 내가, 하지 못했다는 건가?

선택을. 결단을.

"잡아먹는가, 잡아먹히는가. 먹고 싶은가, 먹히고 싶은가, 이다."

그게 아니면.

주인을 잡아먹고 싶은가, 주역을 잡아먹고 싶은가.

의미심장한, 하지만 의미불명인 수어사이드마스터로부터의 선동을 듣고,

"그러네. 진하든 묽든, 청춘 따윈 이제 지긋지긋해. 나는 붉은 어둠을 선택했으니까. 내가 잘못되었던 거야."

그러니까 더욱 잘못되도록 하죠, 라며.

그것이 어떠한 스위치가 되었는지, 하리마제는 방금 전 수어사이드마스터에게 달려들려고 했던 것의 반대방향으로, 그 독니를 **나를 향해** 드러내며 덤벼들었다.

그것은 파괴충동에 휩쓸린 것 같은 파멸적인 행동이었다. 흡혈귀의 후유증이 남아 있는 나는, 그 고속의 기습을 간신히 포착할 수 있었다.

하지만 어차피 후유증일 뿐이다.

보이기는 해도, 그것을 받아 낼 힘도 피해 낼 스피드도 나에게는 없다.

고등학생 시절이었다면 이럴 때, 사전에 시노부에게 나의 피를 빨게 해서 그런 쪽의 피지컬을 향상시키고, 뭣하면 불사력까지 갖추고서 이런 수라장에 임했겠지만, 나는 이미 그것이 잘못

된 행동이었음을 알고 있다.

통감하고 있고, 관통당하고 있다.

그렇게 잘못되었던 나이기에, 스스로 잘못되려고 하는 하리마제에게 좀 더 해 줄 수 있는 말이 있었을 텐데.

무관계한 타인이기에 해 줄 수 있는 말이 있었을 텐데.

하지만, 나는 아무 말도 할 수 없었다.

나는 이제, 고등학생이 아니니까.

"이런, 잊어버릴 뻔했어! 이번에야말로!"

그녀는 외쳤다. 금발금안의 여고생은 외쳤다.

"나는 하리마제 키에! 4월 14일생, 16세, 신장 170센티미터, 포지션은 예비, 좋아하는 플레이는… 페이크야!"

우리들을 계속 속이고, 계속 앞지르고, 계속 기만하고, 계속 농락해 온 농구 선수는 어째서인지 그런 식으로, 죽이기 전에는 이름을 대는 것이 예의라고 말하는 것처럼 자기소개를 했다. 말도 안 되는 북엔드 테크닉도 다 있다.

파자마에 대한 언급이 빠져 있었지만, 밤새도록 활동하는 흡혈귀로 변한 그녀는, 그런 잠옷을 마련할 방법이 없고.

"**이번에야말로** 주역을 잡아먹어 주겠어!"

하지만 나는 잡아먹히지 않았다.

그늘 뒤편에서 뛰어나온 하치쿠지가 나를 구해 주었다…는 이야기는 아니다. 나의 그림자에서 뛰어나온 시노부가 나를 구해 주었다…는 이야기도 아니다.

그 양쪽 모두, 제때 막아 내지 못했다.

하리마제가 먹는 것을, 제때 막아 내지 못했다. 무릎을.

즉, 하리마제가 정수리에 니킥을 먹는 것을, 제때 막아 내지 못했다. 머리 위에서 미사일처럼 투하되었다고밖에 표현할 방법이 없는, 인간의 무릎이 흡혈귀의 머리를 무참히도 직격했다.

그 앞뒤 가리지 않는 호쾌함, 말할 것도 없이.

"오랜만이구마이, 아라라기 군. 시간벌기, 수고했어. 트윈 테일, 어울리는구먼?"

말할 것도 없이 카게누이 요즈루 씨의 무릎이었다.

불사신의 괴이 전문인 전문가.

사람들이 부르기를, 폭력음양사.

나의 목숨을 건 교섭을 깔끔하게 '시간벌기'라고 말해 버린 그녀가 어떻게 타이밍을 맞춘 건지, 도착은 아무리 빨라야 내일 이후로 예상되었던 최종병기가 어째서 이렇게나 빨리 내방했는지는 진저리 날 정도로 분명했다.

어째서 낮에 오노노키가 츠키히의 방에 없었는지, 나는 좀 더 깊이 생각했어야 했다. 식신으로서 주인님을 마중하러 나간 것이 당연하지 않겠는가.

그 유능한 동녀가 하치쿠지로부터의 메시지 전달 역만으로 끝날 리가 없다. 그 아이라면 그것만으로 모든 상황을 알아차릴지도 모를 정도니까. 하물며 그 뒤에, 동녀는 우리와 가엔 씨를 다이렉트로 연결해 주었으니까.

명령에 따를 뿐인 인형이 유일하게 자신의 판단으로 움직이는 경우가 있다면, 그것은 카게누이 씨를 위한 것이니까. 길을 걷지 못하는 카게누이 씨의, 자전거보다도 자동차보다도 빠른 이동수단으로써.

아마 까마득히 먼 곳에서부터 요츠기가 '예외 쪽이 많은 규칙' 언리미티드 룰 북으로 하리마제를 노리고 카게누이 요즈루라는 이름의 미사일을 발사한 것일까…. 아니, 노린 것은 하리마제가 아니라 수어사이드마스터일지도 모른다.

어쩌면 나였을지도 모른다.

누군가에게 직격하기만 하면 된다는 정도의 마음가짐으로, 우연히 착지할 때에 움직이고 있던 하리마제를 착지점으로 선택한 것뿐인 오노노키의 던져 넣기. 하치쿠지를 피했던 수어사이드마스터와 정반대의 행위.

농구로 말하자면 롱패스였겠지…. 그도 그럴 것이, 이 정원에.

인간은 한 명도 없었으니까.

"지나친 거 아닌가요… 카게누이 씨."

나는 예전에 내가 직접 당했던 것처럼, 텐트처럼 지면에 접혀 버린 하리마제를 계속해서 짓밟으며 깔개처럼 발판처럼 다루는 전문가에게 지적하지 않을 수 없었다.

"전에 가르쳐 주지 않았나? 아라라기 군. 불사신 괴이가 상대라면 지나친 건 없시야."

그렇제? 수어사이드마스터.

여고생을 짓밟은 채로, 카게누이 씨는 뒤를 돌아보지도 않고 등 뒤의 유녀에게 말을 걸었다.

뭐라 말할 수 없는 말투였다.

"아니, 이 몸 같은 괴물이 보기에도 네놈은 지나치다고, 카게누이. 여전히 무서운 아가씨야. 엉망으로 만들어 놨구나. 아니, 디딤대인가."

태연한 태도를 유지하며, 그렇지만 나나 하리마제를 상대로 했을 때와는 일선을 그은 듯한 분위기로 카게누이 씨와 마주하는 수어사이드마스터.

일선을 그은 것일까, 아니면 일선을 넘은 것일까.

혹은 일전을 벌이고 있는 것일까.

가엔 씨가 넌지시 암시했던 것처럼 카게누이 요즈루와 데스토피아 비르투오소 수어사이드마스터 사이에 어떤 인연이 있다 해도, 그것이 좋은 인연은 아니라는 것만큼은 틀림없어 보이는 분위기였다.

"이 몸이 놀아 줄 테니 그 일격으로 참아 다오. 이미 충분히 의식도 마음도 날아갔다고. 그 녀석은 아직 네놈이 상대할 정도의 흡혈귀가 아니야. 애송이다."

"내가 상대할 정도의 흡혈귀가 아니여? 애송이? 그건 오히려 지금 니 쪽이 아니겠어?"

"그때는 네놈이 유녀 같은 존재였지. 카캇, 잘 풀리지 않는 법이로군. 확실히 지금의 이 몸은 도저히 네놈의 표적이라고는 말할 수 없겠지."

"…그런 모양이구마이. 북극에서 문자 그대로 날아왔구만, 성가시게 돼 부렀어. 오늘 일은 못 본 척할 수밖에 없겠네."

"그거 참 러키로군. 이 몸과 네놈, 어느 쪽이 러키인지는 모르겠지만. 아무래도 또, 살아 버린 모양이야."

"시답잖은 소리 마야."

카게누이 씨는 과장스럽게 한숨을 내쉬고, 발밑을 가리키며,

"그건 그렇고 아라라기 군. 이건, 누구?"

라고, 나에게 물었다.

누구냐고 물어도 말이지.

하리마제 키에라고 대답해야 할까? 하지만 나에게 지적받고, 나에게 지탄받고, 최후의 최후에 간신히 그렇게 자기소개를 했다고는 해도, 그녀는 그 이름을 계속 비밀로 해 왔다…. 다른 사람을 계속 사칭하고, 다른 사람의 서명을 남겨 왔다.

수어사이드마스터가 키스샷 아세로라오리온 하트언더블레이드의 이름을 붙인 부모가 된 것처럼, 혹은 오시노 메메가 오시노 시노부의 이름을 붙인 부모가 된 것처럼, 그렇다면 내가 이 자리에서 금발금안의 여고생에게 새로운 이름을 붙여 줘야 하는 걸까?

무엇무엇이자 이것저것의 흡혈귀라는 식으로, 멋지면서도 특이한 이름을 애정과 증오를 담아 선물해 줄 수 있다면 그야 멋지겠지만…. 아쉽게도 나는, 하드하고 쿨한 내가 아니었다.

그렇다, 그녀와 마찬가지로.

만약 내가 **실패하지 않았다면**. 제대로 흡혈귀가 되었더라면.

"그 아이는… 그 귀신은."

흡혈귀와 조우하고, 흡혈귀에게 습격당한.

주역을 동경하고, 괴물을 동경하고.

동료를 원해서, 동료를 미워하고, 동료를 상처 입히고.

인간인 것이 싫어질 정도로 울적한 청춘을 보낸 끝에, 특별한 힘을 손에 넣은 끝에, 최종적으로 전문가에게 구깃구깃하게 짓밟힌, 귀신도 되지 못하고 사람도 되지 못한, 그 고등학생은.

"저예요. 저 같은 거예요."

"뭐어?"

050

후일담이라고나 할까, 이번의 결말.

미국 여행을 간 일본인이 현지에서 제공된 캘리포니아 롤을 먹고 이 요리는 초밥이 아니라고 의기양양하게 말하는 것은, 지금 와서는 미식 프로그램의 고정 레퍼토리 같은 풍경이지만, 그렇게 이야기하는 일본인에 한해 의외로 인도인이 카레 빵을 어떻게 생각하고 있는지에 대해 깊이 생각해 본 적은 없다.

남의 행동을 보고 자신의 행동을 고쳐라, 자신이 당하기 싫은 일은 다른 사람에게 하지 말라고 말하더라도, 남과 자신을 동일하게 보는 것은 꽤나 어렵고 자신이 당하기 싫은 일은 오히려 남에게 하고 싶은 일이기도 하다.

스스로 흡혈귀에게 목을 들이밀었던 내가, 하리마제에게 할 수 있는 설교 따위는 애초에 있을 리가 없었지만, 그러나 그때의 나는 자신의 문제를 치워 두기보다도 자신의 문제를 깊이 파

내려 가야 했던 것이다.

나도 한 걸음 잘못 내딛었으면 하리마제처럼 되었을지도 모른다는 대사는 오만일 뿐이고 솔직히 그렇게까지 그 아이에게 감정이입은 할 수 없지만, 금발금안의 흡혈귀와 대치하는 것으로 배운 것은 많았다.

얻은 것이 많았다고는 말할 수 없지만, 배운 것은 정말로 많았다.

"그래서? 코요미는 이번에 뭘 배운 걸까? 나라도 괜찮다면 이야기, 들어 줄게."

"시끄러워. 안전이 확인되자마자 등장하지 마. 그런 식으로밖에 등장하지 못한다면, 이제 그만 은퇴해. 후진의 행진에 길을 양보해."

대학의 카페테리아에서, 고등학교 시절부터 사귀고 있는 연인인 센조가하라 히타기와 차를 마시면서 나는 일련의 사건의 줄거리를 이야기했다. 언제부터인지 정착된 약속, 짜증나는 등장 패턴은 둘째 치고, 괴이에 관련된 사건으로 서로에게 비밀을 갖지 말자는 것은 사귀기 시작했을 때부터의 약속이다.

완전히 지켜지고 있다고는 말하기 어려운 부분도 있지만, 뭐, 아직 유효한 약속이다.

입학 후의 센조가하라 히타기는, 헤어살롱에 다니며 머리를 갈색으로 물들이거나, 네일살롱에 다니면서 손톱을 꾸미거나, 동아리에 들어가서 여행이나 콘서트에 가거나, 나와는 달리 상당히 세련되고 멋들어진 느낌으로 변모했지만 기본적으로는 성실한 여자 대학생이다.

해외에서 온 유학생들이 많이 머무는 여성 전용 셰어하우스에 하숙하며, 졸업까지 5개 국어 습득을 목표로 하고 있다고 한다. 하네카와의 영향도 있겠지만, 1학년인 단계에서 졸업 이후를 응시하고 있는 부분을 보면 역시 보통내기가 아니다.

나 같은 건 아직 과거를 돌아보고 있는 단계인데…. 으음, 이 열등감, 나중에 오이쿠라와 서로 위로를 주고받자.

"그렇게 되어서, 천국에서 공주님에게 타액을 입으로 옮겨 받고…."

"죽어 가던 망상 속에서 벌어진 일이라고는 해도, 너무 적나라하지 않아? 혈액이라면 장면적으로 섬뜩해진다는 점은 이해하겠지만, 하다못해 로맨틱하게 눈물 같은 것이면 안 됐어?"

"그리고 칸바루 주최의 파자마 파티에 서프라이즈 게스트로 참가해서…."

"연인에 대한 서프라이즈가 됐다고. 너, 내 후배하고 뭘 하고 있는 거야?"

그때그때 적절한 딴죽을 걸면서, 모든 이야기를 다 듣고 난 히타기는,

"그래서, 그 여고생은 그 뒤에 어떻게 됐어? 하리마야였던가?"

라고 질의응답에 들어갔다.

그게 누구야, 하리마야는.

부끄러움을 감추며 이야기하고 있으니, 잘 좀 들으라고.

"실례야, 제대로 듣고 있습니다. 아~ 양고기 샌드위치, 진짜 맛있네."

"내 이야기를 제대로 들은 결과가 그 코멘트냐고. 그렇다면 너에게는 두 번 다시 아무것도 이야기하지 않겠어. 만일 하리마제에 대해 이야기하고 있는 거라면, 그대로 카게누이 씨에게 학살당하는 게 아닐까 하는 생각을 했는데."

이번만큼은 그렇게 되었을 때 멈추게 할 수 있다는 자신이 없었다. 어쨌든 저지른 짓이 너무 흉악했다. 여고생을 네 명이나 병원에 실려 보내다니, 이건 그냥 정식 사건이다. 소년법의 정신이 카게누이 씨에게 통용되리라고도 생각되지 않는다.

"병원에 실려 간 그 네 명을 회복시키기 위해서라도 특별사면할 수밖에 없었다니, 소년법이 아닌 어른의 사정이 적용된 느낌일까. 그 아이를 흡혈귀에서 인간으로 돌려놓지 않으면, 그 네 사람이 영원히 미라인 상태로 남게 되니까."

"어라? 하지만 흡혈귀가 되었다면 인간으로 되돌리기 위해서는 그 부모를 죽여야만 하는 거 아니었던가? 파더 콤플렉스인 나로서는 이야기하는 것만으로도 소름 끼치는 단어이지만."

"파더 콤플렉스를 자칭하는 건 좀 섬뜩하지 않아? 부모를 죽인다는 말은 아무도 안 했고. 내가 당사자였던 봄방학 시절엔 확실히 그랬지만, 그건 정말 일취월장으로."

일취월장이라고 할까, 외람되지만 그것은 얼마 안 되는 고등학교 시절의 내 공적이라고도 할 수 있다. 아니, 역시 그냥 요행이었을까.

이번에 또다시 부주의하게 사용해 버린 '지옥에 떨어졌다가 되살아나기'라는, 두 자루의 요도를 사용한 예의 수법.

그것을 응용하면 괴이화된 지 얼마 지나지 않은 인간이라면 아슬아슬하게 인간으로 되돌릴 수 있다고 한다. 아직 실험 단계의 기법이며, 그 인체실험 아닌 귀체실험鬼體實驗을 통해 하리마제는 죄를 하나 덜게 되었을 것이다.

벌을 통한 자원봉사 같은 것일까.

자신의 어리석은 행동의 성과가, 지금 전통으로서 성립되어 가고 있다는 것은 쓴웃음 짓지 않을 수 없지만, 하리마제에 대해 내가 선배로서 해 줄 수 있는 몇 안 되는, 선배다운 무언가라고 할 수 있다.

아득한 먼 곳에서 귀국한 카게누이 씨 입장에서 보기엔 틀림없이 소화불량이란 느낌이지만, 뭐, 수어사이드마스터가 저렇게까지 약체화되고 본래 목표였던 흡혈귀가 한 방에 뻗어 버리게 되면, 그 사람의 정의감도 좀처럼 끓어오르지 않을 것이다.

그렇게나 두려워했던 카게누이 씨의 도착이 결과적으로 나를 구했다는 사실은 참으로 얄궂은 일이라 어깨 힘이 탁 풀리는 것도 있었지만…. 김이 샌 사람은 역시 북극에서 무사수행을 마치고 온 폭력음양사 쪽이었을지도 모르지만, 가엔 씨에게 한 가지 빚을 지운 것으로 마무리가 된 모양이다. 그것도 어른의 사정인가.

"흐음. 알몸의 유녀는 어떻게 됐어?"

"수어사이드마스터는 결국 해외추방, 강제송환이라는 선에서 정리되었어. 가엔 씨가 직접 배웅하겠다고 말했으니, 유녀 한 명에게 어마어마한 경호태세지만, 뭐, 어쩔 수 없는 부분이지."

물론 그 결론은 가엔 씨의 판단이기는 했지만, 마을의 책임자인 하치쿠지의 주선이기도 했을 거라 생각한다…. 마을의 평화를 통치하는 새로운 신으로서, 불러들였던 방문자에게 평화적인 퇴장을 바란 것이다.

그 일이 있은 후, 수어사이드마스터에게는 다시 한번 시노부와 단둘이 이야기를 나눌 기회를 주었다. 600년 만에 만난 벗과 오시노 시노부가 무슨 이야기를 나누었는지, 나는 모른다.

수어사이드마스터와 하리마제가 무슨 이야기를 나누었는지 모르는 것과 마찬가지로, 언젠가 알게 되는 일도 있겠지만 아무래도 그것은 아직, 지금은 아닌 듯하다.

"헤어질 때는 아주 깔끔했는데 말이야. 그런 부분의 흡혈귀 감각이라고 할지, 흡혈귀 타임이라고 할지, 그런 건 나는 잘 모르겠더라고."

"그렇겠지."

"그렇겠지, 라고 하지 마. 모르겠다고 말하는 나에게 이해를 표하지 마. 조금은 안다고. 뭐, 평생 이별하는 것도 아닐 테니 다시 만나는 일도 있겠지."

"……."

왜 입을 다무는 거지? 뭔가 알고 있는 건가?

그러고 보니 시노부도 뭔가 알고 있기에 나에게 입을 다물고 있는 눈치였다…. 천국에서 아세로라 공주를 만났던 것을 시노부에게 말하지 않은 나에게 그것을 나무랄 권리는 없지만, 그러나 무엇을 숨기고 있는가는 이후에 던져진 이 코멘트에 드러나 있었다. 그것은 '너에게 인간이라는 건 뭐야?'라는 나의 물음에 대한, 뒤늦은 대답이었다.

"몬스터 아니겠나."

하리마제를 가리키는 말이었을까, 아니면 여자 농구부원 전체를 가리키는 말이었을까, 카게누이 씨를 가리키는 말이었을까, 아니면 인류 전체를 가리키는 말이었을까….

"코요밍. 결국 가엔 씨와의 구두약속은 성립된 거야? 애초에 그것이 시작이었을 텐데."

"한 번 배신한 시점에서 더 이상 성립되지 않겠거니 했고, 중간부터는 그야말로 어떻게 되든 상관없어졌지만, 일단 성립된 것으로 치게 된 모양이야."

혹은 평범하게 포기해 버린 것인지도 모른다. 명령계통에서 벗어난 많은 독단전행들은, 이번에야말로 지휘관으로서 결단을 내려야만 하는 장면이었을지도.

다만, 가엔 씨의 입장에서도 이번에는 반성할 점이 많은 사건이었던 듯하다.

"거짓말이라든가 속임수라든가 페이크라든가, 인간의 인간다움이 이런 형태로 얽혀 있으면 역시 풍설과의 확립은 급선무네. 드디어 그때가 온 건가."

그런 말을 중얼거리며, 카게누이 씨와 함께 이 마을을 떠나갔다. 또 다시 오노노키를 두고 갔는데, 괜찮은 건가?

개, 언제까지 우리 집에 있는 건데?

"뭐, 하리마제도 그렇지만, 그런 조치가 용납된다는 건 결국 내가 아직 어린애라는 이야기겠지."

"어머, 이런 겸손을. 코요밍이 진상을 밝혀 낸 건 사실이잖아. 옛날에 츠바사가 탐정에 적성이 있다고 생각한 적이 있던 나지만, 코요밍은 장래에 형사 같은 것에 적성이 있는 게 아닐까?"

"네가 나를 코요밍이라고 불러도 되는 건 하루 한 번뿐이야."

약속은, 4년간의 절연보다 그 닉네임을 부르지 말아 달라는 쪽으로 해야 했을까.

"형사 따원 질색이야. 그런 장래희망으로는 부모님을 평생 뛰어넘을 수 없으니까. 뭘 숨기겠어, 나에게는 다른 꿈이 있단 말씀이지. 그러니까 그런 건 메니코에게 맡기겠어."

"…슬슬, 하무카이 씨를 나에게 소개하도록 해."

"아, 그건 좀 그런데. 예전부터 생각하고 있긴 한데, 응, 타이밍을 잘 못 맞추겠더라고."

"시끄러워. 아무 짓도 안 할 거라고. 내가 너의 새 친구에게 무슨 짓을 할 거라고 생각하는 거야. 나는 오이쿠라 양이 아니야."

"무슨 일이 있을 때마다 오이쿠라 배싱bashing을 되풀이하는 히타기 씨, 말해 두겠는데 내 안에서 너와 오이쿠라는 그렇게까지 다르지 않다니까?"

갱생에 성공했을 뿐이지, 네 쪽이 위험했던 시기도 있었을 정도라고.

"그래. 내가 되었을지도 모를 또 한 명의 내가, 오이쿠라 양이었다는 이야기구나."

"억지로 이야기를 듣고 있던 것으로 만들지 마."

참고로 메니코가 풀어 주었던 두 개의 암호는 양쪽 모두 하리마제가 제작한 암호였던 모양이다…. 쿠치모토의 가방 안에 있었던 엘러리 퀸의 책조차도 하리마제가 넣어 둔 책이라고 하니 대단한 잔재주다.

그건 그렇고, 이야기의 흐름이 불리하다고 느꼈는지 히타기는 지금 깨달았다는 듯이 손목시계를 보더니, "어떻게 이럴 수가. 다음 강의 시간이 다가오고 있어."라며 자리에서 일어섰다.

"그러면 나중에 또 봐, 가까운 시일 내에. 용무가 있으면 이쪽에서 연락할게."

"그거, 연락하지 않을 때의 전형적인 대사 아닌가…."

"어라?"

거기서 히타기는 나의 휴대전화에 달려 있는 스트랩을 알아차린 듯했다.

"귀여운 걸 달고 있네."

이런, 이건 숨겨 둘 걸 그랬나.

켕기지는 않지만, 어쩐지 부끄럽다.

알파벳을 레터링한 장식의 스트랩. 글자는 'F·C'다.

존재하지 않는 페이크였던 'F·C'.

그날 칸바루에게 부탁해서 만들어 달라고 했던 물건이다. 아니, 뭔가 알아차리기 시작한 칸바루의 관심을 돌리기 위한 구실

삼아 떠올렸을 뿐인 부탁이었지만, 하지만 그것이 실마리가 되었던 것도 분명한 사실이었다.

그래서 완성된 스트랩을, 사건 후에 나는 휴대전화에 장착했다. 다만 가슴에 훈장을 다는 자랑스러운 기분으로 달고 있는 것은 아니다. 오히려 교훈이다. 씁쓸한 교훈.

상처라고 해도 좋다.

이렇게 말하는 것도 내가 칸바루 가로 되돌아간 큰 요인이 되었던, '하리마제 혼자만 스트랩을 달지 않았던 것은 아닐까'라는 가설이, 까놓고 말해 완전히 꽝이었기 때문이다. 나중에 가엔 씨에게 확인해 보기로는, 개인 로커에서 발견된 키세키의 휴대전화에도 이니셜 스트랩은 달려 있지 않았다고 한다.

내가 상정했던 '스트랩파 VS 반 스트랩파' 같은 구도는 현실에는 존재하지 않았던 것이다…. 잘못된 가정에 근거해서, 나는 진상에 도달해 버렸던 것이다.

수학으로 말하자면 증명은 틀렸지만 답은 맞았던 것과 같은 상황으로, 이래서야 명탐정이라고도 형사라고도 말할 수 없다.

나답다고 하자면 나다운, 결과가 좋으니 다 좋게 끝난 상황이다.

페이크로 점철된 하리마제가, 휴대전화를 개인 로커에 넣을 때 키세키의 스트랩을 떼었을 가능성도 있으므로 완전한 오답이라고까지는 할 수 없겠지만….

"코요밍도 여자 농구부의 일원이 되었다는 거야?"

"그래. 뭐, 어쨌든 문제 해결을 위해 함께하게 된 상황이니까.

칸바루나 히가사와 함께 현재 상황을 어떻게든 하자는 계획은 계속되고 있어서, 기꺼이 협력하고 있어."

"아라라기 군이 아직 어린애인 것은, 그런 부분이 아닐까?"

그런 나를 긍정하지도 부정하지도 않고, 히타기는 그렇게 웃고서 강의를 들으러 갔다. 이상하게도 같은 학과인데 나와 그녀는 수업이 별로 겹치지 않는다.

내가 마니악한 수업만 듣고 있기 때문일지도 모른다. 아직 어린애란 말이지.

그 말에 나는, 그날 밤 카게누이 씨에게 던졌던 질문을 떠올렸다. 나는 카게누이 씨에게 이렇게 물었던 것이다.

카게누이 씨는, 망설이지 않나요?

저지른 짓은 사람의 법에 대조해 봐도 귀신의 법에 대조해 봐도 용서받을 수 없는 범죄였다고는 해도, 나는 하리마제 키에의 사정을 고려하지 않을 수 없었다. 데스토피아 비르투오소 수어사이드마스터에 대해서도 그렇고, 거슬러 올라가면 키스샷 아세로라오리온 하트언더블레이드에 대해서도 그랬다.

생각해 버리고, 망설여 버린다.

자신이 옳다고 생각할 수 없다. 자신을 믿지 않는다.

그런 식으로, 레이저빔처럼 일직선으로 표적의 정수리에 발차기를 날리는 행동은 나에게는 절대 불가능하다. 이쪽으로 비틀비틀, 저쪽으로 비틀비틀.

이번에도 갈등과 판단과 선택 미스의 연속이었다.

그것이 유일한 정답이었다고는 전혀 생각하지 않지만, 쏟아져 내리는 듯한 카게누이 씨의 니 킥에는 그런 프로세스가 전혀 없는 것처럼 생각되었다. 되돌아보면 나와 싸웠을 때에도 그녀는 마음 내키는 대로 행동했고, 그만둘 때는 깔끔하게 그만두었다. 아예 손을 놓아 버리는 일도 없었다.

반성의 기색도 없거니와, 후회의 맛도 없었다.

어떡해야 저렇게 할 수 있는 거지?

저렇게 되고 싶다고 생각하는 것은 아니지만 그렇게 묻지 않을 수 없었던 나에게 카게누이 씨는,

"망설이지 않제. 어른이니 말이여."

라고 짧게 대답했다.

아마 다수파의 의견을 대변하고 있다고는 생각되지 않는 독특한 대답에도, 태연스럽게 망설임은 없었다. 하지만 그렇구나.

그것이 어른이라는 존재라면 나는 어린애일 뿐이다. 유녀보다도 어린, 어린애일 뿐이다.

집행유예된 흡혈귀들과 마찬가지로, 불로불사가 되건 지옥에 떨어지건, 고등학교를 졸업하건, 그리고 대학생이 되건, 아라라기 코요미는 아직도 모라토리엄의 한복판이었다.

인내 이야기 끝

이른바 추리소설을 향한 제언으로서 '살인에 관한 이야기 따위, 불근신不謹愼해서 정말로 괘씸하다'라는 것이 있습니다만, 불근신한 것도 괘씸한 것도 기본적으로는 정말로 그 말대로이며, 정면으로 대놓고 그런 꾸짖음을 듣게 되면, 반론할 생각도 싹 사라져 버리는 것이 있습니다. '작가와 독자와의 지식유희(우정)이니까'라든가, '어디까지나 픽션으로 즐기고 있을 뿐이다'라든가, '이어져 가야 할 전통이니까'라든가, 그러한 리턴도 떠오릅니다만 기본적으로 그것은 나중에 생각한 표면적인 해명이며, 추리소설을 읽는다고 말할 때에 '왠지 재미있으니까' 이상의 이유가 있느냐고 하면, 상당히 수상쩍습니다. 대학생이 된 아라라기 군이나 수어사이드마스터가 작중에서 그러한 말을 하고 있습니다만, 음식을 먹는 것은 살기 위해서라도, 요리를 먹는 것은 맛있기 때문이다와 같은 것일까요. 먹는 것이 살기 위한 것뿐이라면 어째서 조미료를 뿌리냐는 이야기가 되는 것이니(조미료를 사용하지 않는 하네카와 씨에 대해서는 일단 잊기로 하고), '감사히 먹겠습니다'라고 말하고 있지만, 어떻게 생각해도 즐거워하고 있네, 라고 생각하지 않을 수 없으니 말입니다. 추리소설 이야기로 돌아오자면 '불근신하다'라고 지탄받는 경우의 적절한 반론은 '어째서 근면성실해야만 하는가'일 수도 있다고 해도(진지하게 근신상태였던 시대도 많이 있으므로, 이 반론도 표현으로서는 옳지는 않습니다만), 다만 그 '불근신하다'라는 너무 정론으로 치우친 비판도 역시, 표면적인 비판이기도 하다는 점이 성가십니다. 깊이 파들어 가면 '불근신하다'라는 것도 '괘씸하다'라는 것도 나중에 생각한 이유이며, 퍼스트 임프레션은 '왠지 재미있을 것 같은 것이 마음에 들지 않으니까'이기도 한 것도 종종 있습니다. 이렇게 되면 손에 든 패를 덮어 두고 의논을 하고 있는 것 같은 상황으로, 서로의 진심을 떠보는 상황이 될지도 모릅니다. 그것은 엉뚱한 의심일지도 모르고 정당한 의심일지도 모릅니다.

그리하여 이야기 시리즈의 새 시즌입니다만, 대학교 1학년인 아라라기 군을 써 보았습니다. 어떠한 느낌인가 생각하고 있었습니다만, 앞서 성인이 되고 취직한 아라라기 군을 썼으므로 의외로 스무드하게 쓸 수 있었습니다. 아라라기 군으로서는 갑자기 가엔 씨와 일을 하게 되어서 별로 스무드한 캠퍼스 라이프가 되지는 않은 것 같습니다만, 그렇다고 해도 새로운 친구도 생긴 모양이니 정말 다행입니다. 다만 새 시즌이라고 명명하긴 했지만, 항상 최종권이라는 평소대로의 긴장감은 유지하고 싶군요. 그런 느낌으로 〈이야기 시리즈〉 제23탄 『인내 이야기·제1화 시노부 마스터드』였습니다.

표지는 VOFAN 씨가 칼을 빼 든 오시노 시노부를 그려 주셨습니다. 감사합니다. 기회가 있다면 다음 권에는 하치쿠신이 주역인 이야기로 할 생각이므로, 잘 부탁드립니다.

니시오 이신

인내 이야기

FAUST BOX

인내 이야기

2020년 8월 10일 초판 발행

저자	니시오 이신
일러스트	VOFAN
옮긴이	현정수

발행인	정동훈
편집 팀장	황정아
편집	노혜림

발행처	(주)학산문화사
등록	1995년 7월 1일
등록번호	제3-632호
주소	서울특별시 동작구 상도로 282 학산빌딩
편집부	02-828-8838
영업부	02-828-8986

ISBN 979-11-348-2623-9 03830

값 12,000원

※이 책에는 수량 한정 부록이 들어 있지 않습니다.